Gina Greifenstein

Dieser längst vergangene Sommer

Gina Greifenstein lebt und arbeitet als freie Autorin in der Südpfalz. Sie schreibt Romane, Krimis und Kochbücher.

Gina Greifenstein

Dieser längst vergangene Sommer

Roman

PIPER

Mehr über unsere Autoren und Bücher:
www.piper.de

Der Roman wurde durch ein Stipendium der »VG Wort« gefördert.

ISBN 978-3-492-50551-2

Redaktion: Ulla Mothes
Satz auf Grundlage eines CSS-Layouts
von digital publishing competence (München)
mit abavo vlow (Buchloe)
Covergestaltung: FAVORITBUERO, München
Covermotiv:Bilder unter Lizenzierung von
Shutterstock.com genutzt
Printed in Germany

Vorwort

Dieser längst vergangene Sommer war flirrend vor Hitze, die Luft roch nach Dosenravioli und nach Freiheit, jeder Atemzug schmeckte nach Abenteuer. Es waren besondere Wochen, wie sie einem nur einmal im Leben vergönnt sind. Es war diese schwerelose Zeit zwischen Kindsein und Erwachsenwerden, zwischen Abitur und Studienbeginn, zwischen Nesthocken und Flüggewerden, zwischen Unbeschwertheit und dem Ernst des Lebens. Und sie waren so verdammt jung und hungrig nach diesem Leben, das aufregend geheimnisvoll vor ihnen lag und von ihnen gelebt werden wollte. Die Welt wartete nur darauf, von ihnen erobert zu werden.

Ein märchenhafter Sommer voller Lachen, zarter Gefühle und ewiger Freundschaft, der jedoch jäh mit einem Unglück endete.

Dies ist die Geschichte von Johanna, Iris und Sonja. Und natürlich von Annabell ...

1

Fünfzehn Jahre nach diesem längst vergangenen Sommer Johanna

Die kleine federleichte Rasierklinge wog unendlich schwer in Johannas Hand, ihre zitternden Finger konnten sie kaum halten. Zum zweiten Mal in den irgendwie überlebten letzten fünfzehn Jahren war sie an diesem Punkt angekommen.

»Punkt«, sagte sie leise zu sich selbst und verzog dabei ihre entschlossen zusammengepressten Lippen zu einem kaum sichtbaren spöttischen Lächeln. Ein Punkt beendete einen geschriebenen Satz, und der Punkt hinter dem letzten Satz eines Buches beendete einen ganzen Roman. Danach kamen höchstens noch vier Buchstaben: *E N D E.*

Kurz dachte sie an die Manuskriptseiten auf ihrem Schreibtisch – unter diesen Roman würde sie kein *E N D E* mehr schreiben, er würde unvollendet bleiben. Aber das war ihr egal, sie hatte keine Kraft mehr. Sollte ihre Agentin damit machen, was sie wollte – in die Tonne werfen oder von einem anderen Autor oder einer Autorin fertig schreiben lassen. Das war das erste Buch in ihrer Laufbahn, das sie nicht pünktlich abgeben würde.

»Scheiß drauf!«, zischte sie und nahm einen großen Schluck von dem teuren spanischen Rotwein. Beim Abstellen warf sie das wunderschöne Glas, das sie vor einem gefühlten Jahrtausend auf einem Flohmarkt in der Provence erstanden hatte, um ein Haar um. Was ebenfalls egal gewesen wäre, denn sie würde es nicht mehr brauchen.

Mit der scharfen Klinge streichelte sie beinahe zärtlich über die längst verblasste Narbe an ihrem rechten Unterarm, die sich vom Handgelenk aus etwa sechs Zentimeter lang in Richtung Armbeuge erstreckte.

Dieser verfluchte Roman! Wie hatte sie nur glauben können, dass sie ihn tatsächlich schreiben könnte? Ihre eigene Geschichte, endlich verarbeitet zwischen zwei Buchdeckeln – durch das Herausschreiben abgearbeitet, wie sie fälschlicherweise gehofft hatte. Ihre, Sonjas und Iris' Geschichte. Und Annabells. Für alle Menschen da draußen zum Lesen, zum Zeitvertreib, als Bettlektüre mit einem ordentlichen Spannungsbogen. Ihre Agentin und auch der Verlag waren begeistert von der Idee, von der immensen Tragik gewesen. Keiner von ihnen wusste, wie autobiografisch dieser Roman sein würde.

Johanna seufzte laut auf. Hatte sie wirklich geglaubt, dass sie, indem sie aufschrieb, was in diesem verfluchten Sommer damals passiert war, das finden würde, was mehrere Therapeutinnen nicht fertiggebracht hatten – Erlösung?

Natürlich war sie gescheitert. Jo Winter, die Bestsellerautorin, war sogar grandios gescheitert an den Erinnerungen von damals, die sie so viele Jahre mehr oder weniger erfolgreich verdrängt hatte. Nicht selten unterstützt von den tüchtigen Helferlein Alkohol und Tabletten. Die eine oder andere Droge hatte sie anfangs auch ausprobiert, wovon sie aber schnell abgekommen war, da sie ihr Denken dann doch zu sehr benebelt und damit ihr Schreiben unmöglich gemacht hatten. Und schreiben musste sie. Nicht nur, weil sie keinen Beruf erlernt hatte und auch nichts anderes konnte, sondern weil sie Geschichten in sich trug, die sie aus sich herausschreiben musste. Hätte sie damals nicht mit dem Schreiben begonnen, wäre sie wahrscheinlich verrückt geworden. Oder drogenabhängig. Auf jeden Fall hätte sie auch ohne den ersten Buchvertrag nicht mit dem eigentlich geplanten Studium begonnen, zu tief war ihre Welt, ihr Leben damals erschüttert worden.

Johanna atmete tief durch. Dieses Dasein als Schriftstellerin würde sich in Kürze erledigt haben. Der ewige Überlebenskampf, das immerzu Schreibenmüssen, der Leistungsdruck, bedrohlich heranrückende Abgabetermine, gemeine, vernichtende Kritiken – das alles würde sie mit einem dicken Punkt, einem Ende in blutigem Rot abschließen. Ihre zermürbenden Erinnerungen, ihre unauslöschbaren Schuldgefühle – das alles würde sie hinter sich lassen. Sie würde abtauchen in dieses stille, watteweiche, erlösende Nichts, das sie vor ziemlich genau zwölf Jahren schon einmal kurz spüren durfte, aus dem sie aber ihre Mutter gewaltsam wieder herausgerissen hatte. Etwas, was sie ihr nie verziehen hatte. Auch nicht die quälenden Monate in der psychiatrischen Klinik, wo sie ins »normale Leben« zurücktherapiert worden war. Zwölf Jahre Kampf gegen sich selbst und ihre inneren Dämonen hatte ihre Mutter ihr beschert, indem sie sie zu früh im Bad gefunden und den Notarzt gerufen hatte.

Heute würde sie mehr Erfolg haben, heute würde sie niemand finden und zurück in dieses beschissene Leben und ihre erdrückenden Erinnerungen holen.

Sie nahm einen letzten Schluck Wein, ließ ihn mit geschlossenen Augen auf der Zunge liegen, bevor sie ihn hinunterschluckte und seinem intensiven Geschmack so bewusst nachlauschte wie nie zuvor. Vollmundig, samtig, mit dem Aroma von reifen Kirschen im Abgang. Ein wirklich köstlicher Sterbebegleiter.

Nachdem Johanna das Glas abgestellt hatte, setzte sie die Rasierklinge direkt neben der Narbe an ihrem rechten Handgelenk an. Sie musste gar nicht so fest drücken, wie sie es im Gedächtnis hatte, und sie spürte fast nichts, als sich die messerscharfe Klinge ihren Weg durch die Haut in ihre Pulsader bahnte. Völlig entspannt beobachtet sie, wie ihr Blut aus dem Schnitt quoll und auf ihre Lieblingsjeans tropfte.

Der Schnitt am anderen Arm gelang ihr nicht so gut. Nicht nur, weil Johanna Linkshänderin war, sondern auch, weil sie vor lauter Blut gar nicht richtig sehen konnte, wo sie schneiden musste. Die Klinge rutschte ihr mehrmals aus den blutfeuchten Fingern, aber sie gab nicht auf. Und es tat verdammt weh. Aber auch das würde im Lauf der nächsten halben Stunde vorbei sein. Für immer. Wenn das hier überstanden war, würde Johanna nie wieder Schmerzen ertragen müssen.

Nach getaner Arbeit ließ sie die Klinge einfach auf den hellen Fliesenboden fallen. Ihr Blut würde die Fugen versauen, was aber nicht mehr ihr Problem war. Sie legte die blutenden Arme auf die Lehnen ihres Lieblingssessels und ließ sich entspannt zurücksinken. Abwechselnd betrachtete sie die Dächer der Münchener Altstadt, die ihr jenseits der Fensterfront des Wintergartens ihres Penthouses zu Füßen lagen, und die Schnitte an ihren Handgelenken, aus denen wunderbar sanft und stetig das Blut aus ihrem Körper floss.

Ihr Blick blieb an der Fingerkuppe ihres rechten Zeigefingers hängen, an einer kleinen, leicht verknorpelten Narbe, die sie dort seit beinahe fünfzehn Jahren hatte. Vorsichtig strich sie mit dem Daumen darüber. Diese Stelle hatte sich immer taub angefühlt, bestimmt waren bei dem Schnitt mit dem nicht sonderlich scharfen Taschenmesser ein paar Nerven durchtrennt worden. Die Wunde war damals nur schlecht verheilt, genau wie bei den anderen auch. Wahrscheinlich hatten sie sich einfach nur eine denkbar ungünstige Stelle dafür auserkoren. Blutsfreundinnen. Was für ein kindischer Blödsinn!

In ihren letzten Lebensminuten dachte sie, anders als es immer kolportiert wurde, nicht weiter über ihr Leben nach. Sie dachte vielmehr daran, dass sie den perfekten Ort zum Sterben ausgewählt hatte. In Filmen lagen die Menschen, die sich ihre Pulsadern aufschnitten, immer in gefüllten Badewannen. Nie und nimmer hätte sie nackt in immer kälter werdendem Wasser sterben wollen!

Eine Elster ließ sich auf dem Geländer nieder. Mit schiefgelegtem Kopf saß sie da, und es sah beinahe so aus, als würde sie Johanna beobachten. Dann breitete der Vogel seine Flügel aus, stieß sich vom Geländer ab und segelte davon.

Johanna sah ihm lächelnd nach. Genauso würde gleich ihre Seele davonfliegen.

Schläfrigkeit ergriff sie, hüllte sie ein wie ein weiches Tuch. Es fiel ihr schwerer und schwerer, die Augenlider geöffnet zu halten. Ein letztes Mal ließ sie den Blick über die Dächer ihrer geliebten Stadt gleiten, dann schloss sie die Augen. Ihre Hände, ihre Arme spürte sie nicht mehr, auch nicht ihre Beine. Da war nur ein leises Frösteln, während ihr Herz noch immer tapfer weiterschlug und das letzte bisschen Leben aus ihr herauspumpte. Ihre Gedanken zerflossen wie die Wolken am Himmel. Endlich tat das Leben nicht mehr weh ...

2

Iris

»Mama?«

Iris sah von ihren Notizen auf und ihre Tochter genervt an. Demonstrativ legte sie den Zeigfinger der freien Hand an die Lippen und schüttelte den Kopf.

Mit der anderen Hand hielt sie den Telefonhörer ans Ohr, in den sie mit zunehmend dünner werdendem Geduldsfaden hineinsprach: »Wie ich Ihnen jetzt schon mehrmals sagte, Herr Wadlinger: Es ist kein Versäumnis von unserer Seite – mein Fahrer ist hier pünktlich vom Hof gefahren, aber jetzt steht er mit einem Motorschaden mitten auf der Autobahn. Ein anderer Lkw ist bereits auf dem Weg zu Ihnen, es wird nur ein wenig später.« Iris hielt inne, als sie merkte, dass sie während des Telefonats immer lauter geworden war. Nicht zum ersten Mal an diesem Tag fragte sie sich, warum es so verdammt viele begriffsstutzige Menschen auf der Welt gab. Aber sie musste unbedingt ruhig bleiben, immerhin sprach sie mit einem langjährigen Geschäftspartner. Mit der »Wadlinger Druckguss« hatte schon ihr Vater zusammengearbeitet, als sie noch im Kindergarten war. Und genauso, wie der alte Wadlinger seinen Sessel nicht räumte, hätte auch ihr Vater sich ganz sicher niemals freiwillig aus dem Geschäft zurückgezogen. Eigentlich sollte sie ihm dankbar sein, dass er viel zu früh gestorben war ... obwohl, dann wäre alles anders gekommen, dann säße sie ganz bestimmt nicht hier in diesem kleinen beschissenen Büro und müsste auch nicht dieses nervenaufreibende Gespräch führen.

»Mama!« Nicola stand jetzt direkt vor ihrem mit Papieren übersäten Schreibtisch, und ihre Stimme klang mindestens so gereizt wie ihre eigene.

Iris hob den Kopf, sah sie beschwörend an und formte mit den Lippen ein lautloses »Sofort«.

»Lieber Herr Wadlinger«, wandte sie ihre Aufmerksamkeit bemüht freundlich wieder ihrem Gesprächspartner zu. »Aber ja, das klappt heute ganz sicher noch, versprochen.«

Das bemühte Lächeln, das sie extra für den alten Wadlinger aufgesetzt hatte, verging ihr mit seiner Antwort. Hatte der alte Krauter tatsächlich gerade gesagt, dass das ganz sicher nicht so schiefgelaufen wäre, wenn ihr Vater noch am Leben wäre? Als ob seine Laster nie kaputtgegangen wären! Dabei war sie es gewesen, die nach seinem Tod für einen komplett neuen und zudem viel größeren Fuhrpark gesorgt hatte. Zu Vaters Zeiten hätte nämlich gar kein Ersatzfahrzeug zur Verfügung gestanden – so sah das nämlich aus!

»Jammerschade, dass ihr Vater so früh verstorben ist und keinen geeigneten Stammhalter hatte, der das Geschäft übernehmen konnte«, ergänzte Wadlinger das eben Gesagte um eine weitere Unverschämtheit. »Nichts gegen Sie, Frau Seiler, Sie tun sicherlich Ihr Bestes, aber Frauen haben halt in diesem Geschäft einfach nichts verloren.«

Ungeachtet der jahrzehntealten Geschäftsbeziehungen lag ihr eine geharnischte Antwort auf der Zunge.

»Mama!«

Nicola brachte sie jedoch völlig aus dem Konzept. »Einen kleinen Moment bitte, Herr Wadlinger, da kommt gerade einer meiner Fahrer rein.«

Mit der Hand deckte sie die Sprechmuschel ab. »Was denn, verdammt noch mal!«, fuhr sie ihr Kind schlecht gelaunt an, was ihr sofort leidtat.

»Ich brauche das Foto.« Nicola schien ihr den Ton zum Glück nicht übel zu nehmen.

»Was denn für ein Foto?«

»Das Kinderfoto für die Schülerzeitung.«

Iris erinnerte sich vage, dass Nicola vor ein paar Tagen etwas in dieser Richtung erwähnt hatte.

»Hat das denn nicht Zeit bis später?« Obwohl sie Wadlinger um einen Moment Pause gebeten hatte, quakte der nicht sonderlich freundlich weiter in ihr Ohr.

Mit dem für sie typischen Schmollmund verschränkte Nicola die Arme vor der Brust. »Nein, das hat keine Zeit mehr! Ich sollte das Bild schon gestern in der Redaktion abgeben, aber du hast ja nie Zeit. Morgen früh geht die Zeitung in den Druck, ich kann also nur noch heute das Bild abgeben. Sag mir doch einfach, wo die Fotoalben sind, dann suche ich mir selbst eins raus.«

Augenblicklich hatte Iris ein schlechtes Gewissen. Ja, sie hatte viel zu wenig Zeit für ihre Tochter. Am liebsten wäre sie aufgestanden, hätte sie fest in den Arm genommen und dann mit ihr zusammen nach einem passenden Foto gesucht. Und danach hätten sie ein Eis essen gehen oder etwas anderes Schönes zusammen machen können. Aber sie hatte ja noch den alten Wadlinger an der Strippe.

»Sorry, Süße, hab ich wohl vergessen. Wird nicht wieder vorkommen.«

Nicola verzog spöttisch das Gesicht. »Ja, ja, das sagst du immer. Also, wo sind die Alben?«

»In der Abstellkammer im alten Schrank, oberstes Fach. Es ist das Album mit dem rosa Teddy drauf.«

Nicola warf ihr eine Kusshand zu und verschwand aus dem Büro.

Alois Wadlinger brüllte ihr schmerzhaft ins Ohr, ob sie überhaupt noch da sei und ob sie ihn verarschen wolle.

Iris atmete tief durch. »Nein, Herr Wadlinger, ich will Sie nicht verarschen. Ich will Ihnen nur noch schnell sagen, dass der Fahrer heute nicht mehr kommen wird. Dass nie wieder ein Fahrer von uns kommen wird. Ihre Firma habe ich nur noch als Kunden behalten, weil Sie ein langjähriger Partner meines Vaters waren. Dass ich Ihre Fracht noch zu den alten Konditionen befördert habe, haben Sie wohl nicht bemerkt, denn dann würden Sie sicherlich nicht so unverschämt mit mir sprechen. Da ich also in den letzten Jahren so gut wie nichts an Ihren doch recht kleinen Aufträgen verdient habe, kann ich in Zukunft gut auf die »Wadlinger Druckguss« verzichten. Suchen Sie sich also bitte einen anderen Spediteur.«

Kurz herrschte Stille am anderen Ende. »Aber Frau Seiler, das war doch alles nicht so gemeint!«

»Doch, Herr Wadlinger, von meiner Seite war es ganz bestimmt so gemeint. Leben Sie wohl!«

Mit dem wunderbaren Gefühl der Genugtuung legte Iris auf. Ihr Vater würde sich zwar im Grab herumdrehen, wenn er das wüsste, aber das war ihr ausnahmsweise mal egal. Schließlich war das jetzt ihre Firma. Eine Firma, die sie erst zu dem gemacht hatte, was sie jetzt war: finanziell auf soliden Füßen stehend und international agierend. Auch wenn das anfangs so gar nicht ihr Metier gewesen war, hatte sie Papas kleine Spedition zu einem ernst zu nehmenden Unternehmen mit insgesamt fünfzehn Angestellten gemacht. Sollte sich der alte Wadlinger seine blöden Druckgussteile doch sonst wohin schieben.

Iris wählte die Handynummer des Fahrers, der auf dem Weg zu Wadlinger war, um ihn zurückzupfeifen. Danach wollte sie den Anrufbeantworter einschalten und hinüber zu Nicola gehen, um mit ihr die Kinderfotos anzusehen.

Dieser Plan scheiterte jedoch gleich im Ansatz, da nach dem Gespräch mit dem Fahrer das Telefon einfach nicht stillstehen wollte.

Als sie endlich Feierabend machen konnte, den Rechner herunterfuhr und die Rufumleitung aktivierte, war es kurz nach sieben.

An der Tür, als sie gerade das Licht ausgeschalten wollte, fiel ihr der Brief ein, der noch auf dem Schreibtisch lag. Sie ging zurück und nahm ihn von der obersten Ablage. Der Empfänger war mit der Hand auf den Umschlag geschrieben worden, und er war an sie persönlich adressiert, nicht an die Firma. Da ihr der Name der Absenderin, eine Karin Becker, nicht bekannt war, hatte sie ihn noch nicht geöffnet. Das würde sie nach dem Abendessen tun.

Erleichtert trat sie hinaus ins Freie und sog die sommerliche Abendluft in ihre Lungen. Irgendwo hinter der Halle lief ein Hochdruckreiniger, einer der Fahrer spritzte also noch seinen Laster ab. Sie schloss die altmodische Bürotür aus Metallrahmen und Sicherheitsglas ab und ging über den ansonsten ruhigen Hof zum Wohnhaus hinüber.

Als sie die Diele betrat, stolperte sie erst einmal über ein mitten im Weg stehendes Paar pinkfarbener Sneakers. Ob ihre Tochter es jemals lernen würde, wenigstens ein Mindestmaß an Ordnung einzuhalten? Für ihr Alter viel zu laut ächzend, bückte sie sich danach, um die Schuhe in das dafür vorgesehene Schuhschränkchen zu stellen. In dem herrschte das pure Chaos. An ihren lächerlichen zwei Paar Schuhen, die sie im Vergleich zu der deutlich größeren Menge an Fußbekleidung ihres Kindes besaß, lag das ganz bestimmt nicht. Wenn sie mal Zeit übrighaben sollte, würde sie hier klar Schiff machen, aber heute genügte es ihr, Nicolas Schuhe irgendwo dazwischenzustopfen.

»Nicki?«, rief sie ins Haus hinein.

Sie bekam keine Antwort. Auf der Küchentheke klebte ein neonrosa Zettel: *Bin um halb acht wieder da, Kuss Nic.*

Iris strich zärtlich über das Papier. *Nic* – seit ein paar Wochen wollte ihr Küken nicht mehr Nicki genannt werden, weil das angeblich zu kindisch klang. Vierzehn war Nicki jetzt und so anders als sie selbst in diesem Alter. Ihre Tochter wusste, was sie wollte. Schon mit vier Jahren hatte sie das gewusst, egal ob es um die Farbe eines T-Shirts oder den Belag ihres Pausenbrotes gegangen war. Seit damals hatte sich nichts geändert, im Gegenteil, Nicki hatte sich zu einer ernst zu nehmenden Diskussionspartnerin entwickelt, die mit jeder Faser ihres Körpers für ihre Überzeugungen einstand und notfalls auch kämpfte.

Die Iris in Nickis Alter war schrecklich schüchtern und still gewesen. Was wahrscheinlich an ihrem Vater gelegen hatte, der nicht unbedingt ein Despot, aber doch der Mann im Haus gewesen war, der niemals Widerworte oder gar eine andere Meinung zugelassen hatte. Vielleicht aber auch daran, dass sie immer und überall die Kleinste und Jüngste gewesen war. Oder aber auch, weil sie zu sehr nach ihrer Mutter kam, die nie ein leuchtendes Beispiel für Selbstbestimmung, Durchsetzungsvermögen oder gar Rebellion für sie gewesen war und die sich stets klaglos ihrem großen und lauten Mann untergeordnet hatte. Erst nach ihrem viel zu frühen Tod hatte Iris erkannt, dass ihre sanftmütige, unscheinbare Mutter in all den Ehejahren die heimliche Strippenzieherin gewesen war, die gute Seele des Geschäfts, das Kittmaterial, das die Familie zusammengehalten hatte. Dann nämlich, als der kraftstrotzende, weltgewandte, alles schaffende Vater an ihrem Grab zusammenbrach und danach nie wieder zu dem Kerl wurde, der er mal gewesen war.

Sie wusch sich die Hände und fing an, das Gemüse für das Abendessen zu putzen und zu schnippeln. Es würde eine bunte Gemüsepfanne mit dem Reis geben, der gestern übrig geblieben war. Ohne Fleisch, denn seit Kurzem war Nicki auf dem Vegetariertrip.

Verständnisvoll lächelnd briet Iris das Gemüse in Olivenöl an. Vegetarierin war sie auch eine Zeitlang gewesen, acht Monate oder so. Womit sie bei ihren Eltern, vor allem bei ihrem Vater, auf Unverständnis gestoßen war. Kein Wunder, denn er war Jäger und hätte Fleisch in allen Variationen auch ohne lästige Beilagen zu sich genommen.

Überhaupt waren ihre Eltern nicht die Eltern, die zu ihr »gepasst« hatten. Der Vater ein derber, unbehauener Klotz, mit dem sehnlichen Wunsch nach einem Sohn. Er hatte es ohne Schulabschluss, aber mit Lkw-Führerschein zum recht angesehenen Kleinunternehmer geschafft. Die Mutter eine stille, nicht unintelligente zierliche Person mit Realschulabschluss, die zwar den Haushalt und die Bücher führen durfte, aber ansonsten nichts zu sagen hatte. Und dann kam sehr spät in dieser eher trostlosen Ehe sie, Iris, auf die Welt, ausgerechnet ein Mädchen. Ein Mädchen, ebenso zierlich wie die Mutter. Mit einem IQ von hundertfünfzig, von dem keiner wusste, wo er überhaupt herkommen konnte, und vor allem, wie man damit umgehen sollte. Ein Mädchen, dass eine Schulklasse übersprang und dank der wohlwollenden Unterstützung ihrer Lehrer tatsächlich und gegen den Willen des Vaters Abitur machen durfte. Das erste Abitur seit Familiengedenken. Mit einem so guten Abitur, dass sie ohne Wartezeit einen Studienplatz für Medizin bekommen hatte.

Auch wenn sie tief im Innern wusste, dass ihr Vater stolz auf sie gewesen war und sie auf seine Art geliebt hatte, war sie als junge Frau davon überzeugt gewesen, in der falschen Familie, im falschen Leben gelandet zu sein.

Iris sah auf die Uhr. Fünf Minuten vor halb acht. Sie mischte den Reis unter das Gemüse und schaltete den Herd aus.

Heute würden sie und Nicola nicht in der Küche, sondern im Esszimmer essen. Sie wollte mit ihrer Tochter mal wieder »dinieren«, mit tollem Geschirr, feinen Gläsern und dem Silberbesteck ihrer Großmutter, das deren Mutter während des Zweiten Weltkriegs auf der Flucht aus Schlesien in die neue Heimat mitgeschleppt hatte.

Als sie hinübergegangen war und das Licht eingeschaltet hatte, beschleunigte sich ihr Herzschlag. Auf dem Esstisch lag noch aufgeschlagen das Fotoalbum mit Nickis Kinderbildern, und daneben ... Iris hielt die Luft an. Da stand ein alter, mit bunten, schrecklich kitschigen Poesiebildchen beklebter Schuhkarton, der ihr unangenehm bekannt vorkam. Der Deckel lag auf der Tischplatte, genauso wie unzählige Fotografien. Fotografien, die sie vor vielen Jahren in diesen Karton verbannt und seitdem nie wieder hervorgeholt hatte.

Mit einem dicken Kloß im Hals trat sie an den Tisch und wagte kaum, eines der Fotos anzusehen, geschweige denn anzufassen. Sie hätte sie damals vernichten und nicht in der hintersten Ecke des Schrankes verstecken sollen.

Iris bekam gar nicht mit, wie Nicola die Haustür aufschloss und nach ihr rief. Sie zuckte heftig zusammen, als sie plötzlich neben ihr stand.

»Die hab ich vorhin gefunden, aber ich kenne niemanden darauf außer dir.« Nicola griff nach einer der Aufnahmen und hielt sie ihr unter die Nase. »Die zweite von links, das bist doch du, oder?«

Iris starrte wortlos auf das Bild. Vier junge Frauen standen da nebeneinander, Arm in Arm, und lachten dem Fotografen fröhlich und unübersehbar glücklich in die Kamera. Vier junge Frauen aus einem anderen Leben in knappen bunten Bikinis. Eine davon, die kleinste und zierlichste, war sie. Die mit der hellsten Haut und dem Sonnenbrand. Die drei anderen waren sommersonnengebräunt. Iris glaubte beinahe die Hand zu spüren, die Johanna ihr damals beim Fotografieren auf die schmerzhaft gerötete Schulter gelegt hatte.

Nicola sah ihre Mutter prüfend von der Seite an. »Witzig, da schaust du so aus wie ich heute.«

Iris sah dem beinahe fünfzehn Jahre jüngeren Ich ins fröhliche Gesicht. Ja, Nicola hatte recht, sie sah aus wie ihr Klon. Bis auf die dunklen Augen und die beiden kleinen Grübchen, die sie von ihrem Vater mitbekommen hatte.

»Das hier ist lustig.« Nicola zeigte ihr eine andere Aufnahme.

Iris nahm sie in die Hand. Dreieinhalb lachende Gesichter waren darauf zu sehen, das halbe war ihres. Dieses Bild war das klägliche Ergebnis ihres Versuchs gewesen, sich selbst und die andern zu fotografieren. Heute hieß das Selfie, aber damals gab es diesen Begriff noch nicht. Auch nicht die Möglichkeit, sich beim Selbstfotografieren auf einem Display zu sehen. Sie wusste noch genau, wann sie dieses Foto aufgenommen hatte ...

»Wie alt warst du da?«, fragte Nicki munter und schob die anderen Fotografien auf dem Tisch herum, als suche sie etwas.

»Siebzehn«, sagte Iris mit brüchiger Stimme. Sie wunderte sich, dass sie überhaupt einen Ton über die Lippen brachte.

Nicki betrachtete sie aufmerksam. »Ist was mit dir? Du bist so komisch.«

»Ich hab nur ... nicht damit gerechnet, diese Bilder hier ... zu finden.«

»Ihr hattet wohl sehr viel Spaß, ihr seht so glücklich aus. Hier, schau mal.«

Vier junge lachende Frauen bäuchlings nebeneinander auf einer Luftmatratze, mitten im blauen Wasser eines Pooles. Iris konnte nur mit Mühe die Tränen zurückhalten. Ja, *da* waren sie noch glücklich gewesen. Aber *nach* diesem Schnappschuss, wie lange noch? Zwei Tage? Oder sogar nur einen Tag? Ein paar wenige Stunden?

»Wo wart ihr da?«

Iris atmete tief durch. »In Italien.«

»Und wer sind die anderen Mädels? Waren das damals deine Freundinnen?«

Iris betrachtete das Luftmatratzenfoto genauer. An einem der Zeigefinger ihres jüngeren Ichs entdeckte sie ein durchgeweichtes Pflaster. Die anderen drei hatten auch ein solches Pflaster gehabt, auch wenn man das auf dieser Aufnahme nicht sehen konnte. Wie Trophäen hatten sie sie damals getragen.

»Blutsfreundinnen«, sagte sie leise, und es klang beinahe ehrfürchtig. Sie setzte sich, weil ihre Knie zitterten.

»Echt? Ihr habt Blutsfreundschaft geschlossen? Wie cool! Hat das wehgetan?«

Iris befühlte die kleine Narbe an ihrem linken Zeigefinger. Sie glaubte, ein leises Kribbeln zu spüren.

»Es ist wochenlang nicht verheilt.«

»Zeig mal.«

Iris hielt ihr den Finger hin.

»Besonders beeindruckend sieht das aber nicht aus«, stellte Nicki enttäuscht fest. »Wer sind die Mädchen? Die Rechte sieht echt umwerfend aus. Die ist bestimmt Schauspielerin oder Model geworden.«

Iris nahm allen Mut zusammen, um die Namen auszusprechen.

»Das da links ist Jo.« Sie räusperte sich. »Johanna, aber wir nannten sie alle Jo. Daneben ich, dann Sonni, also Sonja, und …« Sie brach ab. »Annabell«, sagte sie schließlich tonlos.

»Hattest du auch einen Spitznamen?«

»Blümchen.«

»Blümchen? Wieso das denn?«

»Weil Iris ein Blumenname ist und ich immer die Kleinste in der Klasse war.«

»Du hast nie von ihnen erzählt – seid ihr nicht mehr befreundet?«

»Nein.« Iris schob mit fahrigen Bewegungen die Bilder zusammen und warf sie in den Schuhkarton, als wären sie heiße Kohlen. »Unser Leben hat uns, kurz nachdem diese Fotos gemacht wurden, in alle Himmelsrichtungen verteilt. Das passiert leider, wenn man erwachsen wird.«

»Mit Elli und mir ganz bestimmt nicht, wir werden ein Leben lang Freundinnen bleiben!«

Bevor Iris den Deckel schließen konnte, griff Nicki nach dem Foto, das jetzt obenauf lag. »Und die Jungs? Wer waren die?«

Iris riss ihr das Bild aus den Fingern und stopfte es in den Karton. Dann legte sie den Deckel auf und behielt die Hand darauf, als wäre der Inhalt gefährlich und könnte wieder herausgekrochen gekommen.

»Irgendwelche Jungs, Urlaubsbekanntschaften, ihre Namen weiß ich nicht mehr. Ist ja auch völlig egal. Und jetzt komm in die Küche, das Essen ist fertig.«

Iris war nicht mehr nach Silberbesteck und gutem Geschirr. Sie wollte nur weg von diesem Karton voller schmerzlicher Erinnerungen.

Sobald Nicki im Bett war, ging Iris ins Esszimmer. Der Karton stand unverändert da, mitten auf dem Esstisch, die Hängelampe darüber warf ihr Licht wie ein Bühnenscheinwerfer darauf.

Iris stand mit schützend vor der Brust verschränkten Armen da und starrte ihn an. Schließlich überwand sie sich, packte ihn und trug ihn durch die Diele, öffnete die Haustür und trat hinaus auf den in tiefer Dunkelheit liegenden Hof. Nach dem zweiten Schritt reagierte der Bewegungsmelder, drei Strahler tauchten alles in gleißende Helligkeit. Neben der Halle standen die Mülltonnen. Mit einer Hand öffnete Iris den Deckel der großen Altpapiertonne. Mit der anderen hielt sie den buntbeklebten Schuhkarton einen kurzen Moment lang über dem geöffneten Schlund, so als würde sie endgültig Abschied von ihm und seinem Inhalt nehmen, dann ließ sie ihn fallen. Mit dumpfem Poltern landete er auf dem Boden des vor Kurzem geleerten Behälters. Schnell schloss sie den Deckel und eilte zurück zum Haus. Mit der nächsten Leerung würden dann endlich die letzten Erinnerungen an diesen längst vergangenen Sommer für immer und unwiederbringlich vernichtet sein.

3

Sonja

Nach einem langen Vormittag bei Gericht und einem noch längeren Nachmittag in der Kanzlei fuhr Sonja durch die beiden mannshohen Pfosten, die die breite Einfahrt flankierten, und stellte den Motor ihres neuen Audi TT Coupé ab. Mit dem Absterben des Motors war auch die Musik aus dem Radio erloschen. Nur das leise Klopfen der Regentropfen auf dem Autodach war noch zu hören. Die Sicht durch die Windschutzscheibe wurde zunehmend undeutlicher, da auch der Scheibenwischer nicht mehr arbeitete. Aber sie wusste auch so, wie es draußen aussah. Sie stand auf dem Hof einer ehemaligen, U-förmig angelegten Tuchfabrik. Tuche und Stoffe wurden hier aber schon lange keine mehr gewoben. Vor vier Jahren hatten ihre Freundin Bea und sie diese vor sich hin verfallenden Gebäude entdeckt und gekauft. Sie hatten sie restauriert und saniert und jede Menge Geld und Nerven hineingesteckt. Jetzt war das alte Gemäuer aus roten Ziegelsteinen ein Schmuckstück, um das sie vor allem die beneideten, die ihnen damals vom Kauf abgeraten hatten. Im Gebäude zu ihrer Rechten, in dem einst die riesigen Webstühle gestanden hatten, befand sich das großzügige Atelier, hinter dessen deckenhohen Fenstern jetzt kein Licht brannte. Vor ihr, jenseits der wasserbenetzten Windschutzscheibe, lag der Trakt mit den Garagen, der Werkstatt und dem großen Raum, der zum Feiern genauso gut taugte wie für Ausstellungen. Und links, nur ein paar Schritte entfernt, war das Wohnhaus. Wo einst die Büros und Aufenthaltsräume der Arbeiter waren, lebten sie nun. Dort brannte Licht. Es spiegelte sich auf dem regennassen, über Jahrzehnte rundgefahrenen Kopfsteinpflaster.

Sonja öffnete die Fahrertür, nahm den Aktenkoffer vom Beifahrersitz, blieb dann aber mit ihm auf dem Schoß sitzen. Sie war zu müde zum Aussteigen. Einzelne Regentropfen verirrten sich ins Wageninnere, trafen ihre linke Hand, der eine oder andere ihr Gesicht. Sie fühlten sich an wie kleine, kalte Stiche auf der Haut.

Dass eine Partnerschaft in der Kanzlei mehr Verantwortung bedeuten würde, war ihr von vorneherein klar gewesen, nicht aber, dass sie auch mehr als doppelt so viel würde arbeiten müssen. Hätte sie es gewusst, hätte sie wohl dankend abgelehnt. Oder?

Was nützte ein atemberaubendes Gehalt, wenn sie keine Zeit mehr hatte, es auszugeben? Wenn sie keine Zeit mehr hatte für sich, für ihre Beziehung, ihre Freunde? Was hatte sie von dem tollen neuen Auto, wenn sie damit nur von zu Hause ins Büro und von dort wieder zurückfuhr? Das hätte sie auch mit dem alten Golf machen können, den sie einer der Praktikantinnen so gut wie geschenkt hatte.

Sie sog den unverwechselbaren Duft ein, den nur neue Autos verströmen. Eine Mischung aus jungem Kunststoff, bislang unbetretenem Teppichboden und dem jungfräulichen Leder, mit dem die Sitze bespannt waren.

»Wer viel arbeitet, muss sich auch belohnen.« Das war der Lieblingsspruch ihres Vaters gewesen. Und als Alleinverdiener und Oberhaupt der fünfköpfigen Familie hatte er ihn oft bemüht, er hatte sich regelmäßig belohnt. Nach solchen Belohnungen war er meist sehr spät und sehr betrunken nach Hause gekommen. Sonja konnte sich nur allzu gut an den Geruch erinnern, den er dann an sich haften hatte: Er roch nach kaltem Rauch und Alkohol. Wenn er in diesem Zustand ankam, ging man ihm am besten aus dem Weg. Ihre

Mutter hatte das nicht immer geschafft. Eine geplatzte Lippe und ein blaues Auge waren nur die für alle sichtbaren Verletzungen, was sie unter ihrer Kleidung, im Sommer manchmal unter langen Ärmeln verbarg, konnte Sonja im Nachhinein nur erahnen. Für sie war ihre Mutter eine tragische Gestalt, eine Frau, die den ganzen Haushalt mit ihm und drei Kindern schmiss, kochte, backte, einweckte, wusch, bügelte, nähte, flickte, Hausaufgaben betreute, Elternabende besuchte, den Garten pflegte, dadurch kein winziges Zipfelchen eigenes Leben hatte und sich trotzdem nie beklagte. Nicht mal über die Prügel, die sie immer wieder einstecken musste.

Sonja liebte ihre Mutter, doch dank dieses zugegebenermaßen bedauernswerten Vorbildes war ihr schon sehr früh klar gewesen, dass sie auf gar keinen Fall ein solch kleines, auf Familie und Haus reduziertes Leben führen wollte. Schon als Zehnjährige hatte sie sich erfolgreich geweigert, kochen zu lernen. Damals hatte sie sich geschworen, niemals für einen Mann ihr Leben, ihre Persönlichkeit, ihr Selbstwertgefühl aufzugeben. Dass es in dieser Form sowieso nie dazu kommen würde, davon hatte sie mit zehn noch keine Ahnung gehabt.

Natürlich war Sonja damals zu klein, um ihrer Mutter zu helfen, aber schon da war ihr klar, dass solchen Frauen wie ihrer Mutter geholfen werden musste. Und deshalb wusste sie schon mit knapp elf, dass sie Anwältin werden wollte. Bis sie es allerdings zu der erfolgreichen Anwältin im neu duftenden Sportwagen schaffte, hatte sie unzählige schwere Kämpfe mit und gegen ihren Vater ausfechten müssen, der ihre Zukunft in einem Besuch der Hauswirtschaftsschule und baldiger Ehe mit einem gutverdienenden Mann sah. Inklusive natürlich fleißiger Fortpflanzung und Vermehrung.

Gegen seinen Willen – und da hatte die Mutter sie zum ersten Mal unterstützt – blieb sie nach der Mittleren Reife auf der Schule und machte ein recht gutes Abitur. Das hatte ihm schon gefallen, er erzählte es schließlich jedem, ob er es wissen wollte oder nicht, dass seine Älteste das Abitur gemacht hatte. Aber dann kam der Bruch: Als sie ihm nämlich eröffnete, dass sie sich für ein Jurastudium eingeschrieben hatte, warf er sie – gerade volljährig geworden – aus dem Haus. Derartige Hirngespinste wollte er nicht unterstützen. Dabei hätte sie nur ein kostenloses Dach über dem Kopf gebraucht, den Rest hätte sie schon allein geschafft.

Bei dieser Erinnerung angekommen, entfuhr Sonja ein leiser Seufzer. Fünfzehn Jahre war das nun her, und es tat noch immer weh. Aus der Entfernung gesehen war dieser Sommer damals, der eigentlich so gut angefangen hatte, der beschissenste Sommer ihres gesamten Lebens gewesen.

Auch wenn sie am liebsten einfach in ihrem ergonomisch geformten Schalensitz hocken geblieben wäre, wurde es jetzt kühl und vor allem feucht hier drin. Sie raffte sich auf und stieg aus. Wenn ihre Gedanken schon zu ihrem Vater und zu diesem Sommer zurückgeschweift waren, dann würde unweigerlich noch mehr hochkochen. Das wusste sie aus Erfahrung, und das wollte, nein, das *musste* sie vermeiden.

Außerdem wartete Bea drinnen auf sie. Mit ihrem Lächeln, ihrer Wärme würde sie die Gespenster aus der Vergangenheit schnell vertreiben.

Sonja warf die Fahrertür zu und strich im Vorbeigehen liebevoll über den nassen Lack des Wagens.

Ja, sie hatte dieses Auto verdient! Nicht nur, weil sie viel arbeitete, sondern weil sie die letzten fünfzehn Jahre doch irgendwie heil überlebt hatte.

Bevor sie die Haustür öffnete, blieb sie kurz auf der Schwelle stehen und streckte das Gesicht in den Nachthimmel. Die kühlen Tropfen, die ihr auf Stirn, Wangen und Kinn fielen, taten gut.

Der Geruch von frisch gekochter Tomatensoße, Knoblauch und Kräutern empfing sie, als sie die Diele betrat. So roch Heimkommen. So roch es, wenn sich jemand auf einen freute, jemand, der für einen gekocht hatte. Ob sich ihr Vater jeden Abend so gefühlt hatte, wenn er nach getaner Arbeit nach Hause gekommen war? Geliebt? Dabei war Sonja keineswegs überzeugt davon, dass ihre Mutter ihren Ehemann geliebt hatte.

»Hallo Liebes!« Bea erschien mit einem blaukarierten Küchenhandtuch, mit dem sie ihre Hände abtrocknete, in der Tür zur Küche. Wie immer trug sie ihre mit Farbe bekleckste Latzhose, die irgendwann mal vor Sonjas Zeit weiß gewesen sein musste. Ihre wilde tizianrote Lockenmähne, die sie zu einem lockeren Knoten hochgebunden hatte, war in Auflösung begriffen, schon kringelten sich die ersten dicken Locken über ihren Schultern. Dieses Lächeln, der schiefgelegte Kopf – in diesem Moment hatte sie eine unglaubliche Ähnlichkeit mit ... nein, das war Unsinn! Sonja schob den Gedanken schnell beiseite.

Bunte Farbkleckse zierten Beas kaum zähmbare Haarpracht und ihre Arme. Ein hellgrüner Tupfer war auf ihrer rechten sommersprossigen Wange gelandet und dort wahrscheinlich schon vor Stunden eingetrocknet.

Daraus schloss Sonja, dass sie noch vor Kurzem im Atelier gearbeitete hatte – ihre kleine Malerin, wie sie Bea liebevoll nannte. Dort hatte sie wohl wie immer den ganzen Tag verbracht, und mit ziemlicher Sicherheit hatte sie den Pinsel nur zur Seite gelegt, um für sie zu kochen.

Wie sie sie so stehen sah, in der viel zu großen Hose, die ihren schlanken, knabenhaften Körper weit umspielte, mit diesem zärtlichen Strahlen ihrer Augen, die von dem gleichen hellen Grün waren wie der Farbklecks auf ihrer Wange, und der wildroten Mähne, wallte warme Liebe in ihr auf. Bea war für sie wie eine verträumte Elfe in einer harten Welt, die mit ihren farbenfrohen abstrakten Gemälden diese Welt zu verzaubern vermochte. Genauso, wie sie sie verzaubert hatte, damals bei dieser Vernissage, zu der sie eigentlich gar nicht hatte hingehen wollen. Gefallen hatte ihr die unkonventionelle junge Malerin sofort. Dieses zarte, rotgelockte Wesen, das mutig die ersten zaghaften Schritte auf der hart umkämpften Bühne der Kunstszene zu machen wagte, das zwar noch unbekannt war, aber doch selbstbewusst zu seinen Werken stand. Fasziniert war Sonja mit ihrem Sektglas in der Hand von einem großformatigen farbgewaltigen Gemälde zum nächsten gegangen und hatte am Ende des Abends tatsächlich eines gekauft. Zu einem Spottpreis, heute war es sicherlich das Zehnfache wert. Das erste Originalgemälde, das sie jemals gekauft hatte. So groß, dass sie es in ihrer damaligen Wohnung gar nicht aufhängen konnte. Und es war das erste Bild gewesen, das Bea bis dato verkauft hatte. Dieses Bild war also in jeder Hinsicht etwas Besonderes. Es hing seit ihrem gemeinsamen Einzug hier über der Anrichte im Esszimmer, und Sonja liebte es noch immer.

Damals schon waren Beas Arbeiten ein wahrer Farbenrausch gewesen, und das hatte sich in den acht Jahren ihres Zusammenlebens nicht geändert. Sie spiegelten so gut ihr Wesen wider, ihr durch und durch positives Denken, ihre unerschütterliche Fröhlichkeit und Lebenslust, ihre Kraft, ihr positives Denken. Irgendwie hatte Bea wohl einen anderen Blick auf das Leben und die Menschen als sie selbst. In Sonjas Alltag als Familien- und Scheidungsanwältin, in dem sie es mit traurigen, unglücklichen Menschen zu tun hatte, herrschte hingegen die Farbe Grau vor. Grau und natürlich schwarz und weiß. Sonja war dankbar, dass sie an Beas wunderbar positiver Kunst hautnah teilhaben durfte und so doch etwas auf sie abfärbte.

»Harten Tag gehabt?« Bea sah ihr mitfühlend lächelnd zu, wie sie den Aktenkoffer abstellte, die Pumps von den Füßen streifte und die regenfeuchte Kostümjacke auszog und ordentlich auf einen Bügel an der Garderobe hängte.

»Scheiß hart, vielleicht sollte ich es einfach mal als Malerin versuchen?«

»Nur zu, aber ob wir uns dann noch dieses Haus leisten können?« Beas Augen blitzten frech.

Nachdem Sonja die Schuhe ausgezogen hatte, war Bea noch immer einen halben Kopf kleiner als sie. Ihre Beziehung war dennoch auf Augenhöhe. Als Paar harmonierten sie perfekt – wahrscheinlich, weil sie dasselbe wollten: ein friedliches gemeinsames Leben, ohne Druck und Unterdrückung. Aber auch als Einzelpersonen hätten sie nach einer Trennung problemlos weiterleben können, da sie nicht voneinander abhängig waren. Sie waren selbstständige Personen geblieben, hatten beide ihre Jobs, in denen sie erfolgreich waren. Natürlich wäre auf jeden Fall mindestens ein Herz gebrochen, aber sie hätten jede für sich weiterexistieren können.

Sonjas Mutter dagegen hätte ihren Mann niemals verlassen können, nicht einmal, wenn sie es gewollt hätte. Ohne Schulabschluss und Berufsausbildung – wovon hätte sie leben sollen? Als Putzfrau hätte sie vielleicht arbeiten können, denn putzen konnte sie.

Bea stellte sich auf die nackten Zehen, die auch einige Farbkleckse abbekommen hatten, und küsste Sonja liebevoll auf den Mund.

»Zieh dich um, Liebes, Essen ist gleich fertig.« Dann verschwand sie wieder in der zum Wohn- und Esszimmer hin offenen Küche.

Ehrlicherweise musste Sonja eingestehen, dass sie, wenn sie sich wirklich irgendwann einmal trennen sollten, wieder von Fast Food und Fertiggerichten würde leben müssen.

In bequemer Gymnastikhose und weitem Sweatshirt kam sie wenig später in die Küche, wo Bea gerade die Nudeln in ein altes Metallsieb abgoss, das schon die eine oder andere Macke abbekommen hatte. Bea liebte solch alte Dinge. Egal ob Küchenutensilien, Geschirr oder Möbel, sie war immer auf der Jagd nach Gegenständen, die schon ein Leben in einer anderen Zeit und bei anderen Menschen gelebt hatten.

Hingebungsvoll reinigte und polierte sie hundert Jahre altes Silberbesteck, laugte Schränke und Stühle ab und ließ die Gegenstände in neuem Glanz wieder die Aufgaben tun, für die sie bestimmt waren.

»Kümmerst du dich um den Wein?«, fragte Bea, als sie die Tomatensoße in eine bauchige cremefarbene Suppenterrine mit schlichtem Goldrand umfüllte. Egal wie einfach das Essen auch sein mochte, so stilvoll wie Bea es servierte, konnte es mit Edelspeisen im Sternelokal mithalten.

Sonja nahm eine Flasche von dem leichten Chardonnay aus dem Kühlschrank. Auf dem Weg zum Esstisch entfernte sie die Metallkappe und schenkte den hellgelben Rebensaft in die schön geformten Weingläser, die sie Bea mal zum Geburtstag geschenkt hatte.

Bea kam mit der antiken Schüssel und stellte sie mitten auf dem Tisch ab. Mit dem Berg Spaghetti, der sich großzügig darin türmte, hätte man locker ein paar Leute mehr satt bekommen können.

Als krönenden Abschluss zündete Bea die Kerzen an, die in einem leicht angelaufenen Silberkandelaber steckten. Ihr Schein spiegelte sich in allen Teilen wider, die sich auf dem Tisch befanden. Bei diesem Anblick nahm Sonja Bea spontan in den Arm.

»Ich danke dir«, sagte sie von ihren Gefühlen überwältigt.

»Das ist doch nur eine langweilige Tomatensoße. Zu mehr hatte ich einfach keine Zeit.« Das klang tatsächlich entschuldigend.

»Was heißt da *nur*? Du hast sie immerhin selbst gekocht, und sieh dir nur den wunderschön gedeckten Tisch an!«

»Ist ja gut«, sagte Bea ein wenig verlegen und setzte sich. »Lass uns essen, sonst wird alles kalt.« Mit geschickten Bewegungen verteilte sie Nudeln auf die Teller und gab jedem einen Schöpfer von der Soße darüber.

Sonja ergriff ihr hochstieliges Glas und hielt es ihr einladend hin. »Lass uns auf die langweilige Tomatensoße und den toll gedeckten Tisch anstoßen.«

Bea nahm ihr Glas und ließ es leise an Sonjas klirren.

Doch Sonja trank nicht. Sie saß da, mit ihrem erhobenen Glas und sah Bea an. »Und darauf, dass ich für jeden Tag dankbar bin, seit wir uns begegnet sind.«

Bea nahm einen Schluck und stellte das Glas neben ihren Teller. »Ach ja? Darf ich dich bei der Gelegenheit daran erinnern, dass du mich anfangs gar nicht haben wolltest?«, sagte sie mit leicht spöttischem Unterton. Diese Tatsache betonte sie regelmäßig, sobald sie auf dieses Thema zu sprechen kamen.

»Ich kann nur wiederholen, dass ich zu diesem Zeitpunkt einfach keine Beziehung haben wollte. Aber du hast mich dann ja doch noch vom Gegenteil überzeugt.«

Bea nahm das Glasschälchen mit dem grob geriebenen Parmesan.

»Das ist Quatsch, und das weißt du. Du wolltest nur keine lesbische Beziehung«, sagte sie, während sie Käse über ihre Nudeln streute. Sie reichte Sonja das Schälchen und sah sie dabei herausfordernd an. »Gib es doch endlich zu.«

Natürlich hatte Bea recht mit dieser Aussage. Sie hatte sich viele Jahre nicht eingestehen wollen, dass sie kein Interesse an Männern hatte. Geahnt oder vielmehr befürchtet hatte sie es seit diesem Sommer nach dem Abitur. Aber nach dem Sommer war sowieso alles anders gewesen, da war sie völlig verstört, und lange Zeit hatte sie überhaupt nichts mehr gefühlt. Blindwütig hatte sie sich in ihr Studium gestürzt, und für Beziehungen, egal wie auch immer sie geartet gewesen wären, hätte sie neben der Uni und ihrem nächtlichen Job in der Kneipe sowieso keine Zeit gehabt.

Außerdem wurde man, wenn man sein Herz nicht verschenkte, auch nicht verletzt. Und ihr Herz war viele Jahre viel zu wund, viel zu zersprungen gewesen, um sich überhaupt jemandem zuzuwenden.

»Ja, stimmt. Ich war damals wohl noch nicht so weit. Aber du hast mich erweckt.« Sonja legte ihre Linke auf Beas warme Rechte und drückte sie leicht.

»Schwer genug war es. Eins sag ich dir: Wenn du dich noch länger geziert hättest, hätte ich irgendwann aufgegeben.«

»Es war schon süß, wie du immer wieder gesagt hast, dass du dein Bild sehen und kontrollieren willst, ob es ihm auch gut bei mir geht.« Sonja zwinkerte ihr zu. »Ich denke, es war gut für uns beide, dass es nicht so schnell ging. So konnte ich mir meiner Sache ganz sicher werden …«

»Du bist dir also ganz sicher?«

Empört zog Sonja die Hand zurück. »Natürlich! Immerhin sind wir seit acht Jahren ein Paar, wir haben ein wunderschönes Zuhause, wir sind glücklich, haben ein schönes Leben, wir …«

»Dann lass uns heiraten.«

Sonja sah sie verdattert an.

»Was?«

»Wenn du mich liebst, wenn du dir deiner Sache angeblich so sicher bist, dann lass uns heiraten. Denn ich bin mir meiner Sache sicher. Seit ich dich zum ersten Mal vor meinen Bildern stehen sah, weiß ich: Ich will mit dir zusammen sein, in guten wie in schlechten Zeiten. Ich will mit dir alt werden.«

»Ist das etwa ein Heiratsantrag?«

»Du doofe Nuss, natürlich ist das ein Heiratsantrag!«

Sonja war sprachlos. Heiraten – musste das sein? Die vielen Ehen, die sie in den Jahren als Anwältin bis hin zur Scheidung begleitet hatte, inklusive Rosenkriege und Streit um Kinder, Hund und Haus. Nicht zu vergessen die verkorkste Ehe ihrer Eltern, die ihr stets ein Mahnmal gewesen war. Natürlich war es bei ihr und Bea anders, die letzten acht Jahre hatten nichts zu tun mit dem lieblosen Zusammenleben ihrer Eltern. Ihre Beziehung war geprägt von Zuneigung, Vertrauen und Achtung. Bea würde sie nie schlagen, wie ihr Vater es bei seiner Frau getan hatte, aber trotzdem ...

Sie wusste, dass Bea auf eine Antwort wartete. Während ihr so viel durch den Kopf ging, verdüsterte sich der sonst so sonnige Blick ihrer wunderbaren Freundin, Geliebten und Lebensgefährtin zusehends. Wenn sie jetzt Nein sagte, gäbe das einen tiefen Bruch zwischen ihnen. Einen Bruch, der wahrscheinlich nie mehr heilen würde. Sie liebte Bea, von ganzem Herzen und ohne Vorbehalte. Ein Leben ohne sie konnte sie, wollte sie sich nicht vorstellen. Sie hatten glückliche acht Jahre miteinander gelebt – die glücklichsten Jahre, die Sonja je hatte. Warum, verdammt, zögerte sie dann noch?

Sie fasste sich ein Herz. »Ja.«

»Was – Ja?« Bea sah sie ärgerlich an.

»Ja, ich heirate dich. Ich kann mir nichts Schöneres vorstellen, als dich zur Frau zu haben.«

Bea sprang auf und umschlang Sonja stürmisch mit den Armen. Sie küsste und herzte sie. Endlich ließ sie von ihr ab. »Ich hole den Champagner.«

»Hattest du das geplant?« Sonja stand auf, als sie mit Gläsern und der Flasche zurückkam.

Bea reichte ihr die fein geschliffenen Sektflöten und befreite den Flaschenhals von der edlen goldenen Alukapsel und dem Drahtkörbchen. Mit einem dumpfen Plopp ließ sie den Korken herausausspringen und schenkte geschickt ein. »Das Schampustrinken ja, den Antrag nicht, der war ganz spontan. Ich wollte eigentlich auf den Verkauf eines Bildes mit dir anstoßen, aber so lohnt sich das teure Prickelwasser doppelt.«

Sie stießen an, sahen sich dabei tief in die Augen und küssten sich.

Oh mein Gott, ich werde heiraten, dachte Sonja teils glücklich, teils unbehaglich, als sie das Glas mit einem Zug leerte. Sie würde den Bund fürs Leben eingehen, obwohl sie sich immer geschworen hatte, nie in diese Falle zu tappen. Zu viele unglücklich verheiratete Menschen hatte sie erleben müssen. Menschen die nach ein paar Jahren gelangweilt nebeneinanderher lebten, sich gleichgültig geworden waren und sich jahrelang in dieses Schicksal fügten, bis sie sich endlich aufraffen konnten, aus diesem Gefängnis auszubrechen. Ja, Ehe war für sie ein selbst gewähltes Gefängnis.

Aber mit Bea und ihr würde es sicher anders sein. Sie würden sich nicht gegenseitig einschränken, unterdrücken, belauern, verletzen und am Ende hassen. Oder?

Sie stellte das leere Glas neben ihrem Teller ab. Das Essen war jetzt kalt. Ob ihre Liebe auch eines Tages erkalten würde?

»Du hast ein Bild verkauft?«, fragte Sonja, um sich selbst auf andere Gedanken zu bringen.

»Ja, die *Grüne Landschaft.* An einen Architekten aus Berlin, es wird in Kürze die Wand seiner frisch restaurierten Gründerzeitvilla schmücken.«

Es klang fröhlich, als sie das erzählte, aber Sonja wusste, dass Bea jeder Abschied von einem Bild wehtat, so als wären ihre Gemälde ihre Kinder. Und irgendwie waren sie das ja auch, immerhin hatte sie jedes einzelne erschaffen. In wochen- und monatelang währenden Arbeitsprozessen schenkte sie jedem eine Existenz auf einer Leinwand, hauchte ihnen Leben und Einzigartigkeit ein, lebte mit ihnen, durcharbeitete so manche Nacht an ihnen, entwarf, verwarf, malte, übermalte und überspachtelte wieder, nur um neu zu beginnen. Nur um sie eines Tages schweren Herzens zu verkaufen.

»Ausgerechnet dein Lieblingsbild?«

Bea deutete mit ihrem Glas auf eine Stelle hinter Sonja. »Mein Lieblingsbild hängt an dieser Wand da – aber ja, ich mag es sehr. Bloß kann ich sie nicht alle behalten. Ich hab vorhin mit dem Käufer telefoniert – wir können das Bild jederzeit besuchen, wenn wir in Berlin sind.«

Sie hatte tatsächlich *besuchen* gesagt, und Sonja liebte sie dafür. Die Art und Weise, wie Bea mit Menschen und mit Dingen umging, war ihr so noch nie begegnet. Allem näherte sie sich mit Achtung und Neugier und Hingabe, ob es nun eine uralte verbeulte Emailleschüssel, ein klappriger Stuhl oder ein Mensch war. Sie liebte irgendwie alles und jeden, wenn man mit ihr zusammen war, dann gab sie einem stets das Gefühl, das Wichtigste in ihrem Leben zu sein. Und was kaputt war, das reparierte und heilte sie. Genau wie bei ihr. Bea hatte auch sie repariert. Wie ein verstörtes und verwahrlostes Kätzchen hatte sie sie gefunden und aufgepäppelt, hatte ihr ein warmes, sicheres Zuhause gegeben.

»Ich liebe dich«, sagte Sonja überwältigt von ihren eigenen Gefühlen.

»Ich liebe dich auch. Und jetzt werde ich das Essen noch mal warm machen.«

Bea schnappte sich die Teller und trug sie in die Küche. Gleich darauf hörte Sonja das Zuklappen der Mikrowellentür. Etwa drei Minuten später erklang ein metallisches »Ping«, und Bea kam mit dampfenden Tellern zurück.

Sie wünschten sich einen guten Appetit und küssten sich – ein tägliches Ritual. Manche beteten vor dem Essen, sie küssten sich. Sogar im Restaurant machten sie das, was ihnen schon so manchen spöttischen Blick von Tischnachbarn eingebracht hatte. Auch vor dem Frühstück und dem Mittagessen hielten sie so kurz inne. Bea hatte es eingeführt, und Sonja hatte es gern angenommen.

Schweigend aßen sie, nur das Klappern ihres Bestecks auf dem Porzellan und das leise Ticken der zierlichen intarsienverzierten Kaminuhr, die nicht auf einem Kaminsims, sondern in einem schlichten, aus gebrauchten Gerüstdielen grob gezimmerten Regal stand, war zu hören.

Aber es war ein angenehmes Schweigen, eines, das einen wie eine warme Decke umhüllte.

Als sie fertig waren, schob Bea ihren Teller in die Mitte des Tisches und holte ein Tabakpäckchen aus der Tasche ihres Latzes. Geschickt drehte sie sich eine Zigarette. Als sie sie angezündet und den ersten tiefen Zug gemacht hatte, legte sie die Füße auf die Sitzfläche des Stuhles neben ihr. Mit in den Nacken gelegtem Kopf sog sie immer wieder genussvoll den Rauch ein, hielt ihn einen Moment in ihrer Lunge und entließ ihn dann langsam als Kringel durch ihre feingezeichneten Lippen.

Sonja rauchte nicht mehr. Als erwachsener Mensch wollte sie nicht von so einem Glimmstängel abhängig sein, der, wenn man ehrlich war, noch nicht einmal schmeckte. Natürlich hatte sie in ihrer Jugend mitgequalmt, aber auch nur, weil die anderen sie dazu gedrängt hatten, vorneweg Johanna.

Jo – warum dachte sie jetzt ausgerechnet an Jo? Schon zum zweiten Mal an diesem Tag schlichen sich Erinnerungen an sie heran, die sie seit vielen Jahre verdrängt geglaubt hatte.

Sie zwang ihre Gedanken in eine andere Richtung, und sie landeten zwangsläufig bei ihrem Vater, der ein starker Raucher gewesen war, was sie schon als Kind als sehr unangenehm empfunden hatte. Wenn dann noch seine Freunde zum Kartenspielen und Biertrinken da waren, war die Luft in der Wohnung zum Schneiden gewesen. Und dann erst der eklige Gestank des kalten Qualms am nächsten Morgen!

Sie beobachtete Bea. Es störte sie komischerweise nicht, dass sie rauchte. Bea rauchte nicht oft, gern aber nach dem Essen – oder nach dem Sex. Bei ihr sah Rauchen nicht wie Rauchen aus, bei ihr war es etwas Sinnliches, etwas Hingebungsvolles. Irgendwie war alles, was Bea tat, sinnlich, ob sie nun konzentriert und weltentrückt an der Staffelei stand oder am Herd, ob sie Unkraut zupfte oder Radieschen schnippelte – alles tat sie so wunderbar intensiv. Bea lebte mit allen Sinnen. Eine Fähigkeit, die sich in ihren Bildern widerspiegelte. Dadurch empfand sie Glück noch glücklicher – aber auch Leid viel leidvoller, Schmerz viel schmerzlicher.

Sie selbst war das krasse Gegenteil. Als sie Bea kennengelernt hatte, war sie eine kühle, rationale Frau gewesen, die nichts und niemanden mehr an sich heranlassen wollte, die nicht mehr fühlen wollte. Nach dem, was damals geschehen war, wollte sie nie wieder lieben, nie wieder leiden. Es war harte Arbeit gewesen, bis sie so gut wie emotionsfrei geworden war, das trockene Jura-Studium und der harte Überlebenskampf waren dabei sehr hilfreich gewesen.

Doch dann war Bea in ihr Leben getreten, und mit ihr alles, was sie viele Jahre erfolgreich von sich ferngehalten hatte. Bea, die so viel Ähnlichkeit hatte mit ... mit Annabell.

Noch nie hatte sie sich das eingestanden, aber so war es. Diese ungezähmte Lebenslust, diese Offenheit allem und jedem gegenüber, dieses Vertrauen in sich selbst und die eigenen Fähigkeiten, diese Sinnlichkeit ... genau wie Annabell!

Eine Hand legte sich auf ihre. »Liebes? Alles gut bei dir?«

Sonja sah in zwei forschende grüne Augen unter kritisch gerunzelter Stirn.

»Ja, klar. Ich bin nur müde.«

Sie war Bea dankbar, dass sie sie aus ihren Gedanken geholt hatte. Aus Gedanken, die sie nicht mehr denken wollte. Aus Gedanken an Menschen, an die sie nicht mehr denken wollte.

»Es sah eher so aus, als wärst du einem Geist begegnet.«

Du hast ja keine Ahnung, wie recht du damit hast, dachte Sonja. Fröstelnd zog sie die Ärmelbündchen über ihre Hände.

»Ich mach uns einen Espresso.« Mit dem Rest ihrer Zigarette im Mundwinkel stand Bea auf. Sie stellte die Teller zusammen, platzierte die Nudelschüssel darauf und umrundete damit den Tresen, der Küche und Essbereich trennte.

Sonja folgte ihr mit der Soßenterrine. An den Kühlschrank gelehnt sah sie zu, wie Bea den achteckigen Espressokocher auseinanderdrehte, den unteren Teil mit Wasser und das Sieb mit Espressopulver befüllte und alles wieder zusammenschraubte.

Es dauerte nicht lange, und auf der Flamme des Gasherdes begann es zu brodeln und zu zischen.

Sonja holte zwei antike Mokkatassen samt Untertassen aus dem Schrank und brachte sie zum Tisch.

»Du hast übrigens Post bekommen«, sagte Bea, als sie wiederkam, um den Zucker und kleine Löffel zu holen.«

Sonja folgte ihrem Blick zum Tresen und sah erst jetzt den weißen Umschlag, der dort neben der Obstschale lag.

Ihr Name und ihre Adresse waren mit akkurater, gut leserlicher Handschrift darauf geschrieben. Sie nahm ihn hoch und drehte ihn um. Karin Becker stand da als Absender. Sie kannte keine Karin Becker. Den Ort, aus dem der Brief kam, den kannte sie allerdings, drei Orte weiter war sie aufgewachsen und zur Schule gegangen.

Ein ungutes Gefühl beschlich sie. Am liebsten hätte sie den Umschlag ungeöffnet weggeworfen.

»Von wem ist der?« Bea schaltete den Herd aus und trat mit dem dampfenden Kocher neben sie.

»Von einer Karin Becker.«

»Und wer ist das?«

»Keine Ahnung.« Sonja legte den Brief wieder hin und schob ihn ans andere Ende des Tresens.

Bea sah sie fragend an. »Und warum machst du ihn dann nicht auf?«

»Keine Lust.«

Blitzschnell griff Bea zu und ging, den Brief wie einen Fächer wedelnd, ins Esszimmer. »Dann mach ich ihn eben auf.«

Sie goss kohlrabenschwarzen Kaffee in die Tassen und setzte sich.

»Karin Becker … hm … eine heimliche Verehrerin vielleicht?«

»Quatsch.« Sonja gab einen Löffel Zucker in ihren Espresso und rührte vorsichtig um.

»Sehr ordentliche Handschrift, saubere senkrechte Buchstaben – die Schreiberin ist wahrscheinlich sehr besonnen, eher nüchtern und ausgesprochen langweilig. Diesen Brief hat ein völlig temperamentloser Mensch geschrieben, so viel steht schon mal fest.«

»Was du nicht sagst!« Auch wenn Sonja der Brief nicht geheuer war, so sah sie Bea doch amüsiert zu, wie sie den Umschlag drehte und wendete und prüfend gegen das Licht hielt.

»Auf jeden Fall kein billiges Papier.«

»Riecht neutral – kein Parfüm«, diagnostizierte Bea, nachdem sie an dem Kuvert geschnuppert hatte. Fragend sah sie Sonja an. »Soll ich?«

»Tu dir keinen Zwang an«, sagte die, obwohl ihr Bauchgefühl aus welchen Gründen auch immer sehr laut davon abriet.

Bea griff nach ihrem Messer, das noch unbenutzt auf dem Tisch lag. Nur das Ratsch, das die Klinge beim Zerschneiden des dicken Papieres machte, und das gleichmäßige Ticken der Kaminuhr waren zu hören.

Als Bea eine gefaltete Karte herauszog, hielt Sonja den Atem an.

»Eine Einladung«, las Bea vor. »Zum fünfzehnten Jahrestag des Abiturjahrgangs – deines Abiturjahrgangs.«

Bea sah hoch, ihr Lächeln erstarrte, als sie Sonjas entsetzten Gesichtsausdruck sah.

»Was denn? Klassentreffen sind doch toll! Ich *liebe* Klassentreffen. Es ist doch witzig, nach so vielen Jahren die ganzen Leute wiederzutreffen und zu sehen, was aus ihnen geworden oder doch nicht geworden ist. Und wie langweilig und spießig sie allesamt sind.« Sie schob die Karte in ihre Richtung.

Doch Sonja reagierte nicht, sie starrte nur stumm auf die Einladung. Den ganzen Tag schon hatte sie immer wieder an damals denken müssen, und jetzt das ...

»Ich werde nicht hingehen«, sagte sie düster.

»Aber natürlich wirst du hingehen, Liebes, und ich werde dich begleiten. Ich bin nämlich schrecklich neugierig auf die Menschen, die dich damals als junge Sonja erleben durften. Bestimmt haben sie tolle Geschichten zu erzählen.«

Ja, dachte Sonja, sicherlich haben sie das. Launige Schülergeschichten, klar. Und am Ende, zwangsläufig, werden sie von Annabell sprechen, und was damals passiert ist ...

Sie spürte einen dicken Kloß im Hals, lang nicht mehr geweinte Tränen stiegen in ihr auf. Sie nahm die Karte, zerriss sie in viele kleine Teile und warf sie auf den Tisch. Dann stand sie so abrupt auf, dass der Stuhl nach hinten überkippte und krachend zu Boden fiel. »Ich werde nicht hingehen!«, sagte sie laut, viel zu laut, und eilte hinaus.

4

Der Sommer vor fünfzehn Jahren
Iris

Seit sie in das Auto eingestiegen war, fragte sich Iris, was sie sich nur dabei gedacht hatte, wie sie überhaupt auf die Idee gekommen war, das zu tun.

»Mein Vater wird mich umbringen!«, sagte sie düster, als sie durch die menschenleeren Straßen fuhren. Es war kurz nach zwei Uhr morgens, die Stadt und ihre Bewohner schliefen. Nur Annabell, Johanna, Sonja und sie waren wach. Sie saßen in einem bis unters Dach vollgepackten alten VW Vento und machten sich heimlich davon. Nun ja, eigentlich machte nur sie sich heimlich davon, die anderen drei waren erlaubt unterwegs. Aber sie waren ihre Komplizinnen.

Annabell, die den Wagen durch ihre nächtliche Heimatstadt lenkte, drehte sich halb zu ihr um. »Noch kannst du aussteigen und wieder nach Hause gehen, bevor es jemand merkt.«

Trotzig schüttelte Iris den Kopf. Sie wollte nicht nach Hause gehen. Sie wollte genau hier sein, hier bei ihren besten Freundinnen in diesem Auto. Monatelang hatten sie von nichts anderem als von diesem gemeinsamen Urlaub gesprochen und dafür gespart. Wochenlang hatten sie alles genau geplant und sich darauf gefreut. In dieser Zeit der Planung hatten sie sich gefühlt, als hätten sie seit dem Kindergarten einzig und allein auf diesen Zeitpunkt hin gelebt. Jetzt waren sie nicht mehr die kleinen Mädchen, die sich schüchtern an ihrem ersten Kindergartentag beschnuppert hatten, jetzt waren sie volljährig – bis auf Iris, sie würde erst im Urlaub achtzehn werden. Endlich lag die Schule hinter ihnen, allesamt hatten sie überraschend gute Abiturnoten hingelegt. Verdammt, sie waren tatsächlich *erwachsen*!

Sechs Wochen nach der letzten Abiturprüfung sollte es losgehen, hinein in drei Wochen Ferien, Erholung, Spaß und uneingeschränkte Freiheit. Vielleicht auch vier Wochen, wenn das Geld so lange reichen würde. Es waren die letzten Schulferien ihres Lebens, danach würde das Studium und somit der viel zitierte Ernst des Lebens beginnen. Ihr erster Urlaub zu viert. Der erste Urlaub ohne Eltern.

Ein Urlaub, durch den Iris' Vater zwei Tage zuvor einen dicken Strich gemacht hatte, indem er ihr verbot mitzufahren. Weil sie noch nicht volljährig war. Weil er sie nicht in ein Auto steigen lassen wollte, das die weite Strecke von einer Fahranfängerin gesteuert werden sollte. Weil noch keines der anderen Mädchen den Führerschein hatte, um sich mit Annabell auf dieser langen Strecke beim Fahren abzuwechseln – wobei es sich dabei ja dann auch um eine Fahranfängerin gehandelt hätte und somit auch zu gefährlich gewesen wäre. Weil er sie angeblich in der Firma brauchte, wie in den Ferien zuvor, in denen sie bei ihm gejobbt hatte. Und weil er es ihr einfach nicht gönnte, davon war Iris überzeugt. Alle ihre Tränen hatten nichts genützt – er war nicht zu erweichen gewesen. Anders als Annabells Eltern hielt er nichts von der Theorie, dass man jungen Menschen Freiheiten einräumen, dass man ihnen vertrauen, dass man ihnen Flügel verleihen musste, damit sie starke, selbstbewusste Erwachsene werden konnten.

Und ihre Mutter? – Die hatte nur hilflos danebengestanden und keinen Piep gesagt. Doch, sie hatte etwas gesagt, hinterher, als die Fronten schon viel zu sehr verhärtet gewesen waren: »Es tut mir so leid, Irislein.« Von ihrem verdammten Mitleid konnte sich Iris aber nichts kaufen. Sie hasste somit nicht nur ihren Vater, sondern auch ihre schwache, zum Kotzen unterwürfige Mutter.

Und trotzdem saß sie jetzt in diesem Wagen, zusammen mit ihren Freundinnen. Aber so richtig wohl fühlte sie sich nicht.

Es war Johannas Idee gewesen, und bestimmt hatte sie es gar nicht ernst gemeint, als sie tags zuvor lachend gesagt hatte, dass ihnen dann ja gar nichts anderes übrig bliebe, als Iris zu entführen.

Entführt hatten sie Iris nicht, sie war freiwillig mit ihrer heimlich gepackten Reisetasche und mit vor Angst und schlechtem Gewissen beinahe zerspringendem Herzen aus dem Fenster ihres Zimmers im zweiten Stock geklettert – vom Fensterbrett auf das darunterliegende Garagendach und von dort über den Papiercontainer in den Hof. Vor nicht mal einer Viertelstunde war das gewesen.

»Wenn wir zurückkommen, bist du achtzehn, dann kann er gar nichts mehr machen.« Sonja, die auf der Rückbank neben Iris saß, hatte tröstend den Arm um sie gelegt und sie an sich gezogen.

»Höchstens enterben«, sagte Johanna vom Beifahrersitz her. Grinsend drehte sie sich zu ihnen nach hinten. »Wenn ich's recht überlege, könnte dir gar nichts Besseres passieren, dann musst du nämlich garantiert die Spedition nicht übernehmen.«

»Dass du andere Lebenspläne hast, ist deinem Vater doch inzwischen klar, oder?«, fragte Annabell, die vor einer roten Ampel anhielt – der letzten Ampel dieser Stadt, die sie ausbremsen konnte. War sie erst überwunden, konnte sie nichts mehr aufhalten. Abgesehen von Iris' Vater, der inzwischen ihr leeres Bett und das offene Fenster entdeckt und ihre Verfolgung aufgenommen haben könnte. Nicht zum ersten Mal, seit sie den Platz hinter Johanna eingenommen hatte, drehte sich Iris hektisch um. Aber die Straße war leer, keine Scheinwerfer näherten sich, kein Polizeiauto kam mit Blaulicht hinter ihnen her.

»Das schon, aber ich weiß nicht so recht, ob er mich ernst nimmt. Ohne die Unterstützung meiner Eltern kann ich das Medizinstudium jedenfalls abschreiben.« Kaum hatte sie das ausgesprochen, wusste Iris, dass sie gerade den größten Fehler ihres Lebens gemacht hatte. Ihr strenger Vater, der eh nie gewollt hatte, dass sie studierte, der auch noch gar nicht wusste, dass es Medizin war, was sie studieren wollte, und schon gar nicht, dass ihr mit einem der besten Abiturzeugnisse des Jahrgangs schon ein Studienplatz in Heidelberg sicher war, er würde es ihr niemals verzeihen, dass sie gegen seinen ausdrücklichen Willen abgehauen war! Was würde er tun, wenn er in wenigen Stunden ihr Verschwinden bemerkte?

»Ich will ja nicht den Teufel an die Wand malen, aber was, wenn er uns die Polizei hinterherschickt?« Damit sprach Sonja genau den Gedanken aus, den Iris zuletzt gedacht hatte. Sie, die im September ihr Jurastudium beginnen würde, war die einzige gewesen, die sich gegen Iris' nächtliche Flucht ausgesprochen hatte.

»Hat Italien einen Auslieferungsvertrag mit Deutschland?«, erkundigte sich Johanna nicht ganz ernst.

»Soviel ich weiß, gilt das nur für Verbrecher«, tat Sonja das Gesagte ab.

»Na ja, Frau Anwältin, immerhin ist unsere liebe Iris aus einem Hochsicherheitsgefängnis ausgebrochen ...«

»Mensch, Jo, so schlimm ist mein Vater nun auch wieder nicht!« Auch wenn sie es nicht für richtig hielt, dass ihr Vater den Urlaub in Italien verboten hatte, verspürte Iris trotzdem das seltsame Bedürfnis, ihn in Schutz zu nehmen. Ja, es war nicht immer leicht mit ihm, und seit sie dreizehn geworden war, wachte er über sie und ihre Tugend wie ein scharfer Polizeihund. Aber das war, weil er sie liebte, weil er sie beschützen wollte vor der bösen Welt da draußen. Vor einer

Welt, die sie selbst nicht böse, sondern eher aufregend und verlockend fand. Eine Fürsorge, die Sonja und Johanna nicht kannten, weil sie Erzeuger hatten, die viel zu sehr mit sich selbst und ihren Problemen beschäftigt waren.

Jos Eltern befanden sich gerade in einer hochexplosiven Phase ihrer Scheidung und stritten darum, wie ihr gemeinsames Hab und Gut aufgeteilt werden und welches der drei Kinder bei wem leben sollte. Jo hatte sich schon für ihren Vater entschieden, aber die fünfjährigen Zwillinge hatten noch kein Mitspracherecht. Vor Kurzem hatte sie angedeutet, dass die beiden wohl bei der Mutter bleiben würden und dass sie dann endlich ihre Ruhe vor den Plagegeistern hätte. Nach diesem Urlaub war es dann eh egal, da sie ihr Studium in Würzburg und somit weit weg von ihrer Familie antreten würde.

Iris dagegen hatte sich ein Leben lang erfolglos Geschwister gewünscht und fand diese Aussage einfach nur schrecklich. Auch die Vorstellung, ihre Eltern könnten sich trennen, gehörte für sie in einen Bereich des Unvorstellbaren. Johanna jedoch nahm das mit der ihr gegebenen Gelassenheit hin. Seit Iris sie kannte, beneidete sie sie um ihre unerschütterliche Coolness, die Leichtigkeit, mit der sie an alles heranging. Wie es hinter der coolen Fassade und den flotten Sprüchen in Jo wirklich aussah, wusste aber keiner so genau.

Die Eltern von Sonja taten ihr Möglichstes, die sechsköpfige Familie über Wasser zu halten, aber wirklich gut ging es ihnen nicht. Ihr Vater arbeitete zwar hart in der Zementfabrik, aber sein Problem war, dass er auch sehr gern feierte. So hatte es Iris' Vater einmal harmlos ausgedrückt. Dabei war es ein offenes Geheimnis, dass der Mann Alkoholiker war und sich gelegentlich an seiner Frau vergriff. Obwohl er das alles wusste, hatte ihr Vater ihm einen Job in der Spedition gegeben, als er nach dem Konkurs des Kieswerkes arbeitslos geworden war. Vielleicht aber auch genau deswegen. Um der besten Freundin seiner Tochter und deren Familie zu helfen. Lang war er nicht bei ihnen tätig gewesen, nur ein paar Wochen, dann hatte er die Stelle im Zementwerk bekommen. Dass er auch die Kinder schlug, davon hatte Sonja nie etwas erzählt. Andererseits konnte sich Iris nur zu gut vorstellen, dass es der Freundin zu peinlich war, um darüber zu sprechen. Auch wenn sie besten Freundinnen waren.

Und Annabells Eltern waren wie die von Iris: ganz normal. Weniger streng allerdings, was wohl daran lag, dass sie jünger waren. Sie waren das, was man reich nennen konnte. Der Vater war Kinderarzt mit eigener Praxis, die Mutter Psychologin, ebenfalls mit eigener Praxis. Dass sie wenig Zeit für die einzige Tochter hatten, kompensierten sie, indem sie ihr viel mehr erlaubten als andere Eltern, und dass sie ihr Dinge ermöglichten, die sich die anderen Familien nicht leisten konnten. Annabell lebte in einem riesengroßen Haus mit Swimmingpool, in dem die vier Freundinnen so manchen heißen Sommertag verbracht hatten. Sie hatte als Einzige von ihnen einen Hund, eine Tatsache, von der die anderen drei immer nur träumen durften, und ein eigenes Pferd, von dem zumindest Jo immer geträumt hatte. Seit sie vier war, bekam sie Klavier- und Ballettunterricht – wovon keiner der anderen je geträumt hatte. Im Gegenteil, sie hatten immer Mitleid mit Bella, wenn sie große Teile der Nachmittage mit Üben und Trainieren verbringen musste, während sie im Schwimmbad oder mit den Fahrrädern unterwegs waren.

Iris war weder musikalisch noch sportlich, was sie nie als schlimm empfunden hatte, aber wenn sie die Freundin tanzen sah, dann wurde sie doch ein klein wenig neidisch. Es sah so leicht aus, wie nicht von dieser Welt, wenn Annabell über die Bühne schwebte. Bella war für das Tanzen geboren, das wurde ihr dann immer aufs Neue klar – und auch, dass sie selbst nichts fürs Leben mitbekommen hatte, was irgendwie besonders war. Iris konnte nicht singen, nicht tanzen und nicht malen. Sie konnte gerade mal recht passable Kuchen backen. Und gut lernen und sich alles ganz leicht merken konnte sie, sie musste es nur ein- höchstens zweimal durchlesen. Fotografisches Gedächtnis hieß das, aber ein Talent, das andere zum Staunen oder ihnen Freude bringen konnte, war es nicht. Johanna konnte wenigstens toll schreiben, ihre Aufsätze wurden immer vor der ganzen Klasse vorgelesen. Und Sonja? Sie war eine begnadete Sportlerin, Leichtathletik und Volleyball waren ihr Ding. Mit dem Schul-Volleyballteam hatte sie mehrere Jahre in Folge bei »Jugend trainiert für Olympia« teilgenommen, im letzten Jahr hatten sie den Wettbewerb sogar gewonnen. Und sie spielte ganz wunderbar Gitarre.

Auch äußerlich hatte Iris in ihren eigenen Augen überhaupt nichts Besonderes an sich. Sie war ein sehr zierliches, farbloses, unscheinbares Mädchen mit mausbraunen Kringellocken und viel zu heller Haut. Einer Haut, auf der sich Millionen Sommersprossen tummelten und die schon bei wenig Sonne Sonnenbrand bekam.

Gegen die rassige dunkelhaarige Annabell mit den dicken Locken und der südländisch aussehenden Haut war sie regelrecht durchsichtig. Überhaupt war sie aus ihrem Mädelsquartett die, die am leichtesten zu übersehen war. Sonja fiel allein schon durch ihre Größe und ihre sportliche Figur auf. Wenn sie einen Raum betrat, sahen automatisch alle zu ihr hin. Präsenz nannte man das wohl. Und Jo hatte dieses Lachen, dieses Strahlen in ihren blauen Augen. Iris' Augen waren zwar auch blau, aber eher so ein blasses, wässriges Blau. Doch das Wunderbarste an Jo waren ihre Schlagfertigkeit und ihr Humor, mit dem sie jeden zum Lachen bringen konnte.

»Auf jeden Fall war das ein fernsehreifer Ausbruch, meine Lieben!«, riss Johanna Iris aus ihren Gedanken. »Hätte ich unserem wohlerzogenen Küken ehrlich gesagt gar nicht zugetraut.«

Das Küken hätte die Aktion auch am liebsten rückgängig gemacht. Was aber nicht mehr ging. Auf gar keinen Fall wollte Iris jetzt an das Heimkommen und den Empfang ihres Vaters in ein paar Wochen denken!

»Bestimmt hängen in ein paar Tagen an jedem Baum in Italien Steckbriefe: Wanted! Wer hat meine flüchtige Tochter gesehen? Sachdienliche Hinweise bitte unter unten stehender Nummer an Interpol!«

»Mann, Jo, halt endlich deine blöde Klappe!«, fuhr Annabell sie von der Seite an. »Merkst du nicht, dass es Blümchen eh nicht so gut damit geht? Oder willst du, dass sie doch noch aussteigt und zurückläuft?«

»Nein, natürlich nicht. Ich wollte nur die Stimmung ein bisschen aufhellen.«

»Mal im Ernst, Blümchen: Weiß dein Vater denn, wo genau wir hinfahren?«, fragte Sonja nachdenklich.

»Ich bezweifle, dass diese Frage dazu beiträgt, dass sich Iris besser fühlt«, bemerkte Johanna zutiefst sarkastisch. Doch dann drehte sie sich um und fragte in den dunklen Fond hinein: »Meinst du, er könnte irgendwelche Truppen losschicken, um sein heißgeliebtes Töchterchen zurückzuholen?«

Grundsätzlich traute Iris ihm das zu. »Quatsch, er weiß doch, mit wem ich unterwegs bin«, sagte sie mehr zu ihrer eigenen Beruhigung.

»Eben, mit einer weltfremden Tanzmaus, einer angehenden Rechtsverdreherin und mit mir, einer notorischen Schulschwänzerin.«

»Nenn mich nicht immer Tanzmaus!«, zischte Annabell.

»Is ja gut, is ja gut, die Tanzmaus nehm' ich zurück – aber wie ihr unschwer erkennen könnt, sind wir wohl nicht der allerbeste Umgang für unsere kleine Iris. Ohne unseren schlechten Einfluss wäre sie nämlich brav daheim in ihrem Bettchen!«

»Blümchen, weiß er, wo wir hinwollen?«, fragte Sonja erneut.

Iris überkam ein ungutes Gefühl. Aber die ersten fünfzig Kilometer waren inzwischen gefahren, zum Umkehren war es zu spät. »Nur dass wir uns einen Campingplatz in der Nähe von Jesolo ausgesucht haben«, sagte sie zaghaft.

Theatralisch stöhnte Johanna auf. »Na toll, die Bullen werden uns ruckzuck finden!«

»Weißt du was, Jo? Du hörst dich an wie der weibliche Teil von Bonnie und Clyde«, sagte Sonja leicht genervt.

Johanna kicherte vergnügt. »Genau, lasst uns mordend und raubend durch Italien ziehen. Und ich schreibe dann unsere Geschichte auf, die in fünfzig Sprachen übersetzt ein Weltbestseller wird!«

»Dann sag doch mal ›Hände hoch!‹ auf Italienisch«, forderte Annabell sie spöttisch auf.

»Das schau ich dann rechtzeitig nach, ich hab ein kleines Wörterbuch dabei. Aber, um aufs eigentliche Thema zurückzukommen: Was haltet ihr davon, wenn wir einfach woanders hinfahren? Rimini oder so? Dann können sie uns suchen, bis sie schwarz werden.«

»Wenn sie uns überhaupt suchen, denn vielleicht ...«

»Vergiss es«, unterbrach Annabell Iris mitten im Satz. »Dann flippen auch noch meine Eltern aus. Sie haben mir den Trip nur erlaubt, weil sie den Campingplatz in Cavallino kennen und mir die Strecke zutrauen, weil ich sie schon zigmal mit ihnen gefahren bin. Außerdem sind unsere Plätze reserviert.«

»Süße, deine Alten müssen das doch gar nicht erfahren.«

»Und wenn was passiert? Dann wissen sie nicht, wo wir sind. Nein, Jo, ohne mich!«

»Mensch, Bella, was soll denn passieren? Wenn es dir damit besser geht, können wir ja deine Eltern anrufen, sobald wir ein hübsches Plätzchen gefunden haben, und unser geändertes Ziel durchgeben.« Johanna kramte in der Tasche zwischen ihren Füßen und zündete sich gleich darauf eine Zigarette an.

»Nicht hier im Auto!«, fauchte Annabell.

Johanna blies ihr von der Seite Rauch ins Gesicht. »Ach, hab dich nicht so, ist ja jetzt deins.«

Tatsächlich hatte Annabell den nicht mehr ganz neuen Vento von ihrer Oma zum bestandenen Führerschein geschenkt bekommen. Der Wagen hatte mindestens fünfzehn Jahre und beinahe zweihunderttausend Kilometer auf dem Buckel. Schön war er wirklich nicht, aber für die Mädchen und ihre erste gemeinsame Urlaubsreise war er genau das richtige Gefährt: Von den Großeltern stets scheckbuchgepflegt, war er ein zuverlässiges Fahrzeug und würde die eine oder andere Beule und eventuelle Kratzer nicht übel nehmen. Das Beste von allem war jedoch der riesige Kofferraum. Wenn auch nicht ganz ausreichend für das Gepäck von vier Leuten für vier Wochen. Den ganzen Nachmittag und Abend vor Reiseantritt hatten sie gepackt und das Auto beladen, wieder ausgeladen und erneut, nur mit anderem System, die prall gefüllten Reisetaschen, die beiden Zelte, die Schlafsäcke und die Verpflegungskisten hineingeräumt. Nur um am Ende festzustellen, dass sogar der riesige Kofferraum des Ventos zu klein war für ihr Gepäck. Etwas war immer daneben stehen geblieben, als der Kofferraumdeckel gerade noch so zuging. Letztendlich hatten sie die Schlafsäcke aufgerollt und auf der Rückbank ausgebreitet. Iris und Sonja saßen darauf – wie die Prinzessinnen auf der Erbse, hatte Jo gefrotzelt. Da auch Iris` Tasche nirgendwo mehr reingepasst hatte, stand sie jetzt zwischen Sonja und ihr. Das nahm zwar Platz weg, als Armstütze war das aber gar nicht schlecht.

»Außerdem ist Rauchen gut für die Nerven.« Johanna zog kräftig an dem Glimmstängel und reichte ihn dann nach hinten.

Sonja inhalierte zweimal hintereinander, Iris lehnte dankend ab. Beim letzten Mal war ihr elend schlecht geworden.

Zudem fand sie, dass das Zeug ganz widerlich schmeckte. Außerdem würde ihr Vater dann schon nach einer Stunde mit einem der Punkte recht behalten, die er ihr als voraussichtliche Verfehlungen während dieses Urlaubs aufgezählt hatte: rauchen wie die Schlote, ungebremstes Feiern, Alkohol trinken, Drogen nehmen und ungezügelten, ungeschützten Sex haben.

Die Zigarette wanderte wieder nach vorn zu Johanna, die sie schweigend fertig rauchte und dann mit den Worten »So, jetzt hab ich den Aschenbecher entjungfert« in ebendiesem ausdrückte.

Eingehüllt in bedrücktes Schweigen fuhren sie durch die Nacht.

»Durch mich bekommt ihr bloß Schwierigkeiten«, sagte Iris irgendwann in das gleichförmige Brummen des Motors hinein.

»Eine für alle, alle für eine«, leierte Johanna emotionslos ihr Motto seit dem Kindergarten herunter. Gleich darauf machte sie sich am Radio zu schaffen und verkündete in einem um einiges muntereren Ton: »Mein Name ist Jo, und ich bin eure DJane für diese Nacht. Lehnt euch zurück, Mädels, lauscht meiner Musik und vergesst eure Sorgen!«

Doch die Musik, die gleich darauf aus den Lautsprechern erklang, war alles andere als Discomusik.

...Sie will einen Italiener mit schwarzen Haaren auf der Brust ...

Schallendes, erlösendes Gelächter erfüllte das Wageninnere. Johanna stellte kurz lauter, dann machte sie den Flippers ein Ende, indem sie auf den Knopf für den Sendersuchlauf drückte.

»Ja, ihr Lieben, DJane Jo weiß, was Frauen lieben. Aber das war nur zum Warmwerden, gleich gibt es richtig was auf die Ohren.«

»Das war noch der Sender von meiner Oma«, sagte Annabell zu ihrer Verteidigung

»Ja klar, *der Sender deiner Oma*! Ich wusste schon immer, dass du auf so Schnulzenkram stehst«, frotzelte Johanna, während sie passende Musik suchte. »Ich hoffe nur, dass die Italiener, die wir zuhauf aufreißen werden, keine schwarzen Haare auf der Brust haben!«

»Iieeh«, riefen Iris und Sonja unisono von hinten.

Ein beim Suchlauf aufploppendes Trommelsolo fand endlich Gnade in DJane Jos Ohren. »Phil Collins, Ladys, mit *In the Air Tonight* – genau wie wir, wir kommen auch in der Nacht. Das nenne ich mal perfekt!«

Sie drehte die Lautstärke bis zum Anschlag auf. Alle vier sangen inbrünstig mit, stellenweise zumindest, immer dann, wenn sie den Text wussten.

»Falls es bei uns mit dem Studium nichts werden sollte, gründen wir einfach einen À-capella-Mädels Chor – Blümchens krumme Töne geben dem Ganzen dann das gewisse Etwas«, sagte Johanna, als der letzte Ton verklungen war und sie wieder leiser gestellt hatte.

Iris bohrte daraufhin ihren Zeigefinger in ihre Seite.

Johanna quittierte das mit einem übertriebenen »Aua!«.

Schweigend lauschten sie allesamt den nachfolgenden Musikstücken und hingen dabei ihren Gedanken nach.

Als Erste schlief Sonja ein. Iris bekam noch einige Zeit mit, wie Johanna sich mit Annabell unterhielt, dann schlief auch sie ein.

5

Johanna

Die Schwärze des Nachthimmels war zuerst einem dämmrigen Grau gewichen. Die Sonne, die sich am Horizont zu ihrer Linken anfangs mit einem vorsichtigen Streifen Orangerosa bemerkbar gemacht hatte, stieg zusehends als gelbglühender Ball am Himmel höher und kämpfte nur noch mit dem letzten Morgendunst. Ihr Gespräch war in der letzten halben Stunde völlig zum Erliegen gekommen.

Johanna gähnte herzhaft und klopfte Annabell anerkennend auf die Schulter. »Alle Achtung, Bellalein, ich hätte nicht gedacht, dass du so lang durchhältst.«

Annabell gähnte ebenfalls. »Ich auch nicht. Wird Zeit, dass wir mal anhalten.«

Auf der Rückbank hinter ihnen regte sich auch etwas.

»Wo sind wir?«, fragte Iris mit belegter Stimme. Augenreibend richtete sie sich auf und sah nach draußen. »Wie spät ist es denn?«

»Bei Innsbruck. Kurz nach sieben. Ich brauch dringend eine Pause, Leute! Und tanken müssen wir auch«, informierte Annabell in aller Kürze.

Sonja streckte sich, so gut es in dem engen Fond ging. »Ich pinkle mir gleich in die Hose.«

Johanna warf ihr über die Schulter einen warnenden Blick zu. »Untersteh dich, der oberste Schlafsack ist meiner!«

»Bei der nächsten Raststätte fahren wir raus.« Annabell kurbelte ihr Fenster ganz nach unten, kühle Morgenluft flutete ins Wageninnere.

»Mann, spinnst du? Das ist ja übelst kalt«, meckerte Sonja.

»Sorry, aber ich muss irgendwie wach bleiben.« Annabell straffte die Schultern und dehnte den Nacken.

»Ich hatte ihr schon kurz hinter Ulm angeboten, ein Stück zu fahren, aber die liebe Bella wollte nicht.« Johanna drehte das Radio, das die letzten Stunden nur leise im Hintergrund gelaufen war, wieder lauter.

»Wie bitte? Du hast doch noch keinen Führerschein«, sagte Iris vorwurfsvoll.

Johanna warf einen spöttischen Blick nach hinten. »Aber schon jede Menge Fahrstunden, meine Süße. Und es ist ja immer nur geradeaus gegangen, das hätte ich schon geschafft.«

»Mach bloß keinen Scheiß. Wenn sie dich dabei erwischen, kannst du dir erst mal deinen Führerschein abschminken.«

»Liebste Frau Anwältin, du hast so tief geschlafen, du hättest es nicht gemerkt«, frotzelte Johanna.

»Genau, wir wären aufgewacht und hätten festgestellt, dass wir tot sind – wunderbare Vorstellung!« Sonja wurstelte einen Teil des Schlafsacks unter sich hervor und deckte sich mehr schlecht als recht damit zu.

Ein paar Kilometer später war es so weit, Annabell konnte den Blinker setzen und die Autobahn verlassen. Neben einer Zapfsäule hielt sie an und stieg aus.

Durch die Seitenfenster sahen ihr die drei anderen dabei zu, wie sie am rechten hinteren Ende hantierte und einen der bunten Zapfhähne ergriff.

Johanna stieg ebenfalls aus und streckte sich genüsslich neben dem Wagen.

»Ich brauche Kaffee.« Der beißende Geruch von Benzin wehte ihr um die Nase.

Gleich darauf beugte sie sich zu beiden anderen hinein. »Was haltet ihr zwei Hübschen von einem leckeren österreichischen Raststättenfrühstück?«

»Keine Einwände.« Sonja ließ den Kopf langsam kreisen. »Aber zuerst muss ich aufs Klo.«

Iris, die tags zuvor einstimmig zur Verwalterin der Urlaubskasse gewählt worden war, weil sie am besten mit Geld und Zahlen umgehen konnte, war nicht begeistert von der Idee. »Können wir uns das denn leisten? Wenn wir gleich am Anfang so viel Geld ausgeben …«

Johanna verdrehte die Augen. Das war mal wieder typisch Iris: kleinkariert und spießig. »Ich bitte dich, vier Tassen Kaffee und eine Kleinigkeit zum Essen, das wird uns schon nicht ruinieren!«

»Wir haben doch extra belegte Brote eingepackt!«

»Die essen wir heute Nachmittag oder zum Abendessen, Fräulein Knickrig. Aber jetzt feiern wir, dass wir die Hälfte der Fahrt geschafft haben. Komm, rück den Geldbeutel raus, Bella muss den Sprit bezahlen.«

Iris zögerte. »Das wirft aber unseren ganzen Finanzplan über den Haufen.«

Johanna verspürte keinerlei Lust, drei Wochen lang belegte Brötchen und Aqua Minerale zu sich zu nehmen, um eventuell eine Woche länger belegte Brötchen und Aqua Minerale zu sich nehmen zu können. »Wollen wir einen tollen Urlaub haben oder jeden Cent umdrehen?«

»Mach schon, ich muss tierisch pinkeln!« Sonja löste den Gurt, öffnete ihre Tür und verließ das Auto.

Annabell beugte sich jetzt auch zu Iris hinein. »Na komm schon. Jo hat recht, wir müssen den ersten Urlaubstag ein bisschen feiern. Außerdem haben meine Eltern versprochen, mir Geld zu schicken, wenn ich welches brauchen sollte. Ab morgen wird gespart, dann gibt es nur noch Brot, Gemüse vom Markt und Dosenravioli.«

Iris kapitulierte. Aus dem Leinenbeutel, der zwischen ihren Füßen im Fußraum stand, holte sie die abgeschabte Lederbrieftasche und gab sie Annabell nach einem letzten kurzen Zögern.

»Okay, dann laufe ich schon mal rüber und organisiere uns einen Tisch. Kommt jemand von euch mit?« Johanna klopfte zweimal mit der flachen Hand aufs Autodach und setzte sich in Bewegung.

»Ich!« Sonja schlug ihre Tür zu.

Plaudernd und lachend verschwanden die beiden in Richtung Restaurant, während Annabell zum Bezahlen in die Tankstelle ging. Iris blieb auf der Rückbank sitzen.

Während Sonja die Toilette aufsuchte, setzte sich Johanna an einen Tisch am Fenster, von dem sie die Tankstelle und einen Teil des Parkplatzes im Blick hatte. Von hier aus konnte sie beobachten, wie Annabell wieder ins Auto stieg, der Vento sich in Bewegung setzte und gleich darauf keine zehn Meter von ihr entfernt einparkte. Sie sah, wie die Freundinnen ausstiegen und Annabell sich bei Iris einhakte. Dann verschwanden die beiden aus ihrem Sichtfeld, und wenig später betraten sie das Lokal.

»Mann, Blümchen, schau doch nicht so kritisch«, sagte sie, als Iris und Annabell sich zu ihr setzten. »Glaub mir, das wird ein ganz fantastischer Urlaub.«

»Das reißt ein Riesenloch in unsere Kasse«, bemerkte Iris missmutig nach sechs großen Milchkaffees, vier belegten Brötchen und vier Schokomuffins. »Nach unseren vorangegangenen Berechnungen hätten wir zwei Tage von diesem Geld leben können. Mindestens. Wenn das so weitergeht, müssen wir nach einer Woche wieder nach Hause fahren.«

»Und wenn schon – lieber eine affengeile Woche mit allem Pipapo als drei Wochen Knäckebrot knabbern«, sagte Johanna und sah in die Runde. »Mädels, das ist unser erster gemeinsamer Urlaub, der soll was ganz Besonderes sein. Wir wollen uns doch noch in zwanzig Jahren daran erinnern und bei irgendeinem Klassentreffen sagen können: Wisst ihr noch, damals? Mann, war das ein Urlaub! Oder?«

Annabell und Sonja wechselten Blicke.

»Ja, schon, aber Iris hat nicht ganz unrecht. Wir sollten ein bisschen aufs Geld schauen«, sagte Annabell.

»Okay, okay, ich hab verstanden: Drei gegen eine und somit Spießerurlaub. Ich werde mich wohl oder übel fügen müssen.« Johanna nippte an ihrem inzwischen kalt gewordenen Kaffee und ließ ihren Blick interessiert durch das Restaurant schweifen. Was sie sah, waren müde aussehende Menschen. Ein älteres Paar, das sich nicht mehr viel zu sagen zu haben schien. Eine Familie mit Kindern, für ihren Geschmack viel zu lauten Kindern. Allesamt schrecklich langweilige Leute. Überhaupt fand sie, dass es auf der Welt viel zu viele langweilige Menschen gab. Bis auf die beiden Typen zwei Tische weiter. Grinsend beugte sie sich über den Tisch. »Wow, das sind ja mal zwei echt schnuckelige Exemplare. Seht mal unauffällig nach links. Genauso stelle ich mir rassige kleine Italiener vor.«

Ruckartig und kein bisschen unauffällig drehten sich drei Köpfe in die angegebene Richtung.

Iris' Blick traf den eines etwa dreißigjährigen dunkelhaarigen Mannes mit Dreitagebart. Als er ihr zuzwinkerte, errötete sie bis unter die Haarwurzeln. Peinlich berührt sah sie weg. Johanna verdrehte die Augen.

»Die schauen schon die ganze Zeit zu uns rüber«, flüsterte sie.

»Wir sollten weiterfahren, sonst kommen wir in die Mittagshitze«, bemerkte Sonja nüchtern.

»Wollen wir nicht wenigstens mit den beiden reden?«

Annabell stellte ihr leeres Geschirr auf das Tablett und stand auf. »Jo, die sind doch viel zu alt.«

Johanna sah das anders. »Sorry, aber ich kann mit gleichaltrigen Bürschchen nun mal nichts anfangen.«

»Und was willst du mit den beiden älteren Herren da drüben auf einer Raststätte *anfangen*?«, fragte Sonja spöttisch.

»Mann, ich hatte ja keine Ahnung, wie langweilig ihr drei seid. Ein bisschen flirten kann doch nicht schaden!«

»Ach Jo, heb dir das einfach für den Campingplatz auf.« Annabell erhob sich. »Also, ich fahre jetzt, du kannst ja gerne hierbleiben.«

Johanna zog eine Schnute, stand dann aber auf. Sie warf den beiden Männern ein bedauerndes Lächeln zu und folgte Iris und Annabell nach draußen, während Sonja das Tablett zur Geschirrabgabe brachte. Wochenlang hatten sie diesen Urlaub geplant, doch zum ersten Mal zweifelte sie daran, dass sie mit diesen drei langweiligen Tussis, die seit einer Ewigkeit ihre Freundinnen waren, wirklich Spaß haben würde.

»Ich will schließlich was erleben«, maulte sie, als sie statt Iris hinter dem Beifahrersitz Platz nahm.

»Ja, ja«, sagte Sonja genervt. »Pass bloß auf, dass du nicht dein blaues Wunder erlebst.«

»Oder schwanger wirst«, gab Iris ihren Senf dazu.

»Eine Gefahr, die bei dir schrecklich verklemmten Person eindeutig nicht besteht«, blaffte Johanna spöttisch.

»Jo!«, riefen Sonja und Annabell wie aus einem Munde und mit warnendem Unterton.

»Das geht zu weit«, ergänzte Sonja scharf.

»Ist doch wahr, unser Küken könnte ruhig ein bisschen lockerer sein. Kein Wunder, dass sie als Einzige von uns noch keinen Freund hatte. Und ihr seid auch nicht viel besser. Langweilig und stockkonservativ, das kann ja was werden.«

»Darf ich dich darauf hinweisen, dass deine bisherigen Freunde allesamt Trottel waren und du im Moment solo bist«, wehrte sich Iris.

»Touché, Küken.« Johanna klopfte ihr grinsend auf die Schulter. »Und genau deswegen muss ich weiter üben und testen.«

Annabell startete den Motor, setzte den Blinker und fuhr vom Parkplatz.

»Fernbeziehungen sind eh scheiße«, sagte sie, als sie kurz darauf auf die Autobahn auffuhr.

Johanna schnaubte. »Was heißt Fernbeziehung? Wenn ich einen süßen Italiener finden sollte, bleib ich einfach da und studiere dort.«

»Genau, du hast ja dein kleines Wörterbuch dabei«, bemerkte Iris trocken.

Alle vier brachen in schallendes Gelächter aus.

Wenige Kilometer später schloss ein Auto auf der Überholspur zu ihnen auf und blieb auf ihrer Höhe. Ein langgezogenes Hupen veranlasste die vier Mädels, nach links zu sehen. Zwei dunkelhaarige Männer winkten ihnen grinsend zu – die beiden Typen von der Raststätte.

Sie winkten lachend zurück. Sogar Iris. Dann zog der Wagen, ein weißer BMW mit Heckspoiler und extrem breiten Reifen, an ihnen vorbei.

»Angeberauto«, kommentierte Iris spöttisch.

»*BB*?«, las Annabell vom Nummernschild ab.

Sonja stieß Johanna feixend mit dem Ellbogen an. »Ha, deine vermeintlich rassigen Italiener sind nur zwei Prolls aus dem Schwabeländle!«

»Ihr könnt mich mal!« Johanna verschränkte die Arme vor der Brust und sah mit trotzigem Gesicht aus dem Fenster.

»Auf der schwäbsche Eisebahne, wollt amal ä Bäu'rle fahre, geht an Schalter, lüpft de Hut: ›Oi Billettle, seid so gut ...‹«, stimmte Sonja vergnügt an.

Johanna riss den Kopf herum und warf ihr einen bitterbösen Blick zu.

»Trulla, trulla, trullala, trulla, trulla, trulla la ...«, fielen Annabell und Iris ein.

Daraufhin musste Johanna nun doch grinsen. »Hört auf, hört auf!«

»Geht an Schalter, lüpft de Hut: ›Oi Billettle, seid so gut‹«, grölten die anderen inbrünstig weiter.

Mit lautem »Is ja gut, is ja gut« versuchte Johanna sie zu übertönen.

Kurz kehrte Ruhe ein. Dann wechselten Iris und Sonja einen Blick, und Iris legte erneut und nicht sonderlich treffsicher los: »Einen Bock hat er sich kaufet ...«

»... und dass er ihm net entlaufet ...«, setzten auch Sonja und Annabell wieder mit ein.

Johanna hielt sich lachend die Ohren zu. »Schluss, aus, Ende! Erbarmen – hört auf, sonst bekomme ich noch Ohrenkrebs!«

»Das ist aber gar nicht nett von dir, vor Kurzem wolltest du noch einen Mädelschor mit uns gründen«, sagte Iris gespielt beleidigt.

»Gleich fahren wir in den letzten Tunnel auf unserer Strecke«, unterbrach Annabell.

Tatsächlich kam der Eingang des Tunnels unaufhaltsam näher, und kurz darauf verschluckte er sie wie ein großes Maul.

»So, wie das Wetter ist, wenn wir am anderen Ende wieder rauskommen, wird es unseren ganzen Urlaub lang sein.«

Gespannt sahen sie alle nach vorn, doch die graue Betonröhre vor ihnen schien nicht enden zu wollen. Das Radio gab nur noch ein sphärisches Rauschen von sich, denn hier im Berg war kein Empfang mehr. Annabell schaltete es aus.

»Das ist hier wie in einer Gruft«, flüsterte Iris. »Was, wenn das ganze Ding einstürzt? Da ist doch endlos viel Gestein und Erde über uns ...«

»Yeah, lebendig begraben – Edgar Ellen Poe lässt recht schön grüßen«, sagte Johanna mit Grabesstimme.

»Hier stürzt gar nichts ein.« Annabell tätschelte besänftigend Iris' Oberschenkel.

»Ich bin auch froh, wenn wir endlich draußen sind.« Sonja versuchte so gut es ging sich zu strecken.

Und dann sahen sie endlich das sprichwörtliche Licht am Ende des Tunnels. Erleichtert fuhren sie in strahlenden Sonnenschein hinein.

»Bingo! Unser Urlaub ist gerettet!« Johanna klatschte in die Hände.

»Stimmt das wirklich mit dem Wetter?«, fragte Iris skeptisch.

»Mein Papa hat das jedes Mal gesagt, wenn wir hier durchgekommen sind, und es hat immer hingehauen.«

»Natürlich hat das immer hingehauen, Bellalein. Ihr seid schließlich immer im Hochsommer nach Italien gefahren. Merke: Hochsommer plus Italien ist gleich Sonne, sehr heiß und trocken. Merkst du was? Dein Vater hat dich auf den Arm genommen.«

»Mensch Sonja, sei doch nicht immer so schrecklich rational.« Johanna beugte sich nach vorn und legte ihre linke Hand auf Annabells Schulter. »Hör nicht auf die fantasielose Tussi, ich glaube ganz fest daran, dass dein Vater recht damit hat.«

»Ich auch.« Iris nickte mit ernstem Gesicht.

Johanna ließ sich wieder ins Polster sinken. »Und wenn es doch regnen sollte, dann ist Zweifel-Sonja schuld.« Sie streckte ihrer Sitznachbarin die Zunge raus.

»Mann, seid ihr kindisch. Und ich dachte, ich fahre mit erwachsenen Frauen in den Urlaub.«

»Ein bisschen Mystik im Leben kann nicht schaden, Frau Anwältin.« Johanna lehnte den Kopf an die kühle Scheibe und sah in den blauen Himmel.

»Ein bisschen Verstand auch nicht. Das Wetter der nächsten Wochen hängt ganz allein von der Großwetterlage ab und nicht von einem Blick aus einem Tunnel«, konterte Sonja spitz.

Johanna winkte gelangweilt ab. »Ja, ja, wenn du meinst. Ich werde auf jeden Fall gutes Wetter haben, und wenn es nur die Säufersonne ist, die für mich scheinen wird.«

Iris drehte sich mit kritischem Blick zu ihr um.

»Was denn? Ein bisschen Lambrusco wird ja wohl erlaubt sein. Du kannst gern Aqua Minerale bis zum Abwinken trinken, Fräulein Sittsam. Ich für meinen Teil habe das nicht vor.«

»Hör auf, uns immer so blöde Namen zu geben, das nervt!«, sagte Iris grantig.

»Wisst ihr, was ich mich gerade ernsthaft frage?«

Alle, inklusive Annabell durch den Rückspiegel, sahen Sonja an.

»Warum in aller Welt ich ausgerechnet mit euch drei schrecklichen Weibern in den Urlaub fahren wollte!«

Johanna musterte sie kühl. »Das kann ich dir ganz genau sagen, meine Liebe: Weil kein anderer auf der Welt mit *dir* schrecklichem Weib in den Urlaub gefahren wäre.«

Kurz war es still im Auto, dann prusteten alle vier los.

»Herzallerliebste Iris«, flötete Johanna mit Honigstimme, als sich alle wieder beruhigt hatten. »Ist das recht so mit dem Herzallerliebst? Oder fühlst du dich dadurch irgendwie beleidigt oder diskriminiert?«

Iris fing wieder zu lachen an und schüttelte den Kopf.

»Gut, dann mach doch bitte das Radio an und suche uns einen italienischen Sender.«

Iris tat wie geheißen, und bald erfüllte Eros Ramazottis sanftrauchige Stimme das Wageninnere.

Schweigend lauschten sie ihm und danach den Moderatoren, wobei Johanna kein Wort verstand, da sie italienisch sprachen. Sehr schnell italienisch sprachen. Bei Gianna Naninis *Bello e impossibile* summten sie andächtig mit.

Je mehr Kilometer sie sich auf italienischem Boden Richtung Venedig und somit Richtung Meer bewegten, desto wärmer wurde es. Inzwischen war es ein Uhr, die heißeste Zeit des Tages hatte begonnen. Und heiß war es nicht nur draußen. Annabells altes Auto hatte keine Klimaanlage, und so fuhren sie mit heruntergelassenen Scheiben durch eine immer verbrannter und dürrer aussehende Landschaft. Heiße, trockene Luft kam durch die Fenster hereingeweht, kühlte durch den Zug aber doch irgendwie. Ihre Haare, besonders Iris' Löckchen, tanzten wild im Luftstrom.

»Wie weit ist es denn noch?«, fragte Johanna gähnend.

Annabell sah auf die Uhr im Armaturenbrett. »Wir haben's bald geschafft, noch eine Stunde oder so.«

Johanna stöhnte auf. »So lang noch? Ich gehe sofort an den Strand, wenn wir ankommen, das sag ich euch.«

»Erst laden wir das Auto aus und bauen die Zelte auf – *dann* gehen wir alle an den Strand.« Sonja hielt ihr Gesicht in den Wind.

»Und du bist jetzt die Chefin hier, oder was?«, sagte Johanna höhnisch.

»Ich finde, Sonja hat recht«, meldete sich Annabell zu Wort. »Lasst uns erst alles auspacken und aufbauen und die Zelte einrichten, dann haben wir alle Zeit der Welt.«

»Wir sind drei Wochen hier – wenn das nicht genug Zeit ist, um das Auto auszuladen, dann weiß ich auch nicht«, maulte Johanna. »Also gut, was haltet ihr davon: Wir kommen an, springen kurz zur Abkühlung in den Pool, von dem Bella erzählt hat, und dann machen wir uns ans Ausladen und Aufbauen. Und wenn wir damit fertig sind, gehen wir zum Strand.«

Keines der Mädchen reagierte darauf.

»Aber ein echtes italienisches Gelato gehen wir heute noch essen, einverstanden? – Natürlich nur, wenn das unser gestrenger Kassenwart zulassen sollte.«

Iris drehte sich zu ihr um. »Geht klar. Aber heute Abend gibt es dann unsere mitgebrachten Ravioli.«

»Findet ihr es nicht auch reichlich pervers, nach Italien zu fahren, ins Land der Pizza und Pasta, und dann tonnenweise Ravioli aus der Dose, noch dazu von einem deutschen Hersteller, mitzunehmen?«

»Mann, Jo, fang nicht schon wieder davon an! Jeden Tag Essengehen gibt unser Budget einfach nicht her. Das hatten wir doch längst geklärt.«

»Schließt doch mal die Augen, Mädels, und stellt sie euch vor, so eine saftige, duftende, lecker belegte Pizza ... frisch aus dem Ofen ... luftig-lockerer, knuspriger Boden ... geschmolzener Käse, der sich unendlich ziehen lässt ...«, schwärmte Johanna. Sie konnte die Pizza beinahe schmecken.

»Ich muss Auto fahren, ich kann die Augen nicht schließen«, bemerkte Annabell kühl.

Sonja sah Johanna scharf von der Seite an. »Wir werden schon mal Pizza essen gehen, und jetzt gib Ruhe, sonst ertrinken wir noch alle an dem vielen Wasser, dass mir gerade im Munde zusammenläuft.«

»Und wenn wir heute Abend Pizza essen gehen? Zur Feier des Tages? Und den Rest der Woche gibt es Ravioli und Selbstgekochtes?«

»Jo, du nervst!« Iris machte die Musik lauter. Zucchero und Paul Young machten sich mit *Senza una Donna* im Auto breit.

»Immer zu zweit eine Pizza?«, rief Johanna dagegen an. »Kommt schon, das kann doch nicht so viel kosten. Oder wir holen die Pizza auf den Campingplatz, dann müssen wir nichts Teures dazu trinken. Mann, seid doch nicht solche Spielverderber!«

Iris drehte die Lautstärke wieder runter. »Das wäre eventuell eine Möglichkeit.«

»Ja!!« Johanna reckte triumphierend eine geballte Faust gegen den Autohimmel.

Die weitere Fahrt verlief schweigend, nur das Radio dudelte munter vor sich hin. Johanna sah genau wie die anderen aus dem Fenster, wo es aber nicht viel Interessantes zu sehen gab. Sie las die Namen der Städte auf den Verkehrsschildern, manche sagte sie leise vor sich hin und freute sich an ihrem schönen Klang.

Nachdem sie aber seit Längerem den Namen Jesolo nicht mehr auf den Schildern gelesen hatte, beugte sie sich zwischen den Vordersitzen nach vorn. »Hey, Bella, bist du sicher, dass wir richtig sind?«

»Nein«, gab Annabell zu. »Ich glaube, hier war ich noch nie im Leben. Ich hab wohl irgendwo eine falsche Abfahrt genommen.«

»Blümchen, gib mal die Karte hinter.«

Iris reichte sie nach hinten, und Johanna breitete sie zwischen sich und Sonja aus. Schnell fand sie den Fehler.

»Stimmt, wir fahren in die falsche Richtung. Es sei denn ...«

Sie warf Sonja einen verschwörerischen Blick zu.

»Es sei denn?«, wiederholte die zögerlich.

Johanna zwinkerte ihr zu. »Es sei denn, wir fahren einfach weiter und suchen uns doch ein anderes hübsches Plätzchen zum Urlaubmachen.«

»Das machen wir garantiert nicht. Ich dachte, das wäre längst geklärt«, sagte Annabell scharf über ihre Schulter hinweg.

»Ich denke dabei ja nur an Blümchen und daran, wie wir unsere Spuren verwischen können – aber gut, wenn ihr alle so abenteuerunlustig seid, dann müssen wir eben umdrehen und ein Stück zurückfahren. Soll ich das Steuer übernehmen?«

»Nein«, riefen die drei anderen wie aus einem Munde.

»Hätte ich mir ja denken können.« Enttäuscht faltete Johanna die Karte zusammen.

Wenig später kamen sie an einen Kreisel. Annabell lenkte den Wagen hinein, um die kleine Insel in seiner Mitte herum und dort wieder hinaus, wo sie hergekommen waren. Kilometer um Kilometer fuhren sie zurück. In dieser Zeit war es mucksmäuschenstill im Auto, nicht mal Musik spielte. Erst als sie an Caposile vorbeifuhren und endlich auf einem Schild den Ortsnamen Jesolo entdeckten, entspannten sie sich wieder.

»Riecht ihr das?«, fragte Annabell in die Runde.

Die Mädchen sahen sich fragend an und schnupperten, hoben aber unschlüssig die Schultern.

»Streckt mal eure Köpfe aus den Fenstern, ab hier kann man das Meer riechen.«

Alle drei taten wie geheißen.

»Irgendwie fischig«, sagte Sonja, als sie den Kopf wieder ins Auto holte.

»Fischig-salzig«, ergänzte Johanna.

»Das kommt von der Lagune, die jetzt auf unserer rechten Seite ganz nah ist.«

Johanna kniete sich auf ihren Sitz, streckte Kopf und Oberkörper aus dem Fenster und breitete dann die Arme aus, als wolle sie den Himmel umarmen. Ihr langer blonder Pferdeschwanz flatterte mit bizarren Bewegungen durch die Luft.

»Leben, wir kommen!«, schrie sie übermütig, wobei ihr die Worte vom Fahrtwind von den Lippen gerissen und fortgetragen wurden.

Iris tat es ihr gleich. Während sie »Meer, wir kommen!« hinausbrüllte, tanzten ihre feinen hellbraunen Löckchen im heißen Wind, ihre ärmellose gelbe Bluse blähte sich auf wie ein Segel.

Johlend, kreischend und lachend hingen sie ein paar Kilometer lang aus ihren Fenstern. Mit geröteten Wangen und völlig zerzaust setzten sie sich wieder auf ihre Plätze.

»Mädels, das werden die geilsten drei Wochen unseres Lebens«, prophezeite Johanna strahlend.

Den anderen zuliebe blieb Annabell nicht auf der Via Adriatico, sondern bog nach Lido di Jesolo ab. Straßencafés, Restaurants und Souvenirläden säumten die Hauptstraße, fröhliche, braungebrannte Urlauber in knapper Bekleidung und Badelatschen schlenderten entspannt links und rechts von ihnen über die Gehsteige und trugen ihre Einkäufe in den für Italien typischen dünnen Einkaufsplastiktüten oder ihre Badesachen spazieren.

Johanna konnte sich nicht sattsehen. »Wir sind tatsächlich hier!« Sie klopfte Iris auf die Schulter. »Na, Blümchen, bereust du es immer noch, mitgekommen zu sein?«

»Abgesehen davon, dass meine Eltern mein Verschwinden bestimmt schon bemerkt haben, sich sicherlich jede Menge Sorgen machen und womöglich schon die Polizei benachrichtigt haben – nein. Und ich hoffe stark, dass du recht damit hast, dass das die geilsten drei Wochen unseres Lebens werden, damit sich das Donnerwetter, das mich daheim erwartet, auch lohnt.«

»Habt ihr das gehört? Blümchen hat geil gesagt. Vielleicht besteht ja doch noch Hoffnung bei unserer Kleinen?«, frotzelte Johanna. »Halt, da war gerade 'ne Eisdiele!«

Annabell schien von der Idee nicht begeistert. »Wollen wir nicht erst zum Campingplatz? Dort gibt es um die Ecke auch eine Gelateria.«

»Ach nein, lass uns hier ein bisschen bummeln und unser Eis essen«, bettelte Johanna. Sie wollte auf der Stelle in diese Straße und ihre Urlaubsmenschen eintauchen.

»Sonja?« Annabell suchte im Rückspiegel Blickkontakt mit ihrer Hinterfrau.

»Klar, warum nicht? Wir haben schließlich Urlaub.«

»Stopp, da war ein freier Parkplatz!«, rief Iris.

Annabell bremste abrupt. Johanna wurde unsanft gegen Iris' Rückenlehne geschleudert. »Mann, pass doch auf«, maulte sie und rieb sich die Stirn.

»Schon mal was von Anschnallen gehört?«, sagte Sonja mitleidslos.

Annabell vergewisserte sich, dass kein Auto hinter ihr war, legte den Rückwärtsgang ein, fuhr ein paar Meter zurück und parkte dann perfekt in einer recht engen Parklücke ein.

»Sorry, Jo, aber viel kann ja nicht kaputtgegangen sein«, feixte sie.

»Kannst du uns mal sagen, wie wir hier rauskommen sollen?« Sonja musterte kritisch den knappen Abstand zum Nachbarauto.

»Erst Scheibe hochkurbeln, dann Luft anhalten, Bauch einziehen, Tür aufmachen und durchquetschen.« Annabell schlängelte sich gekonnt aus dem Wagen. Iris, die Zierlichste von ihnen, hatte auch keine Probleme damit.

Als es endlich auch Sonja und Johanna auf den Bürgersteig geschafft hatten, zogen sie paarweise und untergehakt los. Mit dem Strom der anderen Urlauber ließen sie sich treiben, blieben vor jeder Auslage stehen, bestaunten Schmuck und Glasbläserarbeiten, wühlten sich durch Ständer voller Strandbekleidung, probierten Sonnenhüte und Sonnenbrillen auf und ließen sich von einem Straßenfotografen fotografieren, wohlwissend, dass sie die überteuerten Fotos niemals abholen würden.

Mit je zwei Kugeln Eis auf der Waffel schlenderten sie eine Stunde später schleckend und urlaubsglücklich zurück zum Auto.

Der Parkplatz zu ihrer Rechten war jetzt frei, und so kletterten sie allesamt von dieser Seite aus auf ihre Sitzplätze. Brütende Hitze erwartete sie, die auf der Stelle den Schweiß aus all ihren Poren fließen ließ.

Mit runtergedrehten Fenstern und weit geöffnetem Schiebedach traten sie die letzten elf Kilometer ihrer Reise an.

6

Sonja

Durchgeschwitzt erreichten sie den Campingplatz. Einen recht kleinen Campingplatz mitten im Ort.

Nachdem sie sich beim Platzwart, einem unappetitlich aussehenden, dürren kleinen Mann mit sonnengegerbter Lederhaut und nur noch wenigen braunen Zähnen im Mund, angemeldet hatten, öffnete sich die rot-weiß gestrichene Schranke. Im Schritttempo rollten sie durch die sengende Nachmittagshitze über niedergetrampelten, sommerlich verdorrten Rasen an Zelten in allen Größen, Pkws und Campingwagen vorbei. Zwischendrin standen auch ein paar armselig aussehende Holzhütten.

Sonja tippte Annabell von hinten auf die Schulter. »Das sind nicht zufällig die Bungalows, die in dem Werbeblättchen, das du uns gezeigt hast, so vollmundig angepriesen wurden?«

Annabell zuckte leicht mit den Schultern. »Die sahen früher schon mal besser aus ...«

»Die Slums von Venedig, na prima«, sagte Sonja abfällig.

»Hab dich nicht so, wir wohnen ja in unseren Zelten«, tat Annabell die Tatsache ab, dass der Platz definitiv seine besten Zeiten längst hinter sich hatte.

»Habt ihr die Nummernschilder gesehen? Das sind ja nur Deutsche.« Die Enttäuschung war Johanna ins Gesicht geschrieben.

Ein heißer Windhauch wirbelte trockenen Staub auf. Ein paar Geschirrtücher und Kleidungsstücke, die an Zeltschnüren hingen, bewegten sich leicht in der heißen Brise.

Kein Mensch war zu sehen. Nur das Brummen des Motors und das Zirpen der Grillen waren zu hören.

»Das ist ja wie ein Geister-Campingplatz«, flüsterte Iris.

»Ja, genau, wie in einem Horrorroman: Alle Camper sind über Nacht auf mysteriöse Weise verschwunden, sie werden für medizinische Versuche missbraucht, und uns wird es als Nächstes erwischen. Und der gruselige Typ vorn am Eingang hat sicherlich seine schmutzigen dürren Spinnenfinger im Spiel«, sagte Johanna mit düsterer Stimme.

Annabell schüttelte nur den Kopf. »So ein Quatsch, die sind nur alle am Strand, während wir uns hier einen abschwitzen. Du immer mit deiner überschäumenden Fantasie!«

Johanna lachte vergnügt. »Wäre aber eine tolle Story für einen Thriller, das müsst ihr doch zugeben. Ich werde mir die Idee später auf jeden Fall aufschreiben.«

»Ja, mach das. Und wenn das Buch fertig ist, schickst du uns jedem ein signiertes Exemplar.«

»Klar, Sonni. Ich werde euch in dem Roman natürlich alle namentlich erwähnen, Ehrensache.«

Im hinteren Drittel des Platzes fanden sie eine freie Fläche zwischen zwei Campingwagen, die genug Platz für ihre beiden Zelte und das Auto bot und zum Teil von einem Baum überschattet war. Annabell parkte rückwärts ein. Sie stiegen aus und musterten ihre Umgebung.

Johanna rümpfte die Nase. »Da muss ich der guten Sonni ausnahmsweise mal recht geben, das sieht hier mehr nach Elendsviertel als nach Campingplatz aus.«

»Hier bist du immer mit deinen Eltern?«, fragte Sonja skeptisch.

»Früher waren wir hier. Seit ein paar Jahren sind wir aber im Europa Camping Village, aber das hätten wir vier uns nicht leisten können.«

Sonja drehte sich einmal um die eigene Achse. »Aha, und wo ist das Meer?«

Annabell öffnete den Kofferraum, nahm den ersten Sack mit den Zeltstangen heraus und ließ den Inhalt scheppernd auf den Boden fallen.

»Ein Stück die Straße runter und dann links. Wenn man über den Campingplatz Europa läuft, kann man ein bisschen abkürzen.« Sie steckte fachmännisch die ersten Stangen zusammen.

Iris ließ sich japsend in den Schatten eines großen Hauszeltes plumpsen, ihr Gesicht war krebsrot.

»Und wie weit ist es, wenn man diese Abkürzung nimmt?«, fragte Johanna argwöhnisch nach.

»Drei oder vier Kilometer, was weiß ich. Ich denke, wir laufen etwa 'ne halbe Stunde.«

Iris versuchte, sich mit der Hand Kühlung zuzufächeln. »'ne halbe Stunde entspricht etwa zwei Kilometern zu Fuß.«

»Mag sein, dass wir auch ein bisschen länger laufen müssen.« Annabell steckte die nächsten Stangen zusammen.

Tief durchatmen, sagte Sonja zu sich selbst und wischte sich den Schweiß von der Stirn. Die Überlegung, wie wohl die sanitären Anlagen aussehen mochten, ließ sie gar nicht erst zu. Das würde sie früh genug in Erfahrung bringen. Überhaupt zählte nur das: Sie waren heil in Italien angekommen, der Urlaub, ein hoffentlich fantastischer Urlaub, lag vor ihnen – sie würde sich von nichts und niemandem die Laune verderben lassen. Sie öffnete den Deckel der Kühlbox und holte ihre einzige Wasserflasche heraus, die sich trotz der langen Fahrt noch erfreulich kalt anfühlte. »Durst, Ladys?«

Es zischte verlockend, als sie den Verschluss aufdrehte. Nach mehreren großen Schlucken gab sie die Flasche an Iris weiter.

Nach zwei Runden war sie leer.

Johanna schnappte sich die Griffe ihrer Sporttasche, die aus dem Gepäckberg herausragten, und zerrte sie hervor. Nachdem sie den Reißverschluss aufgezogen und mit beiden Händen kurz darin gewühlt hatte, förderte sie erst das Unterteil und kurz danach das Oberteil eines knallbunten Bikinis zutage.

»Ich für meinen Teil springe jetzt erst einmal in den Pool. Wer kommt mit?« Die winzigen Stoffteile in der Luft wedelnd und die Hüften in den ausgefransten engen Jeansshorts übertrieben schwingend, machte sie sich auf zu den Waschräumen.

Unentschlossen sahen die anderen ihr nach.

»Typisch Jo«, sagte Iris resigniert.

»Ja, typisch Jo: Lass die doofen anderen mal machen, ich vergnüge mich einstweilen.« Sonja spürte Zorn in sich aufwallen, den sie aber hinunterschluckte. »Erst die Zelte, dann das Vergnügen, was meint ihr?«

Iris und Annabell widersprachen nicht.

Mit geübten Bewegungen bauten sie und Annabell erst das eine, dann das andere Zelt auf. Iris, die bisher keinerlei Erfahrung mit Campen im Allgemeinen und Zeltaufbauen im Besondern hatte, konnte nichts anders tun, als an einer Ecke zu halten und an einer anderen zu ziehen, wenn sie dazu aufgefordert wurde.

»Blümchen und ich nehmen das blaue«, sagte Sonja, als die Zelte standen. Denn wenn sie die kommenden Wochen mit Jo zusammenwohnen müsste, gäbe es garantiert Mord und Totschlag, und das wollte sie zum Wohle aller vermeiden.

Iris nickte zustimmend.

Annabell zog unwillig ihre Stirn kraus. »Na toll, und ich muss meins mit der Verrückten teilen.«

»Wenn du willst, können wir ja tauschen, und ich ziehe mit Jo zusammen«, bot Iris sofort an.

»Quatsch. Bleib du mal bei Sonni, mit Jo werde ich schon fertig.«

Annabell schnappte sich ihre zusammengerollte Gummimatte und breitete sie auf der Hälfte des Bodens des niedrigen Zwei-Mann-Zeltes aus. Darauf legte sie ihren Schlafsack, den Rest ihres Gepäcks schob sie ans obere Ende.

Sonja und Iris taten es ihr gleich, zuletzt lagen nur noch Johannas Sachen vor den Zelten. Als Iris danach greifen wollte, zog Sonja sie zurück. »Nichts da, das soll die Prinzessin mal schön selber machen. Es reicht, dass wir ihr Schloss aufgebaut haben. Wir gehen jetzt auch schwimmen.«

»Aber ...«

»Blümchen, zu sehr dürfen wir sie nicht verwöhnen. Sie wird sich eh so gut sie kann vor allen Pflichten und Aufgaben drücken, das kann ich dir jetzt schon sagen. Komm, pack deine Badesachen aus.«

Iris zögerte. »Wir können doch nicht einfach alles so draußen stehen lassen.«

»Jo konnte es so stehen lassen, dann können wir das auch.«

Annabell, die sich das nicht zweimal sagen ließ, krabbelte ins Zelt. Nach kurzem Rascheln und Zeltwandbeben kam sie im Bikini und mit Badehandtuch wieder zum Vorschein. »Ich bin bereit.«

»Und jetzt wir.« Sonja ließ Iris den Vortritt und schlüpfte nach ihr ins Zelt, um sich umzuziehen.

»Ich weiß nicht, ob ich das lang mitmache, wenn Jo sich nicht ein bisschen zusammenreißt«, sagte sie leise, während sie ihre Taschen nach Bikini und Handtuch durchsuchte.

Iris nahm ihre Locken zusammen und steckte sie zu einem Knoten hoch. »Ach, Sonni, reg dich nicht auf. Wir alle kennen Jo schon so lange, wir wissen doch, wie sie ist. Sie meint es ja nicht böse.«

»Da bin ich mir nicht so sicher. Ich denke, sie reizt absichtlich jede Situation bis zum Letzten aus, um zu sehen, wie weit sie damit kommt. Und irgendwie hat sie ja immer Erfolg mit dieser Masche. Wie gerade eben: Die Madame geht schwimmen, während wir drei Trottel die Zelte aufbauen.« Sie zerrte sich das T-Shirt über den Kopf und pfefferte es in die Tasche. »Aber das war das letzte Mal, das sag ich dir. Und ich hoffe, du gibst nicht klein bei, wie sonst, sondern unterstützt mich, wenn ich ihr Paroli biete.« Sie war so aufgebracht, dass sie es erst beim dritten Anlauf schaffte, den Verschluss des Oberteils zuzuhaken.

Flankiert von Annabell und Iris ging sie hinüber zum Pool, einem höchstens fünf mal zwölf Meter großen, durch den Anstrich hellblau leuchtenden Becken, in dem Johanna mit geschlossenen Augen und minimalen Hand- und Beinbewegungen auf dem Rücken trieb.

Sonja warf ihr Handtuch auf den Boden und sprang mit angezogenen Knien dicht neben ihr hinein. Und damit war ihr Zorn auf Johanna verflogen. Lachend balgten sich die beiden im Wasser, tauchten sich gegenseitig unter, bis sie japsend am Beckenrand hingen.

Während sich Annabell elegant vom Rand ins Becken gleiten ließ, ging Iris hinüber zur Dusche und brauste sich ab. Wahrscheinlich denkt sie, sie erleidet einen Herzstillstand, wenn sie einfach so reinspringt, dachte Sonja und beobachtete, wie Iris ihnen mit zugehaltener Nase und nicht sonderlich elegant hinterhersprang.

»Das ist ja pisswarm.« Iris spritzte der feixenden Sonja eine Ladung Wasser ins Gesicht. Danach planschten sie alle ein bisschen herum und legten sich dann nass, wie sie waren, auf ihre Handtücher auf den nackten Betonboden neben dem Pool. Bis auf Iris, die saß in einem kleinen Flecken Schatten, den ein noch recht junger Baum spendete, sorgsam darauf bedacht, dass sie ja keinen Sonnenstrahl abbekam.

Jo sah kopfschüttelnd zu ihr rüber. »Blümchen, so wirst du nie braun.«

»Ich will ja gar nicht braun werden, aber ich behandle gern deinen Hautkrebs, wenn ich Ärztin bin«, konterte Iris.

»Es gibt bestimmt Kerle, die auf mozzarellabraun stehen«, spöttelte Johanna.

»Meine Haut mag nun mal keine Sonne. Wenn ich an den gemeinen Sonnenbrand von vor zwei Jahren denke, dann bin ich gern mozzarellabraun.«

Annabell drehte sich auf den Rücken und stützte sich auf die Unterarme.

»Was haltet ihr davon, wenn wir uns anziehen, die letzten Sachen aus dem Auto holen und dann eine Runde durch den Ort drehen? Und auf dem Rückweg besorgen wir im Supermercato alles, was wir so brauchen, Getränke, ein bisschen Obst und Tomaten fürs Abendessen.«

»Ich dachte, wir holen uns Pizza?« Johanna rekelte sich träge.

»Nichts da, heute Abend gibt es die belegten Brote«, sagte Iris bestimmt und war schon auf den Beinen. »Und dazu Tomatensalat.«

Sonja stand auf und schüttelte ihr Handtuch aus. »Iris hat recht, für heute haben wir schon genug Geld ausgegeben.«

»Wow, durchgeweichte, lätschige Belegte – dafür bin ich also nach Italien gefahren?«

»Genau, Jo, dafür sind wir alle nach Italien gefahren. Und jetzt komm.« Sonja kitzelte sie mit einem Zipfel ihres Handtuches am Bauch.

Johanna schlug erfolglos danach. »Aber Lambrusco nehmen wir doch mit?«

»Du immer mit deinem Lambrusco«, sagte Iris genervt.

»Ja, wir kaufen auch Lambrusco, aber jetzt mach.« Sonja warf Johanna einen strengen Blick zu, sodass die sich aufraffte und den anderen zu den Zelten folgte.

»He, ihr hättet meine Sachen ruhig auch reinräumen können!«, sagte Johanna vorwurfsvoll, als sie ihren Gepäckhaufen davor herumliegen sah.

»He, du hättest ruhig beim Zeltaufbau helfen können«, erwiderte Sonja in exakt dem gleichen Ton. Sie lächelte Johanna dabei entwaffnend an.

»Echt super. Wer solche Freundinnen hat, braucht keine Feindinnen. Irgendwie sagt mir gerade eine innere Stimme, dass ich vielleicht doch lieber allein verreist wäre.«

»Verrät dir diese innere Stimme auch, wer dich zu deinem Urlaubsort gefahren und wer in diesem Fall dein Zelt aufgebaut hätte?«

Iris trat zwischen sie. »Sonni, Jo, hört auf damit. Ich habe echt keinen Bock darauf, dass ihr euch drei Wochen lang streitet.«

»Wir streiten doch nicht, wir necken uns nur.« Johanna zwinkerte Sonja zu.

»Mir egal, wie ihr das nennt, mir geht es jedenfalls ziemlich auf die Nerven. Wir hatten ausgemacht, dass jeder hier mithilft und seine ihm zugeteilten Aufgaben erledigt. Das gilt ab sofort auch für dich, Jo. Ich sehe nicht ein, dass du dir einen schönen Lenz machst, und wir drei sind die Blöden.«

Jo stand stramm und salutierte. »Jawoll, Frau General! Wird gemacht, Frau General! Zu Diensten, Frau General!«

Kurz sah es aus, als würde Iris ihr eine Ohrfeige verpassen, aber dann sagte sie nur: »Wegtreten.«

Lachend nahm Johanna ihre Isomatte und den Schlafsack vom Boden auf und schlüpfte damit ins Zelt, um sich häuslich einzurichten.

Sonja klopfte Iris anerkennend auf die Schulter. »Wow, nicht schlecht, General Blümchen. Ich wusste gar nicht, dass du so resolut sein kannst.«

»Ich ehrlich gesagt auch nicht, hat sich aber verdammt gut angefühlt. Wenn ihr Pech habt, mach ich das jetzt öfter.« Grinsend verschwand sie durch den Zelteingang.

Sonja kroch hinter ihr ins Zelt, das einem Glutofen gleichkam. Kein Wunder, denn es stand jetzt zum größten Teil in der Sonne. Morgens und am frühen Nachmittag mochte die große Pappel oder Erle – sie kannte sich da nicht so gut aus –, in deren unmittelbarer Nähe sie es aufgebaut hatten, kühlenden Schatten spenden, zu dieser Zeit jedoch nicht mehr. Die Sonne war am Himmel ein Stück weitergewandert, sodass sie gnadenlos auf das dunkelblaue Tuch brannte.

»Ich mag Jo wirklich gern, aber manchmal könnte ich sie echt an die Wand klatschen«, sagte Iris, während sie den feuchten Bikini abstreifte und wieder in Slip und BH schlüpfte.

»Meine Rede«, bemerkte Sonja trocken.

»Ich kann euch übrigens hören«, kam es fröhlich von jenseits der Zeltwand. »Wenn ihr also über Bella und mich lästern wollt, dann müsst ihr in Zukunft woanders hingehen.«

Iris errötete bis zu den Haarwurzeln.

»Blümchen ist krebsrot geworden, stimmt's?« Sonja hörte Jo vergnügt lachen und wusste nicht, ob sie die Freundin anstrengend oder gemein finden sollte.

Iris' Gesichtsfarbe vertiefte sich um eine weitere Nuance.

»Wir haben nicht gelästert, wir haben nur die Wahrheit ausgesprochen«, verteidigte Sonja das eben Gesagte.

»Ich bin eben ein Freigeist, was brave Mädchen wie ihr da drüben nur nicht verstehen könnt. Bella ist da ähnlich gepolt, sie versteht mich, stimmt's, Bella?«

Drüben wurde ein Reißverschluss auf- oder zugezogen, wahrscheinlich der einer Reisetasche.

»Dass du dich da mal nicht täuschst«, antwortete die unsichtbare Annabell. »Ohne Disziplin geht gar nichts.«

»Unsinn, Bella, du würdest dich doch lieber heute als morgen aus diesem Disziplinkorsett befreien, oder?«

Sonja kämpfte mit den Jeans-Shorts, es war einfach viel zu wenig Platz, um sich zu zweit hier drin aufzuhalten und sich dann auch noch im Sitzen umzuziehen.

»Wie kommst du denn darauf? Natürlich habe ich nicht immer Lust zu üben und zu trainieren, aber wenn ich mir meinen Traum erfüllen und als Tänzerin arbeiten und damit Geld verdienen will, dann muss ich es eben tun. Man nennt das zielgerichtet sein, falls du das schon mal gehört haben solltest.«

»Aber doch nicht im Urlaub. Da kann man doch alles mal lockerer angehen und ein bisschen Spaß haben.«

»Genau das werden wir auch machen, liebe Jo.«

»Wenn mich nicht alles täuscht, Sonnilein, klingt das nach einem Aber.«

»Richtig erkannt, Jo: *Aber* nicht, indem du nur das tust, wozu du gerade Lust hast, und wir alles für dich machen.«

Als Sonja endlich ein frisches T-Shirt übergezogen hatte, schlüpfte sie nach draußen, wo es nicht wirklich kühler war. Mit den Sandalen in der Hand flüchtete sie barfuß über den heißen staubigen Boden in den nächsten Schatten. Schnell zog sie die Schuhe an. Es war noch immer still auf dem Platz, kein Mensch war zu sehen. Nur ein paar Grillen oder Zikaden zirpten laut um die Wette.

»Ihr habt doch noch gar nichts für mich gemacht«, hörte sie Jo trotz der etwa vier Meter Entfernung nörgeln. In so einem Zelt musste man wirklich vorsichtig sein mit dem, was man sagte oder tat, die Leute draußen bekamen ungefiltert alles mit.

»Und wer hat die Zelte aufgebaut?« Das war Annabell.

»Ihr wart doch zu dritt, ihr habt mich also gar nicht gebraucht.«

»Mann, darum geht es doch nicht!« Das war wieder Iris. »Wir sind zusammen in den Urlaub gefahren, also machen wir auch alles zusammen.«

»Auch aufs Klo gehen?«, erklang Johannas spöttische Stimme.

»Johanna Winter, manchmal kannst du echt ein Arschloch sein!« Mit diesen Worten kam Iris aus dem Zelt. Sie richtete sich auf und schloss den Eingang. »Wir gehen jetzt zusammen die Gegend erkunden und einkaufen, dann kochen wir und dann machst du allein den Abwasch, weil wir für dich das Zelt aufgebaut haben. Und beim Essen machen wir einen Plan, wer was die nächste Woche zu tun hat.«

Sonja streckte bestätigend einen Daumen in die Höhe, stand auf und klopfte sich mit beiden Händen den staubigen Hosenboden ab. »Seid ihr dann endlich fertig, ihr Grazien?«

»Ich komme mir eher vor wie im Straflager und nicht wie im Urlaub.« Jos grinsendes Gesicht, dass gleich darauf im Zelteingang erschien, verriet jedoch, dass sie Iris' bestimmenden Ton mit Gelassenheit nahm. Sie trug jetzt zu den superknappen ausgewaschenen Jeans-Shorts ein bauchfreies grelloranges T-Shirt, was ungemein sexy aussah. Ihre langen, schlanken Beine endeten in knöchelhohen, ebenfalls orangefarbenen Chucks. Sie sah aus wie eines dieser Cheerleadermädchen aus einem amerikanischen Spielfilm. Übermütig warf sie das offene blonde Haar über ihre Schultern und funkelte Sonja mit ihren strahlend blauen Augen herausfordernd an.

»Sieh es einfach als Trainingscamp: Hier lernst du für dein späteres Leben. Was jede WG, in der du einziehen wirst, übrigens mit Wohlwollen registrieren wird.«

»Schon mal was von kreativer Freiheit, von Freigeistigkeit gehört, liebste Sonni?«

»Klar, vor etwa fünf Minuten. Du wiederholst dich also.«

»Ein Freigeist ist jemand, der sein Denken nicht von traditionellen Sitten und von irgendwelchen Religionen, festgelegten Moralnormen und Denkverboten einschränken lässt. Das hab ich kürzlich wo gelesen und beschlossen, dass das ab sofort mein Lebensmotto sein wird.«

»Okay, du kannst deinen Geist gerne frei agieren lassen, nachdem du deine Aufgaben erledigt hast.«

Sonja verstummte, als Annabell gleich nach Johanna aus dem Zelt kam. Ihre Bewegungen hatten etwas Elegantes, Fließendes. Es war wie in einer perfekten Filmszene, wie ein Bühnenauftritt. Sie war das dunkle Pendant zu Johanna. Ihre braunen langen Locken kringelten sich bis in die Mitte ihres Rückens, der dank ihres gelb-blau geringelten Neckholder-T-Shirts größtenteils nackt war. Ihre Jeans-Shorts waren noch eine Spur knapper als die von Johanna. Und ihre Beine waren noch ein Stück länger, ihre Bewegungen geschmeidiger. Auch sie trug Chucks, jedoch die niedrige Variante in hellblau. Die beiden hätten locker aus einem Modekatalog gepurzelt sein können.

Dagegen sah Iris in ihrem dunkelblauen weiten T-Shirt, den Shorts, die kein bisschen eng waren und knapp über den Knien endeten, und den plumpen, aber praktischen Sandalen wie Aschenputtel neben zwei Prinzessinnen aus. Oder wie das hässliche Entlein unter schönen Schwänen. Hässlich fand Sonja Iris nicht, aber noch ein wenig kindlich – und irgendwie niedlich mit ihren Löckchen und den Sommersprossen.

Ihr entging nicht der Blick, mit dem Iris die beiden anderen taxierte, und obwohl sie die Freundin liebte, wie sie war, hatte Sonja in diesem Moment fast ein wenig Mitleid mit ihr.

»Wollen wir einkaufen oder auf Männerfang gehen?«, fragte sie deshalb.

»Das eine muss ja das andere nicht ausschließen, oder?« Johanna klimperte übertrieben mit den Augenlidern.

Mehrere Campingnachbarn begegneten ihnen auf dem Weg zum Eingang, zu zweit oder in Grüppchen. Sonnendurchglüht, manch einer leicht verbrannt, mit Luftmatratzen und Badetaschen beladen, kamen sie offensichtlich von einem Tag am Meer zurück.

»Hat der Strand gerade dichtgemacht? Oder warum kommen die jetzt alle auf einmal?«, wunderte sich Johanna.

Annabell sah auf ihre Armbanduhr. »Siebzehn Uhr – kurz vor Essenszeit. Bei braven Deutschen steht um achtzehn Uhr das Abendessen auf dem Tisch.«

Es wurde von allen Seiten höflich gegrüßt.

»Das sind lauter alte Leute aus Spießerhausen«, bemerkte Johanna sichtlich enttäuscht. »Das kann ja heiter werden. Und langweilig. Im besten Fall Eierlikörparty mit Schlagermusik – na prima.«

Annabell lachte. »Das waren doch nur ein paar. Wart's einfach ab, es werden schon auch junge Leute dabei sein.«

»Ich mag Eierlikör.«

Johanna bedachte Iris mit einem abfälligen Blick.

»Außerdem haben wir ja uns«, sagte Sonja und hatte schon wieder das Gefühl, Iris beschützen zu müssen.

»Wenigstens im Urlaub möchte ich ein bisschen was anderes erleben, euch hab ich schließlich das ganze Jahr.«

»Nicht mehr lang. Genieße also die nächsten Tage mit uns.«

Bedrückte Stimmung machte sich breit.

»Mensch, Sonni, musstest du das jetzt sagen?«, maulte Annabell. »Ich hatte mir fest vorgenommen, nicht daran zu denken.«

»Ehrlich gesagt kann ich mir gar nicht vorstellen, wie es ohne euch sein wird …«

»Blümchen, halt die Klappe«, sagte Annabell barsch. Etwas milder fügte sie hinzu: »Sonst fange ich zu heulen an.«

»Ach, Mädels, was seid ihr bloß für Weicheier«, amüsierte sich Johanna. »Ich kann es gar nicht erwarten, endlich in die große weite Welt zu ziehen. Glaubt mir, wir werden vor lauter Umzug, neuen Eindrücken und aufregenden Menschen gar nicht an die anderen denken. Vom Studieren mal ganz abgesehen. Und, tada, es gibt ja auch Telefone – wir werden also immer in Verbindung bleiben. In den Semesterferien treffen wir uns dann alle wieder daheim und haben jede Menge zu erzählen.«

»Und zu den Klassentreffen«, warf Sonja ein.

»Genau, Klassentreffen. Da sehen wir alle paar Jahre, was aus den anderen Pappnasen geworden ist. Das wird sicherlich lustig.«

Während sie nun beim Bummeln hitzig diskutierten, was wohl aus den einzelnen Klassenkameraden werden könnte, stieg die Laune wieder.

Sie kamen an Geschäften, Café Bars und Lokalen vorbei. Annabell erzählte zu allem etwas, zeigte ihnen die Pizzeria, in der es die leckerste »Mafiatorte« gab, und die Eisdiele, die das beste Eis machte. Alles wurde bestaunt und für gut befunden.

Junge Männer auf Fahrrädern und Rollern fuhren vorbei und pfiffen ihnen nach, einer, ein nicht mehr ganz so junger, sprach Johanna sogar aus einem knallroten Alfa Romeo Spider heraus an. Mit Händen und Füßen und breitem, nicht unsympathischem Lächeln, redete er italienisch auf sie ein. Annabell zog sie einfach weiter. Das Cabrio fuhr mit quietschenden Reifen an ihnen vorbei, wobei der Fahrer ihnen noch eine Kusshand zuwarf.

»Was denn? Der sah doch nett aus«, beschwerte sich Johanna. »Und Geld hat der bestimmt auch.«

Annabell nahm ihr die Visitenkarte ab, die ihr der Typ mit den nach hinten gegelten schwarzen Haaren und dem dicken Goldkettchen am Arm zugesteckt hatte, und studierte sie.

»Du möchtest also gern in einer Oben-ohne-Bar arbeiten?«

»Wie kommst du denn darauf?«

Annabell hielt ihr die Karte vor die Nase. »Erotik-Sauna-Bar – oder glaubst du echt, der Kerl wollte dich auf einen Drink dorthin einladen? So naiv kannst nicht mal du sein.«

»Ich hab ja kein Wort von dem verstanden, was er gesagt hat!«

»Tja, liebe Jo, in so eng sitzende Höschen passt halt nicht mal das kleinste Wörterbuch«, sagte Sonja spitz.

Als sie auf der anderen Seite der Straße wieder zurück in Richtung Campingplatz schlenderten, hakte sich Johanna bei Iris unter. »Was haltet ihr davon, wenn wir heute Abend Blümchens Shorts ein Stückchen shorter machen?«, rief sie den anderen zu.

»Wieso das denn?« Iris sah sie misstrauisch von der Seite an.

»Weil du schöne Beine und einen hübschen kleinen Arsch hast und das ruhig ein bisschen mehr betonen kannst. Dann klappt das auch mit dem ersten Freund.«

Iris bekam einen roten Kopf.

»Aber nicht ganz so kurz wie eure«, sagte sie vorsichtig.

»Nein, nur ein Stück, versprochen. Und wenn wir ausgehen, leihe ich dir ein Top von mir. Wäre doch gelacht, wenn wir die Männerwelt nicht auf dich aufmerksam machen können.«

»Die Männerwelt, die einen in dubiose Bars locken will?«

»Nein Sonni, nicht die. Die will keiner. Nein, die netten Kerle, die anständigen, die sollen sehen, was für eine wunderschöne Frau unser Blümchen ist.« Johanna küsste Iris ungestüm auf die Wange.

»Findest du? Findest du wirklich, dass ich schön bin?«, fragte Iris zweifelnd.

Johanna blieb stehen und sah sie ungläubig an. »Hallo? Hast du dich schon mal im Spiegel angesehen? Deine Augen sind der Hammer. Dein Gesicht ist perfekt geschnitten, deine Lippen sind wunderschön geformt und so sinnlich. Und deine Haut erst, so zart, so …«

»Sommersprossig?«, unterbrach Iris nüchtern.

»Ja, das auch. Deine Sommersprossen sind das Besondere an dir.«

»Ich hasse meine Sommersprossen.«

»Bist du doof? Ich liebe sie.«

Iris seufzte. »Ich würde sofort mit dir tauschen, wenn das ginge.«

»Nicht dein Ernst. Ich bin schon immer neidisch auf diese lustigen kleinen Dinger. Jeder Modelagent wäre verrückt nach dir!«

So sehr Sonja manchmal genervt war von Johanna, jetzt hätte sie sie knutschen können, denn sie wusste genau, wie sehr Iris unter ihren vielen Sommersprossen litt.

»Kommt ihr?« Annabell war vor dem Eingang des Supermarktes stehen geblieben und sah sie abwartend an.

»Gut, dass wir darüber gesprochen haben.« Johanna setzte sich wieder in Bewegung und zog Iris mit sich. »Die nächsten drei Wochen werden wir gezielt an deinem Selbstbewusstsein arbeiten, damit aus dem Blümchen eine wunderschöne Blume wird.«

Mit einem Einkaufswagen fuhren sie durch die Gänge und bestaunten die Produkte. Manche erkannten sie, weil es sie in Deutschland mit ähnlichem Schriftzug gab, ein Großteil aber war fremd für sie. Annabell übersetzte immer wieder.

»Ich wusste ja gar nicht, dass du so gut Italienisch kannst«, sagte Johanna ehrlich beeindruckt.

»Ach, wenn man so oft in Italien war, dann bleibt eben das eine oder andere hängen.« Annabell winkte ab.

Johanna sah sie abschätzend an. »Du hast vorhin genau verstanden, was der Typ zu mir gesagt hat, stimmt's?«

Annabell wich ihrem Blick aus. »So ziemlich, ja.«

»Und?«

»Wie, und?«

»Was hat er gesagt?«

»Dass du wunderschön bist und dein Arsch und dein Busen einfach grandios sind. Und dann deine Haare! Dass er in deine blonden Haare verliebt ist und nachts von dir träumen wird.« Annabell ahmte den Tonfall des Italieners perfekt nach. »Dass du zu ihm kommen sollst, denn mit diese Körper – mamma mia – kann er dich mache reich.«

Sie waren vor der Kühltheke stehen geblieben, Sonja, Johanna und Iris lauschten gespannt.

Johanna lachte lauthals los. »Das hat der miese Pomadenheini wirklich gesagt?«

»Ich schwör's.«

»So ein Sackgesicht! Na warte, wenn der mir noch mal unterkommen sollte, dann trete ich ihm eine nette Beule in sein angeberisches Zuhälterauto.«

»Nützt es was, wenn ich dir davon abrate? Würde mich nicht wundern, wenn er mit der Mafia zu tun hat.«

»Ach, Sonni, für wie blöd hältst du mich denn? Das mach ich doch, wenn keiner hinsieht.«

»Na dann. Wäre nämlich echt doof, wenn wir ohne dich nach Hause fahren müssten, weil sich irgendein Mafioso deiner angenommen hat.«

Nachdem sie Milch für den Kaffee in den Korb gelegt hatten, fuhren sie weiter. Im Vorbeigehen legte Johanna munter alles Mögliche in den Wagen, italienisches weiß-braunes Nutella, Chips, eine Großpackung Grissini, eine Zweiliterflasche Lambrusco. Bis auf den Lambrusco sortierte Sonja alles wieder zurück ins Regal.

»Oh Mann, du bist eine Spaßbremse. Das Nutella können wir sehr gut morgen zum Frühstück gebrauchen, und die Chips und die Gebäckstangen waren für heute Abend zum Knabbern gedacht.«

Sonja schob den Wagen ungerührt weiter. »Wir haben selbstgekochte Marmelade von Iris' Oma dabei, und der andere Kram ist unnötiger Luxus, der nur die Urlaubskasse schmälert. Von deinem eigenen Geld kannst du dir das Zeug aber gern kaufen.«

Johanna sah die anderen an, die die Diskussion wortlos beobachteten. »Dann sind das aber nur meine Chips, und ihr bekommt nichts ab.«

»Chips machen dick«, sagte Sonja.

»Genau, und meine Trainerin hat gesagt, ich muss mit meinem Gewicht aufpassen«, fügte Annabell hinzu.

So groß war Johannas Appetit auf Chips dann doch nicht, denn die Packung blieb im Regal.

Aber eine etwa einen Meter lange dünne Rolle mit verlockend aussehenden cremegefüllten Keksen wurde von der Allgemeinheit genehmigt.

Johanna gab sich geschlagen. »Im nächsten Urlaub bin *ich* Kassenwart, das könnt ihr aber glauben.«

»Vergiss es, wenn du unser Kassenwart wärst, dann wären wir übermorgen pleite und müssten nach Hause fahren.« Annabell öffnete die Gebäckpackung und schob ihr einen Keks in den Mund, damit sie nichts mehr sagen konnte.

Irgendwas grummelte Johanna, aber die anderen ließen sie einfach stehen und gingen mit den Einkäufen zur Kasse.

Kekse knabbernd trugen sie die Tüten mit frischen Tomaten, Gurken, vier riesigen Pfirsichen und der Milch in Richtung Campingplatz. Johanna hatte sich der schweren Weinflasche angenommen, sie hielt sie wie ein Baby im Arm. Von Iris wurde sie immer wieder mit einem Keks gefüttert.

»Wann gehen wir an den Strand?«, nuschelte sie schwer verständlich mit vollem Mund.

»Heute Abend nach dem Essen, würde ich sagen«, schlug Annabell vor. »Dann sind auch nicht mehr so viele Leute dort.«

Jetzt herrschte reges Treiben auf dem Platz. Zwei Mädchen spielten Federball, mehrere kleinere Jungs kickten einen Fußball durch die Gegend, in Vorzelten saßen Männer und Frauen auf Klappstühlen an Campingtischen. Von überallher duftete es nach frisch gekochtem Essen.

Johanna verdrehte die Augen. »Boah, ist das gemein, da kriegt man ja auch Hunger.«

»Siehst du«, Sonja stieß sie mit dem Ellbogen an, »es sind alle noch da, und ich sehe auch keine frischen Operationsnähte und fehlende Gliedmaßen.«

»Mag sein, aber eine tolle Romanidee ist es trotzdem.«

Bei den Zelten angekommen, beschlossen sie, ebenfalls zu Abend zu essen. Seit dem Frühstück in der Raststätte hatten sie nur das Eis und ein paar lumpige Kekse in den Magen bekommen.

Im Kofferraum stand noch die Küchenkiste, eine Weinkiste, in der alles verstaut war, wovon sie geglaubt hatten, dass sie es in den nächsten Wochen brauchen würden: Neben Essig, Öl, Zucker, Gewürzen, einem Glas Instantkaffee, den Marmeladengläsern von Iris' Oma und zwanzig Dosen Ravioli in Tomatensoße waren auch vier Emailleteller und -tassen, Besteck, eine Blechkanne wie aus einem Western, eine Pfanne und zwei Töpfe darin zu finden.

Die Kiste war so schwer, dass Annabell und Johanna sie nur gemeinsam aus der hintersten Ecke des Kofferraumes nach vorn ziehen und herauswuchten konnten.

»Welcher Depp hat die denn so vollgepackt?«, fragte Johanna vorwurfsvoll, als sie sie mit lautem Scheppern auf dem Boden abstellten.

Sonja grinste sie an. »Wir vier Deppen.«

Nachdem sie einen Teil ausgeräumt hatten, mussten sie feststellen, dass sie für den geplanten Salat keine Schüssel dabeihatten.

Annabell nahm den größeren der beiden Töpfe und füllte die frisch gekauften Tomaten und Gurken aus der Einkaufstüte hinein. »Der tut's sicherlich auch.«

»Soll ich sie schneiden?«, bot sich Johanna an.

»Erst waschen, würde ich sagen«, warf Iris ein.

Johanna sah sie ungläubig an. »Ist das deine Vorstellung von Freiheit und Abenteuer?«

»Das ist meine Vorstellung von einem Mindestmaß an Hygiene. Ich hab nämlich keine Lust auf Durchfall. Ihr vielleicht?«

»Blümchen hat recht«, entschied Annabell. »Ich zeige euch, wo die Campingküche ist.«

Sie gingen wieder über den ganzen Platz zurück in die Nähe des Eingangs und landeten in einer Baracke.

Auf einer dicken Pressspanplatte, die an der langen Seite unterhalb der durch Schmutz beinahe undurchsichtigen Fensterfront an der Wand angebracht war, standen mehrere Doppelkochplatten, die eindeutig schon bessere Zeiten gesehen hatten. Darunter befanden sich zwei Kühlschränke.

Sonja sah prüfend in einen hinein. Die Türfächer waren vollgestopft mit Bierdosen. Auf einem der ansonsten leeren Gitterböden lag eine angebrochene Folienpackung mit feiner Salami, die oberste Scheibe war angetrocknet, an den Rändern wellte sie sich schon.

Sie schloss die Tür wieder. »Wenn ihr mich fragt, sieht dieser Kühlschrank nach einer Aufzuchtstation von Salmonellen und Schimmelpilzen aus. Wir sollten da lieber nichts Essbares reinstellen.«

»Wer bringt denn bitteschön langweilige deutsche Salami in ein Land mit, in dem die tollsten Salamis überhaupt gemacht werden?«, wunderte sich Johanna, die auch einen Blick riskiert hatte.

Annabell drückte sich an ihnen vorbei in den nicht sonderlich hellen Raum. »Langweilige Deutsche, die hier in deutsche Lokale gehen, wo sie gutes deutsches Bier, ihre Weißwürste und ihr paniertes Schnitzel bekommen.«

Erstaunt hob Iris die Augenbrauen. »Und warum kommen die dann nach Italien?«

»Wegen Sonne und Meer.«

Johanna verzog das Gesicht. »Also genau wie wir.«

»Wie wir?« Sonja lehnte sich mit verschränkten Armen an den Türrahmen und sah sie abwartend an.

»Ja, wie wir. Darf ich euch daran erinnern, dass wir tonnenweise Dosenravioli in das Land der Ravioli mitgebracht haben?«

»Das ist doch was ganz anderes. Bei uns geht es einzig und allein ums Geld.«

Neben den Kochplatten gab es noch eine durch den häufigen Gebrauch matt gewordene Edelstahlspüle mit zwei Becken. Außerdem einen alten Holzküchentisch, der als Arbeitsplatte dienen musste, und vier orangefarbene Plastikstühle. Über einer Lehne hing ein schmuddeliges Geschirrtuch.

»Apropos Küche: Für diesen armseligen Raum ist der Name Küche ja wohl leicht übertrieben«, befand Sonja.

»Das wird schon genügen, wir wollen ja kein Vier-Gänge-Menü kochen.« Annabell kippte das Gemüse in eines der Spülbecken und ließ Wasser hineinlaufen.

An der Wand gegenüber der Tür stand noch ein offenes Regal. In ihm stapelten sich neben einem zum Besteckkorb umfunktionierten Schuhkarton einige verbeulte Blechtöpfe, Plastikschüsseln und Plastikteller in verschiedenen ausgeblichenen Farben. Für die, die kein Campinggeschirr dabeihatten.

»Hier wären Schüsseln ...«, setzte Johanna an.

Sonja betrachtete das unappetitlich aussehende Geschirr, das schon wer weiß wie viele fremde Menschen benutzt und vielleicht nicht richtig gespült hatten. Keinen Bissen hätte sie daraus essen können.

»Wir bleiben lieber bei unserem Topf«, entschied sie streng.

Inzwischen hatte Annabell alles gründlich gewaschen.

»Damit wäre unser erster Ausflug in die luxuriöse Campingplatzküche auch schon wieder zu Ende«, sagte sie und trug den Topf an ihr vorbei.

Sonja folgte ihr mit den beiden anderen zu den Zelten.

An den Baumstamm gelehnt saß Iris wenig später auf ihrem Badehandtuch auf dem Boden, mit einem der Teller – ein Schneidbrett hatten sie dummerweise auch nicht eingepackt – auf dem Schoß, auf dem sie Gurken und Tomaten klein schnitt.

Sonja rührte in einem Kaffeebecher die Salatsoße an.

Indem sie ein Geschirrtuch als Tischdecke darüber ausbreitete, verwandelte Johanna die Kühlbox in einen Tisch. Auf dem landeten die beiden Tupperdosen mit den Broten und der Topf mit dem Salat. Ihre Tassen passten nicht mehr darauf, ganz zu schweigen von den Tellern.

Kniend oder im Schneidersitz ließen sie sich um den provisorischen Tisch nieder.

Johanna schraubte die Lambruscoflasche auf. Mit beiden Händen musste sie das schwere Ding halten, um einschenken zu können.

Iris hielt ihr ihren Becher hin. »Mir bitte nur ganz wenig.«

Johanna sah sie missbilligend an. »Mann, Blümchen, stell dich doch nicht so an. Ein Becher wird dich schon nicht umhauen.«

»Ich mag keinen Wein.«

»Das ist Lambrusco, den wirst du lieben. Wetten?« Johanna füllte den Becher etwa zur Hälfte. »Andererseits«, sagte sie grinsend, »bleibt dann mehr für uns.«

Iris roch prüfend an der dunkelroten Flüssigkeit und nippte dann vorsichtig. Sonja beobachtete sie dabei, als wäre sie ein Bakterium unter dem Mikroskop.

»Schmeckt wie Saftschorle«, stellte Iris überrascht fest.

»Was hab ich gesagt? – Du wirst ihn lieben. Soll ich doch voll machen?«

Iris zögerte kurz, dann ließ sie sich nachschenken.

Der Wein für Sonja landete in dem Becher, in dem sie kurz vorher die Marinade für den Salat angerührt und den sie gründlich mit einem Papiertaschentuch ausgewischt hatte. Kritisch betrachtete sie die Fettaugen, die auf der Oberfläche schwammen.

»Meiner hat sicherlich eine feine Salatsoßennote im Abgang«, bemerkte sie trocken.

Als alle mit Wein versorgt waren, hob Johanna ihren Becher.

»Auf einen fantastischen und unvergesslichen Urlaub«, verkündete sie feierlich.

Metallisch scheppernd stießen die Becher über dem Tisch zusammen.

»Und auf eine niemals endende Freundschaft!«, ergänzte Annabell, nachdem sie den ersten Schluck genommen hatte.

Erneut wurde angestoßen und getrunken.

Sonja erhob noch einmal ihren Becher. »Und auf eine glorreiche Zukunft und darauf, dass wir alles schaffen, was wir uns vornehmen!«

Nachdem sie noch einmal getrunken hatten, ruhten drei Augenpaare abwartend auf Iris.

Einen Moment lang stand sie auf der Leitung. »Ähm ... auf das Leben«, sagte sie schließlich.

»Ja, auf das Leben!«, rief Johanna begeistert.

»Auf das Leben«, wiederholte die anderen nicht minder begeistert.

»Da mach ich doch glatt mit«, rief jemand aus dem Vorzelt des Campers zu ihrer Linken. Ein tiefgebräunter Mann mit Halbglatze, um die fünfzig und in Shorts, Feinrippunterhemd und Adiletten, zeigte sich ihnen. Eine Hand mit Bierdose streckte er in ihre Richtung. »Prost, Nachbarinnen! Ich bin der Ewald.«

»Prost, Ewald«, riefen sie im Chor. Kichernd stießen sie noch einmal an und tranken.

»Helga, komm doch mal, proste unseren neuen Nachbarinnen zu«, hörte Sonja ihn sagen.

Eine Frau in dunkelblauen Shorts und weißem T-Shirt erschien im Zelteingang. Das Erste, was Sonja an ihr auffiel, waren ihre großen Brüste, die erschreckend tief hingen. Das nächste war ihr freundliches, nicht hässliches Gesicht, das von dicken Lockenwicklern umrahmt war.

Fröhlich winkte die Frau zu ihnen herüber, wobei ihr überdimensionaler Busen auf und ab wogte. »Huhu, ich bin die Helga.«

»Huhu, Helga!«, riefen Johanna und Iris munter zurück

Eines schwor sich Sonja: Sie würde nie, niemals ohne BH gehen, wenn sie älter sein würde. Und Lockenwickler würde sie auch nie tragen, nicht mal zu Hause, wo sie keiner sah.

Iris sprang auf. »Moment, ich hol schnell meinen Fotoapparat!«

»Ja, ein Foto, ein Foto, ein Foto!«, skandierten die anderen drei im Chor.

»Cheese!«, rief Iris, kurz bevor sie den Auslöser betätigte.

Die anderen drei steckten die Köpfe zusammen und echoten »Cheese!«

Da sie selbst nicht auf dieser Aufnahme sein würde, wollte Iris etwas versuchen. Sie ging neben den dreien in die Hocke, hielt die Kamera mit ausgestrecktem Arm mit dem Objektiv zu ihnen in die Höhe und drückte »Cheese« rufend mehrmals ab, in der Hoffnung, dass sie wenigstens auf einem der Bilder mit drauf sein würde.

Darauf stießen sie an.

Nach dieser Runde waren die Becher leer, und Johanna füllte nach. Auch Iris wehrte sich nicht.

Mit bestem Appetit machten sie sich über die Brote und den Salat her, bis kein Krümel mehr übrig war. Auch vom Lambrusco war nichts mehr übrig.

Johanna ließ sich den letzten Rest aus der Flasche auf die Zunge tropfen. »Morgen müssen wir unbedingt Nachschub holen, am besten gleich zwei Flaschen.«

Iris ließ sich nach hinten auf den Boden sinken. Langgestreckt lag sie da und hielt sich die Augen zu. »Ich glaub, ich hab 'nen Schwips.«

»Blümchen hat einen Schwips, dass ich das noch erleben darf!« Johanna war sichtlich amüsiert.

»Ich finde das gar nicht lustig«, jammerte Iris.

Johanna legte sich neben sie. »Ich schon. Wir werden das jetzt jeden Abend trainieren, damit du künftig bei Studentenfeten mithalten kannst.«

»Vielleicht wird sie ja wieder nüchtern, wenn ich mit ihr noch ein paar Schritte gehe?« Annabell sammelte die Gabeln ein und warf sie in den leeren Topf.

Sonja stellte die Teller aufeinander. »Das ist eine wirklich gute Idee«, pflichtete sie ihr bei. »In der Zeit spülen Jo und ich.«

»Warum ausgerechnet wir beiden?«, maulte Johanna.

»Warum nicht?«, stellte Sonja die Gegenfrage. »Heute sind wir dran, morgen machen Bella und Iris das.«

»Genau, jeden Tag hat ein anderes Team Küchendienst – heute seid ihr das.«

Johanna setzte sich auf und sah Annabell scharf an. »Das habt ihr euch ja schön ausgedacht.«

Sonja wechselte einen schnellen Blick mit Annabell.

»Das finden wir auch«, sagte die. »Wir besorgen dafür in der Zwischenzeit noch eine Flasche Wein.«

Iris streckte wie in der Schule einen Zeigefinger in die Luft. »Wasser, wir besorgen lieber Mineralwasser.«

»Okay, Wasser bringen wir auch mit.« Annabell stand auf und klopfte sich den Hosenboden ab. »Wo ist unser Geld?«

Iris wedelte unkoordiniert mit einer Hand. »Ganz unten in meinem Schlafsack.«

Annabell schlüpfte ins blaue Zelt und kam wenig später mit dem Geldbeutel wieder heraus. »Komm, Blümchen, steh auf.«

Iris rappelte sich schwerfällig zum Sitzen auf. Nach kurzer Pause schaffte sie es in den aufrechten Stand. Ganz sicher war sie nicht auf den Beinen.

Annabell hakte sich bei ihr unter und zog sie mit sich. »Bis gleich!«

»Tolle Wurst.« Johanna sah den beiden mit kraus gezogenen Augenbrauen nach.

Sonja warf sich ein Geschirrtuch über die Schulter, sammelte die leeren Becher ein und verteilte sie gerecht auf den Topf und den Tellerstapel. Mit dem Topf in den Händen sah sie Johanna abwartend an. »Kommst du?«

»Ja, du alte Sklaventreiberin, ich komme ja schon.« Johanna hob die Teller auf und folgte Sonja zur Küchenbaracke.

»Unsere Kleine verträgt aber auch gar nichts«, sagte sie kichernd

»Dafür scheinst du dich mit Räuschen umso besser auszukennen.«

»Früh übt sich. Meine Eltern haben eine gut ausgestattete Bar, da hab ich schon alles durchprobiert.«

»Und das haben sie zugelassen?«

»Was heißt zulassen? Das haben die doch gar nicht mitgekriegt.« Johanna zwinkerte ihr vergnügt zu. »Die haben selbst schon immer recht gern gebechert – wahrscheinlich, um ihre verkorkste Ehe besser ertragen zu können. Irgendwann hab ich angefangen, mir auch gelegentlich etwas daraus zu gönnen, damit ich *ihre* Streitereien besser ertragen konnte. Nach einem Glas Whisky konnte ich trotz ihres Gekeifes nämlich wunderbar einschlafen.«

»Das mit den Streitereien deiner Eltern hast du noch nie erzählt.« Sie waren in der Küchenbaracke angekommen, und Sonja stellte den Topf neben der Spüle ab.

»Das sind Sachen, die erzählt man keinem.«

»Aber wir sind deine Freundinnen, uns hättest du es doch erzählen können.«

»Und wozu? Hättet ihr mir irgendwie helfen können?«

Sonja hob ratlos die Schultern.

Mit dem Geschirr in der Hand lächelte Johanna sie schief an. »Siehst du, genau deswegen hab ich es für mich behalten. Wenn ich mit euch zusammen bin, dann will ich fröhlich sein und Spaß haben, dann will ich ganz bestimmt nicht an meine ätzenden Eltern und ihren idiotischen Krieg denken. Aber das hat sich ja eh demnächst erledigt, wenn ich in Würzburg studiere. – Mist, wir haben das Spülmittel vergessen. Ich laufe schnell noch mal zurück.«

Sonja sah ihr durch die dreckige Fensterscheibe nach, bis sie hinter einem Campingwagen verschwunden war. Dann steckte sie den Stöpsel in den Abfluss und ließ Wasser ins Becken laufen. Der Griff für das Heißwasser ließ sich zwar drehen, aber es kam kein warmes Wasser. Sie drehte ab und sah unter die Holzplatte, in der Hoffnung, dass es dort einen Boiler gab. Fehlanzeige. Als sie gerade überlegte, ob sie einen der campingplatzeigenen Töpfe nehmen und darin Wasser heiß mach sollte, kam Johanna zurück.

»Es gibt nur kaltes Wasser. Sollen wir welches auf dem Herd heiß machen?«

»Ach was, für die paar Teile lohnt sich das doch gar nicht. Das eine Mal geht es auch mit kalt.« Johanna öffnete die Klappe der Plastikflasche, die sie mitgebracht hatte und drückte eine großzügige Portion einer rosa Flüssigkeit ins Becken hinein.

»Duschgel?«, rief Sonja entsetzt.

»Zwei in eins – Duschgel und Shampoo«, las Johanna den Text auf dem Etikett vor.

»Duschgel, ist das dein Ernst?«

Johanna sah sie mit Unschuldsmiene an.

»Wir haben kein Spüli eingepackt, das muss es auch tun. Einen Spüllappen oder so haben wir übrigens auch nicht.« Sie ließ noch mehr Wasser einlaufen und stellte die Teller und Becher hinein.

Der Duft von wilder Rose erfüllte den Raum.

»Ups, könnte sein, dass ich ein bisschen zu viel erwischt habe.«

Mit bloßen Händen spülte Johanna das Geschirr, Sonja trocknete ab. Prüfend hielt sie einen fertigen Teller an die Nase. »Riecht nach Blumen.«

»Was soll's, jedenfalls ist das Geschirr jetzt sauber. Und bis morgen früh ist der Duft garantiert verflogen«, sagte Johanna leichthin.

Auf dem Weg zum Zelt kam ihnen der zahnlose Platzwart entgegen, der ihnen lächelnd zunickte.

»Der Typ ist so was von unheimlich, dem möchte ich nicht allein im Dunkeln begegnen«, flüsterte Johanna, als er vorbei war. »Versprich mir, dass wir immer zusammen aufs Klo gehen!«

»Der ist bestimmt ganz harmlos«, sagte Sonja lachend. Im Dunkeln allein über den Weg laufen wollte sie ihm aber lieber auch nicht.

Teller, Topf und Besteck verstauten sie im Kofferraum, den sie in Ermangelung von Stauraum kurzerhand zum Küchenschrank erklärten. Die Becher stellten sie einsatzbereit auf die Kühlbox. Kaum hatte Johanna das Duschgel im Zelt verstaut, kamen Annabell und Iris mit ihren Einkäufen zurück.

»Ah, der Lambrusco-Nachschub«, freute sich Johanna und wollte gleich eine Flasche öffnen.

»Wollten wir nicht zum Strand?«

Johanna nickte Sonja zu. »Stimmt. Dann nehmen wir die Flasche eben mit.«

»Was sollen denn die Leute denken, wenn wir mit dieser Riesenbuddel unterm Arm durch die Gegend laufen?«, gab Iris zu bedenken.

»Na was wohl, Blümchen? Dass wir uns einen schönen Abend am Strand machen wollen, was sonst?«

Annabell verzog das Gesicht. »Ich weiß gar nicht, ob man das darf – nächtliche Partys am Strand sieht die Polizei hier glaube ich nicht so gern.«

»Wer sagt denn was von Party? Es ist doch nur ein kleiner Umtrunk, und nächtlich ist es erst in ein paar Stunden. – Wartet einen Moment …« Johanna drückte Sonja die schwere Flasche in die Hände und verschwand erneut im Zelt. Mit ihrer übergroßen Badetasche aus geflochtenem Bast erschien sie wieder.

Die Zweiliterflasche passte perfekt hinein.

»So, ihr Feiglinge, jetzt sieht sie keiner. Noch einen Becher dazu und zwei Badehandtücher darüber, dann ahnt keiner was. Und eine Wasserflasche zur Tarnung nehmen wir auch noch mit.«

Unschlüssig sahen sie sich an.

»Kommt schon, so ein Gläschen Wein, wenn die Sonne im Meer versinkt …«, lockte Johanna.

»Hört sich nach kitschiger Postkarte an«, sagte Sonja, die mit Kitsch nicht viel am Hut hatte.

»Genau, und ich liebe kitschige Postkarten. Lasst uns einen völlig kitschigen, sonnenuntergangdurchglühten, verrückten Urlaub haben.« Johannas Augen funkelten vor Unternehmungslust. »Egal, was ihr jetzt macht, ich jedenfalls gehe mit meiner Lambrusco-Freundin zum Strand.«

Sonja sah die Freundin schon sturzbetrunken ins Meer fallen und jämmerlich ertrinken. »Dann ist es wohl besser, wir lassen euch beide nicht allein.«

Schnell räumten sie alles, was vor den Zelten stand, in den Kofferraum und machten sich auf den Weg.

7

Annabell

Es war beinahe zwanzig Uhr, als sie endlich am Meer ankamen. Die Sonne stand schon tief, der Strand war so gut wie menschenleer. Bis auf die braungebrannten Männer, die die verlassenen Strandliegen eine nach der anderen zusammenklappten und zu ihren Buden zurückschleppten, um sie am nächsten Tag wieder teuer vermieten zu können, ein joggendes Pärchen und ein paar späte Schwimmer waren sie allein.

Mit den Schuhen in der Hand verließen die Mädchen den betonierten Weg und liefen barfuß durch den warmen Sand bis zum Wasser.

Es kam in sanften Wellen heran, verlief dann sprichwörtlich im Sande zu ihren Füßen, zog sich schaumgekrönt wieder zurück, dann kam die nächste Welle.

Annabell blieb stehen und sah aufs Meer hinaus, das in weiter Ferne in gerader Linie mit dem Himmel zusammenstieß. Etwas Dunkles kroch langsam auf der Trennungslinie von links nach rechts. Von ihrer Position aus war es kaum zu erkennen, und irgendwie sah es aus wie ein kleiner Käfer. Doch es konnte natürlich nur ein Schiff sein. Sie atmete tief ein und aus. Ein warmes Glücksgefühl durchflutete sie, endlich war sie wieder hier. Irgendwann wollte sie am Meer leben.

Sie beobachtete, wie Iris keine zwei Meter weiter ihre Sandalen in den Sand fallen ließ, bis zu den Knien hinauswatete und mit beiden Händen Wasser schöpfte, um es durch ihre Finger strömen zu lassen.

Als Iris prüfend an einem ihrer Finger leckte, musste sie lächeln. Das machte wahrscheinlich jeder, der zum ersten Mal am Meer war.

»Das schmeckt ja wirklich salzig«, rief Iris ihr begeistert zu.

Annabell stellte sich neben sie und ließ ihre Beine ebenfalls vom Wasser umspülen.

»Das ist also das Meer«, sagte Iris ehrfürchtig. Sie zog die Kamera aus der hinteren Hosentasche und machte ein paar Fotos. Auch von Annabell.

»Und? Wie findest du es?« Annabell fixierte wieder den dunklen Punkt am Horizont.

»Schön. Und riesig. Und auch ein bisschen furchteinflößend.«

Annabell riss sich vom Anblick des Horizonts los und betrachtete Iris, deren Löckchen lustig das sommersprossige Gesicht mit der Stupsnase umspielten. »Witzig, dass du das sagst. Mir geht es genauso. Ich war jetzt schon so oft an diesem Strand, aber immer, wenn ich nach der Ankunft zum ersten Mal ans Wasser komme, bin ich aufs Neue beeindruckt.«

»Gibt es hier Haie?«

Vage erinnerte sich Annabell an einen Bericht in der *Il Gazzettino* vor ein paar Jahren, in dem die Begegnung eines Touristen mit einem Jungtier beschrieben wurde. Was damals eine Sensation gewesen war. »Schon, aber in Strandnähe verirrt sich ganz selten mal einer.«

Iris machte sofort einen Schritt zurück. »Ich werde trotzdem sicherheitshalber mit dem Pool Vorlieb nehmen.«

Lachend legte ihr Annabell einen Arm um die Schulter. »Ins ganz Flache kommen sie sowieso nicht. Aber es ist schon ein seltsames Gefühl, wenn man etwas weiter rausschwimmt und den Boden nicht mehr sehen kann.«

»Das sagst *du*, aber wissen das auch die Haie? Nee, nee, ohne mich, ich hab keine Lust, einen Fuß zu verlieren.«

»Wir Menschen stehen doch gar nicht auf ihrem Speiseplan.«

»Ha, ich hab früher auch keinen Rosenkohl gemocht, und jetzt liebe ich ihn. Ich werde mich ihnen also gar nicht erst anbieten.«

»Kommt ihr? Wir wollen raus auf die Mole.« Das war Johanna. Sie und Sonja waren schon ein Stück weitergelaufen.

»Mole?«, fragte Iris.

Annabell deutete zu dem künstlich errichteten Damm zu ihrer Linken.

Mit hastigen Schritten verließ Iris das Wasser. Sie hob ihre Schuhe auf und ging auf dem trockenen Sand, während Annabell neben ihr bis zu den Knöcheln im Wasser blieb.

Die Mole reichte ungefähr zwanzig Meter ins Meer hinaus. Der etwa zwei Meter breite Betonweg auf ihrem Kamm wurde links und rechts von großen Steinbrocken gesäumt.

»Hier kann man bei Ebbe Krabben einsammeln.« Annabell deutete auf die unregelmäßigen, nicht ungefährlich aussehenden Steine, die im Moment aber von Wasser umspült waren.

»Und was macht man dann mit denen?«

»Essen.«

Als sie am Ende der Mole ankamen, hatten Sonja und Johanna schon die Handtücher ausgebreitet und es sich gemütlich gemacht.

Johanna füllte eben den mitgebrachten Becher mit Wein. Annabell setzten sich zu ihnen. Bevor sich Iris zu ihnen gesellte, fotografierte sie sie, wie sie lachend ihre zum Victory-Zeichen geformten Finger in die Kamera hielten.

»Ich will auf jeden Fall Abzüge von allen Fotos haben«, sagte Annabell.

Sonja und Johanna schlossen sich diesem Wunsch an.

Iris sah hinaus aufs Wasser. »Wusstet ihr, dass es hier Haie gibt?«

»Das haben Meere so an sich«, sagte Sonja wenig beeindruckt.

»Bestimmt auch dicke, fette, gefährliche weiße Haie.« Mit lautem »Grrrr!« schnappte Johanna mit der Hand nach Iris' sandigen Füßen.

Kreischend zog die ihre Beine eng an sich. »Hör auf mit dem Scheiß!«

Lachend reichte Johanna den gefüllten Becher an Annabell weiter.

Sie verzog nach dem ersten Schluck das Gesicht.

»Der Wein schmeckt komisch«, sagte sie, nachdem sie noch einen Testschluck genommen hatte.

Iris nahm ihr den Becher ab und nippte daran. Dann schnupperte sie. »Das riecht irgendwie nach Blumen – ähnlich wie mein Duschzeugs.«

»Echt?« Johanna sah Sonja an, ohne eine Miene zu verziehen.

»Das bildest du dir bestimmt nur ein. Vielleicht ist es ein anderer Wein?« In Sonjas Stimme schwang ein Lachen mit.

»Nein, es ist genau der gleiche wie der, den wir heute Nachmittag gekauft haben. Wir haben extra darauf geachtet.« Annabell fixierte Johanna, die merkwürdig still war.

Iris schraubte die Flasche wieder auf und hielt ihre Nase über die Öffnung. »Hm, scheint aber in Ordnung zu sein. Seltsam.«

»Lässt man Wein nicht eine Zeit lang geöffnet stehen, damit er atmen kann? Damit er sein Bouquet, seine Blume entfalten kann?«, fragte Johanna scheinheilig und nahm den Becher entgegen.

»Ich weiß nicht, was ihr euch da einbildet, aber ich rieche und schmecke nichts Ungewöhnliches«, sagte sie, nachdem sie getrunken und den Schluck fachmännisch wie ein Weintester schlürfend und schmatzend auf ihrer Zunge hatte zergehen lassen.

Unauffällig auffällig sah Sonja hinüber zum Strand, aber Annabell bemerkte, dass sie grinste.

»Ist irgendwas?« Annabell sah sie argwöhnisch an.

Mit kreisenden Bewegungen ließ Johanna den restlichen Wein im Becher kreisen, bis sie ihn schließlich mit einem großen Schluck austrank.

»Probier du mal.« Sie gab den leeren Becher an Sonja weiter.

Die schenkte nach, schnüffelte prüfend am Wein und nippte mehrmals daran.

»Also Bella, was auch immer du da geschmeckt hast, jetzt ist es jedenfalls weg.«

Johanna drückte den Rücken durch und sah hinaus aufs Meer. »Sag ich doch.«

Annabell nahm den Becher und trank. Immerhin hatte Sonja, der sie nicht über den Weg traute, auch getrunken. Und tatsächlich, der merkwürdige Beigeschmack war weg. Sie ließ es auf sich beruhen.

Trinkend, schwatzend und albernd saßen sie am Ende der Mole, während sich die Sonne immer mehr zum Horizont hin senkte.

»Schaut mal!«, rief Annabell.

Alle Blicke folgten ihrem Arm, der in Richtung Sonne deutete. Einer Sonne, die in den letzten Minuten, bevor sie endgültig versank, wie ein großer orangeglühender Ball aussah.

»Wunderschön«, hauchte Iris zutiefst beeindruckt.

»Saukitschig, aber gar nicht übel.« Sonja, bei der der Becher gerade Station machte, prostete dem sinkenden Feuerball zu.

»Pscht, seid mal still!«, befahl Annabell.

Alle schwiegen ergriffen.

»Es heißt, dass man es zischen hören kann, wenn die Sonne das Meer berührt.«

»So ein Blödsinn«, brummte Sonja. »Das geht doch rein technisch gar nicht.«

Johanna gab ihr einen Klaps auf die Schulter. »Halt doch endlich mal die Klappe!«

Und dann traf die untere Kante der Sonnenscheibe endlich auf den Horizont, tauchte ins Meer. Von da an ging es ganz schnell, man konnte zusehen, wie die Sonne mehr und mehr verschwand.

»Ich hab es gehört«, sagte Iris atemlos.

»Nichts hast du gehört, du Schäfchen. Da gab es nichts zu hören.« Sonja wollte nachschenken, doch die Flasche war leer.

»Mann, Sonni, du machst die ganze mystische Stimmung kaputt«, maulte Johanna. »Hast du denn kein bisschen Fantasie? Mit deinem ekligen Rationalismus kannst du einem ganz schön auf den Geist gehen.«

»Mit Mystik, Märchen und fantastischen Geschichten kommt man nun mal nicht weit, das wirst auch du noch merken, liebe Jo.«

Johanna sah Sonja nachdenklich an. »Weißt du was? Du tust mir echt leid, denn du hast keine Ahnung, was dir da entgeht. Du wirst deine Tage mit den schrecklich realistischen und traurigen Geschichten deiner Mandanten zubringen und dabei selber ganz traurig werden. Ich dagegen werde ein buntes, fantasievolles Leben führen und mit meinen fantastischen Geschichten eines Tages Geld verdienen, pass nur auf.« Zu Iris gewandt sagte sie: »Ich hab es auch gehört, es hat definitiv gezischt.«

Es folgte betretenes Schweigen. Meer und Strand wurden von Dunkelheit umhüllt, nur das Plätschern der ankommenden Wellen an den Steinen war zu hören. Der Halbmond schob sich hinter Wolken hervor über den schwarzen, mit wenigen Sternen gesprenkelten Himmel, spendete nur spärliches Licht.

Einmal flammte kurz Sonjas Feuerzeug auf, erhellte ihr Gesicht gespenstisch, als sie sich eine Zigarette anzündete, und verlosch wieder. Wie ein Glühwürmchen glomm die Glut immer wieder auf, wenn sie einen Zug nahm. Wortlos wanderte der Weinbecher mit dem letzten Wein von einer zur anderen, und Annabell fand, dass die Stimmung wieder friedlicher wurde.

Johanna war es schließlich, die aufgeregt rief: »Ich hab 'ne Idee!«

»Und warum wundert mich das nicht?«, fragte Sonja sarkastisch.

Johanna ließ sich jedoch nicht davon stören. »Wir verschicken eine Flaschenpost. Wir sitzen hier am Meer, haben zufällig eine leere Lambruscoflasche zur Hand ...«

»Das ist Umweltverschmutzung.«

»Mensch, Sonni, hast du nichts anderes dazu zu sagen? Das ist doch total romantisch! Irgendwann bekommen wir vielleicht Antwort von irgendwoher aus der Welt, aus Amerika, Australien oder so.«

»Nein, Jo, das ist Schwachsinn, denn irgendwann wird die Flasche an irgendwelchen Felsen zerschellen und irgendjemand steigt dann in die Scherben. Ich wünsche dir echt, dass du es dann selbst bist.«

Annabell fand die Idee gar nicht so schlecht. »Hast du denn was zum Schreiben dabei?«

»Bella, das fragst doch nicht im Ernst? Ich will Schriftstellerin werden – ich habe *immer* was zum Schreiben dabei. Leuchtet mir mal jemand?«

Obwohl Sonja gerade verkündet hatte, dass sie es für eine Schnapsidee hielt, schnippte sie ihr Feuerzeug an. In seinem Schein zog Johanna ihre Tasche zu sich heran. Triumphierend hielt sie einen Collegeblock und einen Kugelschreiber in die Höhe.

»Und was wollen wir schreiben?« Iris' Augen strahlten im Feuerschein vor Aufregung.

Johanna zog die Beine zum Schneidersitz an ihren Körper. Seite für Seite blätterte sie um, bis sie ein leeres Blatt gefunden hatte. Mit einem Klicken ließ sie die Mine aus dem Stift fahren.

»Zuerst mal, wer wir sind.« Mit ihrer schönen, schwungvollen Schrift notierte sie jeden ihrer Namen. Fein säuberlich untereinander.

»Dann natürlich unsere Adressen. Wir wollen ja schließlich Antwort bekommen.«

Sonja beugte sich mit einer frischen Zigarette zwischen den Lippen zum Feuer. Den Qualm durch Nase und Mund herausblasend sagte sie: »Meine auf gar keinen Fall. Das ist deine idiotische Idee, also genügt deine Adresse.«

Johanna sah die anderen der Reihe nach an.

»Du kannst uns dann ja benachrichtigen«, sagte Iris, der es wohl auch nicht so recht war, wenn jemand Fremdes erfahren würde, wo sie wohnte.

Annabell sah das nicht anders. »Ich finde auch, dass es genügt, wenn sich die Leute bei dir melden.«

»Pff.« Sonja blies ihr Rauch ins Gesicht. »Die Flasche wird kaputtgehen. Kein Mensch wird sich melden.«

»Okay.« Johanna hatte ihre Adresse aufgeschrieben und wartete auf weitere Anweisungen.

»Vielleicht, wo wir die Flasche reingeworfen haben?«

»Gute Idee, Blümchen«, lobte Johanna. Sie fügte auch noch das Datum dazu.

Ein Windhauch ließ die Flamme erlöschen.

»Dass wir Freundinnen auf ewig sind.« Annabell sagte das aus dem Bauch heraus in die entstandene Dunkelheit hinein.

Es bedurfte mehrerer Versuche, bis Sonja das Feuerzeug wieder zum Brennen brachte. Keiner sagte in der Zwischenzeit etwas.

Annabell kam sich plötzlich lächerlich vor, viel zu gefühlsduselig. »War nur 'ne Idee ...«, tat sie das Gesagte gleich wieder ab.

»Ich finde es gut.« Iris' Stimme klang belegt. »Denn das werden wir auf alle Fälle sein.«

»Ja, ein Treueschwur, das gefällt mir!« Johannas Stift wanderte im Feuerschein über das Papier. »Wir schwören hiermit feierlich, dass wir Freunde für immer sein werden«, sagte sie laut, während sie die Worte aufschrieb. »Dass wir uns immer helfen und immer füreinander da sein werden.«

Sie griff erneut in ihre Strandtasche und förderte ein Taschenmesser zu Tage. »Und mit unserem Blut besiegeln wir das hier und jetzt.«

Es herrschte ergriffenes Schweigen.

Annabell glaubte, sich verhört zu haben. Das fand sie dann doch eindeutig übertrieben. In ihren Augen waren solche Aktionen eher was für vorpubertäre Jungs.

Doch Sonja kam ihr zuvor. »Du hast ja echt 'nen Knall. Wir sind zwar nicht mehr ganz nüchtern, aber eindeutig nicht betrunken genug für so einen Quatsch. Überhaupt bin ich definitiv zu alt für derartigen Kinderkram.« Sie ließ das Feuerzeug erlöschen und stand auf.

»Blutsfreundinnen«, raunte Johanna geheimnisvoll. »Auf immer und ewig durch unser Blut miteinander verbunden.«

Das spärliche Mondlicht lag gespenstisch auf ihrem Gesicht.

»Hör auf damit, wir holen uns nur eine Blutvergiftung mit deinem ollen Messer.« Sonja klang genervt. »Außerdem wird es langsam kühl hier draußen, wir sollten zurückgehen.«

Johanna ließ sich nicht beirren. »Wir desinfizieren die Klinge, indem wir sie ins Feuer halten.«

»Tut das arg weh?«, fragte Iris ängstlich.

»Nur ein bisschen. So, als ob man sich mit einem Blatt Papier schneidet«, sagte Johanna, ohne lange zu überlegen.

»Und das weißt du, weil du dich regelmäßig selbst schneidest und Blutsbrüderschaft mit anderen Leuten schließt?« Sonjas Stimme troff vor Sarkasmus.

»Das weiß ich, weil ich mich öfter an Papier schneide. Also, wer ist kein Feigling und macht mit?«

Annabell kämpfte mit sich. Einerseits bewunderte sie Johanna für ihre Spontaneität und Kreativität, andererseits waren ihr die Ideen der Freundin oft zu abgedreht. Aber vielleicht hatte Jo ja gar nicht so unrecht? Vielleicht sollten sie wirklich öfter mal was Verrücktes, was Außergewöhnliches machen?

Nach mehrmaligem Schnippen ging endlich ihr Feuerzeug an.

»Ich bin dabei.« Sie versuchte, so nüchtern wie möglich zu klingen.

»Ich auch«, schloss Iris sich ihr an.

Herausfordernd sah Johanna Sonja an. »Was ist mit dir, Frau Anwältin? Oder gibt es ein Gesetz, dass Blutsschwesternschaft verbietet?«

Kurz dachte Annabell, Sonja würde sich umdrehen und einfach davongehen, stattdessen hob sie hilfesuchend die Hände gen Himmel.

»Warum muss ausgerechnet ich mit so schrecklich kindischen Freundinnen gestraft sein?« Dann kniete sie sich zu ihnen.

Das Feuerzeug in Annabells Hand wurde immer heißer. Mit einem »Autsch!« ließ sie es fallen, woraufhin es sofort erlosch.

Johanna gab ihr ihres. Im Schein des Feuers klappte sie ihr rotes Taschenmesser auf.

Annabell und die beiden anderen beobachten sie schweigend.

»Also dann, Mädels.« Mit ernstem Gesicht sah Johanna ihnen der Reihe nach in die Augen. »Wer will die Erste sein?«

»Ich.« Iris streckte ihre rechte Hand in den Kreis.

Annabell wunderte sich über ihren Mut, vermutete aber, dass sie es wahrscheinlich nur schnell hinter sich bringen wollte, bevor sie es sich anders überlegen konnte.

»Du bist doch Rechtshänder, also gib mir die andere Hand.«

Iris tat das.

Annabell war beeindruckt, wie souverän Johanna an die Sache heranging, so als hätte sie das schon zigmal gemacht. Mit klopfendem Herzen sah sie zu, wie ihre Freundin die Klinge in die Flamme hielt. Ihr wurde mulmig zumute, und sie erwartete jeden Moment, dass Iris doch noch die Hand wegzog. Aber da hatte Johanna schon mit einer schnellen Bewegung in die Kuppe von Iris' Zeigefingers geschnitten.

»Au«, stöhnte Iris leise auf.

Dicke Blutstropfen quollen aus dem kleinen Schnitt hervor.

Aller Augen beobachteten, wie sie sich ihren Weg ein kurzes Stück den Finger entlang bahnten und dann auf den Boden fielen.

Die Nächste war Annabell, dann Sonja. Johanna fügte sich den Schnitt beherzt selbst zu.

»Und was jetzt?« Iris hielt die blutende Wunde weit von sich, damit sie ihre Kleidung nicht volltropfte.

»Scheiße, macht schnell, ich blute wie Sau«, fluchte Sonja.

»Jetzt drücken wir alle unseren Schnitt auf die Schnitte der anderen«, wies Johanna sie an.

Annabell war die Erste, die ihren Finger auf den von Iris drückte.

»Aids hat ja hoffentlich keiner von euch«, sagte Sonja ganz lapidar, nachdem sie die Zeremonie beinahe feierlich beendet hatten und die Feuerzeuge kurz erloschen.

»Aids?« Iris' Stimme klang im Dunklen eindeutig panisch. »Daran hab ich überhaupt nicht gedacht.«

»Abgesehen davon, dass ich sicher bin, dass keiner von uns Aids hat, kann unsere allseits geliebte Freundin und zukünftige Staranwältin Sonja mich als Anstifterin ja später verklagen, wenn dem so sein sollte«, sagte Johanna großspurig.

Daraufhin machte Sonja ihr Feuerzeug wieder an und sah sie herablassend an. »Werde ich, meine Liebe, darauf kannst du Gift nehmen.«

Johanna zwinkerte ihr frech zu und drückte dann ihren blutigen Finger auf das Papier. Sie drehte den Block zu Annabell herum, die ihren Abdruck genau danebensetzte. Nach ihr kam Iris, und als Letzte hinterließ Sonja ihren Fingerabdruck. Johanna verteilte Tempotaschentücher, die sie sich um die blutenden Finger wickelten.

»Ich habe Pflaster dabei«, verkündete Iris, deren provisorischer Verband schnell durchblutete.

»Auf Frau Doktor Blümchen ist zum Glück Verlass«, sagte Johanna, was aber nicht spöttisch, sondern eher liebevoll klang.

Sie riss das Blatt vom Block und pustete das Blut trocken. Dann faltete sie es der Länge nach zusammen und rollte es von der kurzen Seite her auf.

»Warum machst du das denn nicht längs?«, wunderte sich Annabell. »Würde es da in der dunklen Flasche nicht eher auffallen?«

»Damit hast du sicherlich recht ...« Johanna ließ die letzten beiden Papiertaschentücher in ihre Tasche fallen und steckte den Brief in die jetzt leere Plastikhülle. »... aber so gehen wir sicher, dass der restliche Wein nicht unseren schönen Brief versaut.«

Sonja setzte die Flasche an den Mund und ließ die letzten Tropfen in ihren Mund laufen.

»Toll, wie du dich für unsere Sache einsetzt.« Johanna nahm die Flasche entgegen und steckte das Briefpäckchen hinein. Den Verschluss schraubte sie so fest wie möglich darauf.

Sie standen auf und stellten sich nebeneinander an das Ende der Mole.

»Wer kann am besten werfen?«

»Ich.«

Sonja nahm ihr die Flasche ab und verschaffte sich mehr Platz. Sie holte weit aus und schleuderte sie mit aller Wucht hinaus aufs Meer. Im trüben Mondlicht konnte Annabell nicht erkennen, wie weit es war, aber sie hörten das Platschen, als sie im Wasser landete. Und das hörte sich recht weit an.

Andächtig standen sie ein oder zwei Minuten da.

»Wahrscheinlich wird sie morgen früh hier am Strand liegen«, orakelte Sonja. Abrupt drehte sie sich um, hob eines der Handtücher vom Boden auf und hängte es sich um die Schulter. »Und jetzt lasst uns hier abhauen, mir ist kalt.«

Schweigend packten sie zusammen.

Der Mond an einem inzwischen wolkenlosen Himmel schien jetzt zumindest so hell, dass Annabell ihre Umgebung gut erkennen konnte.

Mit energischen Schritten ging Sonja vorneweg die Mole entlang zurück zum Strand. Johanna folgte ihr in zwei Metern Entfernung. Das Schlusslicht bildeten Iris und Annabell, die erst jetzt merkte, wie betrunken sie war. Iris hatte das wohl auch erkannt, denn sie hakte sich bei ihr ein. Nichtsdestotrotz fühlte sich Annabell recht unsicher auf den Beinen. Albern kichernd ließ sie sich von Iris halb führen, halb ziehen.

»Ich hab zu viel Wein getrunken«, stellte sie auf halber Strecke fest. »Meine Beine sind wie Pudding.«

Während Iris sich bemühte, sie auf Spur zu halten, versuchte Annabell im Kopf nachzurechnen, was sie ungefähr getrunken hatte. Sie kam auf etwa einen halben Liter beim Abendessen und hier am Strand nochmals etwas mehr als einen halben Liter – mindestens.

»Wenn ich so viel getrunken hätte wie ihr, könnte ich mich sicherlich gar nicht mehr auf den Beinen halten«, sagte Iris neben ihr.

»Er war aber sooo gut«, schwärmte Annabell. »Wenn meine Tanzlehrerin das wüsste. Sie predigt nämlich immer«

– Annabell blieb stehen und sagte mit verstellter Stimme und mahnend erhobenem Zeigefinger – »Alkohol und Tanzen verträgt sich nicht.«

Sanft aber nachdrücklich zog Iris sie weiter. »Erstens musst du heute ja nicht mehr tanzen, und zweitens wird sie es nicht erfahren – du gehst doch nach dem Urlaub nach Berlin.«

Wieder blieb Annabell stehen, dachte nach und grinste dann breit. »Stimmt ja, ich gehe studieren. Aber meine Tanztrainer dort werden es auch nicht gutheißen.«

»Denen musst du es ja nicht auf die Nase binden. Und jetzt komm weiter, die anderen sind schon nicht mehr zu sehen.«

Als sie es über den breiten Sandstreifen zum Betonweg geschafft hatten, wartete Johanna unter einer Laterne auf sie.

»Was ist denn mit euch?«

Annabell strahlte sie glücklich an. »Wir genießen den Abendspaziergang.«

»Ah ja, dann lasst mich mal mitgenießen.« Johanna grinste wissend und hakte sich auf Annabells anderer Seite unter.

Iris' Blick wanderte den Weg entlang. »Wo ist Sonni?«

»Die ist schon mal vorgegangen, weil sie dringend aufs Klo musste. Ich hab das hier im Gebüsch erledigt, aber der Frau Anwältin war das anscheinend nicht gut genug.«

Schritt für Schritt näherten sie sich der Hauptstraße, auf der jede Menge Fußgänger und Autos unterwegs waren.

»So spät sind noch so viele Leute unterwegs?«, wunderte sich Iris.

»Das ist das wilde Nachtleben von Cavallino«, sagte Annabell und merkte selbst, dass sie ein wenig lallte.

Und sie war müde, so schrecklich müde, am liebsten hätte sie sich hingelegt. Aber Iris und Johanna zerrten an ihr, zogen sie unerbittlich weiter, vorbei an Lokalen und Eiscafés und deren voll besetzten Terrassen. Aus jeder Ecke prasselte italienische Schlagermusik auf sie ein. Besonders, als sie am Lunapark vorbeikamen, wo sich ein bunt erleuchtetes Riesenrad vor dem dunklen Nachthimmel drehte. Annabell versuchte mitzusingen, gab aber schnell wieder auf. In ihrem Kopf drehte sich alles, ihr war übel.

Verschwommen erkannte sie vor sich die Werbebeleuchtung der Touristenstube, dem riesiges Restaurant mit überdachtem Freisitz direkt neben dem Eingang zu ihrem Campingplatz. Sie hatte es fast geschafft, ihr Schlafsack war gleich um die Ecke. Sie würde hineinkriechen, sich reinkuscheln und schlafen.

Worte und Sätze, die Johanna in den letzten Stunden gesagt hatte, schwirrten ihr durch den Kopf. Jo hatte vollkommen recht, stellte sie auf einmal fest. Man musste einfach leben, im Hier und Jetzt, und auch mal was riskieren. Kein lauwarmes Leben fristen, sondern heiß und kalt. Ja, Johanna hatte so recht. Johanna war eine Weise, eine Lichtgestalt, eine Göttin. Und nur sie, Annabell, hatte das erkannt.

Abrupt blieb sie stehen. »Was haltet ihr von einem klitzekleinen Absacker?«

»Ich hab unsere Kasse nicht dabei«, sagte Iris und strich sich ein paar Locken aus dem Gesicht.

Annabell tätschelte ihre rechte Popotasche. »Ich hab Geld einstecken.«

»Nix da, wir gehen jetzt heim. Morgen wieder.« Johanna schob sie weiter.

»Die haben leckere Cocktails«, lockte Annabell.

Der Laden war an Schlichtheit nicht zu überbieten: Blanker Betonboden, lange Holztische mit Holzbänken, keine Tischdecken. Das einzig Hübsche waren die bunten Porzellanweinkrüge, die zwischen den Gästen auf den Tischen standen. Große Tafeln priesen Pizza und deutsche Schnitzel in allen Variationen an, nach exotischen Cocktails sah es nicht aus, aber Annabell wusste es besser.

»Keine Cocktails«, entschied Iris.

Annabell drängte zum Eingang hin, aber Iris und Johanna schoben sie daran vorbei auf den Campingplatz.

»Nur eine Latte di Suocera«, bettelte sie.

»Morgen vielleicht.« Johanna zog sie weiter.

»Ihr seid Spielverderber«, maulte Annabell. »Jo, das hätte ich nicht von dir gedacht.«

Vor den Zelten saß Sonja im Schein einer Kerze, die sie auf den Kühlbox-Tisch gestellt hatte, und sah ihnen mit kritisch gekräuselter Stirn entgegen.

»Was habt ihr denn mit der gemacht?«

»Wir? Das war der Lambrusco.« Johanna ließ Annabell los, um nach der Wasserflasche in Sonjas Händen zu greifen und in großen Schlucken zu trinken.

Annabell schwankte. Sie wäre der Länge nach auf den Boden gestürzt, wenn Iris sie nicht gehalten und ihr beim Hinsetzen geholfen hätte. Allerdings war Sitzen auch keine einfache Übung für sie. »Hach, was für ein schöner Tag« juchzend, ließ sie sich einfach nach hinten plumpsen. Sie schloss die Augen, weil sich alles um sie drehte. »Morgen müssen wir unbedingt Latte di Suocera trinken.«

Sonja betrachtete sie kopfschüttelnd. »Was in aller Welt ist *Latte di Suocera*?«

»Keine Ahnung, das musst du sie fragen, wenn sie wieder nüchtern ist.« Johanna trank erneut und rülpste dann laut, womit sie sich einen missbilligenden Blick von Sonja einhandelte. »Sorry.«

8

Iris

Ein dumpfes Pochen in ihrem linken Zeigefinger erinnerte Iris daran, dass sie versprochen hatte, die Schnitte zu verarzten.

»Ich suche jetzt mal die Pflaster raus.« Vorsichtig stieg sie über die mit ausgebreiteten Armen daliegende Annabell und öffnete den Reißverschluss ihres Zeltes.

Im Dunkeln arbeitete sie sich zu ihrer Reisetasche vor, aus deren Außenfach sie ein Päckchen Verbandszeug holte.

Damit sie besser sehen konnte, breitete sie alles um die Kerze herum aus. »Mein Finger tut ganz schön weh, wie ist es bei euch?«

»Blutvergiftung, sag ich doch.«

»Keiner bekommt eine Blutvergiftung, Sonni, wir sind alle von Kind an routinemäßig gegen Tetanus geimpft«, sagte Iris fachmännisch.

»Hoffentlich weiß mein Immunsystem das auch.« Ohne hinzusehen, hielt Sonja ihren blutverkrusteten Finger ins Licht.

Iris erschrak ein wenig, als sie das viele Blut sah. »Oje, wie hast du das denn angestellt?«

»Bin vorhin beim Hosehochziehen hängengeblieben.«

»Das sieht echt cool aus.« Johanna betrachtete den Finger ganz genau aus der Nähe. »Voll splattermäßig. Passt perfekt zu meiner Romanidee.«

Sonja zog die Hand weg und versteckte sie hinter ihrem Rücken. »Ja, so was von cool! Ich hab mir voll splattermäßig die Hose versaut, und das nur wegen dir und deinen idiotischen Ideen«, sagte sie grantig.

Iris suchte ein von der Größe her passendes Pflaster und entfernte den Deckel des Desinfektionssprays.

»Wow, Frau Doktor Blümchen ist auf alles vorbereitet.« Johanna klopfte ihr anerkennend auf die Schulter.

»Haben wir noch ein sauberes Taschentuch?«, fragte Iris.

Johanna kicherte. »Das hört sich richtig professionell an, so wie ›Schwester, Tupfer!‹, wie im OP.«

Iris wurde langsam ungeduldig. »Schwester, Taschentuch!«, sagte sie schärfer als beabsichtigt.

»Die in der Tasche sind jetzt voller Sand, aber im Zelt hab ich noch mehr.« Johanna sprang auf und kam mit einer ungeöffneten Packung zurück. »So gut wie steril, Frau Doktor.«

Iris riss die Packung auf, nahm eines heraus und faltete es auseinander.

»So, Sonni, streck mal deinen Finger aus.«

Zögerlich hielt Sonja ihn wieder ins Licht.

»Jo, schraub' bitte die Flasche auf und gieß ein bisschen Mineralwasser über Sonnis Finger.«

»Aua!« Zischend sog Sonja die Luft durch die Zähne, als die sprudelnde Flüssigkeit in ihre Wunde kam.

Vorsichtig tupfte Iris das Blut weg und untersuchte den Schnitt eingehend. »Sah schlimmer aus, als es ist, schau.«

Sonja starrte weiter auf einen Punkt zu ihrer Rechten. »Nein, verdammt, ich schaue nicht, kleb einfach was drauf, und gut ist.«

Vergnügt klopfte Johanna sich auf die Schenkel. »Unsere so erwachsene und so unheimlich taffe Frau Anwältin kann also kein Blut sehen! Ha, endlich mal ein Schwachpunkt im perfekten Perfektionismus.«

»Ja, ich kann kein Blut sehen, na und?«

»Du bist halt doch nicht so stark, wie du dir immer einbildest.«

»Halt doch einfach die ... aua, spinnst du?!«

Ohne Vorwarnung hatte ihr Iris von dem Desinfektionsmittel auf die Wunde gesprüht.

»Tut mir leid, das musste sein.« Geschickt klebte Iris das Pflaster um ihren Finger. »Du wirst es überleben.«

»Ich hoffe, ich werde die drei Wochen Urlaub mit dieser Verrückten hier überleben«, murrte Sonja.

Auch Johanna verarztete Iris schnell. Dann ging sie hinüber zu Annabell, die wie tot dalag.

»Fühl vorsichtshalber mal ihren Puls«, frotzelte Johanna. »Denn wenn sie tot ist, können wir uns das Pflaster sparen.«

Prüfend legte Iris zwei Finger an Annabells Hals. Gleich darauf spürte sie das gleichmäßige Pochen der Schlagader.

»Bella geht es gut. Kann mir mal einer leuchten?«

Johanna kam mit der Kerze zu ihnen herüber und beobachtete ganz genau, wie Iris Annabells Schnitt reinigte und auch ihr ein Pflaster verpasste.

»Ich glaube, Blümchen, du wirst 'ne echt gute Ärztin abgeben«, sagte sie mit Bewunderung in der Stimme.

»Du bist als Assistentin auch nicht übel«, sagte Iris verlegen, während sie ihre eigene Schnittwunde versorgte.

»Ja, ich mag's, wenn's blutig wird. Vielleicht sollte ich ja nicht darüber schreiben, sondern auch Ärztin werden? In der Unfallchirurgie zum Beispiel, da geht es bestimmt recht blutig zu, oder?«

»Ach herrje, die armen Patienten.« Sonja verdrehte lachend die Augen. »Und jetzt sollten wir Bella ins Zelt bringen, bevor sie von den Stechmücken aufgefressen wird.«

Tatsächlich surrte so einiges um das flackernde Licht der Kerze herum.

Zu dritt zerrten und schoben sie Annabell, die, so schlaff wie sie war, zwei Zentner zu wiegen schien, durch den Eingang. Froh, dass sie das überhaupt geschafft hatten, ließen sie sie, wie sie war, in Shorts und Turnschuhen auf ihrem Schlafsack liegen.

»Ich hab euch alle lieb«, murmelte Annabell, bevor sie sich auf die Seite drehte und wie ein Embryo zusammenrollte.

Iris saß mit Sonja und Johanna noch einige Zeit um die Kerze herum. Sie unterhielten sich leise, und um sie herum wurde es immer ruhiger. Auch die Musik vom Lunapark, die sie die ganze Zeit gehört hatten, verstummte irgendwann. Nur das Zirpen der Grillen und Annabells gleichmäßiges Atmen hinter der dünnen Zeltwand waren noch zu hören. Der Campingplatz war in Dunkelheit gehüllt.

Iris genoss die nächtlich kühle Luft und die Nähe ihrer Freundinnen. Kurz dachte sie an ihre Eltern, aber ein schlechtes Gewissen hatte sie in diesem Moment nicht. Dieser Augenblick war einfach zu schön, zu einzigartig. Auch wenn sie müde war, wäre sie am liebsten einfach so sitzen geblieben.

Irgendwann jedoch gähnte Johanna ausgiebig. »Wir sollten auch ins Bett. Kommt ihr mit vor zum Zähneputzen?«

Mit ihren Kulturbeuteln, einer Rolle Klopapier und Annabells Taschenlampe bewaffnet machten sie sich auf den Weg zu den sanitären Anlagen.

Im schmalen Lichtkegel der Lampe tasteten sie sich über den nächtlichen Campingplatz. Iris fürchtete sich, ihr Herz klopfte wie wild. Jetzt im Dunkeln fand sie den Platz unheimlich. Wenn sie allein hier gehen müsste, würde sie vor Angst sterben, dessen war sie sich sicher. Sie wagte kaum zu atmen und blieb so dicht wie möglich bei den anderen. Bei jedem Geräusch sah sie sich ängstlich um und atmete auf, als endlich das Licht, das die ganze Nacht über den Eingängen zu den Waschräumen und Toiletten brannte, in Sicht kam.

Johanna fand den Lichtschalter für drinnen, und gleich darauf leuchtete die Neonröhre an der Decke auf.

»Iiih, da sitzt 'ne fette Spinne!« Iris hatte den dunklen Punkt in der Ecke sofort gesehen.

»Spinnen sind extrem nützlich Tiere«, dozierte Sonja.

»Und sie sind superschön«, ergänzte Johanna. »Hast du dir schon mal eine aus der Nähe angesehen?«

An Iris' Körper gab es wahrscheinlich kein einziges Haar, das sich bei der Vorstellung, diesem achtbeinigen Tier näher zu kommen als nötig, nicht sträubte.

»Danke, kein Bedarf.«

Ohne lange zu trödeln, gingen alle drei auf die Toilette und putzten sich danach die Zähne – Iris hatte dabei immer die Spinne im Blick, die sich zum Glück keinen Millimeter bewegte.

Auf dem Weg nach draußen hörten sie nebenan bei den Männern eine Toilettenspülung. Wie erstarrt bleiben Iris und Johanna stehen.

»Was ist denn jetzt wieder?« Sonja ging einfach an ihnen vorbei. »Wir sind zu dritt, was kann uns schon passieren?«

»Und wenn es dieser zahnlose Gruseltyp von der Anmeldung ist?«, flüsterte Johanna.

»Dann gibst du ihm einen Gute-Nacht-Kuss, und gut ist. – Also ich für meinen Teil gehe jetzt schlafen.« Sonja schaltete die Taschenlampe ein und verließ den Waschraum.

Johanna betätigte den Lichtschalter, sie standen im Dunkeln. »Gute-Nacht-Kuss, die spinnt ja wohl. Bestimmt träume ich heut Nacht von diesem Ekeltypen und wie er mich küsst.«

»Du liebst doch Horror«, raunte Iris ihr zu, und dann rannte sie.

Johanna war dicht hinter ihr. Auf halbem Weg holten sie Sonja ein.

Endlich bei den Zelten angekommen, umarmten sie sich kurz und flüchteten dann regelrecht in ihre Behausungen.

Sobald Sonja den Reißverschluss hochgezogen hatte, fühlte sich Iris sicher, auch wenn eine dünne Zeltwand nicht wirklich einen guten Schutz bot. Und sie hoffte inständig, dass sie erst wieder aufs Klo musste, wenn es schon hell war.

Im Schein der Taschenlampe schlüpften sie aus Shorts und Schuhen und in ihre Schlafsäcke hinein.

Sonja machte das Licht aus. »Schlaf gut, Iris.«

Die Mädels hatten sie schon lang nicht mehr bei ihrem Namen genannt. In Iris' Ohren hörte sich das irgendwie komisch an. Aber auch irgendwie erwachsener. Und das wurde sie ja auch unweigerlich – erwachsen.

»Du auch, Sonja.«

Dann war es still. Bis auf die Grillen, die ihr Konzert unbeirrt weiterspielten. Iris war am Einschlafen ...

»Psst, seid ihr noch wach?«

»Mann, Jo, was ist denn noch«, fragte Sonja schläfrig.

»Was meint ihr, wo unsere Flaschenpost gerade ist?«

»Das ist mir ehrlich gesagt scheißegal!«

»Vielleicht schon auf dem Weg nach Afrika?«

»Ja, vielleicht. Und jetzt halt endlich die Klappe, wir wollen schlafen!«

Gleichmäßiges lautes Schnarchen unterbrach die kurz eingekehrte Stille.

Iris hörte Johanna vergnügt kichern. »Seid ihr das?«

»Nein«, erwiderte Sonja genervt. »Wie auch? Du lässt uns ja nicht schlafen.«

»Gute Nacht, ihr Süßen.«

»Gute Nacht, Jo«, brummelten Iris und Sonja im Chor.

»War doch gar kein schlechter erster Urlaubstag, oder?«

Iris war zu müde, um zu antworten, und Sonja war schon eingeschlafen.

9

Johanna

Als Johanna am nächsten Morgen aufwachte, war der Schlafsack neben ihr leer. Da sie die Augen kaum aufbrachte, lag sie einige Zeit mit geschlossenen Lidern da und lauschte den Geräuschen um sich herum. Von Radiogedudel bis Kinderstimmen war alles zu hören. Schließlich kroch sie mit verstrubbelten Haaren aus dem Zelt.

»Ah, sie lebt ja doch noch.«

Johanna entdeckte Annabell, die sich am Kofferraum ihres Autos festhielt und ein Bein ungesund hoch in den Himmel streckte.

»Das sagt genau die Richtige«, antwortete sie mit kratziger Stimme. »Dich hätte man gestern Nacht klauen können, und du hättest nichts mitbekommen.«

Sie streckte sich ebenfalls, jedoch nicht annähernd so geschmeidig wie Annabell. »Was heißt eigentlich *Lattediswotschera* oder so ähnlich?«

»Latte di Suocera?«, fragte Annabell überrascht, während sie ihre Übungen weitermachte. »Wörtlich übersetzt heißt das Schwiegermuttermilch. Das ist ein hochprozentiger italienischer Kräuterlikör. Wie kommst du denn jetzt darauf?«

»Du hast das gestern Abend immerzu gelallt. Wir haben dich kaum an dem Lokal neben dem Eingang vorbei bekommen.«

Annabell grinste. »Die machen dort in der Bar einen Cocktail, der so heißt. Mit Bananensaft, diesem Likör und einem Schuss Kirschsaft. Schmeckt wie ein Kindergetränk, haut dir aber nach einem Glas schon die Füße weg.«

»Hört sich gemein an. Aber auch interessant. Jedenfalls hätte dich so einer ins Koma geschossen. Wie spät ist es eigentlich?«

»Halb neun.«

»Herrje, also noch mitten in der Nacht.« Johannas Blick fiel auf die fürs Frühstück vorbereitete Kühlbox. »Gibt's schon Kaffee?«

»Wenn du Wasser kochst.«

»Hä? Ihr seid heute dran mit Küchendienst, oder habt ihr das hinter meinem Rücken schon wieder zu meinen Ungunsten geändert?«

»Nein, haben wir nicht. Ich kümmere mich sofort darum.« Annabell ließ sich bei durchgestreckten Beinen vornüberfallen, wobei sie mit den Handflächen den Boden berührte.

»Angeberin«, quittierte Johanna diese Übung. Sie zog den Haargummi aus ihrem sich in Auflösung befindlichen Zopf und versuchte, ihre Mähne mit den Fingern durchzukämmen. »Wo sind die anderen?«

»Iris ist beim Duschen, Sonja beim Joggen.«

»Joggen? Meine Fresse, ich bin froh, dass ich mich aufrecht halten kann.« Da das mit den Fingern nichts brachte, sie aber zu faul war, ins Zelt zu gehen und sich eine Bürste zu holen, gab Johanna den Kampf mit den Haaren auf.

Von irgendwoher wehte der Duft von frischem Gebäck herüber, Johanna bekam augenblicklich Hunger. »Was ist mit Brötchen? Gibt's hier irgendwo 'nen Bäcker, oder muss man die im Supermarkt holen?«

»Bringt Sonja mit.«

Grinsend schlüpfte Johanna in ihre pinkfarbenen Flip-Flops. »Ich hoffe doch stark, dass sie jeden Morgen joggen gehen will.«

Sie winkte Iris zu, die von den Waschräumen her kam. Beim Anblick des übergroßen Micky-Maus-T-Shirts, das der Freundin bis zu den Knien ging, schüttelte sie unwillkürlich den Kopf. Darin sah sie wie zwölf aus, nicht wie beinahe achtzehn. Johanna fand, dass es höchste Zeit war, aus dem schüchternen Küken eine selbstbewusste Frau zu machen – wenigstens optisch. Und sie fand auch, dass sie diese ehrenvolle Aufgabe übernehmen sollte.

Iris kam immer näher und wirkte nicht sonderlich glücklich. Und dann sah Johanna die Bescherung.

»Ach herrje, wie siehst du denn aus?«, fragte sie entsetzt, als Iris schließlich vor ihr stand. Das Gesicht der Freundin, ihre Unterarme, die Unterschenkel waren übersäht mit roten, teilweise blutig gekratzten Quaddeln.

»Ich bin total zerstochen«, lamentierte Iris. »Sechsundfünfzig Stiche, Sonja hat sie gezählt. Es juckt wie blöd.«

»Ach du Scheiße. Ich glaub, ich hab gar keinen.«

Iris warf das Handtuch über eine der Zeltschnüre. »Warum auch sollten die Biester dich stechen, wenn sie doch mich haben?«, sagte sie mit bitterem Unterton.

Johanna hätte ihr so gern geholfen, wusste aber nicht wie. »Hast du was zum Draufschmieren?«

»Ja, aber es hilft nichts.«

»Dann müssen wir gleich nach dem Frühstück was in der Apotheke besorgen.«

»Das hat Sonja auch gesagt.«

»Und ab sofort abends lange Hose und lange Ärmel«, sagte Annabell, die mit ihren Übungen fertig war.

»Und Imkerhut«, ergänzte Johanna mit einem schiefen Lächeln in der Hoffnung, Iris ein bisschen aufzuheitern.

»Imkerhut ist gar keine schlechte Idee – schau mich an, Jo, ich sehe aus wie ein Streuselkuchen. So kann ich doch gar nicht unter Leute gehen.« Iris war dem Weinen nahe.

Spontan nahm Johanna sie in den Arm und drückte sie. Zu viel Gefühlsduselei wollte sie dann aber doch nicht aufkommen lassen.

»Ich hab Make-up dabei, das kriegen wir schon hin, Quasimoda«, bemerkte sie wohl eine Spur zu scherzhaft, denn Iris quittierte es mit genervtem Augenrollen und einem schmerzhaften Knuffen auf ihren Oberarm.

»Spott ist genau das, was ich jetzt brauche, danke«, sagte Iris beleidigt.

Dass Iris sich veräppelt fühlte, war das Letzte, was Johanna wollte. Manchmal hasste sie sich selbst wegen ihres losen Mundwerks. »Ich spotte doch nicht, ich wollte dich nur zum Lachen bringen.«

»Haha, hab ich gelacht.«

Johanna hob die Hand zum Schwur. »Hiermit verspreche ich hoch und heilig, dass ich nichts mehr über deine Stiche sagen werde. Ehrenwort.«

»Wer's glaubt wird selig.« Annabell schnappte sich den großen Topf und die Blechkanne und verschwand damit hüftschwingend Richtung Küchenbaracke.

»Ich hab übrigens eine Überraschung für dich«, sagte Johanna, als sie außer Hörweite war.

Iris kratzte sich am Hals und sah Johanna argwöhnisch an. »Ach ja? Was denn?«

»Blümchen, wenn ich dir das jetzt verraten würde, wäre es ja keine Überraschung mehr.«

»Eine Überraschung, über die ich mich freuen werde oder eher nicht?«

»Du wirst dich freuen, versprochen.«

»Bekomme ich sie noch vor dem Frühstück oder danach?«

»Kommt ganz darauf an.«

»Und worauf kommt das an?«

»Mann, frag mir doch keine Löcher in den Bauch! Du wirst es früh genug erfahren. Und jetzt brauche ich dringend einen Kaffee.«

Sie schnappte sie sich einen Becher und schaufelte schon mal drei gehäufte Löffel Instantkaffee hinein.

Als Annabell mit dem heißen Wasser kam, musste sie nur aufgießen und ihre obligatorischen zwei Löffel Zucker hineinrühren. Vorsichtig schlürfte sie von dem schwarzen Gebräu und setzte sich im Schneidersitz auf den Boden. »Fehlt nur noch die Brötchenjägerin zum perfekten Glück.«

Wie bestellt kam Sonja in kraftvoll-federnden Schritten über den Platz gejoggt. Kein bisschen außer Atem bremste sie bei ihnen ab. Annabell warf sie die Brötchentüte zu, Iris eine längliche Schachtel.

»Das ist die Salbe gegen Mückenstiche. Da ich an einer Apotheke vorbeigekommen bin, hab ich sie gleich mitgebracht. Du sollst sie immer, wenn es juckt, auf die betroffenen Stellen schmieren.« Sie nahm Johanna die Tasse ab und trank einen Schluck.

Angeekelt spuckte sie ihn gleich wieder aus. »Pfui Teufel, was ist denn das?«

»Kaffee.« Johanna nahm den Becher wieder entgegen. »Noch dazu mein Kaffee.«

»Das soll Kaffee sein? Das schmeckt wie heißer Teer mit Zucker.«

»Abgesehen davon, dass ich meinen Kaffee trinken darf, wie ich will, frage ich mich dann doch, woher du weißt, wie Teer schmeckt.«

Sonja bereitete sich ihre eigene Mischung zu. Mit weniger Kaffeepulver, keinem Zucker, dafür mit viel Milch.

»Ach, Jo, hätte ich beinahe vergessen: Ich soll dich von Massimo grüßen.« Sie zwinkerte Johanna über den Tassenrand hinweg zu.

»Wer ist Massimo?«

»Ein echt süßer Typ, ich habe gerade kurz mit ihm gesprochen. Er ist ganz verrückt nach dir und würde heute Abend gern mit dir ausgehen.«

Aus der Tüte, die Annabell neben den Tisch gestellt hatte, nahm Johanna sich ein Brötchen. Sie konnte sich nicht erinnern, dass ihr tags zuvor irgendein ansprechender Junge oder junger Mann über den Weg gelaufen war. Hatte sie da etwa jemanden übersehen?

»Aha, und wer ist nun dieser ominöse heimliche Verehrer?«, fragte sie mit möglichst wenig Neugier in der Stimme.

Sonja verzog ihr Gesicht zu einem schelmischen Grinsen. »Na, der schnuckelige Typ von der Anmeldung.«

»Blöde Kuh!« Johanna warf das Brötchen nach ihr, das Sonja aber lachend auffing.

»Im Ernst, er ist wirklich nett. Sicherlich nicht die hellste Kerze am Weihnachtsbaum, aber doch sehr nett. Und er kann sogar ein paar Brocken Deutsch. Du solltest dir das noch mal überlegen.«

Johanna warf ihren Löffel nach ihr, der sie aber um Haaresbreite verfehlte. »Dann geh doch du mit ihm aus.«

»Er will aber dich.«

Als Johanna demonstrativ nach einem Messer griff, fügte Sonja beschwichtigend hinzu: »Na ja, explizit hat er es nicht geäußert. Wir haben ehrlich gesagt nur ein bisschen über das Wetter gesprochen.« Sie gab Johanna das Brötchen zurück.

Derartige Sticheleien gewöhnt, grinste Johanna sie an. »Und, wie wird das Wetter?«

»Heiter.«

»So eine Romanze mit diesem gruseligen Platzwart wäre für meinen Roman mit den verschwundenen Campern und dem Organhandel ein netter zusätzlicher Gruseleffekt. Wie bei *Die Schöne und das Biest* oder *Quasimodo und Esmeralda.*«

Bei dem Wort Quasimodo sah sie prüfend zu Iris hinüber, aber die war damit beschäftigt, ihre Stiche einzuschmieren.

»Was machen wir heute?«, wechselte Sonja das Thema.

»Strand«, sagte Johanna als Erste. Während sie ihre Semmel aufschnitt, scannte ihr Blick das Frühstücksangebot ab: »Wo ist die Butter?«

Annabell und Sonja sahen sich an. »In der Kühlbox.«

Mit ein paar Handgriffen war die Box abgeräumt, und Johanna konnte die Butter herausholen.

»Das Wort Kühlbox trifft es wohl nicht mehr so ganz.« Zum Beweis drückte sie Dellen in das Butterpäckchen. »Wir werden wohl doch mit einem der Kühlschränke in der Küchenbaracke Vorlieb nehmen müssen.«

Genau so großzügig, wie sie mit dem Kaffeepulver umgegangen war, strich sie jetzt Butter und Marmelade auf ihre Brötchenhälften.

»Also, was machen wir heute?«, wiederholte Sonja ihre Frage.

»Schdrand«, sagte Johanna erneut, nur diesmal mit vollem Mund und daher schwer zu verstehen.

»Strand ist gut«, pflichtete Annabell ihr bei. »Einfach ein bisschen rumliegen, Sonne tanken und im Meer planschen.«

Für Iris hörte sich das gar nicht verlockend an. »Und ich? Ich brauche auf jeden Fall Schatten.«

»Der Regenschirm von meiner Oma liegt noch im Kofferraum, damit hast du Schatten«, schlug Annabell vor.

»Stimmt, was gegen Regen hilft, hilft auch gegen Sonne«, bestätigte Johanna und griff nach dem nächsten Brötchen. Urlaubsluft machte eindeutig hungrig. »Sonni, was sagst du als unsere persönliche Anwältin dazu?«

»Bin dabei, einen Tag nichts tun, hört sich gut für mich an.«

Als die Brötchentüte leer und die Butter in der Wärme fast zerflossen war, ließ Johanna sich wie ein nasser Sack noch hinten fallen. »Ich glaube, ich platze gleich.«

»Kein Wunder, du hast fünf Brötchen gefressen«, lästerte Sonja und stellte die Teller zusammen.

»Na, na! Bitte achten Sie auf ihre Ausdrucksweise, Frau Anwältin.«

»*Essen* konnte man das gerade ja wirklich nicht nennen. Wenn du so weitermachst, meine Liebe, kann ich dir genau sagen, wie du nach den drei Wochen aussehen wirst: fett und rund.«

Lachend setzte sich Johanna auf. Mit ihrem Gewicht hatte sie noch nie Probleme gehabt. »Ach was, ich mach doch die berühmte Dosenravioli-Diät, da bleibt man wunderbar schlank.«

Iris trank den letzten Schluck ihres Kaffees und gab Annabell den leeren Becher. »Ich geh mich schon mal umziehen.«

»Genau, Blümchen, geh du dich mal umziehen.« Johanna ärgerte sich über sich selbst, denn sie hatte es in einem Ton gesagt, der alle hellhörig machen musste. Und tatsächlich drehte Iris sich noch einmal um und musterte sie argwöhnisch.

»Was denn?« Zutiefst unschuldig sah Johanna sie an.

Iris verschwand im Zelt.

»Jo? Was ist los?« Auch Sonja war der Unterton nicht entgangen.

»Jo!!!« Der Schrei klang spitz und entsetzt, gleich darauf erschien Iris im Zelteingang. Wütend hielt sie ein hellblaues Etwas heraus.

»Ich bring dich um!« Mit diesen Worten kam sie ins Freie und schlug mit diesem blauen Etwas auf die vergnügt lachende Johanna ein.

Staunend sahen Annabell und Sonja zu, verstanden aber offenbar nicht, worum es dabei ging.

Immer noch lachend, versuchte Johanna sich mit den Armen zu schützen. »Au, Blümchen, das tut weh!«

»Das soll auch wehtun, du gemeines Weibsstück!«, fauchte Iris und hieb weiter auf sie ein, bis Sonja dazwischenging und ihre Hand festhielt.

»Was soll ich denn jetzt anziehen?« Mit weinerlicher Stimme ließ Iris sich auf den Boden sinken. »Ich hab doch nur die eine dabei.«

Annabell nahm ihr den Gegenstand ab, der die ansonsten immer sehr zurückhaltende, eher leise Freundin derart hatte ausrasten lassen. Sie faltete ihn auseinander. »Jo, sag, dass du das nicht warst.«

Johanna verstand die ganze Aufregung nicht. »Natürlich war ich das. Das war doch so mit Blümchen abgesprochen.«

»Abgesprochen? Das war doch nicht abgesprochen, und schon gar nicht so!« Iris kämpfte sichtlich mit den Tränen.

»Na gut, es ist vielleicht nicht ganz so geworden, wie ich das geplant hatte, das geb' ich ja zu. Aber mit der ätzend kleinen Nagelschere ging es einfach nicht besser. Ich finde, sooo schlecht sieht es gar nicht aus. Blümchen soll sie einfach mal anziehen, sie wird darin hammermäßig scharf aussehen.«

Sonja begutachtete ebenfalls die äußerst dilettantisch kürzer gemachten Jeans-Shorts, deren Ränder so ungleichmäßig waren, als wären sie von Mäusezähnen angefressen worden.

Insgeheim musste Johanna sich eingestehen, dass die Hose bei Tageslicht kurz wirkte, sehr kurz, von den Beinen war so gut wie nichts übrig geblieben. Aber dafür, dass sie es bei Kerzenlicht und mit einem ungeeigneten Werkzeug gemacht hatte, fand sie das Ergebnis gar nicht so übel.

»Ich hasse dich.« Tränen rannen über Iris' Wangen.

Als Sonjas kalter, bitterböser Blick sie traf, bekam Johanna Gänsehaut.

»Mann, Jo, musst du den Bogen immer überspannen?«

Johanna fühlte sich schrecklich. Wieder einmal hackten alle auf ihr rum, und das zu Recht. Diesmal war sie wirklich zu weit gegangen, auch wenn sie es gut gemeint hatte.

Annabell drehte und wendete die Hose. »Na ja, ich muss Jo recht geben, angezogen sieht sie vielleicht wirklich gar nicht so schlecht aus. Wir können ja sagen, sie wäre ein teures Designerstück. Komm, schlüpf mal rein.« Sie hielt Iris das Teil hin.

Schniefend riss Iris ihr die Hose aus der Hand. Mit einem hasserfüllten Blick zu Johanna ging sie ins Zelt.

Als sie wieder herauskam, tat sie Johanna ehrlich leid. An den Fransen und Stoffzacken ziehend stand sie da, und ihr war ins Gesicht geschrieben, dass sie sich in dem Fetzen nicht wohlfühlte.

Drei Augenpaare musterten sie.

Sonja machte mit dem Finger eine rotierende Bewegung in der Luft. »Dreh dich doch mal.«

»Geht«, diagnostizierte Annabell schließlich.

Johanna atmete innerlich auf und hob anerkennend einen Daumen in die Höhe. »Wie versprochen: Du siehst hammerscharf in dem Teil aus.«

Sonja spitzte die Lippen und nickte dann. »Ungewohnt, aber Jo hat recht: Es sieht hammerscharf aus.«

Verzweifelt sah Iris an sich herunter. »Wenn mein Vater mich so sähe, würde er mich erschlagen.«

»Aber er sieht dich ja nicht. Was soll also der Aufstand?« Für Johanna war die Sache erledigt. »Und jetzt sollte das Küchenpersonal schauen, dass es fertig wird, damit wir mit Blümchen und ihrem endlich sichtbaren Knackarsch an den Strand kommen.«

Mit dem schmutzigen Geschirr machten sich Annabell und Iris auf den Weg zur Campingplatzküche.

Johanna schob sich ihre Sonnenbrille auf die Nase und sah ihnen nach: »Ich gebe ihnen fünf Minuten, bis eine von ihnen zurückkommt, höchstens acht.«

Fragend sah Sonja sie an.

Es war Annabell, die nach weniger als fünf Minuten in großen Schritten angetrabt kam. »Wir haben das Spülmittel vergessen.«

Johanna sah ihr zu, wie sie in der Küchenkiste wühlte.

»Wo habt ihr die Flasche denn hin? Ihr habt sie doch hoffentlich nicht vorne in der Baracke stehen lassen? Dann ist sie nämlich weg.«

Mit einer lasziven Bewegung nahm Johanna ihre Brille ab.

»Wir haben sie nicht stehen lassen, liebe Bella. Wir haben nämlich gar kein Spüli mitgebracht. Wer auch immer dafür zuständig war, hat wohl versäumt es einzupacken. – Ach, warst das nicht sogar du?«, fragte sie scheinheilig.

»Das kann gar nicht sein, es stand doch auf meiner Liste. Die Geschirrtücher sind schließlich auch da.« Annabell durchsuchte die Kiste aufs Neue.

Als sie nichts fand, sah sie Johanna argwöhnisch an. »Ich kenn dich, das sagst du doch nur so, weil du die Flasche gestern versaubeutelt hast. Am besten gehst du gleich los und besorgst eine neue.«

Johanna schwenkte die Brille und sah sie mit theaterreifem, waidwundem Blick an. »Komisch, Blümchen unterstellt ihr so was nie, immer nur mir. Es ist nicht nur diskriminierend, dass ihr immer alles, was schiefgeht, mir in die Schuhe schieben wollt, es kränkt mich auch sehr.« Dass dem dann doch nicht so war, verriet ihr freches Grinsen.

»Sonja?«, fragte Annabell verunsichert.

»Was Jo sagt, stimmt. Wir müssen später welches kaufen.«

»Okay ... aber womit habt ihr dann gestern gespült?«

Sie kam dann doch selbst auf die Antwort: »Moment mal, der Wein, der nach Rosen geschmeckt hat ... ihr habt mein Duschbad genommen!«

Johanna beugte sich zu Sonja hinüber. »Vielleicht sollte sie ja Kripobeamtin werden und nicht Ballerina.«

Annabell streckte ihr die Zunge heraus und ging an ihr vorbei in ihr gemeinsames Zelt. Gleich darauf kam sie wieder heraus.

»Das nächste Mal wird der Wein nach Meeresbrise schmecken.« Johannas Duschgel schwenkend rannte sie von dannen.

»Ihr müsst einfach nur ordentlich nachspülen«, rief Johanna ihr hinterher.

10

Sonja

Es ging auf Mittag zu, als sie am Strand ankamen. Er war jetzt voller Menschen, aus allen Richtungen erklangen Lachen und das Kreischen spielender Kinder, das Rufen besorgter Eltern und Musik aus viel zu vielen viel zu laut eingestellten Radios.

Vom Ende des Betonwegs aus ließ Sonja die Szenerie auf sich wirken und konnte es kaum erwarten, gleich selbst ein Teil davon zu sein. Sie beschatte die Augen mit einer Hand, um nach einem geeigneten freien Plätzchen Ausschau zu halten.

»Nachts gefällt es mir hier um einiges besser«, sagte Iris neben ihr.

Johanna legte einen Arm um Iris' Schultern. »Begeisterung klingt aber anders, oh Frau mit den oberscharfen Shorts.«

»Mir ist das hier definitiv zu voll. Und zu laut. Und zu heiß. Außerdem komme ich mir mit dem Regenschirm in rot-grünem Schottenkaro albern vor. Am liebsten würde ich zurück zum Campingplatz gehen.«

»Nichts da, du bleibst natürlich hier bei uns.« Sonja schob sie vor sich her auf den Strand.

In Schlangenlinien bahnten sie sich ihren Weg zwischen Sonnenschirmen, eng nebeneinander liegenden Badehandtüchern und Strandliegen mit schlafenden oder lesenden Sonnenanbetern zu einem freien Platz nahe am Wasser. Der Geruch von diversen Sonnencremes lag in der Luft.

»Hallo, Nachbarinnen!« Ewald und Helga winkten ihnen aus zehn Meter Entfernung zu – er im Feinrippunterhemd über dem strammen Bauch und der obligatorischen Bierdose in der Hand, sie im großgeblümten Badeanzug mit ihrem Strickzeug, an dessen Nadeln ein fast fertiger Socken hing.

Sonja winkte als Einzige zurück, die anderen waren damit beschäftigt, ihre Handtücher auf dem heißen Sand auszubreiten. Während sie ihr Badehandtuch aus der Tasche holte und auseinanderfaltete, fragte sie sich, ob sie wohl in ein paar Jahren auch so ein Leben führen würde. Verheiratet mit einem dickbauchigen Mann, mit dem Camper in Italien und mit Strickzeug in der Hand am Strand. Vielleicht noch mit zwei Kindern im Gepäck. Nein, entschied sie, ganz sicher nicht, mit einem so kleinen, biederen Leben wollte sie sich nicht zufriedengeben, niemals.

»Wer als Erster im Wasser ist …« Johanna hatte sich schon die Klamotten vom Leib gerissen und rannte im Zickzack in Richtung Meer davon.

Sonja sah ihr nach, sah, wie es spritzte, als sie durch das flache Wasser lief, und als es tief genug war, kopfüber hineinhechtete. Nicht zum ersten Mal beneidete sie dieses verrückte Huhn um ihre Lebensfreude und Unbekümmertheit. Irgendwie war sie immun gegen den Ernst des Lebens und hatte dadurch eindeutig mehr Spaß als sie. Als sie alle.

Die Nächste, die Richtung Wasser verschwand, war Annabell.

»Fertig?« Sonja sah Iris an, die sich an ihren Regenschirm klammerte und mit sehnsüchtigem Blick die Badenden beobachtete.

»Zieh dich aus und komm mit ins Wasser.«

Endlich klappte Iris den Schirm zusammen und schlüpfte aus den Shorts, das lange T-Shirt behielt sie wegen der Sonne an.

Sonja nahm sie an der Hand, und dann rannten sie ins Wasser. Sie mussten rennen, denn der Sand war derartig heiß, dass man sich die Fußsohlen verbrennen konnte. Aber das Meer war wunderbar kühl. Schritt für Schritt gingen sie weiter hinein, bis ihnen das Wasser bis zum Po ging.

»Weiter will ich nicht«, sagte Iris.

Sonja sah ihr an, dass sie Angst hatte. Sie fragte nicht, wovor, sie blieb einfach in ihrer Nähe. Mit ausgebreiteten Armen ließ sie sich neben der Freundin auf dem Rücken treiben, ließ sich vom Wasser schaukeln. Über ihnen spannte sich der Himmel in einem wie ausgewaschen aussehenden Blau, kein Wölkchen trübte ihn.

Direkt neben ihnen tauchte Johanna aus dem Wasser auf, und auch Annabell kam geschwommen. Zu viert lagen sie nun rücklings auf dem Wasser und starrten in das unendliche Blau über ihnen.

»So kann man's aushalten«, sagte Johanna zufrieden.

»Brennt euer Schnitt am Finger auch so?«, fragte Annabell nach einiger Zeit.

»Oh ja, und ich hoffe sehr, das Salzwasser wirkt desinfizierend. Was meint unsere Frau Doktor Blümchen dazu?«

»Wenn es keimfrei ist. Aber ich glaube, Jo, da muss ich dich enttäuschen. Bei so vielen Menschen am Strand …«

»Wirkt Urin nicht desinfizierend?«

»Igitt, Jo, hör auf, das ist eklig«, rief Annabell. »So was will ich mir gar nicht vorstellen!«

»Urin ist wohl noch das Harmloseste, was die Menschen hier hinterlassen.«

»Jo, du sollst damit aufhören!« Sonja spritzte nach ihr.

Schweigend dümpelte Johanna vor sich hin.

Lang hielt sie dieses Nichtstun allerdings nicht aus. Mit kraftvollen Kraulschlägen bewegte sie sich von ihnen weg, weiter hinaus, wo keine anderen Badenden mehr waren.

Annabell kraulte ihr hinterher.

Sonja sah ihr nach, sah wie sie schnell aufholte und sich mit Johanna ein kurzes Wettschwimmen lieferte, dass sie locker gewann.

Nach etwa hundert Metern drehten die beiden um und kamen zurück.

Annabell war als Erste wieder bei ihnen im flachen Wasser. »Ist um einiges frischer da draußen, dagegen ist es hier wie in der warmen Badewanne. – Na, auch schon da?«, neckte sie Nachzüglerin Johanna und spritzte ihr Wasser ins Gesicht.

Johanna spritzte zurück. »Du hast bestimmt geschummelt.«

»Klar, ich hab heimlich meinen Unterwasserturbo zugeschaltet«, spöttelte Annabell.

»Es ist wie immer: Jo kann einfach nicht verlieren«, stellte Sonja fest.

»Es ist wie immer: Sonja nörgelt wieder an Jo herum«, äffte Johanna sie nach. »Hier übrigens noch eine Anmerkung zu menschlichen Hinterlassenschaften im Meer.« Sie hob ihren Blutsfreundschaftsfinger in die Höhe. »Ich hab mein Pflaster verloren.«

»Ich geh raus.« Annabell strich sich das nasse Haar aus dem Gesicht und wandte sich zum Strand um.

»Ich komm mit.« Wie ein Delfin tauchte Johanna noch einmal unter und kam mit den Händen voller nassem Sand wieder hoch. Klatschend landete er auf Sonjas gen Himmel treibendem Bauch.

Blitzschnell warf sich Sonja herum und drückte Johannas Kopf unter Wasser. Dann machte sie, dass sie an Land kam.

Das Wasser spritzte nach allen Seiten, als Johanna hinter ihr herrannte. Lachend und kreischend und ohne Rücksicht auf die anderen Strandbesucher jagten sie kreuz und quer über den Strand.

Kichernd warf sich Sonja als Erste auf ihr Badehandtuch, keine Sekunde später plumpste Johanna neben sie.

»Du hast schon wieder verloren, Jo. Ist heute wohl nicht dein Tag.«

Johanna rutschte dicht an sie heran. »Ich hab nicht verloren, liebste Sonni, ich hab dich gewinnen lassen.«

Iris und Annabel waren ihnen gefolgt. Annabell legte sich bäuchlings auf ihr Handtuch, Iris öffnete den Schirm und setzte sich darunter.

Die nächste halbe Stunde war es wunderbar still. Sonja döste vor sich hin und brutzelte wie Annabell und Johanna in der Sonne. Iris saß mit angezogenen Beinen und einem Buch im Schatten. Doch die Ruhe hielt nicht lang an.

»Wisst ihr was?« Abrupt setzte Johanna sich auf.

Nichts Gutes vermutend öffnete Sonja vorsichtig ein Auge. »Bitte nicht schon wieder einer deiner verrückten Einfälle.«

»Ich liebe euch! Und das, obwohl ihr schrecklich spießig und langweilig seid und immer an mir herummeckert. Mit euch hatte ich trotzdem immer eine tolle Zeit. Und auch wenn ihr es nicht immer leicht mit mir gehabt habt ...«

»Wir haben es noch immer nicht leicht mit dir«, warf Annabell mit geschlossenen Augen ein.

»... habt ihr immer zu mir gehalten«, beendete Johanna den Satz, ohne sich aus dem Takt bringen zu lassen. »Dafür wollte ich euch einfach mal danken. Jetzt, da unsere gemeinsamen Tage gezählt sind und wir in ein paar Wochen getrennte Wege gehen.«

Iris sah von ihrem Buch auf. »Herrje, hört sich das geschwollen an.«

»Nicht geschwollen, Blümchen, das nennt man literarisch. Aber wenn ich deine Lektüre betrachte, dann hast du natürlich kein Verständnis für derartig schöne Worte. Egal wie, mir war einfach danach, euch das mal zu sagen.«

Johanna legte sich wieder hin und reckte ihr Gesicht in die Sonne.

Auf die Unterarme gestützt betrachtete Sonja die drei Freundinnen, die unterschiedlicher nicht sein konnten. Iris, die unter ihrem Regenschirm saß, die sanfte, hochintelligente, aber auch so schüchterne Iris. Zu deren Füßen die friedfertige Annabell, die musik- und tanzbegeisterte Ballerina, die von einem Leben auf den Bühnen dieser Welt träumte. Und natürlich Johanna, die personifizierte Lebensfreude, die Unberechenbare, Stürmische, in deren Brust trotz aller Unvernunft ein gutes Herz schlug. Ja, sie liebte die drei. Und natürlich wusste sie, dass sie im September verschiedene Lebensrichtungen einschlagen würden, aber zum ersten Mal wurde ihr das schmerzlich bewusst. Sie würden ihr allesamt fehlen – auch die gelegentlich nervige Johanna. Sie fragte sich, wie es sein würde, so ganz ohne sie. Vorstellen konnte sie sich das nicht. Sie meinte zu spüren, wie sich ihr Herz unglücklich zusammenzog. Aber über die Lippen brachte sie kein Wort, Gefühle mitzuteilen war nicht so ihr Ding.

»Ich liebe euch auch.« Iris' Stimme klang belegt.

Auf gar keinen Fall wollte Sonja auf den rührseligen Zug aufspringen. »Wird das jetzt eine kollektive Liebeserklärung?«, fragte sie deshalb spöttisch.

»Jo hat recht.« Annabell setzte sich auf. Mit beiden Händen nahm sie Sand auf und ließ ihn spielerisch durch die Finger rieseln. »Ich liebe euch auch. Jeden wie er ist. Das ist mir gerade erst klar geworden, als Jo das gesagt hat. Ohne euch wäre meine Kindheit echt öde gewesen.«

»Dann hättest du eben andere Freundinnen gehabt«, sagte Sonja emotionsloser, als sie sich tatsächlich fühlte.

»Die strenge Frau Anwältin mal wieder.« Annabell warf eine Handvoll Sand nach ihr.

Sonja fuhr hoch und versuchte mit hektischen Bewegungen, die Panade wegzubekommen. Was jedoch nur teilweise gelang. »Mann, was soll das?«, fauchte sie empört. Für sie war der sentimentale Moment damit vorbei. »Warum seid ihr manchmal bloß so schrecklich kindisch?«

»Wir öffnen hier unser Herz, sagen ihr, dass wir sie lieben, und was macht die liebe Sonni? Sie nennt uns kindisch!«, frotzelte Johanna.

Wütend stand Sonja auf und marschierte hinunter zum Wasser. Nicht zum ersten Mal bezweifelte sie, dass aus den dreien jemals vernünftige erwachsene Frauen werden könnten. Am wenigsten wohl aus Johanna.

»Sag, dass du uns auch liebst«, hörte sie Annabell lachend hinter sich herrufen.

Sie drehte sich um und hielt ihnen den Stinkefinger entgegen. »Ihr könnt mich mal!« Sprach's und setzte ihren Weg fort. Am Wasser angekommen, tauchte bis zum Hals hinein und wusch sich den Sand ab. Nassglänzend ging sie zu den Freundinnen zurück.

Bevor sie sich wieder setzen konnte, stand Annabell auf.

»Was haltet ihr von einem gepflegten Cappuccino im Strandcafé? Ich lade euch ein.« Sie zog sich ihr ärmelloses kurzes T-Shirt über und schlüpfte in ihre Sandalen.

»Bella, dich liebe ich am meisten.« Johanna war schon auf den Beinen. »Und wo?«

Mit dem Geldbeutel in der Hand deutete Annabell den Strand entlang. »Etwa dreihundert Meter von hier.«

»Ziehst du keine Shorts an?«, wunderte sich Iris.

»Das ist ein Strandcafé, also direkt am Strand. Da kannst du auch nur im Bikini hingehen«, erklärte Annabell.

Sonja wollte sich lieber nicht vorstellen, wie sie sich mit ihrem nur mit einem knappen Bikinihöschen bekleideten Po auf einen Stuhl setzte, auf dem vorher auch ein nur spärlich bekleideter fremder Po gesessen hatte. Das war zu eklig. Einen Vortrag über Hygiene oder wie das womöglich rechtlich aussah, halb nackt in ein Restaurant zu spazieren, wollte sie aber auch nicht halten.

»Und warum ziehst du dann ein T-Shirt an?«, sagte sie deshalb nur.

»Ohne würde ich mich unangezogen fühlen«, antwortete Annabell, und sie schien das ernst zu meinen.

Eine lächerliche Antwort, fand Sonja, denn Annabells T-Shirt endete kurz über dem Nabel. »Du weißt schon, dass das bisschen Stoff nicht viel ausmacht?«, bemerkte sie trocken.

Woraufhin Johanna theatralisch mit den Augen rollte.

»Musst du eigentlich immerzu an anderen rumkritisieren?«, echauffierte sie sich. »Echt, Sonni, das nervt. Wir machen das doch auch nicht bei dir. So unfehlbar, wie du dir einbildest, Frau Anwältin, bist du nämlich auch nicht.«

Sonja fühlte sich ungerecht behandelt. Das war doch Unsinn, was Johanna da sagte, oder? Sie kritisierte doch nicht an anderen herum, schon gar nicht immerzu.

»Und was machst du dann bitte gerade?«, schoss sie zurück.

Erst einmal sah Johanna sie verständnislos an, dann grinste sie. »Rumkritisieren, dass du dauernd rumkritisierst.«

»Exakt.«

»Aber nur, weil du damit angefangen hast.«

»Bin ich echt so schlimm?« Sonja sah in die Runde, in der Hoffnung auf Unterstützung.

Keiner sagte etwas dazu, es widersprach aber auch keiner.

Sie schluckte betroffen. »Okay, ich versuche, mich zu bessern, versprochen.«

Am Wasser entlang schlenderten sie zum Café.

Unter einem großen Sonnenschirm ergatterten sie einen freien Tisch direkt an der Balustrade. Von hier aus hatten sie einen wunderbaren Blick aufs Meer und ein paar Surfanfänger, die ein ums andere Mal gleich nach dem Hinaufklettern wieder von ihren Brettern fielen. Und auf zwei braungebrannte durchtrainierte junge Männer, die ganz in ihrer Nähe äußerst ästhetisch Federball spielten.

Johanna, die den beiden unübersehbar angetan über ihre Sonnenbrillenränder hinweg dabei zusah, pfiff anerkennend durch die Zähne.

»Halleluja«, seufzte sie. »Es gibt hier also neben all den dickbäuchigen älteren Deutschen doch ein paar Männer, die haargenau in mein Beuteschema passen.«

In perfektem Italienisch bestellte Annabell vier große Cappuccinos. Als die wenig später serviert wurden, bezahlte sie gleich.

Sie drehten ihre Stühle alle zum Wasser hin, legten ihre Füße auf das niedrige Geländer und genossen den Moment.

Mit ihrer Kaffeetasse in der Hand sah Sonja entspannt hinaus aufs Meer und beobachtete ein paar Surfer weiter draußen, die es wirklich beherrschten. Vor lauter Entspannung wäre sie um ein Haar eingeschlafen.

Johannas enttäuschtes »Kacke« ließ sie hochfahren.

»Was ist los?« Sonjas schläfriger Blick folgte einem Schiff mit weißen Segeln, das in weiter Ferne vorbeizog.

»Sind die Jungs nach Hause gegangen, ohne dich bemerkt zu haben?«, spöttelte Annabell neben ihr.

Unwillkürlich musste Sonja schmunzeln. Auch sie fand Johannas permanente und sehr offensive Sondierung der Männerwelt nach einem potenziellen Partner äußerst peinlich. Nicht zum ersten Mal fragte sie sich, ob Johanna wirklich so mannstoll oder ob das nur Show war.

»Schlimmer«, murrte Johanna verächtlich, »die haben zwei zum Kotzen gut aussehende Möchtegern-Models als Freundinnen.«

»Besser als du sehen die auf keinen Fall aus«, stellte Iris fest.

»Das mag sein, aber sie waren definitiv schneller als ich.«

»Diese herbe Erfahrung kannst du sicher in einem deiner zukünftigen Erfolgsromane einbauen«, sagte Sonja spitz und stellte ihre leere Tasse auf den Tisch.

»Werde ich. Genauso wie die Geschichte von der ekligen jungen Frau, der von ihrer Freundin der Hals umgedreht wurde, weil sie so ein zynisches Scheusal war.«

Sonja grinste sie frech an. »Wird bestimmt ein Bestseller.«

»Wir könnten uns ein Tretboot mieten und ein Stück damit rausfahren«, wechselte Annabell das Thema.

11

Iris

»Rausfahren? Muss das sein?« Iris dachte unweigerlich an das Gespräch vom gestrigen Abend und die darin vorkommenden Haie.

»Es ist nämlich toll, vom Boot aus ins Wasser zu springen, wenn man weiter draußen ist und einem keiner in die Quere kommt«, schwärmte Annabell. »Jedenfalls, wenn man sich so wie wir keine Jacht leisten kann.«

Für Iris wurde die Sache immer abschreckender.

»Super Idee.«

Dass Johanna sofort Feuer und Flamme für so eine Aktion war, hatte Iris nicht anders erwartet.

»Oh ja, das klingt gut.« Zu ihrem Leidwesen war Sonja ausnahmsweise der gleichen Meinung wie Johanna.

»Ist das nicht viel zu teuer?«, versuchte sie an die Vernunft aller zu appellieren und so eventuell aus der Nummer herauszukommen.

Annabell winkte ab. »Ach was, 'ne halbe Stunde oder so wird schon nicht die Welt kosten.«

Johanna streckte einen Arm in die Luft. »Hand hoch, wer dafür ist.«

Zwei weitere Hände schnellten nach oben.

»Tja, Blümchen, mir scheint, du wurdest überstimmt.« Johanna klang zufrieden.

»Dann mal los.« Annabell schob ihren Stuhl zurück und stand auf.

»Jetzt gleich?« Iris spürte Panik in sich aufsteigen.

»Klar, jetzt gleich. Erstens ist heute das Meer wunderbar ruhig, da kommen wir schneller und vor allem mit weniger Anstrengung nach draußen, und zweitens«, Annabell zwinkerte ihr zu, »haben wir heute noch genügend Geld in der

Gemeinschaftskasse. Wer weiß, wie das nächste oder übernächste Woche aussieht.«

Sonja und Johanna folgten ihr freudig auf den Strand.

Iris tat es äußerst zögerlich. Auf gar keinen Fall konnte sie zugeben, dass sie Angst hatte, eine derartige Schwäche würde Johanna ihr sicherlich noch in zwanzig Jahren aufs Butterbrot schmieren. Und auch Sonja würde sich garantiert über sie lustig machen. Krampfhaft überlegte sie, wie sie den drohenden Ausflug aufs Meer vereiteln konnte.

Beim Tretbootverleih holte sie die drei ein.

»Ich hab die Urlaubskasse aber gar nicht dabei«, sagte sie mit der allerletzten Hoffnung, dass dieser Kelch noch an ihr vorübergehen könnte.

Annabel wedelte mit ihrer privaten Geldbörse. »Macht nichts, ich leg es aus.«

Und dann bezahlte sie nicht wie besprochen für eine halbe Stunde, sondern gleich für eine ganze.

Wie versteinert blieb Iris stehen, als das rot-weiße Plastikboot ins Wasser geschoben wurde. »Ich bleib hier. Ich gehe auf unseren Platz und passe auf unsere Sachen auf.«

Mit den Sandalen in der Hand kletterte Johanna als Erste aufs Tretboot. Sie machte es sich auf einem der beiden Sitzplätze in Fahrtrichtung bequem.

Annabell stand auch schon im Wasser und sah Iris auffordernd an. »Mensch, Blümchen, du wirst dir doch diesen Spaß nicht entgehen lassen wollen?«

Doch, wollte sie. Unbedingt sogar. »Ich hatte schon genug Sonne, ich gehe lieber lesen.«

»Ob du jetzt auf dem Boot unter dem Schirm hockst oder auf unserem Platz, das ist doch egal.« Annabell setzte sich neben Johanna.

»Na komm schon«, drängelte jetzt auch noch Sonja. »Eine für alle, alle für eine – schon vergessen? Wir wollten doch in diesem Urlaub alles zusammen machen.«

Dagegen hatte Iris grundsätzlich nichts einzuwenden, aber ihrer Meinung nach konnten sie das genauso gut an Land machen.

»Blümchen hat Schiss, ich glaub es nicht!«, frotzelte Johanna vergnügt.

»Ich hab doch keinen Schiss«, sagte Iris wider besseren Wissens.

»Also, worauf wartest du dann noch, die Uhr läuft nämlich.« Sonja nahm sie am Arm und zog sie mit ins Wasser.

Da sie nicht als Feigling dastehen wollte, erklomm Iris mit dem aufgespannten Schirm in der Hand nicht sonderlich geschickt das auf und ab schaukelnde Boot und war heilfroh, als sie endlich mit dem Rücken zu Annabell saß.

Als wäre die Vorstellung, gleich hinaus aufs offene Meer hinauszufahren, nicht schrecklich genug, schaukelte das Plastikding unter Iris auch noch besorgniserregend auf den strandnahen Wellen. »Sind die Dinger auch sicher?«

Johanna drehte sich zu ihr um. »Na logisch, sonst würden sie sie ja wohl nicht vermieten.«

Als Sonja neben Iris Platz genommen hatte, traten Johanna und Annabell sofort in die Pedale und lenkten das wackelige Gefährt aufs Meer hinaus.

»Im Tretboot in Seenot ...«, stimmte Johanna dabei an. »Ein Tretboot, das zu sinken droht ...«, sang sie nicht sonderlich textsicher weiter.

Zu Iris' Glück war das Treten aber so anstrengend, dass sie nach der zweiten Wiederholung dieser beiden Zeilen den Gesang einstellte.

Sonja zog ihr T-Shirt aus und streckte die Beine von sich. »Gebt mal ein bisschen Gas, ihr lahmen Enten«, feuerte sie die Treterinnen an.

Johanna und Annabell, die sich das nicht zweimal sagen ließen, strampelten wie zwei Verrückte.

Iris verkrampfte sich auf ihrem Sitz und starrte sehnsüchtig zum Ufer, das mehr und mehr entschwand. Die bunten

Schirme wurden immer kleiner, die Menschen waren bald nur noch als winzige sich bewegende Punkte zu sehen. Dafür kam der grau-weiß geringelte Leuchtturm von Jesolo ins Sichtfeld, aber auch er wurde schnell kleiner und kleiner. Gleichzeitig wurde die Wasserfläche zwischen ihnen und der Küste immer größer. Und Annabell und Johanna wurden nicht müde weiterzutreten.

Das Herz schlug Iris jetzt bis zum Hals. Sie war aber nicht fähig, den beiden Einhalt zu gebieten.

»He, Mädels, das langt. Ich hab keinen Bock, in Istrien zu landen!«

Iris hätte Sonja dafür küssen können.

Und tatsächlich hörten die zwei endlich mit dem Strampeln auf. Das Boot verlor an Fahrt und dümpelte dann wie eine Nussschale auf den Wellen herum.

Iris wagte es kaum, in das unergründliche Nichts um sie herum zu schauen. Es hätte sie nicht überrascht, wenn sie von ein paar bedrohlich aus dem Wasser ragenden Haifischflossen umkreist worden wären. Noch war da aber nichts zu sehen.

Das Boot schaukelte beängstigend, als Johanna aufstand und mit einem lauten Juchzer ins dunkle, von hier aus beinahe schwarz aussehende Meer hüpfte.

Mit einer Hand klammerte sich Iris an ihren Schirm, mit der anderen an den glatten Kunststoff ihres Sitzes.

Das Boot erbebte erneut, als Annabell kopfüber hinterhersprang.

Sonja stand ebenfalls auf und sah Iris auffordernd an. »Kommst du?«

Iris war nicht in der Lage zu antworten, daher schüttelte sie nur heftig den Kopf.

»Ganz wohl ist mir auch nicht dabei, aber ich will einfach wissen, wie das ist.« Und schon war Sonja ebenfalls im Wasser.

Während die anderen kichernd um sie herum mitten im Meer planschten, saß Iris ganz allein auf dem schwankenden Tretboot. Ihre Augen huschten unablässig über die Wasseroberfläche, fest davon überzeugt, dass der Lärm, den die drei machten, jeden einzelnen Hai aus der Umgebung anlocken würde.

Szenen aus dem Film *Der weiße Hai* fielen ihr wieder ein, Szenen, in denen Menschen um Hilfe rufend in blutsprudelndem Wasser einfach in die Tiefe gezogen wurden. Sie klappte den Schirm zusammen und legte ihn beiseite, um die Hände frei zu haben. Um im Notfall schnell wenigstens eine ihrer Freundinnen aus dem Wasser retten zu können.

Als das Boot unerwartet Schlagseite bekam, gerann ihr Blut buchstäblich in den Adern. Aber es war kein Hai, der mit dem Tretboot spielte, sondern Sonja, die daran hochklettern wollte. Iris kniete sich hin, reichte ihr eine Hand und zog sie herauf.

Auch Annabell half sie, froh, dass auch sie wieder da war.

Johanna war die letzte im Wasser. Mit den Armen und Beinen rudernd trieb sie neben dem Boot.

»Fahrt ihr zurück zum Strand, und ich schwimme neben euch her. Ich möchte sehen, ob ich das schaffe.«

Fassungslos sah Iris auf sie herab. Und dann blickte sie zurück zum Strand, der nur noch zu erahnen war und von dem sie nicht wusste, ob es ihrer war. Sie hätten schon längst abgetrieben sein können, ohne es gemerkt zu haben.

Keiner widersprach. Während Johanna schon losschwamm, kletterte Sonja unter unangenehmem Schwanken nach vorne und setzte sich auf den Sitz neben Annabell.

Mit gleichmäßigen Kraulzügen glitt Johanna neben ihnen her, und Iris hielt noch immer mit bangem Blick Ausschau nach verdächtigen Schwanzflossen. Erleichtert stellte sie fest, dass das Festland näher und näher rückte. Der Leuchtturm kam in ihr Sichtfeld und wurde langsam wieder größer.

Doch Johannas Armschläge wurden zusehends kraftloser. Auf etwa halber Strecke gab sie schließlich auf und hielt sich am Boot fest. Iris griff nach ihrer Hand, um ihr hinaufzuhelfen. Johanna ließ es geschehen, stemmte sich dann aber urplötzlich mit den Füßen gegen die Bordwand und zog Iris mit einem kraftvollen Ruck kopfüber zu sich ins Wasser.

Iris tauchte sofort unter, wusste ein paar quälende Sekunden lang nicht, wo oben und unten war. Alles um sie herum war dunkel, und es war kalt, sehr kalt. Salzwasser drang ihr in Augen, Nase und Mund. Sie war der festen Überzeugung, dass sie genau jetzt sterben würde. Prustend und in wilder Panik um sich schlagend, tauchte sie endlich wieder auf, füllte ihre Lungen mit Luft, verschluckte sich an einer Welle, glaubte, dass sie trotz des blauen Himmels über ihr ertrinken würde.

Etwas streifte ihren rechten Arm, hielt ihn fest. Das musste ein Hai sein. Von kaltem Entsetzen gesteuert strampelte Iris wild mit den Beinen, schlug mit der freien Hand um sich und geriet wieder unter Wasser. Erkennen konnte sie nichts, quecksilbrig glänzende Luftblasen waren überall und nahmen ihr die Sicht. Mit letzter Kraft riss sie den Arm herum, erwartete einen gewaltigen Schmerz, wenn die rasiermesserscharfen Zähne tief in ihre Haut eindrangen, ihr den Arm abtrennten. Doch der Schmerz blieb aus.

Wieder wurde sie am Arm gepackt, und dann registrierte ihr panisches Gehirn, dass es kein Haimaul war, das sie da festhielt, sondern Hände. Hände, die sie aufs Boot zogen. Sonjas Hände.

Am ganzen Körper zitternd lag Iris auf der kleinen Plattform vor den hinteren Sitzen. Gekrümmt wie ein Embryo und schwer nach Atem ringend.

Sonja kniete neben ihr und strich ihr besänftigend über den Rücken.

»Alles ist gut, Blümchen, du bist in Sicherheit. Beruhige dich, atme tief durch.«

Mit jedem Luftholen, jedem Ausatmen entspannte sich Iris mehr.

Das Beben des Bootes brachte die überstandene Angst kurz zurück, aber es war nur Johanna, die heraufgeklettert war und sich jetzt mit schreckensweiten Augen über sie beugte. Wasser aus ihren Haaren tropfte auf Iris.

»Mensch, Blümchen, das wollt ich nicht. Ich wollte dich doch nur ein bisschen ärgern. Ich konnte doch nicht ahnen, dass du so reagierst – es tut mir so unendlich leid. Bitte, bitte, verzeih mir.«

Iris schloss die Augen. Sie wollte nicht hier und nicht jetzt entscheiden, ob sie jemals wieder etwas mit Johanna zu tun haben wollte.

»Jo, du bist echt der niederträchtigste Mensch, den ich kenne.« Iris erkannte Sonjas Stimme, die von weit her zu kommen schien und ungewohnt kalt klang. »Und jetzt hock dich auf deinen blöden Zickenarsch und strample uns so schnell wie möglich zurück zum Strand, bevor ich mich vergesse und dich über Bord werfe.«

Schweigend legten sie die restliche Strecke zurück. Iris blieb bis zum Aussteigen liegen, aus Angst, das Boot würde zu sehr schwanken, wenn sie aufstehen und sich setzen würde. Sie hielt die Augen fest geschlossen, sie wollte das Meer nicht sehen. Jedenfalls nicht von diesem schrecklichen Tretboot aus.

Mit zitternden Knien stieg sie aus, als sie endlich den Strand erreichten. Ohne auf die anderen zu warten, lief sie los. Barfuß floh sie regelrecht vom Strand. Sie ignorierte den heißen Sand unter ihren Füßen genauso wie den glühend heißen Belag von Straße und Gehsteig. Iris hielt erst wieder an, als sie auf dem Campingplatz ankam, und zwar vor einer der Toiletten, in die sie sich übergab.

Danach stellte sie sich mit T-Shirt unter die Dusche. Mit geschlossenen Augen an die geflieste Wand gelehnt, ließ sie kaltes Wasser auf sich prasseln und ihren Tränen freien

Lauf. Sie zitterte am ganzen Körper, sie konnte nichts dagegen tun.

Wie idiotisch du dich benommen hast, sagte sie sich. Dabei konnte sie doch schwimmen, sehr gut sogar. Diese blöde Panikattacke hätte sie beinahe umgebracht. Natürlich war es fies von Johanna gewesen, aber noch wütender war sie auf sich selbst. Und warum war sie bloß auf dieses verfluchte Tretboot gestiegen? Sie hätte einfach nur Nein sagen müssen, dann wären die anderen eben ohne sie rausgefahren.

»Blümchen, da bist du ja!«

Iris öffnete die Augen. Durch den Wasservorhang der Dusche sah sie Johanna vor sich stehen.

»Das ist ja eiskalt!« Ungeachtet der Tatsache, dass sie selbst klatschnass dabei wurde, trat Johanna zu ihr in die Dusche und drehte das Wasser ab. Dann nahm sie Iris, nass und kalt wie sie war, in ihre Arme. Wie ein Baby wiegte sie sie hin und her.

Langsam ließ Iris' Zittern nach.

»Liebes, liebes Blümchen, bitte vergib mir! Ich hab mir nichts dabei gedacht.«

»Wie immer halt«, presste Iris mühsam hervor.

Johanna schob sie ein Stück von sich und strich ihr die nassen Strähnen aus dem Gesicht.

»Du hast vollkommen recht«, sagte sie ungewohnt ernst. »Ich denke immer erst hinterher nach.« Sie umarmte Iris erneut. »Sonja hat auch recht: Ich bin eine ganz abscheuliche Person.«

»Ich dachte, ich muss sterben«, sagte Iris leise. Sie fühlte sich auf einmal zu Tode erschöpft.

»Bitte, bitte sag mir, wie ich das wieder gutmachen kann.«

Iris wusste nicht, was sie antworten sollte.

»Komm erst mal aus dem nassen Ding raus. Und dann duschst du noch mal heiß.« Johanna zerrte ihr das T-Shirt mit sanfter Gewalt über den Kopf und ließ es einfach auf den Boden fallen. Sie stieg in die Dusche und drehte das Wasser wieder an. »Mist, kommt nur kaltes«, stellte sie resigniert fest.

»Mir ist aber gar nicht kalt«, murmelte Iris, die das Gefühl hatte, Gesicht, Arme und Beine würden brennen.

Triefend vor Nässe kam Johanna aus der Dusche und hielt erschrocken inne. »Ach du Scheiße, wie siehst du denn aus?«

Iris blickte an sich herunter. Alles war so weiß und sommersprossig wie immer, bis auf … ihre Unterarme waren krebsrot, genauso ihre Unterschenkel. Sie trat an ein Waschbecken und betrachtete sich im Spiegel. Auch ihr Gesicht war rot verbrannt, ebenso der Nacken. Das musste auf diesem verfluchten Tretboot passiert sein. Auf dem Wasser war die Sonnenreflexion bekannterweise viel stärker als an Land.

»Scheiße«, murmelte sie.

Johanna sah sie mitleidig über den Spiegel an. »Ich hab kühlende After-Sun-Lotion dabei.«

Vorsichtig tippte Iris sich auf die glühende Stirn. Wie erwartet, tat es weh. »Ich bezweifelte, dass das helfen wird. Zum Glück hab ich die Salbe gegen Sonnenbrand eingepackt.«

»Wenn du willst, schmier ich dich damit ein.«

Iris winkte ab.

»Danke, Jo, du hast heute schon genug für mich getan«, sagte sie mit bitterem Unterton.

»Ich weiß, und ich entschuldige mich noch mal in schärfster Form dafür.« Johanna hob Iris' T-Shirt vom Boden auf und wrang es über einem Waschbecken aus.

Plötzlich strahlte sie über das ganze Gesicht. »Ich hab 'ne Idee, wie ich das wenigstens ein klein bisschen wieder gutmachen kann!«

»Ach ja?«, fragte Iris vorsichtig. Sie war sich nicht so sicher, dass eine von Johanna initiierte Wiedergutmachungsaktion ihr auch wirklich guttun würde. Aber im Gesicht der

Freundin konnte sie lesen, dass es ihr unsagbar leidtat, was sie mit ihr gemacht hatte. Johanna war grundsätzlich kein böser Mensch, das wusste sie. Auch wenn sie ihr noch nicht verziehen hatte, wurde ihr doch warm ums Herz.

»Was hältst du davon, wenn ich für den Rest des Urlaubs deine persönliche Sklavin bin? Ich mache alles für dich, ich übernehme deinen Küchendienst, ich räume dein Zelt auf, ich schmiere dir morgens dein Brötchen – wenn du willst, füttere ich dich sogar. Du musst drei Wochen lang keinen Finger mehr rühren. Na, was hältst du von dem Angebot?«

»Davon abgesehen, dass ich nicht glaube, dass du das tatsächlich drei Wochen durchhältst, klingt es nicht schlecht.«

»Also abgemacht?« Johanna drückte ihr das nasse Shirt in die Hände und sah sie dabei erwartungsvoll an. »Ich bin deine Sklavin, und du vergibst mir?«

Iris legte sich das Shirt wie eine Stola um die Schultern, der feuchte Stoff kühlte ihren Nacken angenehm. Sie kämpfte mit sich. Einerseits wollte sie Johanna hassen und ihr niemals vergeben, andererseits war sie wie eine Schwester für sie, die Schwester, die sie nicht hatte. Und Schwestern vergeben sich nun mal. Johanna hatte vor ein paar Stunden selbst gesagt, dass sie sie und die anderen liebte, und ganz bestimmt hatte sie ihr nicht wirklich etwas Schlimmes antun wollen. Johanna war nun mal so: wild und gedankenlos, aber bestimmt nicht bösartig.

»Einverstanden. Drei Wochen lang meine persönlich Sklavin.«

»Du wirst es nicht bereuen!« Ungestüm umarmte Johanna sie, streifte dabei den verbrannten Nacken.

Mit einem schmerzvollen »Aua« löste sich Iris aus der Umarmung.

»Oh, sorry.« Verlegen trat Johanna zur Seite.

12

Annabell

Als Annabell endlich mit Sonja und den Badetaschen von vier Leuten auf dem Campingplatz ankam, saß Iris wie eine Indianerin mit Kriegsbemalung vor dem Zelt. Ihr Nacken, die Unterarme und Waden sowie der untere Teil der Oberschenkel waren dick mit Salbe eingeschmiert. Ihr Gesicht sah aus, als hätte sie eine Gesichtsmaske aufgelegt.

»Sonnenbrand«, sagte sie knapp, bevor Annabell etwas fragen konnte. »Und nein, ich will nicht über vorhin sprechen.«

»Gut.« Annabell betrachtete Johanna, die einträchtig neben Iris saß und eifrig in ihren Collegeblock schrieb. Bei den beiden schien zum Glück alles in Ordnung zu sein.

»Was duftet hier denn so lecker?« Sonja hob prüfend die Nase in den Wind.

Annabell konnte es auch riechen, und sie bekam schlagartig Hunger.

»Gulasch«, sagte Johanna höhnisch, aber so leise, dass die Nachbarn es nicht hören konnten. »Helga hat Gulasch für ihren Ewald gekocht. Die beiden sind das fleischgewordene Klischee einer kleinbürgerlichen deutschen Durchschnittsfamilie.«

»Ich finde sie nett, und sie kommen mir so vor, als wären sie glücklich miteinander«, versuchte Annabell das Ehepaar zu verteidigen. Sie vermutete, dass Johanna nur neidisch auf die beiden war, weil bei ihren Eltern immer nur die Fetzen flogen.

»Aber so was von spießig!«, lästerte Johanna weiter. »Lieber erschieß ich mich, als so leben zu müssen. Und den Typen erschieß ich auch gleich, der sich im Feinrippunterhemd an meinen Tisch setzt.«

Annabell öffnete den Kofferraum und entnahm ihm zwei Dosen Ravioli in Tomatensoße. »Es ist heiß, und sie machen Campingurlaub – gönn dem armen Ewald doch sein Feinrippunterhemd.«

»So läuft der bestimmt auch daheim den ganzen Tag rum, wetten?«

»Und wenn schon.«

»Hast du schon mitgekriegt, wie der mit seiner Frau umgeht: Helga bring mir mal das, Helga hol mal jenes«, echauffierte sich Johanna weiter. »Und was macht die treudoofe Helga? Sie springt auf und holt und bringt. Dabei ist er weder gehbehindert noch an den Rollstuhl gefesselt. Also mit mir macht das sicherlich kein Mann, das schwör ich dir.«

»Es gehören immer zwei dazu – einer der etwas macht und ein anderer, der es zulässt«, bemerkte Sonja, die die Handtücher ausschüttelte und zum Trocknen über die Zeltschnüre hängte. »Wenn ich mir Helga so anschaue, dann muss ich sagen, dass sie nicht unglücklich wirkt.«

»Sie hat *Gulasch* für ihn gekocht, stellt euch das mal vor. Ich fahr doch nicht zum Campen nach Italien und koche dann Gulasch!« Johanna tippte sich mit dem Zeigefinger an die Stirn.

»Nein, du kochst Ravioli für uns.« Annabell hielt ihr die Dosen hin.

»Vergiss es, ihr seid dran.«

»Was hast du gegen Gulasch einzuwenden?«, fragte Sonja. »Ich finde, es riecht verdammt gut.«

Johanna verdrehte die Augen. »Ach, ihr wollt einfach nicht verstehen, was ich meine.«

Mit den Händen auf den Hüften sah Sonja auf sie herab. »Doch: Du willst ums Verrecken kein Heimchen am Herd sein und deinen geliebten Mann mit Gulasch glücklich machen.«

Johanna holte schon Luft, sagte dann aber nur: »So in etwa.«

»Bei uns daheim ist es ähnlich, und ich glaube, meine Mama findet das völlig normal«, warf Iris ein.

Schockiert sah Johanna sie an. »Du etwa auch?«

»Nein, Jo, natürlich nicht, aber meine Mutter wurde so erzogen. Manchmal glaube ich sogar, sie ist froh, dass sie ihre festen Aufgaben hat und nichts selbst entscheiden muss. Wie zum Beispiel dieser Urlaub hier. Sie hatte nämlich nichts dagegen, dass ich mit euch fahre, aber Papa sagte Nein, und dann war das eben so.«

»Himmel, Blümchen, das ist ja wie im Mittelalter.«

»Immerhin hält die Ehe meiner Eltern seit über dreißig Jahren.« Iris klappte ihr Buch zu und legte es beiseite.

»Mag sein, aber ist deine Mutter glücklich? Ist dein Vater glücklich? Lieben sie sich noch?«

»Keine Ahnung, Jo. Sie leben und arbeiten miteinander, und ich hab nie mitgekriegt, dass sie streiten.«

»Das hört sich ja wirklich prickelnd an«, höhnte Johanna.

»Jemand, der selbst keine Eheerfahrung hat, sollte sich nicht über Iris' Eltern und deren Eheleben lustig machen«, mahnte Annabell. »Finde *du* erst mal jemanden zum Heiraten, dann reden wir weiter.«

Johanna verschränkte die Arme vor der Brust. »Ich werde nicht heiraten. Die Ehe macht die Liebe kaputt. Das sehe ich bei meinen Alten, die sich wirklich mal sehr geliebt haben. Und bei Iris' Eltern ist es nicht viel anders, nur haben die nicht den Mut auseinanderzugehen. Bei deinen Alten ist es doch auch so, Sonni, oder irre ich mich?«

Sonja sagte nichts dazu. Wortlos holte sie das Geschirr aus dem Kofferraum.

Annabell wusste, dass es bei Sonjas Eltern nicht die Ehe war, die die Liebe kaputt gemacht hatte, sondern der Alkohol, der den Vater fest im Griff hatte.

»Meine Eltern lieben sich immer noch«, lenkte sie von Sonja ab.

»Klar, die haben auch tolle Jobs, jede Menge Kohle und dadurch keine großen Sorgen. Und nur ein Kind.«

Annabell sah das anders. »Liebe hat doch nichts mit Geld zu tun.«

»Nicht direkt, Bella, aber es macht vieles leichter.«

Sonja stellte die Teller auf den provisorischen Tisch und legte Esslöffel und Gabeln daneben. »Deine Eltern haben doch auch gute Jobs und genügend Geld, und trotzdem funktioniert es nicht bei ihnen.«

»Ich sage nur *Zwillinge*. Meine Mutter wollte unbedingt noch ein Kind, mein Vater nicht. Dummerweise waren es dann aber gleich zwei, und die beiden waren und sind echt stressig. Aber das wisst ihr ja alles.«

»Dann solltest du von dem Mann, den du nicht heiraten wirst, am besten auch keine Kinder bekommen.«

»Genau, Sonni, das ist der Plan. Um ehrlich zu sein: Ich will gar keine Kinder.«

»Also ich will heiraten und ein oder zwei Kinder.« Annabell bearbeitete die Dosen mit dem Dosenöffner und füllte den Inhalt in einen Topf um. Zwei Kinder, Ehemann, Haus und Hund, das hatte sie sich schon als kleines Mädchen gewünscht. Ihr Beruf als Tänzerin musste da irgendwie reinpassen.

»Ich will mindestens zwei«, sagte Iris. »Ich fand Einzelkind sein nämlich immer doof.«

»Oh ja, ich auch«, stimmte Annabell ihr aus ganzem Herzen zu.

Johanna schraubte die frisch gekaufte Weinflasche auf und füllte sich einen Becher damit. »Und wie willst du dann als Ärztin arbeiten? Da kannst du dir das Studium gleich sparen.«

»Vielleicht bleibt ja mein Mann die erste Zeit daheim, oder wir nehmen uns ein Kindermädchen.«

»Du willst also Kinder bekommen, um sie dann von fremden Leuten aufziehen zu lassen?«, fragte Johanna herausfordernd.

»Nein, nur zeitweise. Ich will einfach als Ärztin arbeiten *und* Kinder haben.«

»Und einen Mann.«

»Und einen Mann, klar.«

Johanna sah Iris beinahe mitleidig an. »Was für eine schrecklich romantische Vorstellung vom Leben. Aber so funktioniert das nicht. Soll ich euch mal was sagen?« Mit wissendem Blick sah sie eine nach der anderen an. »Kinder machen eine Ehe kaputt. Sie wollen immer im Mittelpunkt stehen, zerren gnadenlos an den Nerven ihrer Eltern und höhlen so systematisch deren Liebe zueinander aus. Und was ist mit dir, Frau Anwältin?«

»Ich lass es auf mich zukommen«, sagte Sonja ausweichend.

»Echt jetzt? Ich dachte immer, du hast einen genauen Lebensplan.«

»Tja, dann hast du wohl falsch gedacht. Studium und Job kann man sicherlich planen, aber doch nicht Liebe und Ehe.«

»Also keine verklärte Vorstellung von Mann, Kind, Hund und Eigenheim?«

»Nein«, sagte Sonja kurz und knapp.

Johanna hob die Augenbrauen. »Das überrascht mich dann doch ein wenig.«

Annabell auch. Sie vermutete jedoch, dass Sonja das nur gesagt hatte, um nicht in eine von Johannas Schubladen gesteckt zu werden. Ganz sicher würde eines Tages ein attraktiver ehrgeiziger junger Anwalt ihr Herz gewinnen und sie zum Traualtar führen.

»Na, warten wir's ab.« Johanna stand auf und streckte sich. »Ich bin ja mal gespannt, was wir uns auf dem Klassentreffen in zehn oder fünfzehn Jahren diesbezüglich zu erzählen haben. Ich wette, Sonni ist dann eine verbissene Anwältin, schon zum zweiten Mal geschieden und mit Adoptivkind, weil sie sich die Figur nicht versauen wollte. Iris ist völlig überforderte Mutter von fünf Blagen, die alles andere macht als als Ärztin zu arbeiten. Und Annabell ist durch eine oder zwei Schwangerschaften so dick geworden, dass sie nur noch watscheln und nicht mehr tanzen kann.«

Annabell musste bei dieser Vorstellung lachen. »Und du?«

»Ich bin dann eine erfolgreiche Schriftstellerin, deren Bücher in zig Sprachen übersetzt und verfilmt werden und die in alle Talkshows eingeladen wird. Ich behalte natürlich meine Figur und bin mit regelmäßig wechselnden Liebhabern rundum befriedigt und glücklich.« Nach einem Blick in den Topf fügte sie noch hinzu: »Und ich werde nach diesem Urlaub natürlich nie wieder Dosenravioli essen.«

Genau das erwartete Annabell von Johanna. In ihren Augen war sie viel zu egoistisch und egozentrisch, um sich auf Ehemann oder Kinder einzulassen. Für Johanna gab es nur Johanna.

»Du weißt schon, dass die meisten Schriftsteller nicht vom Schreiben leben können? Wer weiß, vielleicht bist du ja froh, wenn du dir überhaupt eine Dose Ravioli leisten kannst?«, spöttelte Sonja.

»Mach dich nur lustig, Frau Anwältin. Die Zukunft wird es schon zeigen. Könntet ihr jetzt endlich mal unser Essen machen? Ich hab nämlich Hunger.«

Schweigend brach Annabell mit Sonja zur Küche auf, um die Ravioli heiß zu machen und den Salat zu putzen. Ihr schwirrte durch den Kopf, was Johanna alles gesagt hatte.

»Meinst du, da ist was dran an Jos Zukunftsszenario?«, fragte sie schließlich.

»Möglich ist alles.« Sonja betrachtete Annabells schlanken Körper. »Aber dass du dick wirst, glaube ich eher nicht.« Sie stellte den Topf auf eine Herdplatte und schaltete sie ein.

Annabell ließ Wasser ins Spülbecken, zupfte den grünen Salat auseinander und warf die Blätter hinein. Eine Frage beschäftigte sie ganz besonders: »Hast du wirklich keine Vorstellung davon, wie mal dein Privatleben aussehen soll?«

»Na ja«, sagte Sonja, mehr nicht.

Während Annabell den Salat wusch, beobachtete sie die Freundin, wie sie langsam im Topf rührte.

»Möchtest du denn nicht in Weiß heiraten? Mit Traumkleid und Pferdekutsche?« Genau davon träumte sie selbst nämlich.

»Früher schon, aber jetzt ...«

»Heißt das, du willst wirklich nicht heiraten?« Ihre fragende Augen trafen Sonjas.

Die riss den Blick los und starrte in die Tomatensoße. »Ach, ich weiß auch nicht. Ehe wird irgendwie überbewertet.«

»Und wenn der Richtige kommt?« Annabell schüttelte die Blätter trocken und gab sie in den zweiten Topf.

»Der Richtige?« Sonja lächelte sie sanft an. »Ich glaube eher nicht, dass es für mich *den* Richtigen gibt.«

»Ach, dann willst du es so wie Jo handhaben: ständig wechselnde Liebhaber, nur nichts Festes? – Also, ich kann mir das nicht vorstellen, immerzu ein anderer Kerl im Bett, das ist doch eklig.« Verträumt sah Annabell durch die dreckigtrübe Scheibe, ohne dahinter viel erkennen zu können. »Ich will einen einzigen Mann an meiner Seite. Einen, der mich liebt und den ich liebe, dem ich blind vertrauen kann, mit dem ich zusammen alt werde und der immer zu mir hält. In guten wie in schlechten Zeiten, auch wenn das so dermaßen kitschig klingt.«

»Ja, vielleicht mache ich es so wie Jo.«

Prüfend sah sie an, denn ihre Stimme klang seltsam traurig.

Genüsslich schob sich Annabell die letzte Teigtasche in den Mund.

Johanna ihr gegenüber ließ ihren Löffel scheppernd in ihren leeren Teller fallen. Mit dem Zeigefinger fuhr sie an den Innenseiten des Topfes entlang und schleckte dann die Tomatensoße ab. »So richtig satt bin ich ehrlich gesagt nicht. Nächstes Mal müssen wir drei Dosen aufmachen.«

»Dann haut unsere Planung nicht mehr hin. Wir hatten doch genau ausgerechnet, dass die Ravioli drei Wochen lang reichen, wenn wir jeden zweiten Tag zwei Dosen essen«, erinnerte Iris.

»Dann haben wir eben falsch kalkuliert und müssen neu berechnen.« Johanna wurde nicht müde, auch noch den allerletzten Rest aus dem Topf zu holen. »Ich warne euch, wenn ich hungrig bin, bin ich unausstehlich.«

»Nicht nur, wenn du hungrig bist«, bemerkte Sonja trocken.

Johanna streckte ihr die Zunge raus.

Annabell ging es ähnlich, sie hätte locker auch noch mehr essen können.

»Wir können ja nächstes Mal die Soße strecken und Brötchen dazu essen«, schlug sie deshalb vor.

Endlich ließ Johanna von dem Topf ab. »Bei diesem nächsten Mal esse ich bei Helga und Ewald mit. Notfalls auch Gulasch.«

Motorengeknatter war plötzlich zu hören, es näherte sich von der Platzeinfahrt her. Wenig später sah Annabell ein Motorrad um die Ecke kommen, das im Schritttempo über den Platz und in ihre Richtung gefahren kam. Ein zweites und ein drittes folgten. Die Maschinen waren abenteuerlich mit jeder Menge Gepäck beladen. Die Fahrer trugen Sturzhelme und mehrfarbige Lederanzüge. Viel konnte sie nicht erkennen, aber sie waren eindeutig männlichen Geschlechts. Einer davon hatte sich eine Gitarrentasche auf den Rücken geschnallt.

»Endlich ein paar richtige Männer«, sagte Johanna anerkennend und reckte sich, um mehr sehen zu können.

Auch Annabell und die beiden anderen beobachteten das Geschehen interessiert.

Schräg gegenüber ihrer Zelte hielten die Motorradfahrer an, verständigten sich kurz durch ihre geöffneten Visiere und stellten dann ihre Maschinen in eine größere Lücke zwischen einem Wohnmobil und einem Campingwagen ab.

»Ich korrigiere: Milchbubis«, sagte Johanna enttäuscht, als in etwa zwölf Metern Entfernung die Helme abgenommen wurden und drei verstrubbelte Jungenköpfe zum Vorschein kamen. Es waren Jungs in etwa ihrem Alter. »Uninteressant.«

Das fand Annabell gar nicht, und auch Iris starrte neugierig hinüber. Erst als einer der Jungs, der größte von ihnen, zu ihnen herüberwinkte, sahen sie ertappt weg.

Nur Johanna winkte lässig zurück.

»Der Große ist echt süß«, flüsterte Annabell, ohne einen weiteren Blick hinüber zu wagen.

Johanna stand daraufhin auf und schlenderte über den Platz zu den Jungs.

Mit kritischem Blick sah Sonja nach. »Ich dachte, die sind uninteressant?«

Annabell beobachtete, wie Johanna mit dem hübschen Großen mit den dunklen kurzen Haaren sprach und dann gekünstelt lachte. Ausgerechnet. »Du kennst doch Jo«, sagte sie abfällig.

»Was ich auch immer wieder zutiefst bedaure.« Sonja stapelte Teller und Töpfe aufeinander. »Ich für meinen Teil gehe jetzt spülen. Kommst du, Bella?«

Noch immer sah Annabell zu den Neuankömmlingen hinüber, sie hörte gar nicht recht zu.

»Bella, kommst du?«, wiederholte Sonja eine Spur lauter.

»Gleich«, sagte Annabell geistesabwesend.

Gerade verabschiedete sich Johanna von den Jungs und kam zu ihnen zurück.

»Also: Der Große heißt Tom, der Spargeltarzan mit den braunen Locken Nick und der Rotschopf Steffen. Sie kommen aus Hannover.«

»Wir können Nummernschilder lesen«, sagte Sonja giftig.

»Was hab ich denn jetzt schon wieder angestellt?«, fragte Johanna arglos.

Sonja ergriff den Geschirrhaufen. »Ach, nichts! – Würdest du jetzt bitte mitkommen, Bella?«

Johanna stemmte die Hände in die Hüften. »Dafür, dass ich angeblich nichts angestellt habe, hörst du dich aber ganz schön aggressiv an. Also, was hab ich schon wieder falsch gemacht?«

»Du nervst einfach. Erst sagst du, die Jungs sind völlig uninteressant, und dann bist du die Erste, die zu ihnen rüber rennt.«

»Hä? Ich hab doch nur hallo gesagt – ihr habt ja nur doof geglotzt. Und ja, die drei interessieren mich als Männer kein bisschen, ihr könnt sie alle haben. Ihr seid vielleicht doof!«

Johanna ließ sie stehen und stapfte sichtlich beleidigt in Richtung Toiletten davon.

Betreten sahen sich Annabell und Sonja an und machten sich dann zum Geschirrspülen auf.

13

Iris

Iris blieb allein zurück. Sie nahm ihr Buch und versuchte zu lesen. Doch ihr Blick wanderte immer wieder zu den Hannoveranern hinüber, die inzwischen ihre Lederklamotten ausgezogen hatten und jetzt in Badehosen und T-Shirts das Gepäck von ihren Motorrädern abluden. Geschickt und offensichtlich nicht zum ersten Mal bauten sie ihr Dreimann-Zelt auf. Während der Rothaarige und der Große das fertige Zelt hielten, suchte der mit den braunen Locken in sämtlichen Taschen nach etwas. An seinem Schulterzucken erkannte Iris, dass er es nicht fand. Als der Große dann auf sie zeigte, beugte sie den Kopf schnell wieder über ihre Lektüre und tat so, als würde sie lesen.

»Hey, kannst du uns mal euren Hammer leihen?«

Iris sah auf. Der Gelockte stand genau vor ihr und lächelte sie an. Dieses Lächeln und der warme Blick aus seinen braunen Augen trafen sie mitten ins Herz. Sie lächelte zurück, und erst das unangenehme Spannen ihrer Haut erinnerte sie daran, dass ihr Gesicht mit einer zentimeterdicken Schicht Creme zugeschmiert war. Diese Cremeschicht hatte aber auch etwas Gutes: Er konnte ganz bestimmt nicht sehen, dass sie bis unter die Haarwurzeln errötete.

»Ähm, was?«, stotterte sie völlig durcheinander.

»Ich möchte mir euren Hammer kurz ausleihen. Wir haben unseren vergessen und können jetzt die Heringe nicht in den Boden schlagen.«

»Hey, Nick.« Johanna war wie aus dem Nichts aufgetaucht.

Noch nie war Iris so froh über ihr Erscheinen gewesen wie in diesem Augenblick. Ein »Entschuldigung« murmelnd sprang sie auf und floh ins Zelt, um sich die Salbe vom Gesicht zu wischen.

»Wir bräuchten mal euren Hammer«, hörte sie Nick seine Bitte wiederholen. *Nick*, sie sagte den Namen leise vor sich hin, Nick klang gut. Nick klang ganz wunderbar.

»Klar.« Das war Johannas Stimme, und sie bewunderte mal wieder, wie cool die Freundin mit Jungs umgehen konnte.

Gleich darauf war das Klappen des Kofferraumdeckels zu hören, Johanna musste den Hammer geholt haben.

»Wer war die sprachlose Creme-Lady?«

Er meinte sie! Iris hielt die Luft an und lauschte.

»Das war unser Blümchen. Sie hat heute ein bisschen zu viel Sonne abgekriegt ...« Johannas Kichern erklang jenseits der Zeltwand. »Also nicht im Kopf, sondern auf der Haut. Deshalb die ganze Creme. Außerdem ist sie ein bisschen schüchtern.«

Iris hätte ihr für diese letzte Bemerkung den Hals umdrehen können. Natürlich würde sich der Typ nach dieser Information gleich doppelt lustig über sie machen. Und natürlich würde er es seinen Kumpels brühwarm erzählen, was für eine komische Tussi sie war. Sie überlegte, wie sie es schaffen könnte, den dreien nicht mehr zu begegnen. Da sie ihr Zelt aber quasi gegenüber aufgebaut hatten, standen die Chancen jedoch denkbar schlecht.

»Oh, das kenne ich. Ich muss auch vorsichtig sein und Steffen noch viel mehr«, hörte Iris ihn sagen. Und es hörte sich nicht spöttisch, sondern mitfühlend an. »Sag ihr Gute Besserung von mir. Und danke für den Hammer, ich bring ihn gleich wieder.«

Übers ganze Gesicht grinsend erschien Johanna im Zelteingang. »Ich soll dir Gute Besserung sagen.«

»Ich hab's gehört.« Iris warf das Papiertaschentuch, mit dem sie schon einen Teil der Creme abgewischt hatte, nach ihr. »Danke, dass du einem wildfremden Kerl auf die Nase gebunden hast, dass ich schüchtern bin.«

»Was denn? Dann kann er sich gleich darauf einstellen, dass er bei dir andere Register ziehen muss.«

»Was redest du da für einen Scheiß! Was denn für Register?«

»Na, dass er bei dir die sanfte Tour anwenden muss, mit Romantik und so und viel Geduld.«

Iris warf das nächste Taschentuch nach ihr. »Du hast echt 'nen Knall.«

»Er ist interessiert an dir, wetten?«

»Du spinnst, er weiß noch nicht mal, wie ich aussehe!«

»Hellblaue Augen, eine schneeweiße Stupsnase – hey, das genügt manchmal.«

»Ja klar. Ich glaub eher, dass *du* zu viel Sonne abbekommen hast.«

»Ist was mit Blümchen?«

Das war Annabells besorgte Stimme.

Lachend zog sich Johanna aus dem Zelt zurück. »Alles bestens. Sie hatte nur eine Überdosis Männerbesuch und fand sich nicht schön genug.«

Annabell beugte sich zu ihr herein. »Was?«

»Ach, nichts«, sagte Iris trotzig und wischte, wie sie hoffte, die letzten Reste der Creme vom Gesicht.

»Immer wenn jemand *ach, nichts* sagt, ist doch etwas.« Jetzt sah auch Sonja zum Zelt herein.

Annabell tippte mit einem Finger an ihr eigenes Kinn.

Mit einem fahrigen Wisch fuhr sich Iris mit dem Handrücken über die angezeigte Stelle. »Ach, einer der Typen ...«

»Der niedliche kleine mit den braunen Locken«, ergänzte Johanna von draußen.

»Einer der Typen kam rüber und wollte sich unseren Hammer ausleihen. Und ich saß da wie in den Cremetopf gefallen und hab vor lauter Peinlichkeit kein Wort herausgebracht. Doch, sogar zwei Worte: *Ähm* und *was.*«

Jetzt lachte auch Annabell, Sonja grinste amüsiert.

Wütend verschränkte Iris die Arme vor der Brust. »Na toll, lacht ihr mich auch noch aus! Ich komme erst wieder aus diesem Zelt raus, wenn ihr es abbauen wollt, weil wir heimfahren.«

»Psst«, zischte Johanna vor dem Zelt. »Feind im Anmarsch!«

Augenblicklich verschwand Annabells Gesicht.

Die anderen Jungs mussten auch rübergekommen sein, denn Iris hörte, wie Sonja und Annabell sie begrüßten und sie ihre Namen austauschten. Sie kämpfte mit sich, ob sie auch rausgehen und sich vorstellen sollte, konnte sich dann aber nicht überwinden. Lieber wäre sie gestorben.

»Habt ihr heute schon was vor?« Das war nicht Nicks Stimme.

»Nein«, sagten ihre verräterischen Freundinnen wie aus einem Munde.

»Wir wollen später zum Strand, schwimmen und vielleicht ein Feuerchen machen. Nick nimmt die Gitarre mit.«

»Wir haben noch etwa drei Liter Lambrusco«, bot Johanna hörbar begeistert an.

»Perfekt«, sagte einer, auch das war nicht Nick, das erkannte Iris.

»Klasse. Wir gehen schnell noch eine Pizza essen, dann holen wir euch ab.«

»Endlich ist hier mal was los«, frohlockte Johanna vor dem Eingang.

Iris spitzte vorsichtig nach draußen, und als sie sah, dass die Luft rein war, krabbelte sie aus dem Zelt. Sie konnte die Rücken der Jungs sehen, die gleich darauf um die Ecke verschwanden.

»Lagerfeuer am Strand ist eigentlich verboten«, bemerkte Annabell.

Johanna sah sie ärgerlich von der Seite an. »Willst du jetzt hier die Spaßbremse sein?«

»Nein, ich wollte es nur mal erwähnen.«

»Eine Nacht in einem italienischen Gefängnis ist sicherlich aufregend«, frotzelte Sonja.

»Ist mir egal«, sagte Johanna, »Ich gehe auf jeden Fall mit. Ihr könnt ja dableiben und euch von Helga zeigen lassen, wie man Socken strickt.«

»Ich bleibe sowieso hier«, sagte Iris, deren Haut ohne die Creme schon wieder unangenehm brannte.

»Wieso das denn? Der süße Nick ist doch auch dabei. Er hat nach dir gefragt.« Johanna zwinkerte ihr übermütig zu.

»Hat er nicht, ich hab jedes Wort mitgehört.«

»Na gut, gesagt hat er es nicht, aber sicherlich gedacht. Komm schon, Blümchen, das wird lustig. Außerdem ist es dunkel, da sieht keiner deinen Sonnenbrand.«

Iris war hin und her gerissen.

»Da hast du mal die Chance auf ein Abenteuer, und du willst sie nicht nutzen, wie doof ist das denn? Aber gut, mach was du willst, ich zieh mich jetzt jedenfalls um.« Johanna streifte den Haargummi von ihrem Zopfende, löste ihren geflochtenen Zopf auf und schüttelte ihre Mähne. Ihr blondes Haar war jetzt gewellt, sie sah aus wie ein Rauschgoldengel.

Sonja lachte missbilligend. »Dafür, dass dich die Jungs überhaupt nicht interessieren, betreibst du einen ziemlichen Aufwand.«

»Merk dir eins, Frau Anwältin: Eine Frau muss immer ihre schönsten Seiten zeigen.«

»Auch Kerlen, die unter ihrer Würde sind?«

»Natürlich. Es tut immer gut, wenn sie dich anschmachten. Und es tut mindestens genauso gut, ihnen einen Korb zu geben. Ich sehe schon, ihr müsst alle noch sehr viel lernen. Ihr habt jetzt drei Wochen lang die fantastische Chance, ganz viel für die Zukunft mitzubekommen. Seht diesen Urlaub als ein Trainingscamp und mich als eure Ausbilderin. – Also, geht ihr jetzt mit zu eurer ersten Lektion?«

Letztendlich ließ sich auch Iris dazu überreden. Große Auswahl an Klamotten hatte sie jedoch nicht, sie musste in ihren kurzen Hosen und einem kurzärmligen Shirt gehen, denn sie konnte keinen Stoff auf ihrer verbrannten Haut ertragen. Als sie aus dem Zelt kam, waren die anderen schon fertig.

Johanna stand in engen ausgewaschenen Jeans, schneeweißem Kurzarm-T-Shirt und um die Hüfte gebundenem, pinkfarbenem Kapuzen-Sweatshirt bereit. Sie hielt die volle Lambruscoflasche im Arm, Sonja die angebrochene. Sie und

Annabell hatten weniger Wert auf ihr Äußeres gelegt und trugen ihre bequemen Jogginganzüge.

Damit die Jungs nicht sehen konnten, wie knapp ihre Shorts waren, band sich Iris einen Pullover mit langen Armen um die Hüfte. Ihr Gesicht glühte und brannte, aus optischen Gründen hatte sie aber nur eine ganz dünne Schicht Creme aufgetragen.

»Wir stehen da wie bestellt und nicht abgeholt«, sagte Johanna schließlich nach fünf Minuten Wartezeit. »Die denken ja noch, wir warten auf sie.«

Iris verstand nicht, was sie meinte. »Wir warten ja auch auf sie.«

»Klar warten wir auf sie, aber das müssen sie nicht so plump direkt mitbekommen. Am besten ist es, wenn man mit irgendwas beschäftigt ist, wenn man von einem Typen abgeholt wird – oder wenn man zumindest so tut, als wäre man beschäftigt.«

»Und warum das?«

»Ach, mein unerfahrenes Blümchen! Damit man sagen kann: Huch, ist es schon so spät? Vor lauter Lesen, Aufräumen oder was auch immer hab gar nicht gemerkt, wie schnell die Zeit vergangen ist. Kannst du kurz warten, ich muss nur noch dies oder das, zum Beispiel meine Haare machen.«

»Und was bringt das?«, fragte Iris und fühlte sich dabei schrecklich naiv.

»Der Typ fühlt sich nicht so wichtig und weiß, dass er sich gehörig anstrengen muss, damit er deine volle Aufmerksamkeit gewinnen kann.«

»Kann man nicht einfach sagen: Schön, dass du da bist. Ich bin schon fertig?«

»Nein, Blümchen, kann man nicht! Das ist ein ungeschriebenes Gesetz. Vielleicht sollte mein erstes Buch doch kein Thriller, sondern ein Beziehungsanbahnungsratgeber sein.«

Sonja lachte abfällig. »Hör am besten gar nicht auf sie, Iris. Wenn du es nämlich so machst, denkt dieser Typ, der sich einen schönen Abend mit dir erhofft, dass du entweder eine verpeilte Trödelsuse oder eventuell chronisch unpünktlich oder nicht sonderlich an ihm interessiert bist. Oder alles zusammen.«

»Kein Wunder, dass ihr alle solo seid«, spottete Johanna.

»Und warum noch mal bist du solo?« Annabell sah sie fragend an.

»Weil ich mit dem letzten Kerl Schluss gemacht habe. Aber um das tun zu können, musste ich erst mal einen Freund haben. Und genau da wird mein Ratgeber ansetzen.«

»Auch wenn ich nicht viel von deinen Anbahnungstipps halte, könnten wir vielleicht doch schon mal Richtung Ausgang gehen.«

»Nein, Sonni, das ist erst recht falsch. Damit signalisieren wir ja noch deutlicher, dass wir schon länger auf sie warten.«

»Ist mir egal, ich gehe jetzt da vor. Du kannst gern hierbleiben und so tun, als würdest du nicht warten.« Sonja setzte sich in Bewegung.

Iris folgte ihr, ohne lang zu überlegen. Annabell schloss sich ihnen an. Als sie am Eingangshäuschen ankamen, war auch Johanna zu ihnen aufgeschlossen.

Statt des zahnlosen Italieners saß eine ältere matronenhafte Frau mit hellgrauen Haaren darin, die sie zu einer altmodischen Frisur hochgesteckt trug. Ihre Goldrandbrille saß nicht auf der Nase, sondern hing an einer Kette über einem riesig anmutenden Busen.

»Ah, die vier Mädels aus Deutschland, schön, dass ich euch kennenlerne. Ich bin Isolde Kuhn, aber alle hier nennen mich Mama Kuhn. Meinem Mann und mir gehört der Platz. Wenn ihr was braucht, dann wendet euch vertrauensvoll an mich. Ich hab selbst zwei Töchter großgezogen, wenn ihr also irgendeinen Kummer haben solltet – in Mama Kuhns Brust schlägt ein großes Herz.«

Die Mädchen kamen nicht umhin, auf ebendiese Brust zu starren.

»Sorry, hat ein bisschen länger gedauert.« Tom schlenderte mit seinen Kumpels auf sie zu.

Iris wurde heiß, als sie Nick sah. Sie war sich sicher, dass sie knallrot geworden war. Mit nervösen Fingern knetete sie den Flyer, den sie sich gerade genommen hatte. Als sie kurz den Blick hob, sah sie ausgerechnet in Nicks forschende Augen. Spätestens jetzt musste ihr Kopf rot wie eine Tomate sein.

»Ich hole schnell noch eine Decke und meine Gitarre, dann können wir los.« Er zwinkerte ihr kurz zu und joggte dann davon.

Und erlöste Iris damit aus dieser beklemmenden Situation. Sie fragte sich, wie sie diesen Abend in seiner Nähe überstehen sollte. Ganz sicher würde sie kein Wort herausbringen.

»Darf man eigentlich am Strand ein Lagerfeuer machen?«, erkundigte sich Annabell.

»Dürfen darf man wohl nicht.« Mama Kuhn beugte sich zu ihnen heraus und flüsterte verschwörerisch: »Aber wer macht schon immer, was man darf? – Lasst euch einfach nicht erwischen.«

Johanna strahlte sie an. »Sie sind genau nach meinem Geschmack! Möchten Sie mich nicht adoptieren?«

»Danke der Nachfrage, aber Nein. Nimm es mir nicht übel, aber kann es sein, dass du ein ganz schönes Früchtchen bist?«

Johanna grinste vergnügt, und Annabell, Iris und Sonja applaudierten.

Nick kam angetrabt und sah fragend in die Runde. »Hab ich was verpasst?«

»Klar«, sagte Tom, »wir wissen jetzt, wer von den Vieren das Früchtchen ist – du musst das halt selbst herausfinden.«

»Habt einen schönen Abend, ihr ...« Mama Kuhn zählte kurz nach, »... ihr sieben.«

Sie waren schon fast um die Ecke, da rief sie ihnen noch nach: »Ach, und Tom – ihr Jungs benehmt euch gefälligst anständig, sonst bekommt ihr es mit mir zu tun, verstanden?«

»Na, logo, Mama Kuhn.« Tom reckte einen Daumen in die Höhe.

»Kennt sie dich schon länger?« Johanna ging links von Tom, Annabell zu seiner Rechten.

Iris und Sonja waren dicht hinter ihnen, gefolgt von Nick und Steffen.

»Wir waren in den letzten beiden Jahren hier.«

»Ich bin, glaube ich, zum zwölften Mal in Cavallino«, sagte Annabell.

»Auch letzten Sommer?«

»Ja, den ganzen August.«

»Wir die ersten drei Augustwochen. Aber dann nicht auf unserem Campingplatz, oder?«

»Nein, auf dem Europa.«

Tom lächelte schief. »Dachte ich mir, an dich hätte ich mich bestimmt erinnert.«

Annabell errötete. »Vielleicht sind wir uns sogar mal über den Weg gelaufen?«

»Ja, schon möglich.«

Iris bekam einen Ellenbogenstupser von Sonja. »Flirtalarm«, zischte sie ihr zu.

»Wie lang bleibt ihr?«, fragte Nick von hinten.

Sonja drehte sich um. »Drei Wochen, und ihr?«

»Klasse, wir auch. Habt ihr Ferien oder Urlaub?«

»Irgendwie nichts von beidem. Wir sind gerade mit der Schule fertig geworden, und im September geht dann die Uni los.«

»Studentinnen also«, resümierte Steffen.

»Fast Studentinnen«, korrigierte Sonja.

Nick tippte Iris leicht an die Schulter. »Was studierst du?«

Ihr Herz machte einen Purzelbaum.

»Medizin«, brachte sie geradeso über die Lippen.

»Und auf was willst du dich spezialisieren?« Schon war er neben ihr. Als sein Arm zufällig ihren berührte, fühlte es sich an wie ein kleiner Stromschlag.

»Weiß ... weiß ich noch nicht«, stotterte Iris, zum Glück fing sie sich aber gleich wieder. »Vielleicht Kindermedizin. Orthopädie würde mich aber auch interessieren.«

»Mach doch Unfallchirurgie – ich bin Schreiner, und Schreiner verlieren ja gern mal den einen oder anderen Finger an der Säge. Du könntest mich dann wieder zusammenflicken.«

»Dann musst du aber mit dem Fingerabsägen noch etwa zehn Jahre warten.« Iris schaffte ein Lächeln.

Seine braunen Augen strahlten sie an. »Abgemacht, so eilig hab ich es nicht damit.«

»Du bist also Schreiner. Und was macht ihr anderen?«, fragte Sonja in die Runde.

Steffen nahm den freien Platz neben Sonja ein. »Ich studiere. Lehramt für Hauptschule, demnächst im fünften Semester.«

»Und du, Tom?«

»Ich bin Koch.«

»Sei doch nicht immer so bescheiden. Tom ist nicht einfach Koch – er ist ein äußerst talentierter Koch. Bei der Abschlussprüfung war er der Beste des Jahrgangs«, erzählte Nick stolz, als wäre es sein Verdienst. »Vielleicht habt ihr ja Glück und kommt in den nächsten Wochen in den Genuss seiner Kochkunst.«

»Oh ja«, rief Johanna begeistert. »Koch mal für uns.«

»Ich hab Urlaub.« Tom sagte das nicht sonderlich begeistert.

»Na komm schon, es muss ja kein mehrgängiges Menü sein«, drängelte Johanna.

»Oh ja, bitte! Wir sind auch gar nicht anspruchsvoll«, schloss sich Annabell ihr an. »Wir wäre es mit Spaghetti? Spaghetti Bolognese? Ich liebe Spaghetti Bolognese.«

»Mal schaun.«

»Komm, sag ja. Ich helf' dir auch. Zwiebeln schneiden kann ich ganz gut.« Johanna setzte einen gekonnten Augenaufschlag ein.

»Ich kann auch helfen, die Tomaten häuten zum Beispiel.«

Tom schenkte Annabell einen anerkennenden Blick. »Du kennst dich also aus?«

Der Blick, den Johanna Annabell zuwarf, war alles andere als freundlich.

»Was heißt auskennen, ich helfe nur manchmal meiner Mutter. Aber es macht mir sehr viel Spaß.«

»Okay, dann kochen wir in den nächsten Tagen zusammen.« Allerdings sah Tom dabei nur Annabell an.

»Das wird bestimmt lustig. Und ich mache uns noch ein Dessert – meine Joghurtcreme mit Früchten ist nämlich einsame Klasse.«

Iris traute ihren Ohren nicht. Jo als Heimchen am Herd? Dabei hatte sie wenige Stunden zuvor noch verkündet, das niemals sein zu wollen. Aber anscheinend wollte sie Tom, dem Milchbubi, der sie angeblich kein bisschen interessierte, damit imponieren. Ein ungutes Gefühl beschlich Iris, denn es war klar, dass Tom nicht nur Johanna, sondern auch Annabell gefiel. Sie hoffte sehr, dass das keinen Ärger geben würde.

Steffen legte einen Zahn zu.

»Und was studierst du?«, fragte er, als er neben Johanna war.

»Germanistik«, sagte die unwirsch, während Tom sich weiter mit Annabell übers Kochen unterhielt.

»Cool. Hätte mich auch interessiert, aber dann hab ich mich doch noch für Pädagogik entschieden. Hat man hinterher irgendwie mehr davon.«

»Ich werde Schriftstellerin«, sagte Johanna, wobei sie Tom nicht aus den Augen ließ.

»Wow, das hört sich sehr ambitioniert an. Und was willst du schreiben?« Steffen ließ nicht locker.

»Sie recherchiert hier für einen Camping-Thriller«, gab Sonja unüberhörbar sarkastisch ihren Senf dazu.

Irritiert drehte Steffen sich zu ihr um. »Ist das jetzt Verarsche?«

Johanna schüttelte den Kopf. »Nein, das stimmt schon irgendwie. Ich hab da so 'ne Idee und auch schon einiges geplottet.«

Steffen nickte anerkennend. »Ein Camping-Thriller also. Hört sich gut an. Und wer ist der Mörder? Doch nicht etwa der arme Massimo? Das wäre viel zu vorhersehbar.«

»Zu dem Schluss bin ich inzwischen auch gekommen. Aber irgendeine tragende Rolle muss er spielen.«

»Wie der Glöckner von Notre Dame?«

»Oder wie das Biest in *Die Schöne und das Biest*«, ergänzte Sonja.

»Eher nicht, es soll ja kein Schnulzenroman werden.«

»Hast du denn schon was veröffentlicht?«, wollte Steffen wissen.

»Zwei Kurzgeschichten.« Sein Interesse schien Johanna nun doch zu schmeicheln, denn sie lächelte ihn an.

»Ich werde deinen Roman ganz bestimmt lesen«, sagte er voller Bewunderung.

»Ich kann dich gern in der Geschichte erwähnen, indem ich dich qualvoll sterben lasse«, schlug Johanna vor.

»Könnte ich nicht lieber der Held sein, der alle rettet?«

Johanna betrachtete ihn eingehend, schüttelte dann aber den Kopf. »Es gibt keine Helden mit roten Haaren.«

»Es gibt Pippi Langstrumpf und die rote Zora«, sagte Steffen wie aus der Pistole geschossen. »Es wird also Zeit, dass es endlich auch ein männliches rothaariges Heldenwesen gibt.«

Sonja kicherte neben Iris. »Den gibt es schon: Pumuckl.«

»Pah, Pumuckl! Ich wäre als Romanheld um einiges cooler als der olle Pumuckl.«

Johanna musste lachen. »Okay, ich werde es in Erwägung ziehen.«

»Aber dann hinten mit Danksagung an mich. Oder noch besser vorne – für Steffen Micheler, nach dessen Vorbild der Held dieses Romans erschaffen wurde. Na, wie klingt das?«

»Steffen ist übrigens noch nüchtern«, frotzelte Nick. »Das wird alles schlimmer, wenn er Alkohol intus hat.«

Sie bogen von der Hauptstraße, die zu dieser Zeit schon voller Leben war, in den schmalen Betonweg zum Strand ein, brachen links und rechts Zweige ab und rissen trockenes Gras aus, um Brennmaterial für ihr Feuer zu haben.

Die Sonne stand schon knapp über dem Horizont, als sie barfuß über den noch warmen Sand gingen und einen geeigneten Platz suchten. Nicht mehr lange, und es würde dunkel sein.

Ihre Wahl fiel auf eine Kuhle dicht am Zaun zum benachbarten Campingplatz und ein Stück weit weg vom Wasser. Mit einiger Mühe entfachten sie ihr Feuer, setzten sich im Schneidersitz darum, rauchten und ließen die erste Flasche kreisen. Nick, der sich wie selbstverständlich neben Iris gesetzt hatte, zupfte auf der Gitarre herum. Immer wieder sah sie ihn heimlich an. Der flackernde Schein der Flammen beleuchtete sein Gesicht. Er sah so verdammt gut aus.

Auf der anderen Seite des Feuers saß Tom, flankiert von Annabell und Johanna. Auch wenn ihr Interesse vor allem Nick galt, bekam sie doch mit, wie Johanna Tom immer wieder berührte. Für jemand anderen mochte das wie zufällig aussehen, aber für Iris war es plumpe Anmache. Und sie bekam auch die giftigen Blicke Annabells mit, der das natürlich ebenfalls nicht entging.

»Seit wann kennt ihr euch?«, fragte Steffen nach der dritten Runde.

»Irgendwie schon immer.« Sonja nahm die schwere Flasche mit beiden Händen von ihm entgegen, trank und gab sie dann weiter.

»Stimmt«, pflichtete Johanna ihr bei. »Eigentlich seit ich denken kann.«

Verträumt sah Annabell ins flackernde Feuer. »Wir wurden immer das Vierblättrige Kleeblatt genannt.«

»Und das seit inzwischen fünfzehn Jahren«, ergänzte Iris, selbst erstaunt über die Summe an Zeit. »Und ihr?«

»Nick und ich kennen uns auch schon ewig«, berichtete Tom. »Wir sind seit der Grundschule Kumpels, und Steffen ist uns vor etwa zwei Jahren in unserer Stammkneipe zugelaufen.«

»Genau«, bestätigte Steffen. »Die beiden haben mich sogar großzügig in ihrer Wohngemeinschaft aufgenommen.«

»Ihr wohnt zusammen?« Johanna klang neidisch. »Ich gäbe was drum, wenn wir das auch könnten, aber wir studieren in alle Himmelsrichtungen verstreut: Bella geht nach Berlin, Iris nach Heidelberg, Sonja studiert in meiner absoluten Traumstadt München, und ich gehe erst einmal nach Würzburg.«

»Berlin?«, fragte Tom nach. »Berlin ist super. Und was studierst du dort?«

»Tanz und Choreografie an der Universität der Künste.«

»Bella will Primaballerina werden«, ergänzte Iris beinahe ehrfürchtig.

Steffen zeigte sich sehr angetan. »Ich war mal mit der Schule im Ballett, *Die Geschöpfe des Prometheus* oder so ähnlich.«

»Opus 43 von Beethoven – ein wunderbares Ballett«, schwärmte Annabell.

»Ich bin kurz nach der Pause eingeschlafen«, gestand er.

Was für allgemeine Belustigung sorgte.

Um sie herum herrschte jetzt Dunkelheit, die volle Flasche war inzwischen nicht mehr voll, die zweite Flasche ging herum.

Plötzlich stand Tom auf. »Was haltet ihr von einer Runde Schwimmen?«

Überrascht sah Iris zu ihm hoch. »Ich hab aber keinen Badeanzug dabei.«

Johanna lachte amüsiert. »Mensch, Blümchen, das geht auch ohne.«

»Wie ohne?«

»Na, nackig, was sonst.« Johanna war ebenfalls aufgesprungen und öffnete tatsächlich Knopf und Reißverschluss ihrer Jeans.

»Nackig?« Iris war schockiert. Sie würde sich auf gar keinen Fall hier vor den fremden Jungs ausziehen.

»Ist doch dunkel, keiner sieht was.« Johanna war schon aus der Hose gestiegen. Als Nächstes zog sie sich das T-Shirt über den Kopf.

Dank des Feuers konnte man alles sehen, stellte Iris fest, und sie vermutete, dass das Absicht war. Peinlich berührt sah sie woanders hin, und irgendwie schämte sie sich für Johanna.

»Du kannst ja Slip und BH anlassen, ich mach das auch so«, raunte ihr Sonja zu.

Letztendlich war Johanna die Einzige, die nackt über den nächtlichen Strand ins Wasser rannte, alle anderen behielten ihre Unterwäsche an.

Das Meer war für Iris im Dunklen noch unheimlicher als am Tag. Deshalb blieb sie stehen, als das Wasser ihre Knie erreichte. Voller Furcht sah sie hinaus in die undurchdringliche Schwärze. Die Wellen rollten heran und zogen sich wieder zurück, und sie grub die Zehen in den Sand. Langsam ging sie in die Hocke. Jetzt reichte ihr das Wasser bis zu den

Schultern, es fühlte sich herrlich kühl auf ihrer glühenden Haut an. Sie wagte sich einen Schritt weiter hinein und tauchte dann auch mit dem Kopf unter. Augenblicklich hörte das Brennen und Spannen ihrer Gesichtshaut auf.

»Du siehst auch ohne Cremeschicht echt süß aus«, sagte eine Stimme, als sie wieder auftauchte.

Nick war direkt neben ihr. Im matten Licht des Halbmonds sah sie ihn lächeln.

Am liebsten wäre Iris unter- und nie wieder aufgetaucht.

»Ähm, danke«, stotterte sie.

»Ich mag deine Sommersprossen«, sagte er und kam noch ein Stück näher. Seine Hand ergriff ihre. »Ich würde dich gern küssen.«

Ihr blieb die Spucke weg, schließlich kannten sie sich erst seit ein paar Stunden, und *kennen* konnte man das eigentlich gar nicht nennen. Außer dass er Schreiner war, Gitarre spielte und in einer WG mit den anderen beiden lebte, wusste sie nichts von ihm. Aber sie war auch sehr geschmeichelt. Ja, sie fand ihn toll. Für sie sah er tausendmal besser aus als Tom oder Steffen. Sie hätte ihn auch gern geküsst. Aber sie hätte sich auch genauso gern unsichtbar gemacht. Und natürlich brachte sie kein Wort heraus.

Doch da waren seine Lippen schon auf ihren. Ganz leicht, ganz sanft. Er fühlte sich gut an, der erste Kuss, den sie jemals von einem Jungen bekommen hatte. Und er schmeckte salzig.

Verlegen sah sie sich nach den anderen um, die sie nur schemenhaft erkennen konnte. Ihr Lachen und Kreischen und lautstarkes Planschen verrieten jedoch, dass sie sich in einiger Entfernung eine Wasserschlacht lieferten.

Gerne wäre Iris zu ihnen geflohen, aber sie waren eindeutig zu weit draußen. Stattdessen trat sie einige Schritte zurück und legte sich rücklings ins flache Wasser, wo die träge heranrollenden Wellen ihren Körper umspielten. Sie spürte den Sand unter sich, glaubte jedes Körnchen fühlen zu können, wie es her- und wieder weggespült wurde.

Nick legte sich direkt neben sie, sein kleiner Finger berührte ihren kleinen Finger, was ein angenehmes Kribbeln in ihr auslöste. Sie hätte gern noch einen von diesen zarten Küssen bekommen, war aber zu schüchtern, um selbst die Initiative zu ergreifen.

Und so lagen sie da, Finger an Finger, sprachen nicht, starrten nur in den Himmel, der sich beinahe schwarz über ihnen wölbte und gesprenkelt war mit hell leuchtenden Sternen. Dazwischen stand die goldene Mondsichel. Beinahe kitschig, fand Iris. Aber auch unglaublich romantisch.

»Siehst du die fünf hellen Sterne über uns, die aussehen wie ein großes W?«, fragte Nick unvermittelt und deutete mit der Hand in den Nachthimmel. »Das ist das Sternbild der Kassiopeia.«

Iris entdeckte die Sternformation genau über ihnen. »Du kennst dich mit Astronomie aus?«

»Auskennen ist zu viel gesagt, ich weiß nur ein paar Sternbilder. Mein Opa hatte ein Teleskop und hat mit mir zusammen in den Himmel geguckt. Ein bisschen ist hängengeblieben.«

»Was kennst du noch?«

»Den Großen Wagen, auch Großer Bär genannt. Er ist dort drüben, etwas rechts von uns. Und natürlich den Gürtel des Orion, aber den kann man von Mitteleuropa aus nur im Herbst und im Frühjahr sehen.«

Iris betrachtete die Sterne und fand, dass sie an diesem Abend ganz besonders schön waren.

Nicks Finger streichelte leicht über ihren. Ganz sicher war sie sich nicht, vielleicht fühlte es sich im Wasser nur so an. Vorsichtig bewegte sie ihren Finger und schon hakte sich seiner in ihn ein. Ihr Herz klopfte heftig in ihrer Brust, sie wusste nicht, was sie sagen sollte.

»Hast du daheim einen Freund?«

»Nein. Und du? Ähm, eine Freundin meine ich?«

»Nein. Ich stehe also voll und ganz zu deiner Verfügung. Wenn du magst natürlich.«

Iris sah ihn an. Er hatte sich auf die Seite gedreht, sein Gesicht war jetzt ganz nah. Zum Küssen nah. Sie müsste sich nur ein klein wenig zu ihm hinüberbeugen. Seine Augen strahlten, sein Lächeln war sanft, aber auch irgendwie lausbübisch.

Sie schloss die Augen, beugte sich ein Stück zu ihm und hoffte auf den nächsten Kuss.

»Jo?«

Der Schrei ließ sie zurückzucken. Das Planschen und Wasserspritzen hatte aufgehört.

»Jo, wo bist du?« Das war Annabells Stimme, und sie klang beunruhigt.

»Jo, verdammt noch mal, lass den Scheiß!«, hörte sie Sonja verunsichert rufen.

Sofort sprang Iris auf, doch sie konnte nichts erkennen. Trotz ihrer Angst vor dem, was im tieferen Wasser sein konnte, watete und schwamm sie zu den anderen hinaus. Nick folgte ihr.

»Was ist mit Jo?« Zum Glück konnte sie noch stehen.

Annabell sah sich hektisch um. »Sie war plötzlich nicht mehr hier.«

Iris stand genauso erstarrt da wie die anderen und ließ ihre Blicke über das Wasser gleiten, das keine zwei Armlängen von ihr entfernt mit der Dunkelheit verschmolz. Es war albtraumhaft still.

»Jo?« Sonjas sonst so feste Stimme vibrierte. »Jo, komm her, das ist jetzt nicht mehr witzig!«

»Meinst du, sie ist ertrunken?« Tom sprach aus, was wahrscheinlich alle befürchteten.

Nick nahm Iris' Hand und drückte sie fest. Das war tröstlich, konnte ihre verrücktspielenden Gedanken aber nicht ausschalten. Nämlich, dass der Urlaub hier und jetzt ein schreckliches Ende haben könnte und sie womöglich ohne Jo nach Hause fahren mussten.

»Sie ist eine viel zu gute Schwimmerin ...«, sagte Sonja zögerlich.

Haie kommen nicht so nah ans Ufer, hatte Annabell gesagt, aber Iris hatte es nicht geglaubt. Und jetzt stand sie hier im Wasser, der Strand war weit weg und Jo fehlte ...

Sie spürte eine Berührung an ihrem Bein und schrie voller Entsetzen auf.

Das gleichzeitige Auftauchen von etwas ganz in ihrer Nähe ließ Iris beinahe ohnmächtig werden.

Lachend und prustend stand Johanna in ihrer Mitte.

»Na, hab ich euch erschreckt?«, rief sie vergnügt.

14

Sonja

So erleichtert Sonja darüber war, dass Johanna unversehrt war, so wütend war sie auch. Es war wie ein Reflex, als sie ausholte und Johanna eine schallende Ohrfeige verpasste.

»Aua!«, Johanna legte die Hand auf ihre Wange.

»Du blöde Kuh«, fauchte Annabell, bevor sie sich umdrehte und zum Stand zurückschwamm.

»Was denn? War doch nur ein Spaß.« Johanna sah sich Beifall heischend um.

»Ich hab keinen lachen hören«, sagte Iris ungewohnt zornig.

Sonja wollte auch weg von hier, weg von dieser unberechenbaren Verrückten. Die Hand tat ihr von dem Schlag weh, als sie das Wasser verließ.

Bei dem inzwischen fast heruntergebrannten Feuer angekommen, schlüpfte sie, nass wie sie war, in ihren Jogginganzug

zug. Der Stoff tat gut auf der Haut, denn ihr war plötzlich unbeschreiblich kalt.

Annabell, schon fertig angezogen, sah sie abwartend an.

»He, es tut mir leid, wenn ich euch so erschreckt habe.« Johanna war hinter ihnen hergekommen und stand jetzt mit vor der nackten Brust verschränkten Armen vor ihnen.

»Wir dachten, du bist tot«, schrie Sonja und funkelte sie böse an. Sie musste sich beherrschen, ihr nicht noch eine zu verpassen.

»Dann freut euch doch, dass ich lebe!« Johanna versuchte, sie am Arm festzuhalten.

Doch Sonja schüttelte sie ab.

»Geh mir einfach aus den Augen.« Sie ließ Johanna stehen und strebte dem Durchgang zur Straße zu.

Annabell war direkt neben ihr.

»Mann, es sollte doch nur ein Spaß sein«, hörte sie Johanna hinter ihnen herrufen.

»Es ist aber kein bisschen spaßig, wenn du denken musst, dass deine Freundin ertrunken sein könnte«, schrie Sonja, ohne sich dabei umzudrehen.

»Wartet doch auf mich!« Johannas Stimme klang jetzt weinerlich.

Aber Sonja wollte so viel Raum wie möglich zwischen sich und Johanna bringen. In diesem Moment war ihr völlig egal, was aus ihr wurde.

»Ich hasse dieses Weibsstück«, zischte sie Annabell zu, die mit ihr Schritt hielt.

In Höhe des Lunaparks blieb Sonja endlich stehen.

»Die ist echt durchgeknallt!«, blubberte der Zorn regelrecht aus ihr heraus. »Das war doch wieder mal so typisch für Jo – immer muss sie irgendwelchen Blödsinn machen und im Mittelpunkt stehen. Wir hätten sie gar nicht mit in den Urlaub nehmen dürfen.«

Annabell nickte nur.

Auf einmal konnte Sonja die Tränen nicht mehr zurückhalten, wie Sturzbäche liefen sie über ihre Wangen. »Ich dachte echt, sie ist tot.«

»Ich auch.« Annabell zog sie in ihre Arme und strich ihr sanft über den Rücken.

So standen sie einige Minuten mitten auf dem Gehsteig, wie eine Insel inmitten urlaubsfröhlicher Menschen.

Annabells Nähe tat Sonja gut, sie hätte immer weiter so stehen bleiben können. Doch dann löste sie sich von der Freundin und wischte sich mit dem Ärmel ihres Sweaters die Wangen trocken.

»Wenn das eine Klassenfahrt wäre, dann würde der Lehrer morgen früh Jos Eltern anrufen, damit sie sie abholen kommen«, sagte sie bitter. Aus ihrer rechten Hosentasche holte sie die zerknautschte Zigarettenpackung mit ihrem Feuerzeug und einer letzten Zigarette darin. Mit noch immer zitternden Fingern steckte sie sich den leicht geknickten Glimmstängel zwischen die Lippen und zündete ihn an. Gierig sog sie den Rauch ein, hielt ihn einige Zeit in der Lunge und stieß ihn wieder aus. Dann setzte sie sich wieder in Bewegung.

Annabell hakte sich bei ihr ein.

»Vielleicht haben wir überreagiert. Jo hat sich sicher nichts dabei gedacht«, sagte sie versöhnlich.

»Jo denkt sich nie was dabei«, höhnte Sonja.

»Sie hat doch gesagt, dass es ihr leidtut, und ausnahmsweise glaube ich ihr das sogar.«

»Ach, Bella, tut es ihr nicht immer hinterher leid? Ich habe den Schock meines Lebens bekommen, als sie nicht mehr aufgetaucht ist. Wie hätten wir es ihren Eltern beigebracht, dass sie tot ist? Ertrunken bei einem nächtlichen Bad. Wie hätten *wir* weiterleben können? Das alles ist mir durch den Kopf gegangen.«

Annabell, die sonst nie rauchte, führte Sonjas Hand mit der Zigarette an ihren Mund und nahm einen tiefen Zug.

»Ich dachte nur, dass ich mir ein Leben ohne die verrückte Nudel gar nicht vorstellen kann«, sagte sie hüstelnd.

Sonja nickte bestätigend. »Ich auch. Mir war ganz schlecht vor Angst.«

»Zum Glück ist ja nichts passiert.«

Arm in Arm bogen sie in die Zufahrt zum Campingplatz ein.

»Aber irgendwann passiert vielleicht mal was, und ich hoffe nur, dass ich dann nicht dabei bin. Vielleicht ist es ganz gut, wenn sich unsere Wege jetzt trennen, dann bekomme ich nicht mit, was Jo treibt, und muss mir keine Sorgen mehr machen.«

Sonja ließ die Kippe auf den Boden fallen und trat sie aus. Mit einer schnellen Bewegung hob sie sie auf und warf sie in den nächsten Mülleimer.

Helga und Ewald winkten und prosteten ihnen mit ihren Bierdosen zu, als sie an ihrem Caravan vorbeigingen.

In einem Punkt ging Sonja mit Johanna zumindest konform: Ein kleines spießiges Leben, wie Helga und Ewald es führten, wollte sie nicht. Und Feinripphemden waren ihr ebenfalls zuwider.

Stimmen näherten sich, als Sonja die Kerze auf der Kühlbox anzündete. Johanna kam über den Platz, flankiert von Tom und Steffen. Hinter ihnen konnte sie Iris und Nick ausmachen.

»Da kommt sie ja, unsere Drama-Queen«, sagte sie und merkte, dass ihr Zorn auf Johanna beinahe verflogen war.

Sie gab sich einen Ruck und ging ihnen entgegen. Auf der Höhe von Ewalds Camper blieb sie vor Johanna stehen und nahm sie fest in den Arm.

»Mach das nie wieder, du doofe Kuh«, raunte sie ihr zu, bevor sie sie wieder losließ. »Ich weiß zwar nicht warum, aber ich hab dich lieb.«

»Frieden?«, fragte Johanna vorsichtig.

Sonja antwortete nicht sofort, so leicht wollte sie es ihr nicht machen.

»Frieden«, grummelte sie schließlich. »Aber noch mal so eine Aktion, und wir sind geschiedene Leute, das schwör ich dir.«

Erst jetzt sah sie, dass Iris und Nick Händchen hielten. Sie musste innerlich schmunzeln: Da rissen sich Annabell und Johanna fast ein Bein aus, um Tom zu imponieren, und die kleine schüchterne Iris schnappte sich einen Kerl ganz heimlich, still und leise. So wie ihre Augen strahlten, war sie schwer verliebt, und Sonja gönnte es ihr von Herzen.

Weit nach ein Uhr lagen sie endlich in ihren Schlafsäcken.

»Weißt du was, Blümchen?« Sonja flüsterte, damit man sie im Nachbarzelt nicht hören konnte.

»Was?«

»Ich glaube, Jo stinkt es gewaltig, dass du dir einen der Jungs geangelt hast. Und am meisten stinkt ihr wohl, dass du das vor ihr geschafft hast.«

»Meinst du?«

»Na klar. Hast du nicht mitgekriegt, wie plump sie Tom anbaggert?« Sonja hielt kurz inne. »Blöde Frage, natürlich hast du das nicht mitgekriegt, du warst ja anderweitig beschäftigt.«

»Und glaubst du, er ist an Jo interessiert?«

»Eher nicht. Ich denke, er hat ein Auge auf Bella geworfen.«

»Das glaube ich auch. Und Bella scheint ihn auch zu mögen. Die beiden wären auf jeden Fall ein schönes Paar.«

Ja, optisch passten sie wirklich gut zusammen, das musste Sonja zugeben, aber sie schwieg dazu.

»Und was ist mit dir?«

»Mit mir?«, wunderte sich Sonja.

»Ja, mit dir. Von wegen, ich hab nichts mitbekommen. Ich hab nämlich mitbekommen, dass Steffen sehr an dir interessiert ist. Er scheint in Ordnung zu sein. Gefällt er dir?«

»Kein Interesse.«

»Dann stehst du also auch auf Tom?«

»Tom? Nein. Die Jungs sind nett, ja, prima Kumpels, aber das war's dann auch schon.«

»Und wie findest du Nick?«

»Dir muss er gefallen«, sagte Sonja ausweichend.

»Ja, aber was hältst du von ihm?«

»Nach den paar Stunden – was soll ich da schon sagen können?«

»Na ja, findest du ihn sympathisch?«

»Ja, meine Süße, ich finde ihn sehr sympathisch.« Und das stimmte auch.

»Ich hätte nie gedacht, dass sich Verliebtsein so gut anfühlt«, schwärmte Iris neben ihr.

Manchmal tut es auch gemein weh, dachte Sonja und gähnte herzhaft. »Gute Nacht, Blümchen.«

»Gute Nacht, Sonni.«

15

Johanna

Johanna war allein im Zelt, als sie aufwachte. Sie hatte Kopfschmerzen, obwohl sie am Abend zuvor gar nicht viel getrunken hatte. Nicht sonderlich gut gelaunt kroch sie nach draußen.

Annabell dehnte und verrenkte wieder ihre Gliedmaßen, von den anderen inklusive der Jungs war nichts zu sehen.

Sie streckte sich ebenfalls. »Wo sind denn alle?«

»Joggen, einkaufen, duschen. Und du bist mit Frühstückmachen dran.«

»Mit Iris, ich weiß. Ist die mit ihrem Prinzen unterwegs?«

»Nein, sie ist vorn im Waschraum und *ihr Prinz* ist einkaufen. Bist du etwa eifersüchtig?«

»Auf Blümchen? Wahrhaftig nicht. Ich gönne ihr ihr kleines Glück. War doch allerhöchste Zeit, dass sie auch mal einen abgekriegt hat.«

Und sie würde sich Tom schnappen, nahm sie sich vor. Nicht dass sie ernsthaft an ihm interessiert war, aber immerhin sah er verdammt gut aus. Dass Annabell auch an ihm interessiert war, machte die Sache irgendwie noch ein Stück reizvoller für sie. Es war wie ein Wettkampf, und sie würde alles einsetzen, was sie zu bieten hatte.

Eine glücklich strahlende, frisch geduschte Iris kam über den Platz.

»Guten Morgen, liebe Jo«, sagte sie putzmunter.

»Oje, Frau Strahlemann höchstpersönlich!«

Und dann kam auch noch Sonja mit leichten Schritten dahergejoggt.

»Ich finde es echt abstoßend, dass ihr so widerlich fit seid, mir aber fast der Schädel platzt. Könntest du das mit dem Frühstück heute eventuell allein übernehmen, liebstes Blümchen?« Johanna setzte ihr nettestes Lächeln auf. Damit hatte sie bei Iris immer Erfolg.

Ebenfalls lächelnd hängte Iris ihr Handtuch auf. »Nein, könnte ich nicht. Du bist meine persönliche Sklavin, schon vergessen?«

»Kacke!« Johanna verzog unwillig das Gesicht. Ja, das hatte sie vergessen – Mist nur, dass Blümchen es *nicht* vergessen hatte.

»Find ich nicht, ganz im Gegenteil.« Iris tätschelte ihr die Schulter. »Aber ich will mal nicht so sein und helfe dir.«

Sonja legte die Brötchentüte auf die Kühlbox. »Will sich da etwa schon wieder jemand drücken? Blümchen, lass dich bloß nicht von ihr übers Ohr hauen!«

»Hat dich irgendwer nach deiner Meinung gefragt, Frau Anwältin?«

»Ich vertrete ab sofort Blümchens Interessen, noch Fragen?« Herausfordernd hob sie die Augenbrauen.

Johanna winkte ab. »Ich geh erst mal duschen.«

»Das kannst du nach dem Frühstück machen«, sagte Sonja entschieden. »Wir haben nämlich Hunger.«

Mit ihrem Chefinnengetue ging Sonja ihr mal wieder gehörig auf die Nerven, aber nachdem, was sie sich gestern am Strand geleistet hatte, gab Johanna lieber klein bei.

»Aber pinkeln darf ich ja wohl«, sagte sie grantig. Und sie musste wirklich dringend aufs Klo.

Demonstrativ klemmte sie sich die Klopapierrolle unter den Arm und wartete, bis Iris den großen Topf auf die Pfanne gestellt und die Eierschachtel, das Öl und einen Kochlöffel hineingepackt hatte, dann trottete sie neben ihr über den Platz. Den nächsten Urlaub würde sie ganz allein machen, das schwor sie sich, denn noch einmal würde sie sich nicht so rumkommandieren lassen.

Während Iris weiter zur Küchenbaracke ging, bog Johanna zu den Toiletten ab. Als sie fertig war, begab sie sich ebenfalls in die Küche. Iris war gerade dabei, Eier in eine Pfanne zu schlagen. Es roch schon verdammt gut.

Johanna ließ Wasser in den mitgebrachten Topf und wartete darauf, dass es kochte. Da sie erst einmal nichts weiter tun konnte, stand sie mit verschränkten Armen da und sah Iris zu.

»Wie ist denn dein Nick so?«, fragte sie möglichst beiläufig.

»Nett.«

»Mensch, Blümchen, *nett* ist die kleine Schwester von scheiße! Du willst mir doch nicht allen Ernstes sagen, dass dein Nick nur *nett* ist? Ist er zärtlich? Küsst er gut?«

»Ja.«

»Was, ja?«

»Er ist zärtlich, und er küsst gut.«

»Wobei du das natürlich nur vermuten kannst, da du vorher keinerlei Kusserfahrungen mit anderen Jungs sammeln konntest.«

»*Nett*, dass du mir immer wieder unter die Nase reibst, dass ich ein spätes Mädchen bin. Für mich küsst er jedenfalls gut genug.«

»He, ich freu mich doch für dich. Allein deswegen hat sich dein Ausbruch von zu Hause schon gelohnt. Jedenfalls glaube ich, dass der Junge schwer verliebt in dich ist.«

»Meinst du?«

»Mensch, Blümchen, was siehst du mich denn so unsicher an? Natürlich ist er verliebt, das sieht doch ein Blinder mit Krückstock. Der Typ ist hin und weg. Halt ihn fest, denn ich glaube, er ist einer von der anständigen Sorte.«

Eigentlich dachte Johanna etwas ganz anderes, nämlich was Iris mit einem Schreiner anfangen wollte – eine Ärztin und ein kleiner Handwerker, das konnte doch gar nicht gut gehen. Aber das wollte sie ihr natürlich nicht sagen.

»Ach was, das ist doch nur ein Urlaubsflirt«, sagte Iris mit hochrotem Kopf.

Jetzt wäre der Moment gewesen, der unerfahrenen Freundin zu sagen, dass ihre Beziehung zu diesem Schreiner sowieso zum Scheitern verurteilt war. Aber Iris sah so verdammt glücklich aus, Johanna brachte es nicht fertig, ihr das Herz zu brechen – das würde früher oder später schon der liebe Nick erledigen.

»Auch aus einem Urlaubsflirt kann was Ernstes werden«, sagte sie deshalb ganz gegen ihre Überzeugung.

»Und was ist mit der Entfernung? Haben wir nicht gerade erst festgestellt, Fernbeziehungen wären scheiße?«

»Ja, das stimmt. Aber ihr müsst ja keine Fernbeziehung führen – Medizin kannst du nämlich in Hannover genauso studieren wie in Heidelberg.«

»Ich soll nach Hannover ziehen?«

»Nein, du *sollst* nicht nach Hannover ziehen. Ich wollte dir nur klar machen, dass du nicht an Heidelberg gebunden bist. Wir werden nie wieder so frei sein wie in der Studentenzeit. Haben wir erst mal einen festen Job, wird es viel komplizierter. Da er ja schon einen Arbeitsplatz hat, wäre es also im Ernstfall einfacher für dich, zu ihm zu ziehen als umgekehrt.«

»Das mag sein, aber ich kenne ihn gerade mal zwei Tage.«

»Blümchen, ich hab ja gar nicht gesagt, dass du gleich morgen hinziehen sollst. Ich wollte dir nur aufzeigen, dass ihr keine zermürbende Fernbeziehung führen müsstet. Und das ist doch beruhigend, oder?«

»Würdest du das tun? Nach Hannover ziehen?«

»Ich bin zwar nicht diejenige, die einen Freund dort hat – aber ja, warum denn nicht? Germanistik kann man so gut wie überall studieren. Ach, und wenn du Kondome brauchst, wende dich vertrauensvoll an mich.«

»Kondome? Wofür das denn?«

Johanna fragte sich, ob Iris wirklich so naiv war. »Für dich und deinen Nick natürlich.«

»Blöde Kuh!«

»Wieso denn blöde Kuh?«

»Denkst du wirklich, ich würde gleich mit dem Erstbesten in die Kiste steigen?«

»Ja, warum denn nicht. Irgendwann musst du doch deine Erfahrungen sammeln. Oder willst du als Jungfrau heiraten? Eins sag ich dir: Werd' bloß nicht schwanger, dann hast du ihn an der Backe. Und ein Kind noch dazu. Dein Studium könntest du dir auch abschminken.«

Die Spiegeleier waren fertig, Iris schaltete die Herdplatte aus. »Ich werde ganz bestimmt nicht schwanger, denn ich werde nicht mit ihm schlafen.«

»Darauf hatte sich die heilige Jungfrau Maria einst auch verlassen, und was hat es ihr gebracht?«

Das Wasser kochte noch immer nicht, egal wie ungeduldig Johanna auch darauf wartete. Sie griff seitlich an die Kochplatte, um zu überprüfen, ob sie überhaupt funktionierte und verbrannte sich prompt den Finger. Schnell ging sie zur Spüle und ließ kaltes Wasser darüber laufen.

»Was ist denn mit Steffen?«

»Was soll mit ihm sein?« Johanna wusste nicht, was Iris damit meinte.

»Na, wäre der nicht was für dich? Er studiert immerhin.«

Johanna glaubte sich verhört zu haben. »Ich bitte dich, ich will doch keinen Feuermelder im Bett!«, sagte sie empört.

»Und Tom?«

Nein, sie würde niemandem verraten, dass sie ein Auge auf ihn geworfen hatte, auch nicht Iris.

»Tom?«, wiederholte Johanna daher scheinheilig. »Ja, der sieht echt sexy aus, eigentlich genau mein Typ.«

»Eigentlich?«

»Na ja, Blümchen, er ist *Koch.* Ich fang doch nichts mit einem Koch an. Der hat die beschissensten Arbeitszeiten überhaupt – abends und vor allem am Wochenende. Außerdem: Was soll ich mit dem auf Dauer reden? Kochen interessiert mich nicht die Bohne, Motorräder erst recht nicht, und die einzigen Bücher, die der liest, sind Kochbücher. Das wäre mir entschieden zu anspruchslos.«

»Was ist denn gegen einen Koch einzuwenden? Bisher ist mir nicht aufgefallen, dass du bei deiner Männerwahl besonderes Augenmerk auf Intellektualität gelegt hättest.«

»Wenn es nur ums Vögeln geht, ist das auch vollkommen egal. Aber ein Koch hat ja kaum Zeit zum Vögeln. Also lass mich bitte mit Tom zufrieden.« Allerdings hatte Tom gerade

Urlaub und somit rund um die Uhr Zeit. Und eine Sünde war er schon wert. Aber das behielt Johanna tunlichst für sich.

Endlich kochte das Wasser.

Auf dem Rückweg trafen sie mitten auf dem Platz auf Annabell und Tom, die plauderten und um die Wette strahlten und sehr vertraut wirkten. Johanna hätte Annabell am liebsten die Augen ausgekratzt.

16

Iris

Nach dem Frühstück brachen sie alle zusammen zum Strand auf, wobei Iris nur Nick zuliebe mitging.

Am Meer angekommen, baute er ihr direkt am Zaun mit einer Decke, dem Regenschirm und einem langen Stock, den er auf dem Weg hierher im Gebüsch gefunden hatte, eine kleine Überdachung. Während die anderen ins Wasser gingen, sich Wasserschlachten lieferten und um die Wette schwammen, lag sie Haut an Haut neben ihm, und sie redeten über Gott und die Welt.

Iris lernte Nick als interessierten jungen Mann kennen, der zwar kein Abitur hatte, das aber irgendwann nachholen wollte, um Innenarchitektur zu studieren. Oder aber er würde seinen Meister machen. Oder auch beides. Zudem baute er nicht nur Regale für Bücher, er las auch gern. *Der Herr der Ringe* hatte ihn total begeistert. Was sie überhaupt nicht verstehen konnte, da sie schon nach hundert Seiten kapituliert hatte. Nick erzählte von seinen zwei nervigen jüngeren Brüdern, seinen Eltern, seinem Job und vom Urlaub im letzten Jahr auf diesem Campingplatz.

Dabei hing sie an seinen Lippen, saugte jede Information über ihn auf. Und immer wieder küssten sie sich.

Auch sie erzählte aus ihrem Leben, von der festen, unzerstörbaren Freundschaft zu Johanna, Sonja und Annabell. Von ihrem Traum, Medizin zu studieren, ihren Eltern und ihrem Pech, keine Geschwister zu haben. Und dass sie für diesen Urlaub ausgerissen war.

Während sie versuchte, von diesem Abenteuer so witzig und aufregend wie möglich zu berichten, überkam sie ein schrecklich schlechtes Gewissen. Ihre Eltern hatten keine Ahnung, wo sie war und ob es ihr gut ging. Bestimmt waren sie verrückt vor Sorge.

»Du hast dich doch hoffentlich schon daheim gemeldet?«, fragte Nick, ohne eine Ahnung zu haben, dass er genau in eine offene Wunde traf.

»Nein, noch nicht«, sagte sie kleinlaut.

»Das solltest du aber schleunigst tun. Wir besorgen dir auf dem Rückweg eine Telefonkarte, und dann rufst du sie gleich an.«

Doch Iris fürchtete sich vor dem Telefonat, vor dem zu erwartenden Tobsuchtsanfall ihres Vaters. Aber mit Nick an ihrer Seite fühlte sie sich stark.

Zum Glück kam in diesem Moment Johanna über den Strand angerannt und blieb atemlos vor ihrem Unterschlupf stehen. »Wir packen jetzt zusammen und gehen ein Eis essen. Kommt ihr Turteltäubchen mit?«

Die Turteltäubchen kamen mit. Hand in Hand gingen sie hinter den anderen her.

Bei der ersten Gelateria machten sie Halt, jeder bekam zwei Kugeln Eis in der Waffel. Schleckend und herumalbernd setzten sie ihren Weg fort. Nächster Stopp war ein Tabakladen, in dem Johanna und Nick verschwanden. Johanna kam mit einer Schachtel Zigaretten wieder heraus, Nick mit einer Telefonkarte für Iris.

Mit den Worten »Neben unserem Campingplatz ist eine Telefonzelle« übergab er sie ihr.

Eng umschlungen gingen sie weiter, am Supermarkt vorbei, am Lunapark vorbei, der so früh am Tag noch still und verlassen war.

Vor ihnen blieben die Mädels abrupt stehen. Johanna drehte sich mit großen Augen zu ihnen um. »Scheiße, Blümchen«, sagte sie, und da sah Iris auch schon, was los war.

Auf der Straße, direkt vor dem Campingplatz, stand ein Lastwagen.

Das Logo auf der Seitenwand ließ ihre Knie weich werden: *Seiler Spedition International.* Das war ein Laster ihres Vaters! Er musste ihr einen seiner Fahrer auf den Hals gehetzt haben, um sie zurückzuholen.

Die Fahrertür öffnete sich, für Flucht war es zu spät. Wer sich da allerdings aus dem Führerhaus schwang, war keiner der Angestellten, sondern ihr Vater höchstpersönlich. Und er sah nicht sonderlich freundlich aus.

Reflexartig ließ Iris Nicks Hand los.

»Hallo, Herr Seiler«, grüßte Annabell ihn freundlich, doch er ging wortlos an ihr vorbei.

Vor Iris blieb er stehen und sah sie mit vernichtendem Blick an.

»Einsteigen, Fräulein!« Er packte sie am Arm und zerrte sie zum Lkw. Dort öffnete er die Beifahrertür, bugsierte sie nicht gerade zärtlich hinein und warf die Tür zu. Dann ging er um die Zugmaschine herum und kletterte selbst hinein.

17

Sonja
Fünfzehn Jahre später

»Liebes?«

Sonja hörte Beas Ruf aus der Diele. Mit dem Telefon am Ohr drehte sie sich um. Von dort, wo sie stand, konnte sie sehen, wie Bea die Haustür schloss und die ausgelatschten Clogs von den Füßen streifte, die sie nur anzog, um den Hof zwischen ihrem Atelier und dem Wohnhaus zu überqueren oder wenn sie im Garten arbeitete. Heute war sie im Atelier gewesen. Barfuß kam sie ins Wohnzimmer.

»Sonja, Liebes, kannst du mir mal ...?« Mitten im Satz und in der Bewegung hielt Bea inne, als sie sah, dass sie telefonierte.

Mit dem Zeigefinger auf den Lippen gab Sonja ihr zu verstehen, dass sie still sein sollte.

Entschuldigend hob Bea die Hände und zog sich in die Küche zurück. Sonja drehte sich wieder zur Terrassentür um und sah nach draußen. Hinter sich hörte sie, wie Bea ein Glas aus dem Schrank nahm und dann den Kühlschrank öffnete.

»Wie konntest du einfach so meine Adresse weitergeben, ohne mich vorher zu fragen?«, fauchte sie wütend ins Telefon.

»Sonja, ich bitte dich, reg dich doch nicht so auf, es war doch nur eine deiner Klassenkameradinnen. Das kann doch nun wirklich nicht so schlimm sein.« Ihre Mutter am anderen Ende der Leitung klang eingeschüchtert.

»Das ist mir vollkommen egal! Meine Privatnummer und meine Privatadresse gebe nur ich weiter. Bitte halte dich in Zukunft daran!« Sonja beendete das Gespräch ohne Abschiedsgruß.

Als sie sich wieder umdrehte, stand Bea mit einem leeren Glas in der Hand vor ihr und sah sie fragend an.

»Alles okay?« Bea machte einen Schritt auf sie zu. »Ärger im Büro?«

Sie war noch auf hundertachtzig, aber als sie Beas sorgenvollen Blick sah, wurde Sonja sofort ruhiger. Mit einem Ächzer ließ sie sich auf das mit weinrotem Samt bezogene Gründerzeitsofa fallen.

»Hast du geweint?« Bea stellte das Glas ab, setzte sich neben sie und legte ihr eine Hand auf die Schulter. »Stress mit einem Kollegen?«

»Nein, das war meine Mutter. Ich hab sie angerufen, weil ich wissen wollte, woher meine frühere Klassenkameradin Karin meine Adresse hat. Eine Klassenkameradin, mit der ich nie etwas zu tun hatte, außer dass wir im selben Klassenzimmer saßen.«

»Von ihr?«

»Ja, von ihr!«, sagte Sonja noch immer zornig über diese Tatsache. »Karin – ich weiß nicht einmal mehr, wie die ausgesehen hat – hat sich vor ein paar Wochen wegen dieses bekloppten Klassentreffens bei ihr gemeldet und nach mir gefragt.«

»Aber das ist doch nicht schlimm«, sagte Bea sanft.

»Ich will mit den Leuten von damals aber nichts mehr zu tun haben, wann kapierst du das endlich?«

Erschrocken fuhr Bea bei dem rauen Ton zurück. Wortlos stand sie auf und kam mit einer Flasche Mineralwasser zurück. Nachdem sie das Glas damit gefüllt hatte, reichte sie es ihr.

Sonja nahm es und drehte es gedankenverloren in den schlanken Fingern.

»Entschuldige, ich wollte dich nicht so anraunzen«, sagte sie schließlich und nippte lustlos daran.

Bea war stehen geblieben. »Lieber was Stärkeres?«

»Oh ja.«

»Gin Tonic?«

Abermals sagte Sonja ja.

Bea ging hinüber zu dem alten Geschirrschrank, auf dem sehr dekorativ ihre Gin-Sammlung stand. Mit einer wunderschön geformten saphirblauen Flasche verschwand sie in der Küche.

Im Wohnzimmer hörte man das Klirren von Eiswürfeln und erneut das Klappen der Kühlschranktür.

Mit zwei geschliffenen Longdrinkgläsern, in denen Eiswürfel und jeweils eine Gurkenscheibe schwammen, erschien Bea wieder. Bevor sie sich zu ihr setzte, verschwand sie kurz auf die Terrasse hinaus, um gleich darauf mit ein paar abgepflückten grünen Blättern zurückzukommen.

»Nicht ohne frische Minze.« Mit verzücktem Gesicht roch sie daran, steckte sie dann in die Gläser und reichte Sonja eines davon. »Ganz schön dekadent, am helllichten Nachmittag mit dem Saufen zu beginnen, aber was soll's. Cheers, mein Herz!«

Sie stießen miteinander an und sahen sich dabei in die Augen.

Sonja brachte ein Lächeln zustande. »Cheers, du wunderbare verrückte Frau.«

Schweigend saßen sie da, nur das fröhliche Vogelgezwitscher jenseits der offenen Terrassentür und das Klirren der Eiswürfel, wenn sie an ihren Drinks nippten, war zu hören. Von ihrer Ecke des Sofas aus hätte Sonja hinaus auf die Terrasse und ein Stück weit in den überwiegend wilden Garten sehen können, wo sich eine muntere Spatzenbande im abgeblühten Flieder versammelt hatte, um sich gleich darauf wie auf ein geheimes Kommando hin in die Vogeltränke zu stürzen. Allerdings bekam sie dieses fröhliche Spektakel nur am Rande mit. Sie hatte ihren Blick an einer leeren Stelle an der Wand über dem Fernseher festgemacht und saß einfach nur still da. Immer wieder nahm sie einen kleinen Schluck von ihrem Gin Tonic, in dem das Eis langsam, aber sicher schmolz. Ohne es zu merken, nagte sie an ihrer Unterlippe, wie immer, wenn sie etwas beschäftigte.

»Willst du darüber reden?«, fragte Bea nach einer Weile.

Sonja schüttelte in Zeitlupe den Kopf.

Aber Bea ließ nicht locker. »Dieses Klassentreffen, was ist denn so schlimm daran?«

»Alles.«

»Warum willst du deine Schulkollegen von früher nicht treffen? Das ist doch bestimmt schön nach so vielen Jahren.«

Endlich drehte Sonja den Kopf.

»Ich könnte einigen von ihnen nicht mehr in die Augen sehen, nach allem, was passiert ist«, sagte sie düster.

»Was ist denn passiert? Willst du es mir nicht endlich erzählen?« Bea stellte ihr leeres Glas auf den Tisch.

Sonja pressten ihre Lippen zu einem schmalen Strich zusammen. »Nein. Das ist so lange her und sollte nicht wieder aufgewühlt werden.«

»Hallo, ich bin's, Bea. Ich liebe dich, und ich bin Teil deines Lebens. Ich sehe doch, dass es dich belastet, also sprich mit mir. Sonst kannst du wahrscheinlich nie damit abschließen und Frieden finden.«

»Frieden finden«, wiederholte Sonja höhnisch. »Das würde ich gern.«

»Du tust ja gerade so, als hättest du einen Mord begangen.«

»Nein, ein Mord war es nicht.«

»Herrje, dann kann es doch gar nicht so schlimm gewesen sein.« Bea rückte näher, nahm Sonja das fast leere Glas ab und stellte es neben ihres. Mit beiden Händen umfasste sie ihre eiskalte Linke.

»Lass uns nach draußen in die Sonne gehen«, schlug sie vor.

Sonja ließ sich vom Sofa ziehen und ging Arm in Arm mit ihr auf die Terrasse hinaus. Auf einem der beiden aufwendig gearbeiteten Eisenstühle, die früher einen Rokokogarten geschmückt hatten und jetzt ihrer Terrasse ein hochherrschaftliches Flair verliehen, ließ sie sich nieder. Der weiße Lack war an vielen Stellen abgebröckelt, hatte Platz gemacht für jede Menge Rost, was der Schönheit der Stühle aber keinen Abbruch tat. Bea hatte Sitzkissen mit Zebramuster dafür genäht, was ihnen einen ganz besonderen Touch gab.

»Noch einen Gin?«

Dankbar sah Sonja zu ihr hoch. »Du bist ein Schatz.«

»Ich weiß.« Noch einmal ging Bea nach drinnen und kam mit frisch aufgefüllten Gläsern zurück.

Mit untergeschlagenem Bein hockte sie sich auf das weiche Sitzkissen des anderen Stuhls und sah Sonja abwartend an.

Die Spatzen hatten sich aus der Tränke verzogen, aus dem Flieder war ihr empörtes Schimpfen zu hören.

Sonja dachte einige Zeit nach, suchte den Anfangsfaden ihrer Geschichte. Allerdings merkte sie, dass ihr der Alkohol zu Kopfe stieg.

»Es war vor fünfzehn Jahren«, begann sie irgendwann zu erzählen. Sie atmete tief ein, als wolle sie Schwung holen. »Das Abi lag hinter uns, alle hatten wir einen Studienplatz.«

Sie fühlte Beas aufmerksamen Blick auf sich ruhen.

»Iris, die wir alle nur Blümchen nannten. Weil sie einen Blumennamen hatte und weil sie so klein und zierlich und die Jüngste von uns war – noch keine Blume, ein Blümchen eben.« Unwillkürlich musste sie lächeln. »Unser kleines Blümchen wollte Medizin studieren. Dann war da noch Johanna, von allen kurz Jo genannt. Sie war unser Deutschwunder, schon in der neunten Klasse waren ihre Aufsätze preisverdächtig. Sie hatte sich für Germanistik eingeschrieben. Die vierte unseres Vierblättrigen Kleeblatts war« – sie hielt kurz inne – »war Annabell. Die wunderbare Annabell. Bella war für mich schon im Kindergarten das schönste Mädchen der Welt gewesen.« Sie sah Bea mit Tränen in den Augen an. »Sie hatte ein feingeschnittenes Gesicht und lange dunkle Locken. Und wie sie sich bewegte! Sie tanzte seit frühester Kindheit Ballett, war unglaublich geschmeidig, so graziös – wie eine Elfe. Bella hatte einen Studienplatz für Tanz und Theater in Berlin. Wir vier waren, seit wir drei waren, unzertrennlich. Wie Schwestern. Alles machten wir zusammen.«

Sonja machte eine Pause. Wie sie befürchtet hatte, schmerzte die Erinnerung sehr.

»Warum hast du noch nie von ihnen erzählt?«, fragte Bea mit belegter Stimme.

»Weil das Vergangenheit ist und nichts mehr mit meinem Jetzt zu tun hat. Und weil ich das alles vergessen wollte.« Mit einem großen Schluck trank Sonja ihr Glas aus und bemerkte dann bitter: »Bis gestern hat das ja auch wunderbar funktioniert.«

»Hast du denn keinen Kontakt mehr mit den Mädels?«

»Nein.«

»Aber warum denn nicht? Ihr wart doch beste Freundinnen?«

»Blutsfreundinnen sogar.« Sonja hielt ihr den linken Zeigefinger hin.

Bea betrachtete die kleine, aber ziemlich wulstige Narbe. Zart strich sie über die längst verheilte Stelle.

»Ihr habt Blutsbrüderschaft geschlossen?«

»Das war Jos Idee – wem sonst konnte so ein ausgemachter Blödsinn einfallen! Mit einem dreckigen und zudem noch stumpfen Messer.« Sie schüttelte ungläubig den Kopf. »Über einem Feuerzeug wollten wir es desinfizieren, wie man es im

Film manchmal sieht. Entzündet hat sich der Schnitt dann aber doch, kein Wunder bei all dem Meerwasser und dem Sand. Bei mir hat es mindestens fünf Wochen gedauert, bis er endlich verheilt war.«

»Meer und Sand? Wart ihr zusammen im Urlaub?«

Sonja nickte. »Italien. In der Nähe von Venedig, Cavallino hieß das Kaff. Der Campingplatz war unter aller Kanone. Aber genau richtig für vier Möchtegernerwachsene, die keine Kohle hatten.« Sie hob das Glas erneut an den Mund, erwischte aber nur Schmelzwasser, das ein bisschen nach Gurke und Pfefferminze schmeckte. Dennoch behielt sie das Glas in der Hand.

»Das war gleich nach dem Abi. Wir wollten drei Wochen lang Freiheit und Abenteuer erleben, bevor das Studium und damit der Ernst des Lebens losging.«

»Das haben damals wohl alle gemacht. Australien, Amerika – je weiter weg von daheim, desto besser.«

»Ich weiß, du warst in Indien. Wir waren da bescheidener und mit Venezien und einem unterirdisch miesen Campingplatz zufrieden.«

»Bestimmt war der noch vornehm im Vergleich zu den meisten Unterkünften während meines Indientrips, das kannst du mir glauben.«

»Ja, wahrscheinlich, und damals hat es uns auch nicht gestört. Nur wenn du mit Shampoo im Haar unter der Dusche gestanden hast, und plötzlich kam kein Wasser mehr – fast jeden dritten Tag war das so und dann auch mal mehrere Stunden lang – das war dann schon übel.«

»Ihr hattet bestimmt trotzdem jede Menge Spaß, oder?«

»Oh ja. Keine Kohle, aber Spaß. Am meisten Spaß hatte wohl Jo, die ließ keinen Blödsinn aus. Manchmal war sie echt nervig, aber heute denke ich, sie war die Lebendigste von uns allen. Jo wollte immer alles. Das volle, pralle Leben. Sie gehörte zu diesen Menschen, die immer spontan und lustorientiert handeln und erst hinterher nachdenken, wenn eigentlich nichts mehr zu retten ist.«

»Mit solchen Menschen wird es wenigstens nie langweilig«, bemerkte Bea.

»Stimmt, langweilig war es mit ihr nie – siehe Blutsschwesternschaft. Wir haben damals sogar eine Flaschenpost ins Meer geworfen – auch Jos Idee. Sie hat jeden, wirklich jeden Kerl angeflirtet, das war mehr als einmal richtig peinlich. Und sie hat als Einzige von uns nackt im Meer gebadet.«

»Ich glaube, diese Jo könnte ich mögen«, resümierte Bea.

Sonja fiel die Episode mit dem Tretboot ein. »Ja, vielleicht, aber ihre Aktionen waren manchmal auch gefährlich. Blümchen wäre um ein Haar wegen ihr ertrunken. Zudem war sie stinkfaul und hat mit allen Tricks gearbeitet, um nichts arbeiten zu müssen.«

»Warum war sie dann überhaupt so viele Jahre eure Freundin?«

»Weil sie irgendwie doch ein guter Kerl war. Denn auch wenn sie viel Scheiß gebaut hat, wirklich böse hat sie es wohl nie gemeint. Und wie gesagt: Mit ihr war immer was los. Jo war halt so, und wir haben sie irgendwie dafür geliebt.«

»Wie war Blümchen?«

»Blümchen.« Sonja legte den Kopf in den Nacken, schloss die Augen und genoss die Sonne auf ihrem Gesicht. »Blümchen war unsere Jüngste. Einzelkind und viel zu gut behütet von Mama und Papa. Wir haben sie damals entführt.«

Bea sah sie ungläubig an. »Entführt?«

»Ihr Vater hatte ihr kurz vor unserer Abreise verboten mitzufahren. Also ist sie nachts einfach aus dem Fenster gestiegen, und wir sind mit ihr gen Süden losgefahren.« Sie drehte den Kopf und grinste Bea an. »Dreimal darfst du raten, wessen Idee das gewesen ist.«

»Jos?«

»Bingo.« Sonja nahm einen letzten Schluck von den geschmolzenen Eiswürfeln und stellte das Glas auf den Tisch.

»Was habt ihr drei Wochen lang angestellt?«

»Was man halt so macht: Sonne, Strand, Pool, Faulenzen, das Übliche eben. Es hätten entspannte drei Wochen sein können.«

»Hätten?«, hakte Bea nach.

»Ja, hätten. Aber dann kamen nach ein paar Tagen drei Jungs aus Hannover mit ihren Motorrädern auf den Platz. Tom, Nick und ... an den Namen des Dritten kann ich mich gar nicht mehr erinnern. Ich weiß nur noch, dass er studiert hat, ich glaube Pädagogik. Jedenfalls brachten die drei sämtliche weibliche Hormone in Wallungen.«

»Deine auch?«

»Nein, mich hat keiner von ihnen interessiert.«

»Weil du in Annabell verliebt warst?«

Sonjas Blick tauchte tief in Beas grüne Augen ein. Ihre geliebte Freundin war so schlau.

Nach kurzem Überlegen sagte sie: »Ja, aber das wusste ich zu der Zeit noch nicht. Ich wusste überhaupt noch nicht, dass ich auf Frauen stehe. Ich fühlte mich zu Bella hingezogen, ja. Mehr als zu den anderen beiden, aber das merkte ich erst in diesem Urlaub. Und es irritierte mich zutiefst. Besonders die Eifersucht, die ich empfand, als Bella mehr und mehr Zeit mit Tom verbrachte. Heute ist mir natürlich klar, dass ich bei Bella nie hätte landen können, sie war eindeutig hetero. Aber damals war ich noch so unerfahren. Blümchen fing was mit diesem Nick an, und das störte mich überhaupt nicht. Aber dass Bella nur noch Augen für Tom hatte, das machte mich regelrecht krank. Ich hätte den Typen umbringen können. Mit seinem guten Aussehen, seinem umwerfenden Charme und dem verfluchten Motorrad ...« Sie atmete tief ein, bevor sie weitererzählte. »Und dann kam noch dazu, dass Jo ebenfalls eifersüchtig war, weil sie Tom auch haben wollte. Irgendwie war da die Stimmung zwischen uns schon ein wenig vergiftet.«

»Wie habt ihr das drei Wochen lang ausgehalten?«

Sonja legte die Hände hinter den Kopf und starrte in den Garten. »Wir sind eher abgereist«, sagte sie knapp.

»Was ist aus Blümchen, Jo und Bella geworden?«

»Keine Ahnung.«

»Keine Ahnung? Das musst du doch wissen, ihr wart schließlich eine halbe Ewigkeit lang Freundinnen.«

»Unsere Wege haben sich eben getrennt«, sagte Sonja ausweichend.

»Dass man nicht mit allen dreien auf Dauer die Freundschaft aufrechterhalten kann, okay. Aber doch mit zweien oder zumindest mit einer.«

»Als ich damals von Italien nach Hause kam, hat mich mein Vater vor die Tür gesetzt. Ich war von da an auf mich selbst gestellt, musste mir eine Bleibe suchen, Geld verdienen, um diese Bleibe plus meinen Unterhalt und mein Studium zu finanzieren, und nebenbei hab ich noch Jura studiert. Ich hatte also ganz andere Sorgen, als mich um den Werdegang der anderen zu kümmern.«

»Aber ihr wart beste Freundinnen! Ich bin noch immer in Kontakt mit meiner ersten richtigen Freundin aus der Grundschule, und mit meiner Zimmerkameradin aus dem Internat auch.«

Weil du ein ganz besonderer Mensch bist, dachte Sonja für sich. Schnell stand sie auf und ging ins Haus. Zielsicher holte sie drei Bücher aus dem Regal im Wohnzimmer. Zurück auf der Terrasse, legte sie sie Bea auf den Schoß.

»Jo ist eine erfolgreiche Autorin geworden«, sagte sie und setzte sich wieder.

»Jo Winter, *Ich hasse dich*, Thriller«, las Bea laut vor. »*Opfer Nummer vier*, Thriller, Jo Winter. *Campingplatz der verlorenen Seelen*, Thriller, Jo Winter.« Sie sah von dem Bücherstapel auf. »Ist das deine Johanna?«

»Ja, das ist *meine* Johanna. *Campingplatz der verlorenen Seelen* war ihr erster Roman und trotz des schrecklichen Titels ein Bestseller. Er war ihr Durchbruch. Die ersten Ideen hat sie damals während unseres Urlaubs in Cavallino gesammelt. Da haben wir uns noch über sie lustig gemacht, aber zwei Jahre danach kam das Buch raus. Es ist gut, Jo hat eine wunderbare Sprache. Du solltest es lesen.«

»Und Iris? Hat sie ihr Medizinstudium durchgezogen?«

»Ich weiß es nicht, Bea. Ich bin kurz nach dem Urlaub nach München gegangen. Weit weg von zuhause, vor allem weit weg von meiner Vergangenheit. Den Rest kennst du ja.«

»Und Annabell? Von ihr hast du noch gar nicht viel erzählt. Du hast sie geliebt – hat es dich nie gekümmert, was aus ihr geworden ist, wie es ihr geht? Tanzt sie noch?«

»Hör endlich auf mit dieser verdammten Inquisition!« Sonja schnellte aus dem Stuhl hoch und war mit wenigen Schritten am Rand der Terrasse angelangt. Sie wusste genau, dass Bea so lange sitzen bleiben würde, bis sie ihr alles erzählt hätte. Und sie wusste auch, dass es an der Zeit war, es ihr zu erzählen.

Nach ein paar Minuten drehte sie sich wieder zu ihrer Partnerin um. Mit versteinertem Gesicht ging sie zurück zum Tisch.

»Es ist etwas passiert in diesem Urlaub, etwas ganz Schreckliches«, sagte sie leise, nachdem sie sich wieder gesetzt hatte. »Ist noch Gin da?«

Einen kurzen Moment zögerte Bea, dann stand sie auf und holte die Gin- und die Tonic-Water-Flasche aus der Küche.

Sonja sah ihr zu, wie sie die Gläser auffüllte, Eis gab es diesmal keines.

Hastig trank Sonja zwei, drei große Schlucke.

»Es gab einen Unfall …«

Im Wohnzimmer klingelte ihr Handy. Sie versuchte, es zu ignorieren, drückte sich dann aber letztendlich aus dem Stuhl hoch und ging hinein.

Die Nummer, die auf dem Display angezeigt wurde, war ihr nicht bekannt. Mit einem knappen »Ja?« meldete sie sich.

»Sonni?«, fragte eine weibliche Stimme am anderen Ende.

»Jaaa«, antwortete Sonja gedehnt. Sie bereute zutiefst, dass sie rangegangen war. Sonni hatten sie nur wenige Menschen genannt, drei, um genau zu sein, nämlich Johanna, Iris und Annabell.

»Hi, Sonni, hier ist Iris.«

»Blümchen?! Woher hast du meine Nummer?« Doch eigentlich wusste Sonja auch so, wie sie an ihre Privatnummer gekommen war.

»Von deiner Mama«, bestätigte Iris dann auch prompt ihre Vermutung. »He, wie geht es dir?«

Sonja hatte sofort das Bild der siebzehnjährigen Iris vor sich: klein, zierlich, sommersprossig, mädchenhaft. Mit sonnenverbrannter Haut und dicker Cremeschicht auf Nase, Stirn und Wangen, denn so hatte sie sie das letzte Mal gesehen. Natürlich wusste sie, dass aus dem siebzehnjährigen Mädchen inzwischen eine erwachsene Frau geworden war, aber die Stimme klang noch genauso jung wie damals.

»Blümchen, bist du das wirklich?«

»Ja, kaum zu glauben, aber ich lebe noch. Wie geht es der Frau Anwältin? – Du bist doch Anwältin geworden?«

»Ja, und du, Frau Doktor?« Sonjas Groll darüber, dass ihre Mutter die Nummer weitergegeben hatte, schmolz dahin. Das war Blümchen am Ende der Leitung, und es tat so unendlich gut, nach all den Jahren ihre Stimme zu hören.

»Nix Frau Doktor, ich bin jetzt Chefin einer Spedition. Mein Vater wäre glücklich, wenn er das wüsste, aber er ist leider vor zehn Jahren gestorben.«

»Du hast das Geschäft deiner Eltern übernommen?«

»Ja, wie sagt man so schön? Der liebe Gott lacht sich halb tot, wenn er mitbekommt, wie wir Menschen Pläne machen. Ich hab das Studium im fünften Semester abgebrochen, weil meine Mutter schwer krank wurde und kurz darauf starb. Und ein paar Jahre später hat mein Vater ihr das nachgemacht. Jetzt bin ich also selbstständig und Spediteurin.«

»Das tut mir echt leid für dich.«

»Ach, ich hab mich inzwischen damit abgefunden. Immerhin hab ich bei fünfzehn männlichen Angestellten das Sagen, das soll mir mal einer nachmachen! Und du? Verheiratet? Kinder?«

»Weder noch.«

»Ganz die taffe Anwältin. Hat Jo ja schon immer gesagt.«

»Hast du Kontakt zu Jo?« Zum ersten Mal kam Sonja in den Sinn, dass sie vielleicht die Einzige von ihnen war, die jeglichen Kontakt vermieden hatte. Womöglich trafen sich die andern regelmäßig, womöglich sprachen sie bei diesen Gelegenheiten sogar über sie.

»Nein, seit damals nichts von ihr gehört. Weißt du noch? Sie hat immer neue Namen für uns gehabt, Bella nannte sie Tanzmaus, mich Frau Doktor Blümchen und dich Frau Anwältin, erinnerst du dich?«

»Stimmt, und sie hat mich damit stets zur Weißglut gebracht. Weißt du, wie es ihr geht?«

»Nein. Wie gesagt, ich habe nichts mehr von ihr gehört. Und ihre Eltern sind ja seit Ewigkeiten geschieden und beide weggezogen. Ich weiß nur, dass Jo mittlerweile in München lebt und Erfolgsautorin ist. Hast du ihre Bücher gelesen?«

»Klar.«

»Die Idee für den Campingplatz-Thriller hat sie ja damals in Cavallino gehabt, erinnerst du dich?«

»Natürlich. Und sie hat tatsächlich den armen Massimo darin verwurstet.« Sonja wunderte sich, dass ihr der Name dieses Typen gleich eingefallen war.

»Den gruseligen Platzwart, genau, ich sehe ihn in voller Schönheit vor mir.«

Iris' Kichern hörte sich noch genauso an wie früher, stellte Sonja fest.

»Weshalb ich anrufe, Sonni: Du hast doch sicherlich auch schon die Einladung zum Klassentreffen bekommen – gehst du hin?«

»Nein, hab ich nicht vor. Du?«

»Auf gar keinen Fall. Und wenn du nicht kommst, dann sowieso nicht. Aber es ist gut, deine Stimme zu hören. Die hat sich kaum verändert.«

»Deine auch nicht.«

»Vielleicht könnten wir uns ja mal treffen, was meinst du? Nur du und ich? Wir haben uns doch eigentlich immer gut verstanden.«

»Ich weiß nicht. Was damals passiert ist ... ich hab es heute noch nicht ganz überwunden.«

»Geht mir genauso. Ich bin keine Psychologin, aber vielleicht würde es uns ja helfen, wenn wir endlich mal darüber sprechen? Wir sind damals so schnell abgeholt worden und haben uns nie wiedergetroffen ... ihr habt mir all die Jahre so sehr gefehlt.«

Sonja traten Tränen in die Augen. »Ihr mir auch. Ich hab mich gefühlt wie amputiert.«

»Amputiert – das ist genau das richtige Wort dafür.«

»Gab es eigentlich schon andere Klassentreffen?«

»Meines Wissens ist es das erste. Und ich war sehr überrascht, als heute die Einladung in der Post war. Der Absender Karin Becker hat mir erst gar nichts gesagt.«

»Ging mir ähnlich. Meine Mutter erzählte mir dann aber, dass sie früher Lichtenberger hieß. Ich kann mich trotzdem kaum an sie erinnern. Wo saß die denn?«

»Ganz vorne in der ersten Reihe. Ein unscheinbares Mädchen – noch unscheinbarer als ich. Eine noch schlimmere Streberin als ich. Sie hatte recht große Schneidezähne und so

’ne komische Brille. Von den Jungs wurde sie deswegen immer Brillenschlange genannt.«

»Ah, jetzt klingelt was bei mir. War das die, die Jo mal wegen Rauchens auf dem Jungenklo verpetzt hat?«

Iris lachte am anderen Ende. »Genau die. Dabei hielt sich Jo für besonders raffiniert, indem sie nicht auf der Mädchentoilette qualmte.«

»Jo war schon so eine Marke. Immer wenn sie besonders raffiniert sein wollte, ging es in die Hose.«

Eine Weile war es still in der Leitung.

»Vielleicht sollten wir doch hingehen«, sagte schließlich Iris. »Über alte Zeiten reden, die anderen alle mal wiedersehen.«

»Ich überlege es mir, ist ja noch ein bisschen hin.«

»Wir könnten aber auf jeden Fall wieder mal telefonieren ...«

»Das können wir gerne machen.«

Bei Iris im Hintergrund klingelte ein Telefon.

»Okay, Sonni, ich muss jetzt Schluss machen. Es war sooo schön, mit dir zu sprechen. Mach’s gut.«

»Du auch und ... danke für den Anruf.«

Sonja stand mit dem Handy in der Hand mitten im Wohnzimmer, als Bea hereinkam.

»Wer war das?«

»Blümchen.«

18

Iris

Iris warf den Kugelschreiber auf den Schreibtisch und streckte sich. Es war wieder ein langer Tag gewesen. Ein Blick auf die Zeitanzeige an ihrem Monitor verriet ihr, dass Nicki gleich vom Volleyball-Training kommen würde, und sie hatte noch keinen Plan, was es zu essen geben sollte. Nachdem sie den letzten, inzwischen eiskalt gewordenen Schluck Kaffee aus ihrer Tasse mit dem sinnigen Schriftzug *Ich gehöre der Chefin* getrunken hatte, schaltete sie den Rechner aus.

Sie könnte Pizza bestellen, überlegte sie. Nicki würde ganz sicher nichts dagegen haben. Sie schwang den Drehstuhl um hundertachtzig Grad herum und nahm den Flyer der Pizzeria von der Pinnwand. Eigentlich bestellten sie immer das Gleiche, einmal Speziale mit Knoblauch für sie, und die Vegetaria für Nicki. Wie einfallslos und langweilig, dachte sie. Heute wollte sie endlich mal mutig sein und von der Norm abweichen. Sie zog das Telefon zu sich heran und wählte die Nummer, die in dicken roten Lettern auf der Rückseite stand.

»Pizzeria Venezia, guten Abend.«

Iris erkannte die Stimme der Tochter der Restaurantbesitzer, die eigentlich eine Ausbildung zur Krankenschwester machte, aber trotzdem oft im Service half.

»Guten Abend, Giulia, Iris Seiler hier. Ich möchte gerne was bestellen ... einmal die Quadro Stagioni mit Knoblauch, einmal die Speziale ohne Schinken und ohne Salami und dazu einen großen Insalata Mista mit Joghurtdressing. Ach, und eine Flasche Lambrusco. Wie lang wird das dauern?«

»Moment, Frau Seiler, ich frage in der Küche nach.«

Sie bekam mit, wie die junge Frau sich auf Italienisch mit jemandem besprach. Wahrscheinlich mit dem Vater, der fürs Kochen zuständig war.

»Venti Minuti«, drang seine Stimme aus der Ferne an ihr Ohr.

»Zwanzig Minuten, Frau Seiler«, gab Giulia die Information übersetzt an sie weiter.

»Alles klar, bis gleich.« Schmunzelnd legte Iris auf. Egal was oder wie viel sie bestellte, es waren immer zwanzig Minuten.

Zügig verließ sie das Büro, schloss ab und ging hinüber in die Wohnung. Sie hatte gerade noch Zeit, den Tisch zu decken und einen Zettel für Nicki zu schreiben, dann musste sie auch schon los.

Als sie zurückkam, brannte Licht im Zimmer der Tochter.

»Ich bin wieder da«, rief sie zu ihr hoch. »Kommst du? Essen ist fertig.«

Schritte polterten die Treppe herunter, als sie die Pizzas auf die Teller schob. Nicki war zwar sehr zierlich und bestimmt nicht schwer, aber wenn sie die Treppe rauf- oder runterging, hörte sich das immer an, als wäre es eine Elefantenherde.

»Bin gleich da, ich bring nur schnell meinen Papierkorb raus.«

Iris hörte, wie die Haustür geöffnet wurde. Sie goss Lambrusco in die bereitstehenden Gläser, viel für sich, weniger für die Tochter. Versuchsweise nippte sie daran. Der Wein schmeckte noch genauso wie damals in Italien: süß und süffig und mehr nach Saft als nach Wein. Johannas absolutes Lieblingsgetränk damals.

»Auf dich, Jo«, sagte sie halblaut und nahm noch einen Schluck.

Die Haustür fiel laut ins Schloss, etwas, was sie Nicki schon so lange abgewöhnen wollte. Die Schritte, die sich näherten, klangen entschlossen, wenn nicht sogar wütend.

Tatsächlich kam Nicki mit zornigem Gesicht hereingestürmt. Sie knallte etwas auf den Tisch – die Fotokiste, die Iris in die Papiertonne geworfen hatte.

»Schau mal, was ich gerade gefunden habe«, sagte sie aufgebracht.

»Meine Urlaubserinnerungen.« Seelenruhig verteilte Iris Salat auf die Glasschälchen. So seelenruhig war sie in ihrem Innern aber keinesfalls. Der Anblick des Schuhkartons ließ ihren Puls höherschlagen, und sie bedauerte es sehr, dass sie den Inhalt nicht verbrannt oder anderweitig entsorgt hatte. »Die Pizza wird kalt.«

Nicki setzte sich, kümmerte sich aber nicht um ihr Essen.

»Du kannst die Bilder doch nicht einfach wegwerfen!«, sagte sie vorwurfsvoll.

»Warum denn nicht? Es sind meine Bilder. Damit kann ich schließlich machen, was ich will.« Mit dem Pizzaschneider teilte Iris ihre Pizza in Tortenstücke, nahm eines davon in die Hand und biss ab.

»Mich interessieren sie aber. Ich will sie mir alle anschauen, ich will doch sehen, wie du in deiner Jungend warst und was du so gemacht hast.«

Iris kaute und schluckte. »Das kannst du dir in zig Fotoalben ansehen, dafür brauchst du nicht ausgerechnet die paar Bilder aus dieser Kiste.«

Mit einer Hand auf dem Deckel sah Nicki sie herausfordernd an. »Gerade weil du nicht willst, dass ich diese Fotos zu Gesicht bekomme, sind sie besonders interessant für mich. Das ist dir doch klar?«

Ja, das war Iris vollkommen klar. Wahrscheinlich hätte sie nicht anders reagiert, wenn ihre Eltern versucht hätten, etwas vor ihr zu verbergen.

»Ich habe sie weggeworfen, nicht weil *du* sie nicht sehen solltest, sondern weil *ich* sie nie wieder ansehen wollte.«

»Verrätst du mir auch wieso?«

»Weil sie mich an etwas erinnern, an etwas unbeschreiblich Schlimmes. An etwas, das mein Leben und das Leben vieler anderer Menschen damals aus den Angeln gehoben hat und das ich stets versucht habe zu vergessen.«

Nickis Blick wurde sanfter. »Vielleicht sollte ich als deine Tochter aber erfahren, was da so Schlimmes passiert ist?«

»Ja, vielleicht. Okay, lass uns essen, und danach sehen wir uns die Bilder zusammen an.«

Mit zufriedener Miene stellte Nicki den Karton in Reichweite auf das Sideboard. »Aber eins sag ich dir: Ich lass mich nicht wieder abwimmeln, von wegen es ist zu spät oder so.«

»Versprochen.«

»Ist das Saft oder Wein?« Erst jetzt hatte Nicki das gefüllte Weinglas neben ihrem Teller registriert.

»Wein«, sagte Iris. »Sieh ihn als Einstimmung auf die Italienfotos. Wir haben in diesem Urlaub ausnahmslos und vor allem jede Menge Lambrusco getrunken. Erstens, weil er am billigsten war, und zweitens, weil er so herrlich süß war.« Sie hob das Glas, um mit ihrer Tochter anzustoßen.

Nicki ließ das Glas an ihres klirren. Bevor sie davon trank, roch sie daran.

»Hmmm«, sagte sie nach diesem ersten vorsichtigen Schluck entzückt. »Daran könnte ich mich gewöhnen.«

»Daran wirst du dich erst mal nicht gewöhnen. Werd du erst einmal ein paar Jahre älter, mein Schatz. Das heute ist eine Ausnahme, und mehr als dieses halbe Glas wird es nicht geben.«

»Schade.«

Mit bestem Appetit machte Nicki sich über die Pizza her. Sogar den Salat, der, obwohl er hundertprozentig vegetarisch war, eher nicht zu ihren bevorzugten Speisen zählte, aß sie ohne die üblichen Diskussionen. Es war eindeutig, dass sie schnell fertig werden und zu den Fotos übergehen wollte.

Nachdem sie die Reste ihrer Pizzas weggepackt und den Tisch abgeräumt und abgewischt hatten, stellte Nicki den Fotokarton geradezu feierlich neben ihr Glas, in dem sich noch eine winzige Menge Wein befand.

»Ein historischer Moment«, sagte sie mit Grabesstimme und nahm den Deckel ab.

Iris goss sich nach und wappnete sich mit einem großen Schluck.

Mit beiden Händen griff Nicki hinein und förderte einen Stapel Fotografien zu Tage. Vergeblich versuchte sie, sie zu ordnen und zusammenzuschieben, und legte sie dann als bunten Haufen neben sich.

Die erste Aufnahme, die sie daraus hervorzog und in die Mitte des Tisches legte, zeigte drei breit grinsende, sehr junge Frauen, die weiß emaillierte Kaffeebecher in die Kamera hielten.

»Johanna, Sonja und Annabell«, erklärte Iris. Sie tippte dabei mit ihrem Zeigefinger dicht neben dem Bild auf die Tischplatte. Die Gesichter ihrer damals besten Freundinnen zu berühren, brachte sie nicht über sich.

Nicki nahm es und betrachtete es genauer. »Warum bist du nicht mit drauf?«

»Das Schicksal eines jeden Fotografen. Da müsste aber noch eins sein, auf dem ich mit drauf bin und Annabell fehlt.«

Nicki durchsuchte die Aufnahmen, der Haufen wurde dadurch noch breiter und bedeckte jetzt die Hälfte des Tisches.

Momentaufnahmen aus der Vergangenheit, Gesichter, Teile von Gesichtern, Gebäude, Meeresausschnitte lagen jetzt wie eine Collage vor Iris. Es kam ihr so vor, als würde ihr von beinahe jedem Bildausschnitt das unbeschwerte Gesicht Annabells entgegenlachen. Ihre dunklen Augen starrten sie an, wirkten plötzlich noch dunkler und, ja, sehr traurig auf sie, so als ahnten sie da schon, dass diese unbeschwerte Zeit bald ein jähes Ende finden würde. Das Herz wurde Iris schwer.

»Hier ist es: Jo, Sonja und du.« Beide Bilder lagen jetzt nebeneinander unter der Esszimmerlampe.

»Der Flasche nach zu urteilen, die man da im Hintergrund sieht, war das aber kein Kaffee in euren Tassen.«

»Gut beobachtet, das war Lambrusco.« Iris beugte sich vor und betrachtete die übermütig strahlenden Gesichter. Bei dem Anblick der Faxen, die Johanna auf beiden machte, musste sie lächeln.

»Wart ihr da betrunken?«

»Nein, ein bisschen angeschickert vielleicht und einfach nur fröhlich. Zumindest zu dem Zeitpunkt, als die Fotos gemacht wurden. Am Ende des Abends hatte vor allem Annabell ordentlich einen im Tee.«

Iris nahm ihr Glas in die Hand und hielt es gegen das Licht. Dunkelrot leuchtete der Wein. Sie nippte daran und genoss den Geschmack auf ihrer Zunge. Seit diesem Italienurlaub hatte sie keinen Lambrusco mehr getrunken, und eigentlich war er so gar nicht mehr nach ihrem Geschmack. Inzwischen mochte sie eher trockene Weine. Aber er schmeckte nach Erinnerungen und passte perfekt zu den alten Urlaubsfotos.

»Das war an unserem ersten oder zweiten Tag in Italien, auf der Mole am Strand. Es war genau der Abend, an dem wir das mit der Blutsschwesternschaft gemacht haben. Jo hatte ein Taschenmesser dabei.«

»Hat es wehgetan?«

»Ich kann mich gar nicht daran erinnern. Ich weiß nur, dass wir zu dem Zeitpunkt schon erheblich mehr Wein intus hatten. Es hat aber anfangs doll geblutet. Und es hat immer höllisch gebrannt, wenn ich ins Meer gegangen bin.«

Nicki legte das nächste Bild auf den Tisch – eine Aufnahme von den Jungs.

»Und wer waren die? Und sag mir ja nicht, dass du das nicht mehr weißt. Immerhin sind sie auf so gut wie jedem zweiten Bild mit drauf.«

»Das sind Tom, Steffen und Nick aus Hannover. Sie kamen kurz nach uns auf dem Campingplatz an. Da sie die Einzigen in unserem Alter waren, haben wir gelegentlich was zusammen unternommen«, sagte Iris, ohne genau hinzusehen. Sie kannte das Bild, schließlich hatte sie es selbst geschossen und sich damals vor fünfzehn Jahren immer und immer wieder angesehen.

»Welcher ist Tom?«

»Der große mit den dunklen Haaren.« Sie beugte sich nun doch über den Tisch und deutete auf ihn. »Der Rothaarige daneben hieß Steffen und der hier Nick.«

»Auf welchen von den dreien warst du scharf?«

»Auf keinen, ich war schließlich erst siebzehn«, sagte Iris schnell. Für ihren Geschmack eine Spur zu schnell.

Auch für Nicki, die ihr einen ironischen Blick über die Bilder hinweg zuwarf. »Das willst du mir jetzt aber nicht allen Ernstes weismachen?«

»Es waren einfach nur drei Kumpels, mit denen wir durch die Gegend gezogen sind.«

»Gib's zu, du hattest was mit Steffen am Laufen. Der sieht recht nett aus.«

»Nein, da war gar nichts.« Und das war auch nicht gelogen. Iris goss sich noch einmal nach.

Erwartungsvoll hielt Nicki ihr ihr leeres Glas hin. »Krieg ich auch noch?«

»Nein, erst in zwei Jahren wieder.«

Ihre Tochter verzog das Gesicht und ließ sich den lächerlichen Rest auf die Zunge laufen. »Und was war mit Jo, Sonni und Bella? Waren die auch so zurückhaltend wie du?«

»Zwischen Bella und Tom hatte es ziemlich gefunkt. Und Jo war auch in Tom verschossen, da gab es leichte Spannungen.«

»Und Sonni? In wen war die verknallt?«

»Soviel ich weiß in keinen, die war damals schon viel zu erwachsen für so eine Urlaubsliebelei.«

»Wo war das?« Nicki präsentierte das nächste Bild.

Iris nahm es und hielt es unter das Licht, um besser sehen zu können. »Vor dem Open-Air-Kino in Punta Sabbioni.«

»Open-Air-Kino, das klingt gut.«

»War es auch. Es war wie ein ganz normales Kino, also mit Wänden ringsherum, aber ohne Dach. Vielleicht konnte man das bei schlechtem Wetter und im Winter ja zumachen, aber das weiß ich ehrlich gesagt nicht. Es war August und sommerlich warm, die Grillen zirpten, es roch nach Meer, und über uns war der Sternenhimmel.«

Und sie hatte etwa zwei Stunden lang mit Nick geknutscht und vom Film nicht viel mitbekommen. Aber das erzählte sie ihrem Kind natürlich nicht.

»Du bist Motorrad gefahren?« Nicki hielt Iris eine Aufnahme hin, auf der sie auf einer dunkelblauen Honda saß – auf Nicks Maschine.

»Nein, natürlich nicht, ich hatte damals ja noch nicht mal mit dem Führerschein angefangen. Ich hab mich nur mal fürs Foto draufgesetzt. Siehst du? Der Seitenständer ist unten.«

»Aber hier bist du als Sozia. Das bist doch du?«

Iris betrachtete das nächste Bild, auf dem sie eng an Nick geschmiegt über den Campingplatz fuhr. Steffen hatte ihr seinen Helm geliehen, damit sie ins Kino fahren konnten. Das war die erste Fahrt ihres Lebens auf einem Motorrad gewesen, und auch die letzte. Eines der Mädels hatte das Foto gemacht, ohne dass sie es mitbekommen hatte, wer, wusste sie nicht. Umso überraschter war sie damals gewesen, als sie es nach dem Entwickeln entdeckt hatte. Es war lange Zeit eines ihrer Lieblingsbilder gewesen. Jedenfalls bis sie es mitsamt der Kiste in den hintersten Winkel ihres Schrankes verbannt hatte.

»Nicht gerade verkehrstauglich«, tadelte Nicki. »Ich möchte nicht wissen, wie du reagieren würdest, wenn ich so bei jemandem mitfahren würde.«

Da hatte Nicki natürlich recht. Nur mit Turnschuhen, Shorts und kurzärmliger Bluse hatte sie hinter Nick gesessen. Im Nachhinein lebensgefährlicher Leichtsinn. Aber an Gefahr und Risiko hatten sie damals noch keinen Gedanken verschwendet. Und es hatte sich so verdammt gut angefühlt, so frei.

Was alles passieren konnte, hatten sie nur ein paar Tage später erleben müssen ...

»Wo war das? Auf einer Kirmes?« Nicki war schon ein Foto weiter.

Sonja, Johanna, Annabell, Nick, Tom und Steffen vor einem bunt beleuchteten Riesenrad.

»Es hieß Lunapark, aber ja, es war eine Art Kirmes. Die ganze Sommersaison lang, für die Touristen. Ich hab dort meinen ersten türkischen Honig gegessen.«

Nick hatte ihn ihr spendiert, auch eine Fahrt mit dem Riesenrad.

Prüfend hob Iris die dunkelgrüne Flasche gegen das Licht. Viel war nicht mehr drin. Sie schenkte sich den Rest ins Glas. Trotz der ordentlichen Grundierung durch Pizza und Salat spürte sie die Wirkung des Alkohols.

»Ich war damals übrigens illegal in Cavallino«, erzählte sie. Vielleicht, weil der Lambrusco ihr in den Kopf gestiegen war und das Erinnern an damals leichter machte. Vielleicht aber auch, um ihre Tochter zu beeindrucken.

»Illegal? Wie meinst du das?«

»Ich bin einfach abgehauen. Mein Vater, also dein Opa, hatte mir verboten, mit meinen Freundinnen nach Italien zu fahren. Weil ich noch nicht volljährig war. Aber er hatte wahrscheinlich nur Angst um meine Jungfräulichkeit.« Sie musste schmunzeln, immerhin hatte er mit dieser Angst gar nicht so falsch gelegen. »Und so bin ich mitten in der Nacht aus dem Fenster geklettert und mit den anderen getürmt.«

Nicki sah sie groß an. »Echt jetzt?«

»Ja. Ich war nicht immer so spießig wie ich jetzt bin.«

»So spießig finde ich dich eigentlich gar nicht, Mama. Nur manchmal ein bisschen langweilig. Und zu streng.«

»Tja, das hat wohl mit dem Erwachsenwerden zu tun. Dir wird es nicht anders ergehen.«

»Ich will nie erwachsen werden.«

»Ein wirklich guter Vorsatz. Willst du wissen, was dein Opa gemacht hat, als er merkte, dass ich weg war?«

»Klar.«

»Er stand eines Tages mit seinem Lkw vor dem Campingplatz.«

Iris konnte sich genau an das Gefühl erinnern, dass sie hatte, als sie ihn sah: blanke Panik, schlechtes Gewissen und Scham, wegen der knappen Shorts, die sie anhatte. Und an den unbändigen Wunsch zu fliehen.

»Hat er dich abgeholt?«

»Genau das dachte ich, als ich ihn da stehen sah. Wir kamen gerade vom Strand, und er parkte mit seinem Vierundzwanzigtonner direkt vor dem Campingplatz. Mir blieb fast das Herz stehen, als er ausstieg, mich am Arm packte und in die Fahrerkabine verfrachtete.«

»Er hat dich einfach mit nach Hause genommen?«

Bei der Erinnerung musste Iris lächeln. »Nein. Er hat mir nur gesagt, dass meine Mutter ihn hergeschickt hätte, weil sie sich Sorgen um mich machte. Dann drückte er mir meinen Kinderausweis in die Hand, den hatte ich nämlich zu Hause gelassen.

›Deine Mutter meinte, den könntest du brauchen‹, hat er gebrummt. Dann hat er mir noch eine Tasche überreicht, in der alles Mögliche war, Sonnenmilch mit hohem Lichtschutzfaktor, ein paar T-Shirts und Slips und auch ein Umschlag mit Geld.

›Wenn es nach mir ginge, Fräuleinchen, würde ich dich auf der Stelle mitnehmen und dir ein paar Wochen Stubenarrest verordnen.‹ Dann hat er den Motor angelassen und mich sehr seltsam angesehen.«

Iris hielt inne, sie konnte sich noch genau an diesen Blick erinnern, der ihr damals tief ins Herz geschnitten hatte. Es war eine Mischung aus Sorge, Wut, Enttäuschung und Liebe gewesen. Noch jetzt, nach fünfzehn Jahren, tat es ihr unendlich leid, was sie ihm angetan hatte.

Gespannt sah Nicki sie an. »Und dann? Was hat er dann gemacht?«

»Dann warf er mich regelrecht raus und fuhr mit seiner Tomatenladung zurück nach Deutschland.«

»Opa war echt cool.«

»Das fand ich damals gar nicht, mir war diese Episode meines Lebens unheimlich peinlich.« Sie zwinkerte ihrer Tochter zu. »Weißt du, was mir ab diesem Zeitpunkt klar war?«

Nicki zog ratlos die Schultern hoch.

»Dass nicht er, sondern deine Oma die Hosen anhatte. Obwohl er damals so wütend auf mich war, ließ er mich bleiben, weil sie es gesagt hatte.« Doch heute wusste sie, dass es besser gewesen wäre, wenn er sie mitgenommen hätte. Obwohl ... dann gäbe es Nicki nicht.

»Schade, dass Oma und Opa so früh gestorben sind. Ich kann mich gar nicht mehr richtig an sie erinnern. An Opa schon noch, aber an Oma überhaupt nicht.«

»Sie hat dich abgöttisch geliebt, du warst ihr Herzenskind – so hat sie dich immer genannt. Obwohl sie bei Opa im Büro voll mitgearbeitet hat, hat sie sich zwei Jahre lang um dich gekümmert, damit ich studieren konnte. Bis sie krank wurde.«

»Du hast damals das Studium wegen mir aufgegeben, stimmt's? Hasst du mich nicht manchmal dafür?«

»Ich hab das Studium damals aufgegeben, weil deine Oma krank wurde. Und weil dein Opa mich im Geschäft gebraucht hat. Du hattest gar nichts damit zu tun.« Das stimmt zwar nicht so ganz, aber Iris wollte ihrem Kind kein schlechtes Gewissen machen.

»Du wolltest doch aber Ärztin werden, und jetzt leitest du eine Spedition. Bist du nicht manchmal unzufrieden deswegen?«

Unzufrieden war mehr als untertrieben – sie hatte dieses aufreibende Leben mit einem quirligen Kleinkind, einem miefigen Büro mit einem vor Trauer kranken Vater, der keine Änderungen zuließ, auch wenn es definitiv Verbesserungen gewesen wären, ebenso gehasst, wie den Kampf um Anerkennung und Respekt bei den durchweg männlichen Angestellten. Das war aber Jahre her. Inzwischen hatte sie sich damit arrangiert und manchmal, wenn alles gut lief, dann machte es ihr sogar richtig Spaß.

»Ach, Nickilein, das Leben ist kein Wunschkonzert, das wirst auch du irgendwann merken. Ja, ich wollte Ärztin werden – aber wäre ich glücklicher, wenn ich es durchgezogen hätte? Das kann mir keiner sagen.«

»Ich hoffe nur, dass du jetzt nicht unglücklicher bist.«

»Weißt du, das Leben stellt immer wieder Weichen für uns, und wir müssen neue, andere Wege einschlagen. Ich hab mich mit meiner Arbeit als Spediteurin inzwischen bestens arrangiert. Der Laden läuft so gut wie nie zuvor, ich scheine meine Sache also gar nicht so schlecht zu machen. Ich verdiene damit unseren Unterhalt, und ich habe dich. Das ist für mich das Wichtigste.«

»Apropos ...« Nickis Miene wurde nachdenklich, sie kniff die Augen zusammen. »Du musst meinen Vater dann ja gleich nach diesem Italienurlaub kennengelernt haben. Gleich im ersten Semester musst du schwanger geworden sein …«

Iris schwieg. Es war nicht das erste Mal, dass Nicki sich Gedanken über ihren Erzeuger machte. Doch bisher hatte sie nicht weitergebohrt und es als gegeben hingenommen, dass er sich sehr früh verflüchtigt hatte.

»Moment mal … ich werde demnächst fünfzehn«, sagte Nicki nach einer kurzen Pause. »Ich bin Anfang Mai auf die Welt gekommen, also ziemlich genau neun Monate nach eurem Italienurlaub.«

Sie sah ihre Mutter forschend an.

Iris reagierte nicht. Aber ihr war klar, dass sie ihrer Tochter diesmal die Wahrheit sagen musste.

»Und wenn ich so zurückrechne und von der Tatsache ausgehe, dass ich keine Frühgeburt war, dann …«, Nicki hielt kurz inne, bevor sie fortfuhr, »… dann bist du *in* dem Italienurlaub schwanger geworden.«

Iris umklammerte den Stiel ihres Glases, als wäre er der Strohhalm, der sie vor dem Ertrinken retten könnte, und sagte nichts dazu. Ihr Kind hatte sie durchschaut.

»Wer war es? Steffen oder Nick?«

Nicki suchte das Bild mit den drei Jungs heraus und sah es sich ganz genau an.

»Nick. Nick ist mein Vater! Die Grübchen, die dunkeln Augen – er ist es.« Sie sah Iris eindringlich an. »Stimmt das? Ist Nick mein Vater?«

Noch immer brachte Iris kein Wort über die Lippen.

In Nickis Gesicht leuchtete Erkenntnis auf. Sie klatschte sich mit der flachen Hand an die Stirn und ließ sich in ihren Stuhl zurücksinken.

»Na klar: Nick – Nicki! Du hast mir seinen Namen gegeben! Mama, sag doch endlich was dazu.«

»Ja, es stimmt, es ist Nick.«

»Warum bist du nicht mit ihm zusammengeblieben? Wo lebt er jetzt? Was macht er? Hat er eine Familie? Warum hat er sich nie für mich interessiert?«, ließ Nicki ein aufgeregtes Fragengewitter auf ihre Mutter niedersausen. Etwas gedämpfter fügte sie dann noch hinzu: »Weiß er überhaupt von mir?«

»Das sind aber eine Menge Fragen auf einmal.« Iris beugte sich über den Tisch und griff nach ihrer Hand.

Nicki zog sie jedoch schnell weg.

»Dann beantworte sie doch endlich«, sagte sie kühl.

»Okay.« Sie nahm das Foto mit den drei Jungs und betrachtete wehmütig Nicks jugendliches Gesicht. Das Herz wurde ihr noch schwerer.

»Gleich mal vorneweg: Er weiß nichts von dir.«

»Er weiß nichts von mir? Warum, verdammt, weiß er nichts von mir? Wolltest du eine Heldin sein und das alleine durchziehen? Oder hatte er eine Freundin, eine Verlobte in Hannover? Wolltest du dich an ihm rächen, weil er dir ein Kind angehängt hat? Wie sonst kann er nichts von mir wissen?« Nicki hatte Tränen in den Augen.

»So einfach ist das nicht zu erklären …«

»Versuch es einfach mal!«

Der Hass, der Iris entgegenschlug, tat ihr körperlich weh. Sie hatte immer alles gegeben, damit Nicki eine glückliche Kindheit hatte – auch ohne Vater. Auf so vieles hatte sie verzichtet, auf ihr Studium, auf Dates – immer war sie für ihre Tochter da gewesen.

»Na?«

Iris holte tief Luft. Sie fürchtete sich vor dem, was sie gleich erzählen würde.

»Nick war mein erster Freund und meine erste Liebe. Er mochte mich trotz meiner Sommersprossen, die ich so hasste und die ich immer noch nicht mag. Er sah gut aus, war witzig und einfach ein netter Typ. Wir hielten Händchen und knutschten …«

Nicki sah sie abwartend an.

»Am fünften Tag feierten wir auf dem Campingplatz, mit Lambrusco und Musik – Nick konnte toll Gitarre spielen –, sogar die Nachbarn haben mitgemacht. Und irgendwann sind wir zwei im Zelt der Jungs gelandet und haben …« Es war Iris peinlich, sie wusste nicht, wie sie es am besten ausdrücken sollte.

»Ihr habt gepoppt«, brachte es Nicki auf den Punkt.

»Mein erstes Mal hatte ich mir immer romantisch vorgestellt, aber es war überhaupt nicht schön. Nick hat sich alle Mühe gegeben, er war zärtlich und einfühlsam, aber es tat weh, und immerzu hatte ich Angst, dass jemand ins Zelt kommt.« Sie machte eine Pause, in der sie eine angebrochene Flasche Chardonnay aus dem Kühlschrank holte und sich nachschenkte. Mit dem Rest Lambrusco im Glas hatte sie jetzt einen Rosé.

Nicki nahm ihr die Flasche aus der Hand und goss sich ebenfalls ein.

Und Iris ließ sie gewähren.

»Weiter«, forderte ihre Tochter.

Iris nahm einen großen Schluck, ließ ihn kurz auf der Zunge verweilen und schluckte ihn dann hinunter. Er schmeckte nicht nach Lambrusco und nicht nach Chardonnay, er schmeckte irgendwie dazwischen. Und sie wäre lieber davongelaufen als diese Geschichte zu erzählen.

»Wir waren … na ja … gerade fertig und lagen aneinander gekuschelt in Nicks Schlafsack. Wir hörten, wie direkt neben uns ein Motorrad angelassen wurde. ›Das ist Tom‹, sagte Nick schläfrig. Das Motorrad entfernte sich, wir hörten es aber noch einige Zeit brummen. Wir überlegten, was Tom wohl vorhaben könnte, immerhin hatte er schon Alkohol getrunken. Dann gab es einen lauten Knall, einen irgendwie metallischen Knall. Vor dem Zelt wurde es schlagartig still, dann hörten wir, wie jemand etwas rief und die anderen wegrannten. Wir hatten keine Ahnung, was los war, und zogen uns hastig an. Als wir zur Straße liefen, hörten wir schon Sirenen näherkommen.«

»Hatte Tom einen Unfall?«

Iris nickte und trank noch einmal. »Schlimmer noch: Er hatte Bella hinten drauf. Sie wollten für alle Eis holen.« Tränen schossen ihr in die Augen. Mit belegter Stimme sprach sie weiter. »Als wir zur Straße kamen, waren da schon jede Menge Leute, Schaulustige. Der Rettungswagen kam mit uns zusammen an. Mitten auf der Straße lag das Motorrad, ein Rad drehte sich noch. Tom saß benommen daneben, ein Stück weiter weg lag Bella auf dem Asphalt. Sie bewegte sich nicht, und da war so viel Blut ...« Iris konnte nicht weitersprechen. Monatelang hatte sie von diesem Bild geträumt, von dem sich drehenden Rad und von Bellas seltsam verdrehtem Körper, der reglos auf der Straße lag. Nach Jahren der Verdrängung war es jetzt wieder da.

Nicki sah sie mit angstgeweiteten Augen an. »War sie tot?«

»Nein, aber schwer verletzt und bewusstlos. Es sah schlecht für sie aus.«

Erneut schwieg Iris, zu schlimm war diese Erinnerung.

Nicki sprang auf und riss ein Blatt von der Küchenrolle für sie ab.

Mit dankbarem Blick nahm es Iris entgegen, geräuschvoll schnäuzte sich hinein.

Die Tochter ging neben ihr in die Hocke und legte tröstend den Arm um sie.

»Jedenfalls wurden wir gleich am nächsten Tag von Jos Vater abgeholt«, fuhr Iris fort, als sie sich etwas gefangen hatte. »Ich konnte Nick nicht mal richtig auf Wiedersehen sagen, geschweige denn Adressen austauschen.« Sie machte erneut eine Pause. »Vier Wochen später wusste ich, dass ich schwanger war.«

Nicki sah sie ungläubig an. »Und du hast nie versucht, seine Adresse herauszubekommen?«

»Damals war das nicht so einfach wie heute. Internet war da noch ein Buch mit sieben Siegeln.«

»Wie hieß Nick wirklich?«

»Niklas.«

»Und der Nachname? Vielleicht könnten wir ihn ja jetzt ausfindig machen?« Nicki stand auf und setzte sich wieder ihr gegenüber.

»Nicki, ich weiß es nicht. Ehrlich. Ich habe keine Ahnung, wie er mit Nachnamen heißt. Auch die von Tom und Steffen weiß ich nicht, sonst hätten wir es eventuell über sie versuchen können.« Iris war klar, dass es für Nicki wichtig war, mehr über ihren Vater zu erfahren. »Er war Schreiner, wollte aber sein Abi nachmachen und Innenarchitekt werden. Vielleicht hilft dir das ja weiter?«

Ernst sah Nicki sie an. Mit raschen Bewegungen schob sie die Fotos zusammen und legte sie in den Karton zurück.

»Du wolltest diese Bilder vernichten, Mama. Bilder von meinem Vater, die einzige Erinnerung an ihn.«

»Das hätte ich nicht machen dürfen, Nicki, und es tut mir so leid. Aber diese Bilder wecken so viele schmerzliche Erinnerungen in mir, ich wollte sie einfach nie wiedersehen müssen.«

Mit versteinerter Miene trank Nicki ihr Glas aus und stand auf.

»Jetzt sind sie bei mir, du musst sie nie wieder ansehen. Gute Nacht.«

Und schon saß Iris allein am Tisch. Der Wein schmeckte ihr nicht mehr, und sie hatte ein schlechtes Gewissen. Sie hatte ihrer Tochter etwas vorenthalten, was sie ihr nie hätte vorenthalten dürfen: ihren Vater.

19

Johanna

Stimmen. Das waren eindeutig Stimmen. Leise, wie ein Flüstern, sie schienen von weit her zu kommen. Johanna konnte sie nicht verstehen.

Das war nicht die Stille, die sie erwartet, die sie so erhofft hatte.

Und da war noch ein anderes, ein unangenehmes Geräusch, ein Piepen. Gleichmäßig, rhythmisch. Ihr kam es beinahe so vor, als hallte es ihn ihren wunderbar leeren Gehirngängen wider, wie ein Echo in einem hohen leeren Gebäude. Wenigstens das war weg, dieses verdammte Denken. Doch das euphorische Gefühl hielt nicht lange an. Denn sie dachte ja doch, dachte über die Stimmen nach, die sie nicht verstand, über das Piepen, das sie quälte und von dem sie nicht wusste, was es war und wo es herkam.

Wo bin ich?

Auch das dachte sie.

Mit dem Ergebnis, dass sie nicht im endlosen Nichts gelandet sein konnte. In dem Nichts, von dem sie überzeugt gewesen war, dass es nach dem Tod auf sie warten würde. Und sie war nicht allein.

Johanna spürte ihren Körper, dem sie zu entfliehen gehofft hatte. Von Augenblick zu Augenblick mehr. Schwer lag er auf etwas Hartem. Und ihr war kalt, ihre Haut zog sich an verschiedenen Stellen zusammen, bildete Gänsehaut.

Ihre Körperhärchen stellten sich auf, sie glaubte jedes einzelne wahrzunehmen.

Und noch etwas spürte sie, einen heißen, wunden Schmerz, ein Pochen. Ihre Unterarme pochten. Pochten im gleichen Takt wie ihr Herz.

»Ich glaube, sie wird wach.«

Das war eine sanfte weibliche Stimme, und sie hatte jedes Wort verstanden.

Alle Kraft musste Johanna aufbringen, um ihre Augenlider einen Spaltbreit zu öffnen. Kaltes weißes Licht bohrte sich durch ihre Pupillen direkt ins Hirn, zerbarst dort wie eine Silvesterrakete und hinterließ einen stechenden Kopfschmerz. Schnell schloss sie sie wieder.

Heiße Tränen sammelten sich in ihren Augen, rannen aus ihren Augenwinkeln, hörten nicht auf zu rinnen. Tränen der Verzweiflung.

Sie hatte es wieder nicht geschafft!

»Frau Winter, hören Sie mich?« Eine warme Hand legte sich auf ihre eiskalte.

Johanna wollte nicht hören, wollte nicht zurückkehren. Sie wollte in dem beruhigenden Dunkel bleiben, aus dem sie mehr und mehr erwachte, wollte nicht zurück in diese kalte, zermürbende Welt.

Lasst mich doch endlich in Ruhe, wollte sie sagen, wollte sie schreien, aber zu mehr, als ihre Lippen bewegen, war sie nicht fähig.

Und dann durfte sie tatsächlich wieder abtauchen. Alles um sie herum verstummte, keine Stimmen mehr, kein Piepen, kein Frieren. Ihr Körper löste sich auf und mit ihm die Schmerzen. Es fühlte sich an wie Schweben. Wie schwereloses Treiben in warmem, schwarzem Wasser. Es tat so gut …

Beim nächsten Mal kam Johanna nicht so glimpflich davon.

Schlagartig waren die Stimmen wieder da, lauter als zuvor, aufgeregter. Ihr Oberkörper tat weh, ihre Rippen taten weh, ihre Brust schmerzte, es war ein ganz anderer Schmerz als zuvor. Etwas war auf ihrem Gesicht, panisch riss sie die Augen auf und rang nach Atem.

Eine Sauerstoffmaske. Es war eine Sauerstoffmaske, die Nase und Mund bedeckte.

»Wir haben sie wieder«, rief jemand links neben ihr, und es klang erleichtert. Derjenige entfernte auch die Maske. »Puls ist wieder da und normal.«

Eine Frau in weißem Kittel beugte sich mit besorgter Miene über sie und leuchtete ihr mit einer Taschenlampe erst ins rechte, dann ins linke Auge. Nach einem zufrieden wirkenden Nicken steckte sie die Lampe zu den Stiften in ihrer linken Brusttasche.

»Sie haben uns einen ganz schönen Schrecken eingejagt, Frau Winter. Ich dachte schon, wir verlieren Sie doch noch.«

»Genau das war der Plan«, antwortete Johanna leise.

Leichte Schritte durchquerten den Raum, eine Tür fiel leise ins Schloss. Nur Johanna und die Frau im Kittel waren noch da.

»Es gibt kein Problem, das man nicht irgendwie lösen kann. Selbstmord ist somit keine vernünftige Option.« Die Ärztin sah ernst auf sie herab.

»Was Sie nicht sagen.«

Johannas Sarkasmus schien an dem gestärkten Kittel abzuperlen, denn die Ärztin lächelte sie an. Nicht dieses überhebliche Sie-werden-schon-sehen- oder Sie-müssen-sich-schon-ein-bisschen-Mühe-geben-Lächeln, das ihr in den letzten Jahren so oft geschenkt worden war. Keine Missbilligung schwang darin mit, keine Verurteilung, es war einfach nur ein nettes Lächeln.

»Wir werden Ihnen helfen, Frau Winter.« Mit in den Kitteltaschen vergrabenen Händen stand sie neben ihrem Bett.

Wir? – Johanna musste gar nicht fragen, wen sie mit *wir* meinte, sie wusste auch so, dass sie in einer psychiatrischen Klinik gelandet war. Wie damals auch. Das war das ganz normale Prozedere für Selbstmörderinnen und Selbstmörder, die es nicht geschafft hatten. Es würde Wochen dauern, bis sie hier wieder rauskam. Erfahrungswerte, auf die sie nur zu gern verzichtet hätte.

»Dann arbeiten Sie also mit Gehirnamputation? Wunderbar.«

Das Lächeln der Ärztin wurde breiter. »Ihren Humor haben Sie ja noch, sehr gut. Das ist doch was, worauf wir aufbauen können.«

»Klar, und nach meiner Entlassung arbeite ich dann als Clown.«

Die Ärztin strich sich eine blonde Strähne, die sich aus ihrem schulterlangen Pferdeschwanz gelöst hatte, hinter das Ohr.

»Warum nicht? Das ist ein ehrenhafter Beruf. Mir würde es aber schon genügen, wenn Sie wieder an Ihren Schreibtisch zurückkehren und noch viele Ihrer wunderbaren Thriller schreiben würden.«

Die Frau hatte ihre Bücher gelesen? »Und wenn ich die nur schreiben konnte, weil ich innerlich so kaputt bin?«

Die Ärztin grinste spitzbübisch. »Kein Problem, ich würde auch einen Liebesroman oder ein Kinderbuch von Ihnen lesen, Frau Winter. Doch Spaß beiseite: Ich möchte Ihnen helfen. Aber das müssen Sie auch zulassen. Ohne Ihre Mithilfe geht es nicht.«

»Witzig, irgendwo habe ich das schon mal gehört.«

»Ich weiß, ich kenne Ihre Krankenakte. Aber Ihr erster, zum Glück misslungener Selbsttötungsversuch liegt immerhin zwölf Jahre zurück. Das heißt, meine Kollegen haben recht gute Arbeit geleistet und Ihnen zwölf Jahre Leben verschafft …«

»Beschissenes Leben, wohlgemerkt«, unterbrach Johanna.

»War es wirklich *immer* beschissen? Gab es keine Momente, Stunden, Tage, die schön waren, die sich gelohnt haben, von Ihnen gelebt zu werden?«

Natürlich gab es die, aber ...

»Denken Sie, *mein* Leben ist immer toll? Oder das Ihrer Freunde, Ihrer Familienmitglieder? Ihrer Leser?«

Familie gab es in dem Sinne nicht, nur ihre Mutter – aber das war nicht die Frage gewesen ...

»Das Leben besteht nicht aus endloser Glückseligkeit. Wir alle haben unsere Sorgen, Ängste und Nöte. Wir dürfen uns nur nicht von ihnen beherrschen lassen.«

Und was ist mit Schuld? Was ist mit dieser niederschmetternden, alles erstickenden Schuld, wollte Johanna schreien, brachte aber kein Wort heraus.

»Wenn Sie das einmal verinnerlicht haben, und wenn Sie dann noch die richtigen Praktiken anwenden, mit Ihren Dämonen umzugehen, dann können Sie ein lebenswertes Leben führen und auch wieder glücklich sein.«

Tränen sammelten sich in Johannas Augen, sie drehte den Kopf zu einer sterilen weißgefliesten Wand.

Wie kann ich glücklich sein, wenn ich am Unglück eines anderen Menschen schuld bin, wenn ich ein Leben zerstört habe, fragte sie sich zum bestimmt millionsten Mal.

Sie wollte einen Arm, an dessen Ende es schmerzhaft pochte, heben, um sich die Tränen aus dem Gesicht zu wischen, was aber nicht ging. Johanna sah an sich hinunter. Beide Unterarme waren dick bandagiert und zudem ans Bett fixiert. Seufzend ließ sie den Kopf zurück auf die Liege sinken, auf der sie festgebunden war, und schloss die Augen. Sie war eine Gefangene.

»Sie müssen sich endlich öffnen, Frau Winter, sich endlich alles von der Seele reden«, fuhr die Ärztin unbeirrt fort. »Ich habe mit Ihrer Therapeutin gesprochen, während Sie operiert wurden. In all den Jahren haben Sie nie wirklich herausgelassen, was Sie so sehr belastet. Sie haben Hilfe nur bis zu einem gewissen Grad zugelassen. Sie haben immer nur verdrängt. Wenn Sie es aber schaffen sollten, mir zu vertrauen ...«

Demonstrativ rüttelte Johanna an ihren Fesseln. Den Schmerz an den frisch operierten Handgelenken, den sie damit auslöste, versuchte sie zu ignorieren. »Sehr vertrauensfördernd, Frau Doktor!«

»Das ist nur zu Ihrem Schutz, das wissen Sie. Solange, bis Ihre Wunden verheilt sind und ich *Ihnen* vertrauen kann. Und jetzt sollten Sie versuchen, ein wenig zu schlafen. Gleich werden Sie in ein normales Bett gesteckt und in Ihr Zimmer gebracht.« Mit einem knappen Nicken ging sie zur Tür.

»Hat die Frau, der ich vertrauen soll, auch einen Namen?«

Die Ärztin drehte sich noch einmal zu ihr um. »Stark, Dr. Marlene Stark.«

Johanna rüttelte erneut an ihren Fesseln, was augenblicklich einen stechenden Schmerz durch ihre Arme schickte. »Und wem hab ich zu verdanken, dass ich überhaupt hier bin?«

»Ihrer Putzhilfe.« Dann war sie draußen.

Melanie? Das konnte nicht sein, Melanie hatte Semesterferien und sollte mit ihrer Mitbewohnerin in Paris sein. Zwei Tage zuvor hatte sie ihr ihren Lohn und sogar einen kleinen Urlaubsbonus ausgezahlt. Sie hatte doch extra so lang gewartet, hatte ihr beim Abschied gesagt, dass sie selbst für längere Zeit weg sein und sie danach anrufen würde. Was konnte da schiefgelaufen sein? Johanna versuchte nachzudenken, aber ihr Gehirn war so schrecklich schwerfällig. Das lag sicher an den verdammten Medikamenten, die aus einer über ihr hängenden Glasflasche durch einen dünnen Schlauch stetig in ihre Armvene tropften. Medikamente, die sie nur zu gut kannte, die sie ruhigstellen sollten. Die ihr Denken benebeln und sie gleichgültig für alles machen würden. Leck-mich-am-Arsch-Medis, die sie über die Jahre immer wieder verschrieben bekommen, die sie aber jedes Mal schnell wieder abgesetzt hatte, da sie damit nicht denken, nicht schreiben konnte. Vielleicht sollte sie diesmal einfach nur dankbar dafür sein und sich kampflos in diesen Nebel fallen lassen? Was wäre so schlimm daran, wenn sie dadurch nicht mehr so gut nachdenken könnte? Nicht mehr so intensiv zu fühlen vermochte? Sie hatte sich immer gegen diese seelische und geistige Taubheit gewehrt, aber eventuell konnte genau diese Taubheit ihre Rettung bedeuten.

Doch leider war der Medikamentennebel nicht so dicht, dass sie nicht daran dachte, welchen Schrecken sie Melanie, diesem armen jungen Ding, eingejagt haben musste. Das war unverzeihlich, und genau das hatte sie doch vermeiden wollen. Statt endlich diese Welt zu verlassen, brachte sie immer noch mehr Leid über die Menschen, die sie liebten, die für sie da und die ihr wichtig waren. Ihre Mutter, ihr Vater, der letztes Jahr an Krebs gestorben war, ihre Geschwister, Andi und jetzt auch noch Melanie. Allen bereitete sie Kummer.

Was würde ihre Mutter zu diesem erneuten Versuch sagen? Ihre Mutter, die immer alles für sie getan, die sie immer wieder aufopfernd aufgepäppelt hatte? All diesen Kummer hatte sie wirklich nicht verdient.

Wie würde Andi darauf reagieren? Ihr Lebensgefährte seit fünf Jahren, der Mann, der ihr damals durch seine Liebe geholfen hatte, aus ihrem seelischen Sumpf herauszukommen. Der sie immer noch liebte und seine Stärke mit ihr teilte, der ihr Rettungsanker in dieser Welt war. Würde er sie noch lieben können?

Sie hatte wieder versagt, als Mensch, als Tochter, als Schwester, als Geliebte und Gefährtin. Als Freundin sogar schon vor fünfzehn Jahren. Sie war nicht gut für andere Menschen ...

Und dann kam endlich der gnädige Nebel, der sie von ihren quälenden Gedanken erlöste, der ihr die Schmerzen an den Unterarmen nahm, der sie ihre Fesseln vergessen ließ. Johanna schlief ein.

Als die das nächste Mal erwachte, lag sie in einem schlichten, hellgelb gestrichenen Krankenzimmer. Ein eintüriger Schrank, ein kleiner Tisch, zwei Stühle. Ein Einzelzimmer. Über dem Tisch, genau an der Wand gegenüber, ein rahmenloses großformatiges Bild, dunkelroter Klatschmohn vor erntereifem, gelblichem Getreide. Das Bild war farblich geschickt gewählt, es sah beinahe so aus, als würden die Mohnblumen aus der gelb gestrichenen Wand herauswachsen. Johanna liebte Mohnblumen, ihr freches Rot, das aus jeder Blumenwiese herausstach, ihre Fragilität und Zartheit. Und gleichzeitig ihre Zähigkeit, ihren Überlebenswillen, denn sie breiteten sich auch auf unwirtlichem Brachland aus, oft bevor es andere Pflanzen, Kräuter und Unkräuter taten.

Durch das weit geöffnete Fenster zu ihrer Linken sah sie in das dichte grüne Blätterwerk eines Ahorns. Daraus schloss sie, dass sie im ersten oder zweiten Stock der Klinik untergebracht war. Das Fenster konnten sie getrost geöffnet lassen, zum einen, weil sie noch immer ans Bett fixiert war, zum anderen, weil dicke Gitterstäbe davor angebracht waren. Dieses so hübsch anmutende Zimmer war ein Gefängnis, eine Einzelzelle.

Fröhliches Vogelgezwitscher drang zu ihr herein. Die Piepmätze waren freier als sie. Es roch nach frisch gemähtem Gras.

Johanna lag jetzt in einem bequemen Krankenhausbett, der Tropf war verschwunden, nur der Zugang steckte noch in ihrem rechten Handrücken. Wahrscheinlich hatten sie ihn dort belassen, falls sie austicken und schnell ein Beruhigungsmittel brauchen sollte.

Immerhin konnte sie wieder einigermaßen klar denken.

Nicht verschwunden waren die Armfesseln. Eine erniedrigende Tatsache. Zum Schutz vor ihr selbst. Wie tief war sie gesunken. Wieder einmal.

Ein leises Klopfen bewahrte sie vor weiteren düsteren Gedanken. Die Tür wurde geöffnet, auch ohne ein »Herein« von ihr, und dann stand Andreas im Zimmer. Er legte seine speckige lederne Umhängetasche auf dem Tisch ab und trat dann verschwitzt, stoppelbärtig, übernächtigt und mit sorgenvollem Blick an ihr Bett.

Sie hätte heulen können, vor Liebe, vor Erleichterung und vor Scham. Er wusste von ihrer Vergangenheit, zumindest von ihrem Selbstmordversuch mit einundzwanzig, von ihrer Essstörung und ihrem jahrelangen Kampf um ein normales Leben, aber so hätte er sie nie sehen sollen.

»Jo, was hast du dir dabei gedacht?« Das klang nicht vorwurfsvoll, obwohl er alles Recht der Welt dazu gehabt hätte. Es klang ungläubig, aber auch zutiefst erschüttert. Und verzweifelt.

»Andi? Was machst du hier?« Er war vor einer Woche nach Borneo abgereist, um dort für eine Tierschutzorganisation die letzten freilebenden Orang-Utans zu fotografieren. Sie hatte ihn selbst zum Flughafen gebracht.

»Melanie hat mich angerufen. Ich war gerade in einer der Rettungsstationen, sonst hätte sie mich gar nicht erreichen können.«

Er setzte sich zu Johanna aufs Bett und legte seine Hand auf ihre. Forschend betrachtete er erst den Verband, dann ihr Gesicht.

»Warum hast du mich fliegen lassen? Warum hast du mir nicht gesagt, dass es dir nicht gut geht, ich wäre doch hiergeblieben.«

Johanna drehte den Kopf zum Fenster, sie wollte nicht in dieses traurige Gesicht sehen.

»Melanie«, sagte sie leise. Melanie hatte ihr alles versaut. »Wie geht es ihr? Wie kommt sie damit ...« Sie konnte den Satz nicht zu Ende sprechen.

»Mach dir um sie keine Sorgen, sie kommt bestens damit klar. Sie hat dich vorbildlich erstversorgt und danach den

Notarzt gerufen. Ein Glück, dass sie Medizin studiert und nicht Philosophie.«

Johanna hörte ein Grinsen in seiner Stimme und sah ihn nun doch an. Er grinste tatsächlich, aber es lag so viel Schmerz darin. Seine dunkelbraunen Augen versanken in ihren, als wollte er ihre Gedanken lesen. Wie sie dieses Gesicht liebte! Diesen Mund und sein Lächeln. Diese Augen, die etwas in ihr sahen, was nur Andi sehen konnte, und was wahrscheinlich gar nicht da war.

Warme Liebe wallte in ihr auf. Er wirkte so jung, so verletzlich. So gerne hätte sie ihm die dunklen kinnlangen Locken aus dem Gesicht gestrichen, seine stoppelige Wange berührt.

Sein Daumen streichelte zärtlich über ihren Handrücken. »Ich dachte, es geht dir gut. Du warst so munter, so fröhlich, als du mich zum Flughafen gebracht hast ...« Er stockte und sah sie eindringlich an. »Hast du ... hast du zu diesem Zeitpunkt etwa schon geplant, dich ...?« Er brachte es nicht über die Lippen.

»Nein.« Das war die Wahrheit, da war noch alles gut gewesen. Johanna hätte ihn so gern in den Arm genommen, ihn gespürt, ihn getröstet.

»Aber warum ...?« Er hatte Tränen in den Augen. »Wir haben ein gutes Leben, das hast du selbst immer wieder gesagt. Wir lieben uns, wir sind beide erfolgreich, unser Leben ist aufregend, und uns gehört eine tolle Wohnung in der schönsten Stadt der Welt. Was macht dich nur so unglücklich?«

Andreas ließ ihre Hand los und stemmte sich hoch. Mit dem Rücken zu ihr stellte er sich ans Fenster und sah hinaus.

Johanna hasste sich nicht zum ersten Mal dafür, dass die von ihm genannten Punkte nicht ausreichten, um einen zufriedenen, ausgeglichenen Menschen aus ihr zu machen. Viele würden alles dafür geben, so leben zu dürfen wie sie. Und sie? – Sie schaffte es ums Verrecken nicht, glücklich zu sein. Das musste sie ändern, unbedingt. Für sich, aber vor allem für Andreas. Er hatte es verdient.

»Ich werde an mir arbeiten, versprochen.« Sie brachte ein kleines Lächeln zustande.

Ruckartig drehte er sich zu ihr um.

Sie konnte seinen Gesichtsausdruck nicht genau deuten, es war eine Mischung aus Zweifel und Hohn. Und Kapitulation. »Ach, Jo, du arbeitest doch schon so lange daran«, sagte er leise, und auf einmal sah er noch müder aus.

Die Art und Weise, wie er das sagte, traf Johanna mitten ins Herz. Sie würde ihn verlieren. Wenn sie nicht endlich ihre Vergangenheit, ihre Dämonen in den Griff bekam, dann würde er sie verlassen. Ihr starker, stets zuversichtlicher Andi würde aufgegeben. Der Fels in der Brandung ihres Lebens war unter dem permanenten Anbranden ihrer Probleme zerrieben worden. Wer konnte ihm das verdenken?

»Wenn du dich trennen willst…« Ihr versagte die Stimme.

»Johanna, ich will mich nicht trennen!«, rief er genervt. Er stützte sich mit den Händen auf dem Fensterbrett ab und sah sie grantig an. »Aber irgendwann kann ich nicht mehr. Als wären deine Therapiesitzungen, dein Essverhalten, der Kampf um jede Kalorie nicht schon genug, muss ich mir jetzt auch noch jedes Mal Sorgen machen, dass du dir was antust, wenn ich beruflich unterwegs bin? So hab ich mir mein Leben – unser Leben – nicht vorgestellt.«

»Andi …«

»Ach, Scheiße, das wollte ich alles gar nicht sagen. Tut mir leid. Ich bin nur so durcheinander.« Wieder drehte er sich von ihr weg.

Mit den Augen streichelte sie seinen Rücken.

»Ist schon gut, du hast ja recht. Du hast allen Grund, sauer auf mich zu sein. Ich bin eine beschissene blöde Kuh, die einfach alles kaputtmacht, was ihr wichtig ist. Und ich hasse mich dafür. Ich hasse mich schon immer dafür.« Sie hatte auf gar keinen Fall weinen wollen, aber die Tränen liefen einfach aus ihren Augen, brachten sie zum Schniefen, kitzelten an ihrer Nase, und sie konnte die verdammten Dinger verflucht noch mal nicht mit den Händen wegwischen! Mehr schlecht als recht gelang es ihr mit den Schultern, die in einem viel zu weiten Krankenhaushemd – vorn hässlich, hinten offen – steckten.

Andreas kam zu ihr ans Bett und beugte sich über sie. Auch sein Blick schwamm in Tränen. Zärtlich strich er ihr über die Wange.

»Fang doch einfach mal an, dich zu lieben«, sagte er sanft.

»Das kann ich nicht. Ich bin eine ganz schreckliche Person, war ich schon immer.« Sie schmiegte ihr Gesicht in seine warme Hand. Diese Berührung tat so unendlich gut.

Er setzte sich zu ihr aufs Bett. »Unsinn. Wenn du das wärst, hätte ich mich gar nicht in dich verlieben können. Du bist die wundervollste, liebenswerteste, humorvollste und aufregendste Frau, die ich kenne.«

Johanna schnaubte abfällig. »Glaub mir, das bin ich nicht. Ich versuche es zu sein, aber ich bin es nicht. Ich bin zynisch, neidisch, rücksichtslos und gemein. Ich verletze immerzu andere Menschen, schon als Kind hab ich das gemacht.«

»Jo, was redest du da? Das stimmt doch alles nicht.«

Sie drehte den Kopf von ihm weg und starrte die Tür an. »Doch, das stimmt. Du kennst mich nur nicht richtig. Du kennst nur die Oberfläche, wie ich in mir drinnen bin, davon hast du keine Ahnung.«

Als sie sich ihm wieder zuwandte, sah sie ihn ernst an. Mit erstaunlich fester Stimme sagte sie: »Du solltest mich verlassen. Jetzt sofort, steh einfach auf und geh. Sieh zu, dass du so weit wie möglich von mir wegkommst, in eine andere Stadt, ein anderes Land oder auf einen anderen Kontinent. Sonst ziehe ich dich eines Tages mit in den Abgrund.«

Andreas forschte in ihrem Gesicht. Seine Miene war ausdruckslos, sie konnte nichts in ihr lesen.

»Ist das ein Absatz aus einem deiner Romane?«, sagte er schließlich. »Wenn nicht, dann solltest du ihn dir gleich aufschreiben. Hört sich herrlich dramatisch an, deine Fans wären begeistert.«

»Du Idiot, das ist kein verdammter Satz aus einem Roman«, zischte sie aufgebracht. »Das ist mein voller Ernst. Los, hau ab, ich will dich nie wiedersehen. Such dir eine andere verkorkste Frau, um die du dich kümmern kannst. Ich hab genug von dir, verpiss dich!«

Wortlos erhob er sich und sah auf sie herab. Es war so viel Liebe in seinen Augen.

»Okay, ich gehe«, sagte er und nahm die Umhängetasche vom Tisch. »Ich komm dann morgen wieder. Und übermorgen und überübermorgen. Das werde ich jeden einzelnen verdammten Tag machen, bis ich dich hier abholen kann.«

Er trat zu ihr ans Bett und gab ihr einen Kuss auf die Stirn.

»Du bist so ein blöder Idiot!«

»Gut möglich. Aber ein Idiot, der dich liebt. Wir sehen uns dann morgen.«

Er ging zur Tür und öffnete sie.

»Damit du's weißt: Du stinkst!«, rief Johanna ihm trotzig hinterher.

Bevor er hinausging, drehte er sich noch einmal um. »Du hast recht, du bist gemein. Ich geh jetzt duschen.« Er warf ihr noch eine Kusshand zu, dann schloss er die Tür.

Johanna ließ den Kopf ins Kissen sinken und presste die Augenlider fest zusammen, um die aufsteigenden Tränen zurückzuhalten. Ganz gelang es ihr nicht.

Womit hatte sie diesen wunderbaren Mann verdient? Wie konnte er sie ertragen und nach alldem noch lieben? Sie hatte so hässliche Sachen zu ihm gesagt, und er wollte trotzdem wiederkommen. Am liebsten hätte sie ihn zurückgerufen, sich entschuldigt und ihm gesagt, dass sie ihn brauchte und nur wegen ihm so lange durchgehalten hatte. Auch dass sie ihn liebte. An den Fingern einer Hand hätte sie abzählen können, wie oft sie ihm das in den ganzen gemeinsamen Jahren gesagt hatte. Viel zu selten. Doch jetzt barst ihr Herz beinahe vor lauter Liebe zu ihm.

Tränen rannen über ihre Wangen, kitzelten sie auf ihrem Weg zum Kissen. Nein, sie wollte ihn nicht verlieren. Sie wollte mit ihm leben und glücklich sein.

Aber dafür musste sie zuerst sich selbst finden und sich mit der Vergangenheit aussöhnen.

Ein oder zwei Stunden später – Johanna hatte jegliches Gefühl für Zeit verloren – saß Frau Dr. Stark in ihrem gestärkten weißen Arztkittel auf einen Stuhl neben dem Bett. Auf ihrem Schoß lagen einsatzbereit ein großer Collegeblock und obenauf ein Kugelschreiber. Vor dem Fenster stand die Sonne jetzt um einiges tiefer, die Vögel zwitscherten aber unverändert fröhlich.

»Sie wollten Ihren Lebensgefährten in die Wüste schicken, Frau Winter?«

Mit ihren zu einem losen Dutt hochgesteckten Haaren sah sie sehr jung aus. Johanna schätzte sie nur wenig älter als sie selbst.

»Ist er gleich zu Ihnen gelaufen und hat sich bei Ihnen ausgeweint?«

Frau Dr. Stark lächelte sie offen an. »Nein, das hat er nicht. Ich habe ihn nach dem Besuch bei Ihnen um ein Gespräch gebeten, in der Hoffnung, mehr über Sie zu erfahren.«

»Und, wissen Sie jetzt mehr?«

»Ein bisschen, ja. Aber längst nicht genug, um Ihnen helfen zu können. Das müssen Sie mir schon selbst erzählen.«

Johanna starrte zur Decke und schwieg.

»Frau Winter, ich will mal Klartext mit Ihnen reden. Wenn Sie es nicht zulassen, kann ich Ihnen nicht helfen.

Dann kann Ihnen niemand helfen. Dann warten wir einfach ab, dass Ihre Wunden verheilen, und entlassen Sie in ein paar Tagen in genau die gleiche Scheiße, die Sie hierhergebracht hat.«

Bei dem Wort Scheiße wandte Johanna ihr Gesicht ihr wieder zu. Die Frau sprach ihre Sprache.

»Dann werden Sie in ein paar Wochen oder auch Monaten wieder hier liegen – gesetzt den Fall, Sie haben noch einmal das Glück, dass Sie jemand rechtzeitig findet. Wenn nicht, war es das dann. Wollen Sie Ihr Leben wirklich einfach so wegwerfen? Sie sind eine talentierte und überaus erfolgreiche Schriftstellerin, sie haben alles, um ein wunderbares, unbeschwertes Leben führen zu können. Und Sie haben da einen wirklich netten Mann an Ihrer Seite, der Sie liebt und der es gut mit Ihnen meint. Sie sollten dankbar sein für diesen starken Partner und ihn nicht von sich stoßen. Und mich sollten Sie auch nicht von sich stoßen. Nehmen Sie endlich Hilfe an. Denn ehrlich gesagt fände ich es schade, wenn ich keine Bücher mehr von Ihnen zu lesen bekäme.«

Johanna sah sie stumm an. Womöglich war diese Ärztin endlich die Person, die ihr helfen konnte? Zumindest war sie ihr sehr sympathisch, sie wirkte patent. War sie am Ende der Mensch, dem sie sich öffnen sollte? Vielleicht würde es helfen, wenn sie nach all den qualvollen Jahren alles herausließ, wenn sie beichtete, was sie damals in diesem Sommer getan hatte? Absolution durfte sie sich keine erwarten, aber eventuell Linderung.

»Okay.«

»Okay?« Frau Dr. Stark sah sie überrascht an.

»Wenn Sie mich losmachen, dann versuche ich es.«

Die Ärztin sah sie überlegend an, es war, als kämpfe sie mit sich. Dann legte sie Block und Stift beiseite und stand auf. Mit geübten Handgriffen öffnete sie die Fesseln und half Johanna beim Aufsetzen.

»Ich möchte aufs Klo gehen.«

Frau Dr. Stark half ihr auf die Beine und stützte sie bei ihren ersten Schritten seit drei Tagen.

»Pinkeln kann ich aber alleine«, sagte Johanna, als die Ärztin Anstalten machte, mit ins Bad zu kommen.

Auf ihr Zögern hin fügte sie hinzu: »Ich werd' mich schon nicht im Waschbecken ertränken, versprochen.«

Bei angelehnter Tür, so weit kam Johanna ihr entgegen, saß sie endlich wieder auf einer Toilette und nicht mehr auf der Bettpfanne. Es war, als hätte sie ein Stück ihrer Würde zurückbekommen.

Danach wusch sie sich Hände und Gesicht mit der Seife aus dem Seifenspender und trocknete sich mit einem umweltfreundlichen, hässlich grauen Papierhandtuch ab, von denen sich ein ganzer Stapel auf der Ablage türmte.

Ihr Spiegelbild war erschreckend. Das Gesicht war blass und wirkte in dem spärlichen Licht noch schmaler als sonst. Dunkle Augenringe ließen sie krank und um Jahre älter aussehen. Wo war die attraktive, kraftstrotzende und wie das blühende Leben aussehende junge Frau geblieben, die sie irgendwann gewesen war? Irgendwo auf dem Weg hierher hatte sie sie verloren.

Sie schaltete das Licht aus und ging zurück ins Zimmer.

»Sehen Sie? Ich lebe noch.« Sie schenkte der Frau Doktor, die wieder Block und Stift auf ihren Oberschenkeln liegen hatte, ein schiefes Lächeln und war froh, als sie wieder auf dem sicheren Bett saß, bevor ihr Kreislauf schlappmachte.

»Sind Sie schon lange so extrem schlank?«

»Ich leide seit vielen Jahren unter einer Essstörung. Ich dachte, Sie haben meine Krankenakte gelesen?«

»Da steht nur drin, dass Sie magersüchtig sind, aber nicht seit wann.«

Mit der rechten Hand fuhr sich Johanna durch das streichholzkurze Haar.

»Das fing etwa mit neunzehn oder zwanzig an. Kurz nach der Scheidung meiner Eltern.«

»Sehen Sie das als die Ursache, die Scheidung Ihrer Eltern?«

»Nein.«

»Und die Tattoos?«

»Was soll mit denen sein? Ich finde sie cool.«

»Sie sind recht düster, beinahe furchteinflößend.«

Johanna betrachtete ihren rechten Arm mit dem weißgeschminkten Clownsgesicht auf nahezu schwarzem Hintergrund. Es war das Abbild des gruseligen Clowns Pennywise aus Steven Kings Horrorthriller *Es.* Ein Teil des roten Luftballons, den der Clown immer bei sich trug und der über den orangeroten Haaren schwebte, wurde von dem kurzen Ärmel des Krankenhaushemdes verdeckt. »Sie passen zu mir, meine Gedanken sind düster, deswegen schreibe ich ja auch Thriller.«

»Was ist mit den Piercings?«

Automatisch betastete Johanna den Ring an ihrer linken Augenbraue.

»Sie gefallen mir. Sonst noch Fragen?«

»Wie viele Tattoos und Piercings haben Sie?«

»Ich dachte, Sie wollen meine Psyche reparieren«, sagte Johanna spöttisch. »Oder wollen Sie nur die Adresse von meinem Tattoo-Studio?«

»Wie viele?«, wiederholte Frau Dr. Stark ruhig.

Johanna zählte in Gedanken nach.

»Acht Tattoos, und die Piercings können Sie selber nachzählen.« Sie deutete auf ihre Unterlippe, die Nase und die Augenbraue. »Und was sagt Ihnen das jetzt über mich?«

»Dass Sie sich mit den Schmerzen, die Ihnen dabei zugefügt werden, und mit dem selbstauferlegten Essensentzug selbst bestrafen wollen«, antwortete die Ärztin.

»Ach ja?«

»Ja. Oder wie sehen Sie das?«

Es lag schon eine spöttische Erwiderung auf Johannas Zunge, dann besann sie sich aber darauf, dass sie versprochen hatte, sich auf die angebotene Hilfe einzulassen. Zärtlich strich sie mit der Hand über den Horror-Clown und sagte stattdessen: »Ich hatte immer das Gefühl, der körperliche Schmerz würde mich von einem inneren Schmerz ablenken. Aber Ihre Theorie klingt auch nicht schlecht.«

»Dieser innere Schmerz, wissen Sie, woher er kommt?«

»Klar, es ist Schuld.« Es kam so selbstverständlich über ihre Lippen, obwohl sie das nie zuvor einem anderen Menschen anvertraut hatte. Und es tat unheimlich gut, es endlich einmal laut ausgesprochen zu haben.

»Schuld woran?«

Johanna rang mit sich, immerhin war es seit fünfzehn Jahren ihr am besten gehütetes Geheimnis. Doch dann brach es regelrecht aus ihr heraus.

»Ich habe das Leben eines Menschen zerstört«, sagte sie kaum hörbar.

Die Ärztin sagte nichts dazu.

Die Worte hingen irgendwie zwischen ihnen im Raum, und am liebsten hätte Johanna sie zurückgenommen. Was natürlich nicht ging.

»Wollen Sie darüber reden?«, fragte Frau Dr. Stark nach einer gefühlten Ewigkeit.

»Ich weiß nicht.« Sie hatte eh schon viel mehr gesagt als je zuvor.

»Vielleicht sollten wir an dieser Stelle aufhören und morgen weitermachen, was meinen Sie?« Die Ärztin lächelte Johanna an.

»Ja. Das ist wahrscheinlich das Beste.«

Frau Dr. Stark klappte den Block zu, steckte den Kugelschreiber in die Brusttasche ihres Kittels und stand auf.

»Muss ich Sie wieder fixieren, oder sind Sie vernünftig?«, fragte sie, nachdem sie den Stuhl an den Tisch zurückgestellt hatte.

»Würden Sie mir denn glauben, wenn ich sage, dass ich vernünftig sein werde?«

Die Ärztin sah sie ernst an. »Ja, das würde ich.«

»Okay, ich werde vernünftig sein.«

»Dann sehen wir uns morgen. Ich wünsche Ihnen eine gute Nacht.«

»Was machen Sie heute noch?«

»Nicht viel, es war ein langer Tag. Ich werde mir eine Kleinigkeit kochen und höchstwahrscheinlich vor dem Fernseher essen. Vielleicht lese ich noch ein bisschen, und gegen zehn werde ich wie tot in mein Bett fallen und sofort einschlafen.«

»Sie leben allein?«

»Ja, im Gegensatz zu Ihnen ist mir der Richtige noch nicht begegnet.«

Sie öffnete die Tür, blieb aber noch einmal stehen. »Versprechen Sie mir noch etwas?«

»Kommt ganz drauf an«, sagte Johanna vorsichtig.

»Gleich kommt das Abendessen – versprechen Sie mir, alles aufzuessen?«

»Essen wird überbewertet.«

»Essen macht glücklich. Es ist sinnlich und immer wieder spannend. Versuchen Sie es einfach mal unter diesem Aspekt.«

Wirklich sinnlich waren die langweiligen beiden Scheiben Mischbrot und die an den Rändern schon leicht angetrockneten Wurst- und Käsescheiben leider nicht. Auch der so gut wie ungewürzte Karotten-Rohkostsalat war weder sinnlich noch spannend. Trotzdem aß Johanna ihn zur Hälfte auf – nicht, weil sie das Mahl besonders glücklich machte, sondern einzig und allein, weil sie es Frau Dr. Stark versprochen hatte.

»Wie geht es Ihnen heute?«, fragte die Ärztin, als sie am nächsten Tag kurz nach dem Frühstück bei Johanna vorbeischaute.

»Was würden Sie denn gern hören?«

»Die Wahrheit.«

»Die Wahrheit ist, dass ich mich gar nicht fühle. Mein Kopf ist wie leergefegt, meine Sinne sind abgestorben. Ich habe weder Angst noch Wut, mir ist weder kalt noch warm. Vielleicht bin ich ja schon tot.«

Frau Dr. Stark lachte. »Nein, Sie sind noch nicht tot. Das sind nur die Medikamente, die Sie derzeit bekommen.«

»Leck-mich-am-Arsch-Tabletten«, sagte Johanna düster.

»Ein wirklich hübscher Name dafür, den muss ich mir merken. Es wird besser werden, sobald wir die Dosis senken.«

Es klopfte kurz an der Tür, dann schwang sie auf. Andreas kam mit einer prall gefüllten Reisetasche hereinspaziert. Er war frisch rasiert und geduscht, er hatte sich die Haare gewaschen und steckte in sauberen ausgewaschenen Jeans und weißem T-Shirt.

Genau in diesem Outfit hatte Johanna ihn kennengelernt. Bei einer Lesung hatte er in der vordersten Reihe gesessen und sie nicht aus seinen wunderbar braunen Augen gelassen. Kleine Schauer hatten diese braunen Augen in Kombination mit seinem unvergleichlichen Lächeln über ihre damals nur spärlich tätowierte Haut gejagt. Jedes Mal, wenn sie von ihrem Buch aufgesehen hatte, hatte sie nur ihn angeschaut, so als wäre er der einzige Zuhörer an diesem Abend gewesen. Als Letzter hatte er sich sein frisch gekauftes Buch von ihr signieren lassen und sie dann einfach gefragt, ob sie noch etwas mit ihm trinken gehen würde. Aus einem Glas Wein und zwei unterhaltsamen Stunden waren inzwischen mehrere Jahre geworden.

Und da fühlte Johanna doch etwas: warme Liebe für diesen wunderbaren, fantastisch aussehenden Mann.

»Frau Doktor.« Er schüttelte der Ärztin zur Begrüßung die Hand. Johanna gab er einen zärtlichen Kuss auf den Mund.

Er stellte die Tasche auf den Boden, setzte sich zu ihr aufs Bett und nahm ihre Hand. »Keine Handschellen mehr?«

»Frau Winter war ein braves Mädchen. Ich komme dann um drei zu unserer Sitzung wieder. Bis später.«

»Was hast du ihr alles über mich erzählt?«, fragte Johanna, sobald die Ärztin das Zimmer verlassen hatte.

»Alles, wovon ich dachte, es könnte ihr bei deiner Behandlung von Nutzen sein.«

»Und was so?«

»Zum Beispiel, dass du gegrillte Hundewelpen zum Frühstück verspeist und eine Nymphomanin bist, die mindestens fünfmal am Tag Sex haben will ...«

»Du Scheusal!« Johanna boxte ihn auf den Oberarm, was ihr Handgelenk mit einem stechenden Schmerz quittierte. »Sag ehrlich!«

Er schnappte sich ihre Hand und küsste sie. »Zusammengefasst: dass du ein kreativer, exzessiver Mensch bist und gelegentlich selbstzerstörerische Anwandlungen hast. Dass unsere Beziehung – bis auf die Tatsache natürlich, dass du mir die gestern gekündigt hast – grundsätzlich harmonisch ist, und dass es da etwas in deiner Vergangenheit gibt, das dich quält und das du nicht einmal mir erzählt hast. Und dass ich dich liebe.«

»Das war alles?«

»Das war alles.«

»Was hältst du von ihr?«

»Ich finde sie sehr sympathisch. Ich glaube, sie ist ehrlich an dir und deinem Problem interessiert. Wichtiger ist aber, was du von ihr hältst.«

»Ich traue ihr. Sie ist geradeheraus und schwafelt nicht so psychomäßig daher. Außerdem spricht sie mich mit meinem Namen an und sagt nicht so doofe Klapsmühlensätze wie: Haben wir schön aufgegessen? oder: Wie geht es uns denn heute Morgen? Außerdem hat sie den gleichen derben Humor wie ich.«

Sie setzte sich auf und ließ die Beine aus dem Bett baumeln.

»Und sie hat meine Bücher gelesen«, fügte sie noch hinzu.

»Wenn das kein Grund ist, sie als Psychiaterin gut zu finden!« Er zwinkerte ihr zu und stand auf. »Ich hab dir Waschsachen und was zum Anziehen mitgebracht.«

Nachdem er die Tasche aufs Bett gehoben und den Reißverschluss geöffnet hatte, packte er aus: Hausschlappen, Socken, Unterwäsche, T-Shirts, Jogginganzug und ihren Lieblingsschlafanzug.

»Du bist ein Schatz«, sagte Johanna gerührt. »Ich bin übrigens sehr froh, dass du meine Kündigung nicht angenommen hast.«

Mit wackligen Beinen stand sie auf und umarmte ihn. Es tat so gut, seine Nähe zu spüren, sein Aftershave zu riechen. Ihr wurde schmerzlich bewusst, dass es diesen angenehmen, beinahe glücklichen Moment nicht gäbe, wenn Melanie sie nicht gefunden hätte.

Er drückte sie fest an sich. »Wie fühlst du dich?«

»Gerade eben sehr gut. Und wenn ich erst mal gewaschen bin, bestimmt noch um einiges besser.« Sie löste sich aus seinen Armen und sah ihm in die Augen. »Danke, dass du mich liebst.«

»Keine Ursache – auch wenn es nicht immer einfach ist.«

»Glaubst du, dass man in meinem Alter noch ein anderer Mensch werden kann?«

Er strich ihr mit der Hand über das kurze Haar. »Jo, du sollst gar kein anderer Mensch werden – ich liebe dich so, wie du bist. Du sollst nur lernen, glücklich zu sein, und du sollst endlich deine Dämonen loswerden, die dich quälen. – Ähm, eine Dusche wäre vielleicht ein guter Anfang auf dem Weg dorthin.« Er kräuselte demonstrativ die Nase.

»Is ja gut, ich rieche es auch. Nach drei Tagen ohne jegliche Körperhygiene ist das aber auch kein Wunder.«

»Dann verschwinde du ins Bad, und ich ziehe los und gehe einkaufen und noch so einiges erledigen. Gegen Abend komme ich wieder vorbei.« Noch einmal nahm er sie in seine Arme und hielt sie fest. »Ich weiß nicht, was ich tun würde, wenn du … tot wärst.«

Sie tätschelte ihm den Rücken. »Du wärst schon darüber hinweggekommen, und irgendwann hättest du dir auf einer Autorenlesung ein neues Opfer gesucht.«

Lachend gab er sie frei. »Ich wollte nur zu dieser Lesung gehen, weil ich gerne Thriller lese. Es war keinesfalls geplant, dass ich das vorgestellte Buch inklusive der Autorin mit nach Hause nehme. Aber als ich reinkam und dich da sitzen sah, war es um mich geschehen. Ich konnte gar nicht anders, ich musste dich anbaggern.«

»Tja, das hast du jetzt davon.« Johanna klemmte sich Jogginganzug, Handtuch und Kulturbeutel unter den Arm. Sie stellte sich auf die Zehenspitzen und küsste ihn ein letztes Mal. »Bis später.«

Er sah ihr nach und pfiff anerkennend durch die Zähne, als er ihre spärlich bedeckte Rückansicht bemerkte. »Gib den Jogginganzug wieder her, das Hemd ist nämlich supersexy.«

Johanna zeigte ihm einen Stinkefinger und entschwand ins Badezimmer.

Dort angekommen musste sie sich erst einmal auf die Toilette setzten, um auszuruhen. So schwach hatte sie sich noch nie gefühlt.

Andi klopfte zum Abschied dreimal an die Tür und rief »tschüss«, dann hörte sie, wie draußen die Tür auf und wieder zu ging.

In drei Etappen schaffte sie es, sich die Zähne zu putzen und sich einigermaßen gründlich zu waschen, ohne die Verbände allzu nass zu machen. Immer wieder musste sie Pausen einlegen. Mit letzter Kraft räumte sie den Inhalt der Reisetasche in Schrank und Nachtkästchen. Ganz zuunterst fand sie Schreibzeug und ihren Laptop samt Ladekabel. Sie holte ihn heraus und strich über den kühlen silbernen Deckel. Es fühlte sich tröstlich an, schreiben war schon immer tröstlich für sie gewesen. Voller Liebe dachte sie an Andi, der das wusste und ihr ihre Krücke für den Alltag eingepackt hatte. Allerdings ruhte darin auch der angefangene Roman. Schnell verstaute sie den Rechner im untersten Fach des Nachtschränkchens und schloss die Tür, damit sie ihn vorerst nicht sehen musste. Noch war sie nicht so weit, aber vielleicht, wenn alles gut lief, würde sie das Buch in ein paar Wochen oder Monaten zu Ende schreiben können.

Als sie dann auf ihrem Bett lag, war sie zu Tode erschöpft und schlief sofort ein.

Johanna wurde erst wieder wach, als es ein paar Stunden später an der Tür klopfte. Sie rieb sich die noch immer müden Augen und setzte sich ungelenk auf.

»Schlafen ist gut«, sagte Frau Dr. Stark. »Schlafen heilt die Seele.«

Sie trat an den Tisch und zeigte mit einem fragenden Blick auf das Essenstablett, von dem Johanna nicht wusste, wie es dahingekommen war. Prüfend hob sie den Deckel, um ihn gleich wieder mit unveränderter Miene über den Teller zu stülpen.

»Sie haben Ihr Mittagessen nicht einmal angerührt. Hatten Sie mir nicht etwas versprochen?«

»Das muss gebracht worden sein, als ich schlief. Ich hab es nicht mitbekommen, ehrlich.«

»Was halten Sie davon, wenn wir uns an den Tisch setzen, und Sie essen während unseres Gesprächs?«

»Wenn ich ein schönes Glas Rotwein dazubekomme ...« Johanna schwang die Beine aus dem Bett und blieb einen Moment sitzen, bis der Schwindel in ihrem Kopf abebbte.

»Wein gibt es erst wieder, wenn Sie hier raus sind. Vielleicht kann diese Aussicht Sie ja darin beflügeln, gut mitzuarbeiten, damit Sie bald entlassen werden können.«

Frau Dr. Stark musste gemerkt haben, wie schwer Johanna das Aufstehen fiel. Mit zwei Schritten war sie bei ihr und führte sie zum Tisch.

»Sie müssen noch sehr langsam machen, Frau Winter. Zum einen haben Sie sehr viel Blut verloren. Deshalb sollten Sie viel trinken. Zum anderen ist Ihr Körper sehr ausgemergelt und schwach. Kommt noch das lange Liegen hinzu, Ihre Muskeln müssen sich erst wieder an Arbeit gewöhnen. Und Sie sollten essen, damit Ihr Magen mit den Medikamenten besser zurechtkommt.«

Sie entfernte den Deckel und legte ihn mit der Öffnung nach oben ab.

Ein kleines paniertes Schnitzel lag in einem Fach des dreigeteilten Tellers. Ordentlich davon getrennt häuften sich in Butter geschwenkte Erbsen und Möhren und vier Salzkartöffelchen.

Der lauwarme Geruch stieg Johanna in die Nase, nicht unangenehm, aber auch nicht appetitanregend. Wäre sie allein gewesen, hätte sie den Deckel wieder draufgemacht und sich ins Bett verzogen.

Frau Dr. Stark setzte sich ihr gegenüber. »Sie haben Ihrem Körper einiges abverlangt, Frau Winter«, sagte sie mit eindringlichem Blick. »Er schreit förmlich nach Hilfe. Geben Sie sie ihm. Geben Sie ihm die Chance, sich zu erholen und wieder zu Kräften zu kommen. Dasselbe gilt für Ihren Geist und Ihre Seele. Genau diese Chance haben Sie jetzt.«

Unschlüssig betrachtete Johanna das Essen. Die Ärztin hatte recht, das wusste sie nur zu gut. Ihr war klar, dass sie eventuell nie wieder eine solche Chance bekäme.

»Frau Winter, Sie sind eine intelligente Frau, Ihnen muss die Tragweite Ihres Handelns doch bewusst sein.« Die Ärztin stibitzte eine grasgrüne Erbse vom Teller und ließ sie in ihrem Mund verschwinden. »Wenn Sie die Hälfte von allem schaffen, bin ich sehr zufrieden.«

Johanna nahm sich ebenfalls eine Erbse. Sie war viel zu weich, sie konnte sie mit der Zunge am Gaumen zerdrücken. Es schmeckte nach Erbse und Butter und gar nicht mal schlecht. Zu wenig Salz vielleicht. Entschlossen griff sie zu Messer und Gabel.

Frau Dr. Stark beobachtet sie, wie sie ein winzig kleines Stück vom Fleisch abschnitt, in den Mund schob und lustlos darauf herumkaute. Es schmeckte fad, nach kaltem Frittierfett. Auch hier fehlte Salz. Doch je länger sie kaute, desto mehr Geschmack entfaltete sich, sogar ein Hauch von Paprikapulver war zu erahnen, mit dem das Fleisch anscheinend gewürzt worden war.

»Dann wollen wir mal.« Frau Dr. Stark schlug ihren Block auf und machte mit einem leisen Klicken ihren Kugelschreiber einsatzbereit.

»Ich will nicht bei Adam und Eva anfangen, denn Ihren Akten, die ich inzwischen komplett durchgearbeitet habe, entnehme ich, dass Sie schon mehrere Therapien begonnen haben.«

Johanna nickte.

»Daher würde ich gern an dem Punkt einsteigen, an dem Sie immer ausgestiegen sind und sie abgebrochen haben. Ist das okay für Sie?«

Es kostete Johanna sehr viel Überwindung, das nach Tapetenkleister schmeckende Püree, das mit großer Sicherheit aus der Tüte stammte, herunterzuschlucken. Mit einem großen Schluck Pfefferminztee spülte sie nach. »Sie sind hier der Boss.«

»Nein, *Sie* sind der Boss. Wir beiden machen hier nichts, was Sie nicht wollen.«

»Das ist ja ganz was Neues. Also gut, legen Sie los.«

»Sie waren jetzt so viele Jahre einigermaßen safe ...«

»Wollten wir Deutschen nicht weg von diesen doofen Anglizismen?«

»Also gut: unauffällig, psychisch stabil – gefallen Ihnen diese Bezeichnungen besser?«

»Zumindest kann jeder sie verstehen. Und mit lateinischen Fachbegriffen müssen Sie mir auch nicht kommen – ich stehe auf Psychologie für Doofe.«

»Gut zu wissen.« Die Ärztin lächelte sie verschmitzt an. »Dann also ohne Plüsch und Samthandschuhe: Was war der Auslöser dafür, dass Sie sich das Leben nehmen wollten?«

Johanna sortierte ihr Gemüse mit der Gabel zu einem Erbsen- und einem Möhrenhäufchen. Als das erledigt war, sah sie auf. »Ein Brief.«

»Ein Brief? Was für ein Brief? Eine Absage vom Verlag oder die Nachricht vom Tod eines nahestehenden Menschen?«

»Nein, alle leben noch und erfreuen sich bester Gesundheit.« Johanna legte das Besteck neben den Teller, nahm das halbe Schnitzel in die Hand und biss ein Stück davon ab.

»Eine Einladung zum Klassentreffen«, sagte sie nicht ganz deutlich.

Frau Dr. Stark sah sie ungläubig an. »Das hat Sie so aus der Bahn geworfen? Eine Einladung zu einem Klassentreffen? Nehmen Sie mich gerade auf den Arm?«

»Sie wiegen geschätzte fünfzehn Kilo mehr als ich, ich nehme Sie also ganz sicher nicht auf den Arm.« Johanna legte das letzte Stück Schnitzel auf den Teller und schob das Tablett in die Mitte des Tisches.

Der Blick der Ärztin auf das, was sie übrig gelassen hatte, verriet ihr, dass sie mit dem Ergebnis nicht sonderlich zufrieden war. Doch sie äußerte sich nicht dazu.

»War Ihre Schulzeit so schlimm? Wurden Sie gemobbt?«, fragte sie stattdessen.

Johanna lacht hell auf. »Meine Schulzeit war völlig normal, und gemobbt wurde ich auch nicht. Wenn damals einer mobbte, dann war das ich. Ich war kein angenehmer Teenager.«

»Lag das an der Situation zu Hause, am Ehekrieg Ihrer Eltern?«

»Ich hätte Ihnen eigentlich mehr zugetraut als diese ausgeleierte Standardschallplatte, Frau Doktor«, sagte Johanna gelangweilt. »Nein, das lag nicht an der Trennung meiner Eltern, das lag ganz allein an mir. Wie gesagt, ich war kein angenehmer Teenager.«

»Was war es dann? Was belastet Sie bis heute?«

Johanna lehnte sich zurück und machte eine wegwerfende Handbewegung. »Das ist eine lange Geschichte.«

»Ich mag Romane lieber als Kurzgeschichten.«

»Haben Sie nicht noch andere Kundschaft, die Sie besuchen müssen?«

»Nein, Sie sind die Letzte in meinem Terminplan, und ich habe heute Abend nichts mehr vor.«

»Na dann.« Gedankenverloren aß Johanna noch eine Erbse, bevor sie zu erzählen begann.

»Ich hatte damals drei Freundinnen.« Sie machte eine Pause. »Drei allerbeste Freundinnen.«

»Haben Sie die nicht mehr?«

»Nein, die habe ich nicht mehr, was das Wörtchen *hatte* eigentlich implizieren sollte.«

»Ich wollte nur wissen, ob Sie keine der drei mehr zur Freundin haben.«

»Nein, keine der drei. Ich habe sie vor fünfzehn Jahren verloren.«

Dann erzählte Johanna vom Kindergarten und der Schulzeit und von Sonja, Iris und Annabell. Von Sachen, die sie gemeinsam gemacht hatten, davon, dass diese drei Mädchen für sie immer mehr Familie waren als ihre eigene Familie.

Und sie erzählte von dem Urlaub, von der Fahrt und wie sie Iris quasi entführt hatten.

Das, was sie noch nie jemandem erzählt hatte, kam ihr plötzlich ganz leicht über die Lippen. Sie war sich sicher, dass das an den Medikamenten lag, die sie verabreicht bekam. Medikamente, die ihre Gefühle kleinhielten. Das war gar kein unangenehmer Zustand.

»Und dann waren wir in Cavallino. Kennen Sie Cavallino?«

Frau Dr. Stark schüttelte den Kopf.

»Das ist kurz vor Venedig, ein reiner Touristenort. Wir waren auf einem kleinen Campingplatz, Marke unterste Schublade. Aber wir waren glücklich und hatten Spaß. Sehen Sie das?« Sie hielt ihr den rechten Zeigefinger mit der Narbe hin. »Wir haben dort unten am Strand und mit viel Lambrusco im Kopf Blutsschwesternschaft geschlossen. War natürlich meine Idee.« Sie lachte trocken. »Ehrlich gesagt, weiß ich gar nicht, wie die drei anderen mich ausgehalten haben. Ich war einfach schrecklich damals, frech, dreist, übergriffig und stinkfaul. Ein Wunder, dass sie mich in diesem Urlaub nicht ersäuft oder erschlagen haben.«

»Was meinen Sie mit übergriffig, Frau Winter?«

»Ich habe zum Beispiel Iris' Shorts dank eines Zuviels an Alkohol in einer Nacht- und Nebelaktion versaut. In allerbester Absicht natürlich, ich wollte nur die Hosenbeine etwas kürzer machen, aber wie das oftmals mit gut gemeinten Taten ist: Sie gehen voll in die Hose – im wahrsten Sinne des Wortes. Iris hat mich dafür gehasst.« Sie verzog ihre Lippen zu einem kleinen Lächeln. »Ihr halber Po hing nach meinem Verbesserungsversuch raus. Und das gutmütige Ding hat sie tapfer angezogen. Die gute Iris war immer so sanft und angepasst und freundlich.« Nachdenklich kräuselte sie die Stirn. »Aber vielleicht hat sie nur wegen der Hose diesen Typen abbekommen? Dann hätte sie ihre Defloration mir zu verdanken. Hey, ich hab anscheinend doch Gutes getan in meinem Leben.«

»Von welchem Typen sprechen Sie? Sind wir noch bei dem Urlaub oder schon wieder zu Hause?«

»Im Urlaub. Eines Tages kamen drei Jungs mit ihren Motorrädern auf den Campingplatz gebrummt. Sie bauten ihr Zelt ganz in unserer Nähe auf. Und wie das nun mal bei Mädchen und Jungs so ist, erfolgte recht schnell die erste Kontaktaufnahme, und wir verbrachten recht viel Zeit miteinander.«

Jetzt war sie schon weit über den Punkt hinaus, an dem sie all die Jahre mit dem Erzählen abgebrochen hatte. Doch heute war es anders, heute wollte der Rest der Geschichte aus ihr heraus.

»Was waren das für Jungs?«

»Drei ganz normale Typen. Eigentlich viel zu normal für meinen Geschmack. Einer, Steffen, war Pädagogikstudent, Nick war Schreiner, und der große Dunkelhaarige, Tom, war Koch.«

»Sie sagten *eigentlich*, ich gehe also davon aus, dass Sie trotz der langweiligen Normalität in einen von ihnen verliebt waren?«

»Gut zugehört, Frau Doktor. In der Tat schossen die Hormone nur so durch die Gegend. Iris – unsere harmlose kleine Iris, die zuvor noch keinen Freund gehabt hatte – angelte sich ruckzuck den Schreiner. Und Annabell flirtete auf Teufel komm raus mit dem Koch.«

»Und Sonja?«

»Bei Sonni war ich damals fest davon überzeugt, dass sie und der Student ein Paar werden würden. Er baggerte auch wie doll, aber Sonni interessierte sich nicht für ihn.«

»Dann für einen anderen der Jungs?«

»Nein, sie hatte mit keinem was am Hut.«

»Bleiben nur noch Sie übrig.«

Einen Moment lang überlegte Johanna, ob sie das Ganze an dieser Stelle doch beenden sollte. Nun kam die schwierigste Stelle. Doch wenn sie es jetzt nicht erzählte, dann würde sie es wahrscheinlich nie schaffen. Und sie wollte es schaffen, unbedingt.

»Ich war total in Tom verschossen. Er sah verdammt gut aus, groß, sportlich, tolle Augen. Er war exakt mein Typ.« Sie sah ihn genau so vor sich, wie er damals ausgesehen hatte. Oh ja, sie war schwer verliebt in ihn gewesen.

»Moment, sagten Sie nicht gerade, dass Annabell und er?«

»Genau das war das Problem: Ich wollte ihn, Bella wollte ihn auch, und er wollte nicht mich, sondern Bella.« Johanna schwieg, sie konnte sich nur zu gut daran erinnern, wie sie sich deswegen gefühlt hatte: enttäuscht, verletzt, eifersüchtig. Und so unheimlich zornig, so zornig, dass ...

»Gab es Streit deswegen zwischen Ihnen und Annabell?«

Johanna sah sie traurig an und sagte leise: »Nein, viel, viel schlimmer.«

Sie schloss die Augen und rieb sich mit beiden Händen über das Gesicht. Gleich würde sie die schrecklichsten aller Erinnerungen aus der hintersten Ecke ihres Gehirns hervorkramen, in die sie sie vor so langer Zeit zu verbannen versucht hatte. Dann wären sie wieder da, die Bilder, und sie hatte keine Ahnung, wie es danach weitergehen würde. Sie fürchtete sich davor.

Frau Dr. Stark wartete geduldig, bis sie schließlich weitererzählte.

»Es war Ende der ersten Woche oder Anfang der zweiten. Tom hatte mal wieder für uns alle gekocht. Carbonara, ich hatte noch nie zuvor Carbonara gegessen. Er konnte wirklich toll kochen, was ich überaus sexy fand. Wir alle saßen zusammen, aßen und tranken literweise Lambrusco, und irgendwie wurde aus dem Abendessen eine kleine Party, zu der sich im Laufe des Abends auch andere Camper dazugesellten. Irgendjemand brachte ein batteriebetriebenes Radio mit, Nick spielte auf der Gitarre dazu, wir lachten viel, rauchten und tanzten zu den Liedern der italienischen Charts. An manche kann ich mich noch gut erinnern, zum

Beispiel an *Grace Kelly* von Mika – kennen Sie das? Ich fand es damals schon scheußlich, aber es wurde in diesem Sommer überall hoch und runter gespielt, am Strand, im Supermarkt und in den Eisdielen. Dann war da noch *Beautiful Liar* von Beyoncé und Shakira, damals ein echter Ohrwurm.«

Und natürlich wurde an dem Abend auch *Non siamo soli*, der Sommerhit von Eros Ramazotti und Ricky Martin gespielt. Die beiden Sänger trällerten was von *Wir sind nicht allein*, sie jedoch hatte sich an diesem Abend so allein gefühlt wie nie zuvor. Dann nämlich als ...

»Irgendwann hab ich bemerkt, dass Annabell und Tom Händchen hielten. Später knutschten sie auch rum. Und Iris und Nick waren auch plötzlich nicht mehr da.« Johanna spürte, wie der Zorn von damals wieder in ihr hochstieg, sie ballte die Hände unter der Tischplatte zu Fäusten.

»Sonja und Steffen diskutierten über irgendwas völlig Unwichtiges, und ich saß auf einmal alleine rum. Alle hatten mich irgendwie vergessen ...«

»Aber es waren doch noch andere Leute da.«

»Ja, aber nur fremde Menschen, die mich überhaupt nicht interessierten.« Vorneweg Ewald und seine Helga, die den ganzen Abend vergeblich versucht hatten, eine CD von den Kastelruther Spatzen zu Gehör zu bringen.

»Was taten Sie dann?«

»Ich ... ich wollte mich rächen. Erstens, weil Tom mich gar nicht beachtete, und zweitens, weil er mir Bella wegnahm. Denn ich konnte mir genau vorstellen, wie der restliche Urlaub ausgesehen hätte: Bella hätte nur noch mit Tom rumgehangen und Iris mit Nick. Unsere wertvolle gemeinsame Zeit, unsere letzten gemeinsamen Tage, bevor wir uns für mehrere Monate trennen mussten, waren in Gefahr. Und dagegen wollte ich etwas tun.«

Und was, sagte der fragende Blick der Ärztin.

»Ich bin zu Toms Motorrad geschlichen und hab die Ventile aufgedreht. Ich wollte ihn nur ärgern, ich konnte ja nicht wissen …«

Johanna brach ab.

»Was konnte Sie nicht wissen, Frau Winter?«, fragte Frau Dr. Stark, als Johanna längere Zeit schwieg.

»Dass er an diesem Abend noch mal wegfahren würde. Ich ging davon aus, dass er am nächsten oder übernächsten Tag den Platten entdecken und sich ärgern würde. Aber er und Bella hatten plötzlich die blöde Idee, dass sie Eis holen wollten. Die anderen fanden das klasse und legten Geld zusammen. Und so stieg Bella mit einer Schüssel unter dem Arm hinter Tom aufs Motorrad, und sie fuhren davon.«

»Warum haben Sie sie nicht aufgehalten?«

»Das habe ich mich auch immer und immer wieder gefragt. Ich kann nur sagen, dass ich einerseits wie gelähmt war. Andererseits aber auch schadenfroh, denn über kurz oder lang würden sie ja nicht mehr weiterfahren können. Ich stellte mir das so schön vor, wie sie die Maschine irgendwo abstellen und zurücklaufen müssten, und dass das Eis geschmolzen sein würde, bis sie wiederkämen.«

Bevor sie weitersprach, wischte Johanna sich mit dem bandagierten Handrücken über die Augen,

»Ich schaute den beiden einfach hinterher, bis die Rücklichter nicht mehr zu sehen waren.« Sie schluckte schwer und rang mit ihrer Fassung.

»Und dann?«, fragte die Ärztin vorsichtig.

Johanna holte tief Luft und sah sie aus tränennassen Augen an. »Dann gab es einen lauten Knall, draußen auf der Straße. Kurz danach kam jemand über den Platz gelaufen und rief, dass es einen Unfall gegeben hätte. Ich weiß noch, dass ich dachte: Na und? Was geht uns das an? Als dann aber herauskam, dass ein Motorrad darin verwickelt war, wurde mir speiübel. Ich schaffte es gerade noch hinter unser

Zelt, um mich zu übergeben, und bis ich fertig war, waren alle anderen schon nach vorn zum Eingang gelaufen.«

Sie stützte die Ellenbogen auf den Tisch und legte ihr Gesicht in die Hände. Am liebsten wäre sie auf der Stelle gestorben.

Frau Dr. Stark kam mit ihrem Stuhl um den Tisch herumgerutscht und legte ihr eine Hand auf die Schulter.

Urplötzlich sprang Johanna auf und ging hinüber zum Fenster. Sie lehnte die Stirn an das kühle Glas. Unter ihr lag ein kleiner, sehr gepflegter Park, in dem gerade ein Pfleger einen älteren Patienten spazieren führte.

»Wollen wir lieber morgen weitermachen?« Die Ärztin war neben sie getreten.

Johanna schüttelte den Kopf, ohne die Stirn von der Scheibe zu nehmen.

»Nein, ich will es endlich loswerden.« Sie drehte sich zu ihr um und rieb sich fröstelnd die Arme.

Beide fuhren herum, als es an der Tür klopfte. Es war Andreas. Mit einem großen Wildblumenstrauß betrat er das Zimmer, blieb beim Tisch aber zögernd stehen. Sein Blick wanderte von Johanna zu Frau Dr. Stark.

»Soll ich lieber später wiederkommen?«

»Ich möchte, dass er bleibt«, sagte Johanna schnell, bevor die Ärztin ihn hinauskomplimentieren konnte. »Er soll das hören, damit er endlich weiß, mit wem er es zu tun hat.«

»Ähm, ich kann gern draußen warten, macht mir nichts aus.« Man sah ihm an, dass er sich nicht sonderlich wohlfühlte.

»Nein, bleib, setz dich einfach irgendwo hin«, sagte Johanna im Befehlston. »Bitte«, fügte sie etwas sanfter hinzu.

Er legte den Strauß neben das Essenstablett und nahm auf dem Bett Platz. Erwartungsvoll sah er die beiden Frauen an.

Johanna setzte sich der Länge nach aufs breite Fensterbrett, zog die Beine an und umschlang sie mit den Armen. Sie sah aus dem Fenster, als sie zu sprechen begann.

»Während ich also mein Innerstes nach außen stülpte, hörte ich eine, nein, zwei Sirenen näherkommen. Und als ich dann endlich fertiggekotzt hatte und hinter unserem Zelt vorkam, sah ich Iris und ihren Nick aus dem Zelt der Jungs herauskommen. Spärlich bekleidet, die Haare schwer in Unordnung – mir war sofort klar, was die beiden da getrieben hatten. Und Iris war klar, dass ich es wusste.« Sie lächelte bei dieser Erinnerung. »Total verlegen war sie, sah mich mit hochrotem Kopf an und verknöpfte sich bei ihrer Bluse, so nervös war sie.«

Das Lächeln erstarb auf ihren Lippen. »Unser Küken hatte den ersten Sex, während Annabell verunglückte.«

Sie sah erst Andreas, dann die Ärztin an. »Das Leben ist schon manchmal makaber, oder?«

Frau Dr. Stark stimmte ihr mit einem kleinen Nicken zu.

Johanna starrte wieder hinaus. Der Park war jetzt leer. Ein hellgraues Taubenpärchen kam angeflattert und ließ sich auf der Lehne einer Bank nieder, um sich zu putzen.

»Als Iris, Nick und ich zur Unfallstelle kamen, standen schon jede Menge Leute herum. Die Sirenen waren jetzt aus, aber das Blaulicht drehte sich noch, tauchte alles in ein gespenstisches Licht. Ich sehe noch genau die Gesichter der Menschen vor mir, das pulsierende Blaulicht, und blankes Entsetzen spiegelte sich ihn ihnen wider. Es war erschreckend still, obwohl da bestimmt zwanzig oder dreißig Leute herumstanden, war es totenstill.«

Sie sah Andi an, der ihr gespannt zuhörte, seinem Gesichtsausdruck nach aber nicht ganz verstand, worum es ging.

»Ich versuchte mir einzureden, dass bestimmt alles gut war, dass außer einem Blechschaden nichts passiert war – nichts *passiert sein durfte*. Mit dem vollen Einsatz meiner Ellenbogen quetschte ich mich durch die Schaulustigen nach vorne durch. Jemand hielt mich am Arm fest. Mama Kuhn, die Besitzerin des Campingplatzes, wollte mich nicht durchlassen. ›Bleib hier, Kind. Das solltest du dir nicht ansehen‹, beschwor sie mich. Aber ich riss mich los ... und von da ab war alles wie in Zeitlupe.«

Die Tauben flogen davon, und Johanna sah ihnen nach. Sie wünschte sich, auch einfach davonflattern zu können. Aber sie saß hier, hinter stabilen Gittern und musste sich der Vergangenheit stellen.

»Toms Motorrad lag keine drei Meter entfernt auf dem Asphalt, eine Öllache breitete sich recht schnell aus, mittendrin ein abgerissener Seitenspiegel und die hässliche hellgrüne Plastikschüssel, die Annabell für das Eis mitgenommen hatte. Und alles war übersät mit im Blaulicht funkelnden Würfelchen Sicherheitsglas. Gleich daneben ein Auto, der rechte Blinker blinkte noch, als wäre nichts gewesen. Irgendwo zwischendrin saß Tom, sein Helm lag neben ihm, er hielt seinen rechten Arm und wirkte benommen. Wenn es Tom einigermaßen gut geht, dann geht es Bella bestimmt auch gut, dachte ich voller Hoffnung. Und dann ... dann sah ich Bella.« Ihr versagte die Stimme, aber sie zwang sich weiterzusprechen. »Meine beste Freundin aus Kindertagen, meine Bella, lag da auf der Straße. Lag einfach auf dem Boden, ein Bein seltsam verrenkt, und bewegte sich nicht. Sie lag in etwas Feuchtem, Blut oder Öl, ich konnte es nicht genau erkennen. Zwei Sanitäter knieten sich gerade neben sie, nahmen mir die Sicht. Ich wollte zu ihr, aber da war wieder Mama Kuhn, die mich mit ihren fleischigen Armen umklammerte und an ihren riesigen Busen presste.« Tränen liefen jetzt ungehindert über Johannas Wangen. »Ich konnte trotzdem noch sehen, wie Tom zu ihr hinrobbte ...« Sie rang um Fassung. »Sein Gesichtsausdruck, diese Fassungslosigkeit, diese Verzweiflung – es hat mir fast das Herz zerrissen. Und ich war schuld an allem.«

Es war still im Zimmer, Johanna wagte kaum zu atmen.

Schließlich drehte sich zu den beiden anderen um und sagte beinahe trotzig: »Ich allein trage die Schuld an diesem schrecklichen Unfall, und aus Feigheit und Scham habe ich seitdem geschwiegen. Ich bin ein beschissenes Miststück. Es ist also kein Wunder, dass mein Leben so verkorkst ist.«

Frau Dr. Stark atmete hörbar durch. »War sie ... tot?«

»Nein, Bella war nicht tot ... aber vielleicht können Sie jetzt nachvollziehen, warum mich die Einladung zum Klassentreffen so aus der Bahn geworfen hat.«

20

Der Sommer vor fünfzehn Jahren
Annabell
Tag 4 nach dem Unfall

Annabell wachte nur mühsam auf. Immer wieder dämmerte sie weg. Doch irgendwann konnte sie die Augen ein paar Minuten lang offenhalten. Minuten, in denen ihr Gehirn ihre Umgebung verschwommen wahrnahm: hellgraue Wände, eine ebenfalls hellgraue Decke aus quadratischen Platten, von der eine grelle Neonröhre herableuchtete, eine durchsichtige Glasflasche, die verkehrt herum über ihr schwebte, mit einem dünnen Schlauch, der aus ihr herauskam ...

Das nächste Mal wurde sie halbwegs wach, weil ein unangenehmes Geräusch sich in ihr Bewusstsein bohrte. Ihr Wecker, dachte sie erschrocken, das musste ihr Wecker sein, der da unentwegt piepte. Sie musste aufstehen und sich anziehen, aber sie konnte die müden Glieder nicht bewegen. Das Geräusch wurde dann aber leiser, immer leiser, sie konnte also liegenbleiben und noch ein bisschen dösen ...

Als sie erneut wach wurde, war das lästige Piepen wieder da. Und sie verspürte Schmerzen. Ihr rechter Fuß tat weh. Bevor sie jedoch nachsehen konnte, woher der Scherz kam, holte der Schlaf sie wieder ein.

Irgendwann tauchte sie jedoch aus dem bleiernen Nebel auf. Endlich konnte sie ihre Augen offenhalten und alles klar und deutlich sehen.

Es war kein Traum gewesen, die grauen Wände und die Kassettendecke waren noch immer da, auch die Flasche über ihr – ein Tropf, analysierte ihr Gehirn – und der Schlauch, den sie zuvor schon vage erkannt hatte, führte direkt in ihre rechte Armbeuge. Was sollte das, fragte sie sich. Wahrscheinlich war sie doch noch nicht wach.

»Sie ist wach!«, behauptete eine Stimme neben ihr genau das Gegenteil.

Gleichzeitig spürte sie einen sanften Druck an ihrer linken Hand. Langsam drehte sie den Kopf, und da saß Tom an ihrem Bett. Mit seinen wunderschönen dunklen Augen sah er sie zärtlich an. Vielleicht auch traurig. Oder einer Mischung aus beidem.

Moment mal, meldete sich ihr Verstand, wieso liege ich in einem Bett, einem Krankenhausbett? Auch wie die Bettdecke über sie gebreitet war, war befremdlich – ab ihrem Bauch spannte sie sich wie ein Zelt über ihre Beine.

Das Rücken von Stuhlbeinen auf glattem Boden kam aus einer Ecke des Raumes.

Ihre Eltern tauchten wie aus dem Nichts auf. Es *musste* ein Traum sein, denn ihre Eltern waren nicht hier, sie waren daheim in Deutschland.

Ihre Mama sah fürchterlich aus, die Haare zerzaust, die Haut erschreckend blass, und ihre Augen über den dunklen Ringen waren gerötet, so als hätte sie viel geweint. Ihr Vater sah nicht besser aus. Auch er wirkte völlig übermüdet und verheult und schien sich seit Tagen nicht rasiert zu haben.

Ein wirklich seltsamer Traum, resümierte Annabell. Denn auch, wenn keiner von ihnen etwas sagte, spürte sie ihre Traurigkeit und Verzweiflung beinahe körperlich.

Das war kein schöner Traum, sie musste so schnell wie möglich aufwachen.

Dann war ihre Mutter neben ihr und umklammerte mit eiskalten Fingern ihre rechte Hand.

»Ach, mein Liebes!« Es klang wie ein Seufzer, der aus der Tiefe ihres Herzens zu kommen schien.

Annabell war das alles unheimlich. Das Ganze wirkte so surreal. Es war wie eine Szene aus einem Film, in dem tote Personen ihre Liebsten noch einmal besuchen, um sich für immer von ihnen zu verabschieden. Ihr Herz krampfte sich zusammen. War ihren Eltern etwas passiert? Waren sie tot und machten auf dem Weg ins Jenseits noch mal kurz bei ihr Halt? Aber was machte Tom dann hier?

Und dann war da auch wieder der Schmerz in ihrem rechten Fuß, auch die rechte Schulter tat ein wenig weh.

»Wir haben uns solche Sorgen gemacht«, sagte ihr Vater vom Fußende her, wo er sich mit beiden Händen an der Metallstange festklammerte.

»Wieso habt ihr euch Sorgen gemacht?« Annabell sah von einem zum anderen. »Was ist hier überhaupt los? Warum bin ich im Krankenhaus?«

Die drei sahen sich über ihr Bett hinweg bedeutsam an.

Erst jetzt bemerkte sie, dass Tom seinen rechten Arm in einer Schlinge trug.

»Was ist dir denn passiert?«, fragte sie, obwohl sie sich sicher war, dass sie nur träumte. Natürlich träumte sie, Tom hatte doch keinen verletzten Arm gehabt, als sie ihn zuletzt gesehen hatte. Wann das gewesen war, daran konnte sie sich allerdings nicht erinnern.

Wieder dieser scheue Blickwechsel.

Ihre Mutter sah sie aus ernsten Augen an. »Liebes, ihr beiden hattet einen Unfall. Vor vier Tagen, erinnerst du dich denn nicht?«

»Vor vier Tagen?« Ungläubig sah sie Tom an, der das mit einem Nicken bestätigte.

Annabell verstand das alles nicht. Sie konnte sich überhaupt nicht an die letzten vier Tage erinnern. Hatte sie so schwere Medikamente bekommen, dass sie so lange weggetreten war?

»Du hast im Koma gelegen«, erklärte Tom mit sanfter Stimme.

»Wir hatten solche Angst, dass du gar nicht mehr zu Bewusstsein kommst«, sagte ihr Vater mit brüchiger Stimme. Er nahm die Brille ab, um sich mit einem Taschentuch Tränen aus den Augen zu wischen.

Es tat ihr in der Seele weh, ihren Vater derart erschüttert zu sehen.

»He, Paps, du musst doch nicht weinen, ich bin ja jetzt wieder voll da«, versuchte sie ihn zu trösten.

Tom hielt noch immer ihre Hand. »Kannst du dich wirklich an nichts erinnern?«

»Nein, ich weiß noch, dass wir gefeiert haben, aber dann ist da ein großes schwarzes Loch. – Was war das denn für ein Unfall?«

»Wir sind mit meinem Motorrad gefahren, wir wollten Eis besorgen.«

Jetzt dämmerte es ihr. Ja, sie hatte sich Steffens Helm aufgesetzt und war hinter Tom aufs Motorrad gestiegen. Auf einmal konnte sie sich auch an die Schüssel erinnern, eine große hellgrüne Plastikschüssel aus Helgas und Ewalds Campingwagenküche. Sie hatte sie zwischen Toms Rücken und ihren Bauch geklemmt. Dann waren sie über den Campingplatz gefahren, ganz langsam, eigentlich waren sie nur gerollt. Und an Musik erinnerte sie sich, an die Musik vom Lunapark. Aber dann war da nichts mehr.

Ihre Mutter setzte sich zu ihr aufs Bett und ließ dabei ihre Hand nicht los.

»Ihr wurdet von einem Wagen gerammt. Der Fahrer kam vom Parkplatz, er hat euch einfach übersehen.« Tränen quollen aus ihren Augen und rannen über ihre Wangen. »Tom hat jede Menge Prellungen und einen gebrochenen Arm davongetragen, und für dich sah es die letzten Tage gar nicht gut aus. Du musst mit dem Kopf sehr hart auf den Boden geknallt sein, denn du hattest eine so schwere Gehirnerschütterung, dass du schon am Unfallort ins Koma gefallen bist.« Ihre Lippen bebten gefährlich, als sie das erzählte.

Aufmunternd tätschelte Annabell ihre Hand. »Mama, jetzt ist ja alles gut. Ich bin wieder wach. Bestimmt komme ich bald raus. Wo sind wir hier überhaupt?«

»Im Krankenhaus von Jesolo.«

Annabell sah ihren Vater überrascht an. »Und da seid ihr beide hierhergefahren? Was ist denn mit euren Praxen?«

»Selbstverständlich sind wir sofort hergekommen!« Ihr Vater klang beinahe empört. »Wir mussten doch sehen, was mit dir ist.«

Die beiden hatten also ihre Praxen geschlossen, nur um bei ihr an diesem Bett in diesem schrecklich langweiligen Raum zu sein. »Ihr seid echt süß, und ich liebe euch dafür.«

»Und wie geht es dir?«, fragte sie an Tom gewandt und drückte seine Hand. »Tut der Arm noch sehr weh?«

»Es geht. Der Knochen wurde mit mehreren Schrauben zusammengeflickt. Und die Rippen tun beim Atmen und Husten noch weh. Aber jetzt musst du erst mal auf die Bei ... ähm, gesund werden.«

»Das wird schon, bis auf ein leichtes Pochen im Kopf und die Schmerzen im rechten Fuß, die aber erträglich sind, geht es mir echt gut. Was machen Jo, Iris, Sonni und die Jungs?«

»Die sind schon zu Hause.«

»Wieso das denn? Es sind doch noch knapp zwei Wochen bis zu unserem Urlaubsende.«

»Johannas Vater kam gleich am Tag nach dem Unfall und hat die Mädels abgeholt. Nick und Steffen sind gestern zurückgefahren.«

»Warum denn? Sie hätten doch noch bleiben können. Ich bin ja auch schon fast wieder fit und komme bestimmt demnächst hier raus, da hätten wir die letzten Tage noch zusammen genießen können. Wir wollten uns doch Venedig ansehen und nach Murano in die Glasbläserei fahren.«

»Liebes, so schnell wirst du nicht aus dem Krankenhaus kommen.« Ihre Mutter wollte sie wohl anlächeln, allerdings wurde nur eine Grimasse daraus.

Ein ungutes Gefühl beschlich Annabell. Etwas stimmte hier ganz und gar nicht.

»Warum ist eigentlich die Bettdecke so komisch über meinen Beinen ausgebreitet? Warum kann ich meine Beine nicht sehen?«

Betretenes Schweigen erfüllte den Raum. Annabell konnte die Tropfen hören, wenn sie aus der Flasche in den Schlauch fielen.

»Liebes ...«, begann ihre Mutter, brach dann aber ab.

Tom hielt noch immer ihre Hand, aber er sah weg. Seine Schultern bebten, Annabell wusste sofort, dass er weinte.

»Liebling, du sollst wissen, dass wir immer für dich da sind«, übernahm nun ihr Vater das Reden. Er machte ein Gesicht, als würde er den Weltuntergang verkünden. »Das Leben geht weiter, nur eben anders. Du wirst deinen Weg trotzdem gehen ...« Er verstummte und sah seine Frau hilfesuchend an.

»Was dein Vater dir sagen will ...«, setzte ihre Mutter an, kam aber nicht weiter.

»Bella, sie mussten dir ein Bein abnehmen«, würgte Tom regelrecht hervor und sah sie dabei nicht an. Nur sein Griff um ihre Hand wurde fester.

Annabell entriss sie ihm.

»Was redest du denn da? Findest du das etwa lustig?« Reflexartig versuchte sie ihre Füße zu bewegen. Mit dem linken klappte es wunderbar, der rechte tat einfach nur weh.

»Mama? Sag du doch was!« Sie sah ihre Mutter an, doch die weinte nur still vor sich bin.

»Mein Liebling ... es stimmt, was Tom sagt. Ich würde alles dafür geben, dass es nicht so ist.« Ihr Vater sah sie mit waidwundem Blick an. »Dein rechtes Bein ... es war so schwer geschädigt ... die Ärzte haben wirklich getan, was in ihrer Macht stand, konnten es aber nicht retten ...«

Annabell entzog auch ihrer Mutter die Hand. Sie setzte sich halb auf und riss an der Bettdecke. Ein Metallgestell kam zum Vorschein, und darunter lagen ihre Beine.

Nein, nur ein Bein und ein halbes. Ihr rechter Oberschenkel endete in einem dicken weißen Verband, der an einer Stelle einen blutigen Fleck hatte, danach kam nichts mehr.

Geschockt starrte sie auf die Stelle unterhalb ihres Knies, wo ihre Wade, ihr Schienbein und ihr Fuß hätten sein sollen. Aber solange sie auch hinsah, da war nichts mehr. Sie konnte das erst einmal nicht begreifen. Das *musste* ein Traum sein, ein Albtraum, aus dem sie demnächst schweißgebadet aufwachen und über den sie irgendwann lachen würde.

»Das kann nicht wahr sein«, sagte Annabell mehr zu sich selbst. »Er tut da unten doch weh.«

»Das sind Phantomschmerzen, das ist völlig normal«, sagte ihr Vater, ganz Arzt, wahrscheinlich froh sich an wissenschaftliche Tatsachen klammern zu können.

»Schau, du kannst trotzdem ein ganz normales Leben führen, studieren, Biologie hat dich doch immer interessiert, und eine Familie gründen – alles, was du willst.«

»Ich will tanzen.« Annabell ließ sich zurücksinken und schloss die Augen. Sie würde einfach eine Zeit lang warten, und wenn sie sie dann wieder öffnete, war der Spuk hoffentlich vorbei.

»Na ja, tanzen wirst du wohl nicht mehr können, aber es gibt heutzutage so tolle Prothesen ...« Ihr Vater brach mitten im Satz ab.

Annabell antwortete nicht. Sie zählte bis zehn und öffnete die Augen. Aber ihr Bein blieb verstümmelt. Verzweiflung packte sie, sie begann hemmungslos zu weinen. Ihr Leben, ihr Traum vom Tanzen, ihre ganze Zukunft – alles war zerstört.

Tom nahm wieder ihre Hand, und sie ließ es zu.

»Wenn du wieder in Deutschland bist, gehst du erst einmal in eine Reha.« Ihr Vater sagte das übertrieben munter. »Und natürlich bekommst sofort psychologische Hilfe.«

»Ja. Und wenn du willst, kann ich das übernehmen«, sagte ihre Mutter eifrig.

»Ich will allein sein.«

»Aber Liebes, wir müssen doch besprechen, wie es jetzt weitergehen soll ...«

»ICH WILL ALLEIN SEIN«, unterbrach Annabell ihre Mutter mit Nachdruck.

Ihre Eltern sahen sich irritiert an. Ihre Mutter stand dann aber auf und nahm ihre Handtasche vom Nachtkästchen.

»Wir gehen einen Kaffee trinken.« Sie klang gekränkt.

Aber Annabell war das egal, sie musste nachdenken, in sich hineinhören und herausfinden, was sie fühlte.

»Fahrt am besten zurück nach Deutschland, hier könnte ihr eh nichts tun. Und nehmt Tom mit. Oder ist dein Motorrad noch fahrtauglich?«

Zum ersten Mal seit seiner Hiobsbotschaft sah er ihr wieder in die Augen. Sein Blick war unendlich traurig. Langsam schüttelte er den Kopf.

»Dann kannst du mit ihnen fahren und den Rest dann mit dem Zug.«

»Ich bleibe noch. Ich lass dich doch hier nicht allein.«

»Hier gibt es sicherlich Schwestern und Ärzte, ich bin also nicht allein.«

»Ich bleibe trotzdem.«

»Mach, was du willst, du musst dich jedenfalls nicht verpflichtet fühlen, mich zu besuchen.«

»Wenn ich das aber will?«

»*Ich* will es aber nicht. Unsere Wege trennen sich hier.«

Tom sah aus, als hätte sie ihm gerade das Herz gebrochen. Doch Annabell war sich sicher, dass es das Beste für ihn und für sie war. Lieber eine kurze und schmerzlose Trennung als ein langsames Absterben der Gefühle. Und die würden garantiert schnell absterben – zumindest von seiner Seite her, denn was bitteschön hatte sie jetzt noch zu bieten?

Mit zu einem Strich zusammengepressten Lippen gab er ihre Hand frei und verließ wortlos den fensterlosen Raum.

Jetzt war es Annabells Herz, das brach.

Ihre Mutter küsste sie zum Abschied auf die Wange.

»Wir gehen auch und beraten, was wir tun werden. Auf jeden Fall kommen wir morgen früh wieder her, und dann sehen wir weiter.«

Erschöpft sank Annabell ins Kissen. Doch kurz darauf zog sie sich am Griff über ihrem Bett wieder hoch. Sie starrte ihr zerstörtes Bein an, und irgendwie kam es ihr so vor, als wäre es gar nicht ihres. Es sah so fremd, so unwirklich aus. Doch langsam sickerte die Tatsache in ihren Verstand, dass man ein Stück von ihr abgeschnitten hatte. Mit einer Knochensäge einfach abgesägt. Was wohl mit ihrem Unterschenkel geschehen ist, fragte sie sich und wollte die Antwort eigentlich gar nicht wissen. Bestimmt war es weggeworfen worden – IHR Bein! Mit dem sie laufen und tanzen gelernt, das sie achtzehn Jahre durch ihr Leben getragen hatte. Das so selbstverständlich zu ihr gehört hatte. Irgendjemand hatte es vielleicht gerade in der Hand und ließ es in eine Mülltonne fallen. Vielleicht verglühte es aber auch in diesem Moment in einer Verbrennungsanlage? Oder es sezierten ein paar Studenten daran herum.

Zaghaft berührte sie den Verband mit zwei Fingern und zuckte sofort wieder zurück. Tränen der Verzweiflung rannen ihr dabei über die Wangen.

Nichts würde mehr so sein, wie es gewesen war. Sie würde nie wieder tanzen können, nie wieder rennen, nicht einmal mehr normal gehen. Ab jetzt konnte sie nicht einmal mehr einfach so aufstehen, um aufs Klo zu gehen. Ab sofort war sie auf Hilfe angewiesen oder auf Krücken – nein, schlimmer noch: auf einen Rollstuhl!

Mit einem Schluchzer warf sie sich aufs Bett und ließ den Tränen ungehindert ihren Lauf.

Natürlich gab es Menschen, die mit einem amputierten Bein lebten, es gab sogar Sportler mit diesem Handicap. Aber wollte sie das? Wollte sie so weiterleben? Als Krüppel? Als Dreiviertelmensch? – Nein, entschied sie, auf gar keinen Fall. Sie würde die erstbeste Gelegenheit nutzen, um diesem jämmerlichen eineinhalbbeinigen Leben ein Ende zu machen.

Mitten in ihre düsteren Gedanken hinein kam eine etwa fünfzigjährige Ärztin. Sie war recht klein und ein wenig pummelig, dunkle, schwere Locken umkringelten ihr Gesicht. Das knallrote Gestell ihrer Brille lenkte den Blick des Betrachters in ein rundes, sympathisch wirkendes Gesicht.

»Hallo, Annabell, mein Name ist Karin Girasole, ich bin Ihre Ärztin. Wie fühlen Sie sich?« Das sagte sie in reinstem Deutsch mit einem leicht schwäbischen Einschlag. Sie griff nach Annabells Handgelenk und maß den Puls.

»Ich wäre am liebsten tot.«

Die Ärztin sah sie ernst an und fühlte dabei ihre Stirn. »Das sagen alle in diesem Stadium, aber glauben Sie mir, das wird sich im Lauf der Zeit ändern. Sie sind noch so jung, und das Leben hat noch jede Menge tolle Überraschungen für Sie auf Lager.«

»Von Überraschungen habe ich ehrlich gesagt die Nase gestrichen voll.«

»Verständlich, aber glauben Sie mir, Sie werden sich damit arrangieren.«

»Ich will mich aber nicht arrangieren – ich bin Balletttänzerin.«

»Ich weiß, Ihre Mutter sagte es mir. Ich habe vollstes Verständnis für Ihren Zorn auf die Situation. Aber sterben ist keine Option.«

»Für mich schon, und Sie werden mich ganz bestimmt nicht davon abhalten.«

Dr. Girasole setzte sich ungefragt auf ihr Bett und lächelte sie an.

»Das mag sein«, sagte sie sanft. »Ihre Psyche ist auch nicht meine Baustelle, ich bin nur dafür da, dass alles gut verheilt.«

Annabell sah sie hasserfüllt an. »Die Mühe können Sie sich sparen. Geben Sie mir einfach was, damit ich für immer einschlafe, damit wäre mir mehr gedient.«

Die Ärztin sah sie nachdenklich an. »Denken Sie an Ihre Eltern. Wollen Sie ihnen das wirklich antun? Sie haben nicht mitbekommen, wie sehr sie die letzten Tage gelitten und gehofft haben, dass Sie überleben. Ihre Eltern lieben Sie und wollen Sie nicht hergeben.«

»Das ist reiner Egoismus von den beiden, sie müssen schließlich nicht als Krüppel weiterleben«, sagte Annabell verächtlich.

»Genauso egoistisch wäre es von Ihnen, wenn Sie sich das Leben nähmen, oder?«

»Es ist mein Leben, damit kann ich machen, was ich will!«

»Und was ist mit Ihrem Freund? Er scheint sehr nett zu sein, und obwohl er selbst verletzt wurde, saß er vier Tage und Nächte an Ihrem Bett.«

»Er ist nicht mehr mein Freund, ich hab Schluss gemacht. Wir waren sowieso erst ein paar Tage zusammen.«

»Es wird Ihnen nicht weiterhelfen, wenn Sie alle Menschen, die Sie lieben, von sich stoßen.«

»Vielleicht hilft es aber ihnen, mich gehen zu lassen.«

»Ein kühner Schachzug – Sie vergrätzen alle, damit Ihnen der Abschied leichter fällt. Ich glaube jedoch nicht, dass das funktionieren wird, Sie werden nur mehr Schmerz und verbrannte Erde zurücklassen.«

Dr. Girasole stand auf.

»Was halten Sie von einem Deal?«, fragte sie, während sie die Tropfgeschwindigkeit der Infusion kontrollierte.

Argwöhnisch sah Annabell zu ihr hoch.

»Sie nehmen sich erst einmal nicht das Leben – sagen wir mal ein halbes Jahr lang. In diesem halben Jahr tun Sie alles dafür, wieder auf die Beine zu kommen …«

»Auf *die* Beine kommen, na klar!«, rief Annabell höhnisch dazwischen.

»Das geht, glauben Sie mir. Ich weiß von einer jungen Frau, die mit einem Bein Ski fährt und die Alpen überquert hat. Es ist also zu schaffen. Sie müssen es nur wollen und viel daran arbeiten. Es wird kein einfacher Weg sein, das gebe ich zu, aber Sie sind hartes Training gewöhnt – wenn jemand es schaffen kann, dann Sie.«

»Und wie lautet jetzt der Deal?«

»Sie trainieren und kämpfen ein halbes Jahr lang, machen alles, was nötig ist, um wieder ein normales Leben führen zu können …«

»Ein *normales* Leben, dass ich nicht lache!«

»Es wird ein normales Leben sein, Annabell, nur anders. Anders und trotzdem lebenswert und glücklich. – Wenn Sie dann nach dieser Zeit immer noch sterben wollen, dann tun Sie es, machen Sie Schluss. Aber dann haben Sie es wenigstens versucht.«

»Ist das Ihr Ernst?«

»Klar.«

»Sagen Sie das allen Patienten?«

Die Ärztin stand mit den Händen in den Kitteltaschen neben dem Bett und sah mit ernstem Blick auf Annabell herab. »Nur Balletttänzerinnen, die ein Bein verloren haben.«

»Sie sind ganz schön krass, Frau Doktor. Weiß das Ihr Chef?«

»Ich bin hier der Chef. Also, was ist, steht der Deal?« Sie streckte ihr die Hand entgegen.

Annabell zögerte kurz, dann schlug sie ein. »Deal.«

»Gut. Dann sag ich in der Physiotherapie Bescheid, dass Sie sofort mit dem Training anfangen.« Sie lächelte zufrieden. »Ich bin sehr stolz auf Sie, Annabell.«

»Und wenn ich den Deal nicht einhalte? Wenn ich hier nur so tue, als würde ich mich daran halten, und es dann daheim mache?«

»Dann werfen Sie ein Leben weg, das aufregend und erfüllt sein könnte. Dann betrügen Sie nicht mich, sondern ganz allein sich selbst.«

Annabell ließ sie nicht aus den Augen, als sie zur Tür ging und diese öffnete.

»Haben Sie mir das Bein abgeschnitten?«, rief sie ihr nach.

Dr. Girasole drehte sich noch einmal zu ihr um. »Nicht persönlich, aber ich war bei der Operation dabei und habe diese Entscheidung getroffen. Es fiel mir nicht leicht, das müssen Sie mir glauben. Ich habe drei lange Tage mit dem Eingriff gewartet, aber dann musste es geschehen, sonst hätten Sie auch noch ein Stück vom Oberschenkel verloren.«

Tag 5 nach dem Unfall

Es war eine unruhige Nacht gewesen. Annabell war mehrmals wach geworden, weil ihr Bein stark schmerzte. Das Mittel, das ihr die resolute Nachtschwester, die aussah wie eine Walküre, letztendlich nach dem dritten Klingeln verabreichte, half erst einige Zeit später. Gegen Morgen fand sie dann endlich in einen tiefen erholsamen Schlaf.

Wach wurde sie, weil sie auf die Toilette musste. Als sie die Augen öffnete, um nach der Klingel zu suchen, sah sie, dass sie nicht allein im Zimmer war. Jemand hatte es sich auf einem der Stühle bequem gemacht und die nackten Füße auf die Sitzfläche eines anderen gelegt. Mit verschränkten Armen und in sich zusammengesunken saß er da.

»Tom?« Egal was sie gestern zu ihm gesagt hatte, sie freute sich unglaublich, dass er hier war.

Er schreckte hoch, aber als er Annabell sah, lächelte er und setzte sich gerade hin.

»Guten Morgen, Bella.«

»Was machst du denn hier?«

»Warten, dass du endlich wach wirst. Darüber bin ich wohl eingeschlafen.« Er stand auf, streckte sich und stellte dann einen der Stühle neben das Bett.

»Du kannst mich gern wieder wegschicken, aber ich habe mir fest vorgenommen, das zu ignorieren«, sagte er wie ein trotziger kleiner Junge. »Ich werde hierbleiben, bis du nach Hause darfst.«

Annabell brachte ein mattes Lächeln zustande. »Okay.«

»Okay? Auf einmal?«

Sie setzte sich mühsam und unter Schmerzen auf und nahm einen großen Schluck kalten Pfefferminztee aus der Tasse, die auf ihrem Nachtkästchen stand.

Sie streckte die Hand nach ihm aus, und er ergriff sie und küsste sie. »Woher der Sinneswandel?«

»Ich habe nachgedacht. Außerdem hatte ich gestern noch ein Gespräch mit meiner Ärztin. Sie hat mich dazu überredet, diese Herausforderung anzunehmen.«

»Du siehst mich also als eine Herausforderung?«

»Du doch nicht. Die ganze Situation. Sie hat gesagt, ich soll mich einfach darauf einlassen und sehen, wohin es mich bringt.«

»Muss eine tolle Ärztin sein.« Seine Augen strahlten glücklich.

»Von der Tatsache abgesehen, dass sie anderen Leuten die Beine abschneiden lässt, ist sie das vielleicht. Jedenfalls haben wir einen Deal ausgehandelt.«

»Und der wäre?«

»Egal, Quintessenz ist jedenfalls, dass ich alles tun werde, um damit zurechtzukommen. Und dafür brauche ich andere Menschen. Menschen, die mir dabei helfen.«

»Das heißt also, ich darf dir auch helfen?«

»Ja, und du kannst gleich damit anfangen.« Sie schob die Bettdecke zur Seite. Erneut traf sie der Anblick ihres fehlenden Unterschenkels wie ein Hammerschlag.

Ihr entging nicht, dass Tom die Luft anhielt.

»Du kannst gehen, wenn du willst«, sagte sie dumpf und ohne von ihrem Bein aufzusehen. »Ich wäre dir nicht böse, wenn du das Weite suchen würdest.«

»Einen Teufel werde ich tun. Ohne mich wäre dieser Unfall schließlich gar nicht erst passiert.«

»Du hast doch keine Schuld daran.«

»Ich weiß, aber wir saßen auf meinem Motorrad. Also, was kann ich tun?«

»Ich muss aufs Klo.«

»Soll ich nach der Schwester klingeln?«

»Nein, die hab ich schon die ganze Nacht genervt. Du sollst mir zur Toilette helfen.«

»Darfst du denn aufstehen?«

»Keine Ahnung, ist mir auch egal. Ich will nur nicht mehr auf der ekligen Bettschüssel sitzen, denn das empfinde ich als sehr entwürdigend.«

»Okay. Ich würde dich ja gern tragen, aber ich hab nur einen Arm zur Verfügung.«

»Ein Arm von dir und ein Bein von mir, das müsste genügen.« Annabell schob ihren Unterkörper auf die Bettkante und setzte sich vollständig auf. Ihr gutes Bein baumelte jetzt frei in der Luft, in ihrem Stumpf pochte es wie verrückt.

Tom stand jetzt direkt vor ihr, als sie sich auf ihren verbliebenen Fuß stellte. Sofort schoss das Blut nach unten in ihr kaputtes Bein, es fühlte sich an, als wollte ihr Knie platzen. Aber sie ignorierte es. Entschlossen legte sie den Arm um Toms Nacken, und er umfasste sie mit seinem gesunden linken Arm um die Hüfte.

So gestützt, hüpfte sie neben ihm her zum Bad. Jeder einzelne Hüpfer war jedoch wie ein Erdbeben in ihrem Beinstumpf. Ihr war schlecht vor Schmerz, als sie endlich auf der

Klobrille saß. Aber sie hatte es geschafft, sie war aufrecht zur Toilette gegangen.

Dr. Girasole kam dazu, als sie gerade auf dem beschwerlichen Rückweg zum Bett waren.

»Das ist viel zu früh, Annabell«, schimpfte sie und sah Tom strafend an. »Nicht auszudenken, wenn Sie gestürzt wären.«

Schweißgebadet sank Annabell aufs Bett, froh, dass sie wieder sitzen konnte. Der Schmerz in ihrem Bein raubte ihr beinahe den Atem. Dr. Girasole half ihr dabei, sich wieder hinzulegen und das Bein hochzulagern.

»Mir wurde gesagt, ich soll mich gefälligst zurück ins Leben kämpfen«, sagte Annabell angriffslustig. »Ich habe gerade damit begonnen. Außerdem bin ich nicht gestürzt.«

Die Ärztin schob kopfschüttelnd ein Paar Krücken in die dafür vorgesehen Halterung am Bett ein. »Die hab ich Ihnen mitgebracht, die Physiotherapeutin wird den Gebrauch mit Ihnen üben.«

»Wie sieht es aus mit einer Prothese?«

»Daran dürfen Sie derzeit noch nicht denken. Ihr Bein muss erst vollkommen ausgeheilt sein, bevor Sie das angehen können.«

»Wie lange dauert das?«

»Mindestens vier Monate, wenn nicht länger.«

»Könnte also knapp werden mit dem halben Jahr.«

»Was für ein halbes Jahr?«, fragte Tom nach.

»Das ist eine Sache zwischen Frau Doktor und mir.«

»Ich muss jetzt in den OP. Ich sehe später wieder nach Ihnen. Und bitte rufen Sie nach der Schwester, wenn Sie wieder auf die Toilette müssen.«

»Mal sehen«, sagte Annabell, die sich einen weiteren Ausflug dieser Art derzeit gar nicht vorstellen wollte.

»Bekomme ich noch etwas gegen die Schmerzen?«

Dr. Girasole schüttelte bedauernd den Kopf. »Ihr Kontingent ist ausgeschöpft, frühestens nach dem Mittagessen bekommen Sie wieder etwas. Daher gilt: Ruhig liegen und nicht anstrengen. Und nach dem Frühstück werden Sie von der Intensiv auf die normale Station verlegt.«

Kurz nachdem sie weg war, kam das Frühstück. Annabell teilte die beiden Brötchen und das Kännchen Kaffee gerecht mit Tom.

»Wann musst du zurückfahren?«

»Erst mal gar nicht«, antwortete er zwischen zwei Bissen.

»Und deine Arbeit?«

»Mit meinem Arm bin ich sowieso krankgeschrieben. Ich hab vorhin mit meinem Chef telefoniert, und er wünscht uns gute Besserung.«

»Uns? Was hast du ihm denn erzählt?«

»Wie es ist: dass meine Freundin und ich einen schweren Unfall hatten und ich bei ihr bleiben muss.«

Bei dem Wort Freundin musste Annabell lächeln.

»Ich hab ihm außerdem angeboten, im Ausgleich dafür Weihnachten und Silvester zu arbeiten. Da war dann alles paletti.«

»Und wie lange willst du noch bleiben?«

»So lange, wie es dauert.«

»Das kann sich aber hinziehen.«

Er strich ihr liebevoll eine Strähne aus dem Gesicht. »Und wenn schon.«

»Du könntest dadurch deinen Job verlieren.«

»Dann such ich mir einen anderen. Vielleicht ja in deiner Nähe? Köche werden immer gesucht.«

»Das kostet aber doch Geld, wenn du hierbleibst, kannst du dir das denn leisten?«

»Ich brauch ja nicht viel, und Mama Kuhn überlässt mir den Zeltplatz für umme. Sie lässt dich übrigens recht herzlich grüßen. Sobald sie kann, will sie dich besuchen.«

Annabell wollte nichts weniger als Besuche, niemand sollte sie so sehen. Aber sie nickte.

»Warum machst du das überhaupt?« Sie forschte in seinem Gesicht. »Wir kennen uns doch kaum.«

»Weil ich dich mag, und weil ich mehr von dir kennenlernen will.«

Zutiefst gerührt strich sie ihm mit der Hand über die frisch rasierte Wange.

»Überleg dir das gut, denn ich bin jetzt ein Krüppel«, sagte sie leise.

»Du bist doch kein Krüppel! Es fehlt ein kleines Stück, stimmt, trotzdem bist du aber der gleiche wunderbare Mensch wie zuvor.«

»Und wenn ich gar nicht so wunderbar bin, wie du dir das einbildest?«

Tom beugte sich zu ihr hinüber und küsste sie zärtlich auf den Mund. »Das werde ich dann schon merken.«

Die Tür sprang auf, und eine wasserstoffblonde, nicht mehr ganz junge Krankenschwester kam zackig wie ein Soldat hereinmarschiert. Ihr fröhlich hinausposauntes »Buon Giorno, Signorina e Signore!« klang beinahe wie ein gesungener Satz aus einer Oper.

Während sie die Bremsen am Bett löste, erklärte sie in schnellem Italienisch, was sie jetzt mit Annabell vorhatte.

Tom beobachtete das Geschehen verständnislos. »Was hat sie gesagt?«

»Dass meine Zeit auf der Intensivstation beendet ist und sie mich jetzt in ein hübsches Zimmer mit Meerblick bringt.«

Schon war ihr Bett hinaus auf den Gang geschoben.

Tom folgte ihnen. Vor der geschlossenen Aufzugtür machten sie Halt.

»Das hast du verstanden?«, flüsterte er Annabell zu.

»Ja«, flüsterte Annabell ebenfalls. »Ich habe nebenbei immer Italienisch gelernt. Ich hatte sogar überlegt, hier zu studieren.«

Die Schwester grinste süffisant und zwinkerte ihr zu. »Segreti?«

Annabell schüttelte den Kopf.

»Was hat sie gefragt?«

»Ob wir Geheimnisse haben.«

Der Aufzug kam, die Türen öffneten sich. Wenig gefühlvoll bugsierte die Schwester das Bett in die Kabine. Bei jedem Anstoßen durchzuckte ein scharfer Schmerz Annabells Bein.

Die Fahrt nach oben verlief schweigend. Auf der Station angekommen, wurde Annabell zügig hinaus- und einen langen Gang entlanggeschoben. Vor einer weit geöffneten Tür bremste die Schwester scharf ab und kurvte das Bett gekonnt in einen lichtdurchfluteten Raum.

»Nuovo arrivato«, verkündete sie. »Questa e signorina ...«

»Annabell«, vervollständigte Annabell den Satz.

Die Schwester zwinkerte ihr lächelnd zu. »Ah, signorina Bella.«

In einer Lücke zwischen zwei Betten wurde das Bett eingeparkt und die Bremse festgestellt.

Ein müdes »Ciao« kam aus dem Bett zur Rechten, die linke Bettnachbarin schlief. Ein mit blutiger Flüssigkeit gefüllter Schlauch kam unter ihrer Bettdecke hervor und endete in einer Plastikflasche.

Herrlich frische Luft strömte durch das geöffnete Fenster herein, hellblaue Vorhänge blähten sich in der Zugluft, es roch nach Meer und Salz. Durch den Fensterausschnitt konnte Annabell Möwen am wolkenlos blauen Himmel kreisen sehen. Ihr Kreischen drang bis zu ihnen herein.

»Buon divertimento«, flötete die Schwester noch, bevor sie »Bella, bella, bella Marie« trällernd hinausging und die Tür schloss.

»Viel Vergnügen, klar«, wiederholte Annabell höhnisch auf Deutsch.

Tom setzte sich auf die Bettkante und nahm ihre Hand. »Tja, das war's dann wohl mit ungestörter Zweisamkeit.«

»Trotzdem ist es hier viel schöner, endlich wieder Tageslicht. Kann man tatsächlich das Meer sehen?«

Er stand auf und trat ans Fenster. »Ja.«

»Wie sieht es aus?«

»Ein dunkles Türkis. Soll ich dir helfen, willst du es sehen?«

»Später.« Sie glaubte nicht, dass sie im Moment die nötige Kraft dafür hatte.

Links von ihr setzte ein voluminöses Schnarchkonzert ein. Nichtsdestotrotz döste Annabell nach kurzer Zeit weg.

Als sie wieder wach wurde, saß Tom unverändert bei ihr.

»Hast du nichts Besseres zu tun, als hier herumzusitzen?«

»Ich finde es gut hier«, sagte er und gähnte hinter vorgehaltener Hand.

Eine junge Schwester kam herein und brachte das Mittagessen und auf Annabells Bitte hin noch eine Flasche Mineralwasser und ein Glas.

Mit Toms Hilfe setzte sie sich auf. Ein heißer Schmerz tobte in ihrem Bein. Ihr ganzer Körper fühlte sich heiß an, sie schwitzte, aber das mochte gut und gern daran liegen, dass die Mittagssonne immer mehr ins Zimmer kroch.

Nachdem sie das letzte Tablett hereingebracht hatte, kurbelte die Schwester die Außenjalousie ein Stück herunter. Es wurde schlagartig dunkler im Zimmer.

Tom nahm den Deckel vom Teller und roch interessiert daran.

»Was gibt es denn?«, fragte Annabell.

»Spaghetti. Sieht nach Tomatensoße aus. Und einen Salat dazu. Vorneweg ein Gemüsecremesüppchen. Schokopudding zum Dessert. Soll ich dir mit der Suppe helfen?«

Sie wollte nichts essen, sie fühlte sich nicht gut. »Überlasse ich alles dir. Nur den Pudding nehme ich.«

Müde sah sie ihm zu, wie er mit bestem Appetit den Teller leer aß. Mit zittrigen Fingern hielt Annabell das Glas und trank in kleinen Schlucken davon. Die kühle Flüssigkeit tat ihr gut.

»Möchtest du deinen Pudding?«

»Nicht jetzt, später.«

»Du siehst fiebrig aus.« Tom musterte sie kritisch und legte eine Hand auf ihre Stirn. »Du glühst ja.«

Er hastete aus dem Zimmer und kam kurz darauf mit Dr. Girasole zurück.

Die knipste das Leselicht über Annabells Kopfende an und maß Fieber. Danach fühlte sie mit besorgtem Blick ihren Puls.

»Haben Sie Schmerzen?«

»Schon den ganzen Tag.« Annabell musste sich sehr anstrengen, um die Worte über die Lippen zu bekommen. Sie war so unbeschreiblich müde, und dann diese höllischen Schmerzen – sie wollte nur noch die Augen zumachen und am liebsten nie wieder öffnen.

Die Ärztin eilte aus dem Zimmer und kam kurz darauf mit einer Spritze zurück, aber das bekam Annabell nur noch am Rande mit.

Leise Stimmen drangen an ihr Ohr, als sie drei Stunden später aufwachte. Tom und ihre Eltern saßen am Tisch und sprachen gedämpft miteinander. Annabell konnte nicht verstehen, worum es dabei ging.

»Hi, Familie«, sagte sie mit krächzender Stimme und räusperte sich.

Tom war sofort neben ihrem Bett. Ihre Eltern folgten seinem Beispiel.

»Liebes, was machst du denn für Sachen?« Ihre Mutter, die noch genauso verheult aussah wie tags zuvor, küsste sie auf die Stirn. »Du hattest plötzlich hohes Fieber, jetzt ist es aber wieder gesunken. Wie ist es mit den Schmerzen?«

»Geht so.« Annabell gelang ein schiefes Lächeln. Das dumpfe Pochen in ihrem Stumpf war noch da, aber nicht mehr ganz so schlimm.

»Du hast einen frischen Verband bekommen, sieht alles gut aus«, berichtete Tom.

»Warst du dabei? Hast du ... es gesehen?«

Er nickte.

»Und?«

»Eine wunderschöne Narbe, das sagt auch die Frau Doktor.«

»Ist es nicht ... eklig?«

»Nein, es ist nicht eklig.«

Annabell glaubte ihm nicht. Und sie fürchtete sich vor dem Moment, wenn sie den Stumpf zum ersten Mal sehen würde.

»Hör zu, Liebes, Tom und wir haben gerade besprochen, dass er hierbleibt und wir nach Hause fahren. Bist du damit einverstanden? Wenn du aber willst, dass wir bleiben, oder einer von uns, dann musste du das sagen.«

So sehr Annabell ihre Eltern liebte, sie wollte sie nicht länger hierhaben. Tom ja, der tat ihr gut, aber ihre Eltern waren zu anstrengend – vor allem ihre Mutter.

»Nein, nein, fahrt ihr mal nach Hause. Tom kann euch ja auf dem Laufenden halten.«

»Bist du sicher?«

»Ja, Mama, ganz sicher.«

»Wir müssen einiges regeln. Papa überlegt zum Beispiel, ob er, bis du heimkommst, einen Treppenlift einbauen lassen soll.«

»Kein Treppenlift«, sagte Annabell barsch. »Lieber rutsche ich auf dem Hintern hoch und runter, als dass mich auf so was setze!«

Erst jetzt wurde ihr klar, dass sie weiterhin im elterlichen Haus wohnen würde, nicht in dem Zimmer im Studentenheim, auf das sie sich so gefreut hatte und das sie schnellstens kündigen musste. Nichts war es mehr mit der erhofften Freiheit – sie würde weiterhin bei ihren Eltern leben und weiterhin Kind sein. Behindertes Kind.

»Wir könnten mein Büro nach oben verlegen, und du ziehst ins Erdgeschoss, was hältst du davon?«

Wand an Wand zum elterlichen Schlafzimmer?

»Nein«, sagte Annabell entschieden. »Ich komm schon irgendwie hoch in mein Zimmer.«

Sie sah ihrer Mutter an, dass sie nicht begeistert war von dieser Entscheidung.

»Na gut, wenn du meinst«, sagte sie leicht säuerlich. »Tom hat dir übrigens deine Sachen mitgebracht, die die Mädchen dagelassen haben. Ich hab dir alles in den Schrank geräumt. Hier in die Schublade hab ich dir Geld gelegt, du wirst es sicherlich brauchen. Papa hat das Telefon an deinem Bett freischalten lassen, damit wir regelmäßig miteinander telefonieren können. War sonst noch was?« Sie sah ihrem Mann fragend an.

Der verneinte.

»Dann gehen wir jetzt was essen und danach ins Hotel. Bevor wir morgen früh abfahren, kommen wir noch mal vorbei. Schlaf gut, meine Süße.«

Ihre Mutter drückte sie, als wäre es ein Abschied für immer.

»Dein Tom ist ein sehr patenter junger Mann«, raunte ihr Vater ihr zu, als er endlich an der Reihe war. »Ich hab dich lieb«, sagte er mit Tränen in den Augen.

»Ich euch auch.«

Und dann waren sie weg.

»Du hast sehr nette Eltern«, stellte Tom fest, als er sich zu ihr setzte.

»Ja, manchmal.«

»Sie lieben dich.«

»Ist das nicht ihr Job?«

Er lachte. »Ja, das ist ihr Job. Aber manche machen diesen Job besser als andere.«

»Was ist mit deinen Eltern? Machen die einen guten Job?«

»Einigermaßen. Sie hatten nie wirklich Zeit für mich, haben mich aber bei allem unterstützt, so gut sie konnten. Seit ich ausgezogen bin, läuft es bei uns prächtig.«

»Was machen sie beruflich?«

»Ihnen gehört ein Restaurant. Mein Vater kocht, meine Mutter ist für den Service zuständig.«

»Hast du bei deinem Vater gelernt?«

Tom lachte auf. »Gott bewahre, nein! Das wäre nie gut gegangen – dann wäre einer von uns beiden jetzt ganz bestimmt tot.«

»Aber du wirst doch sicherlich mal das Lokal übernehmen?«

»Das ist der Plan meiner Eltern. Mal sehen, ich mache mir da noch keine Gedanken drüber. Und wenn, dann ganz sicher erst, wenn sich mein Vater komplett aus dem Geschäft zurückzieht.«

Sie schwiegen einige Zeit.

»Wie kommst du eigentlich immer vom Campingplatz hierher und wieder zurück?«, wechselte Annabell das Thema.

»Mit dem Bus sind es gerade mal zwanzig Minuten Fahrt. Heute Morgen war ich aber so früh wach, dass ich am Strand entlang hergelaufen bin.«

»Wie viele Kilometer sind das? Zehn?«

»So ungefähr, ich war etwas über eineinhalb Stunden unterwegs.«

»Ganz schön weit.«

»Ach was, das ist leicht zu schaffen.«

»Für Menschen mit zwei Beinen vielleicht.«

Die Bitterkeit in Annabells Stimme schien ihn erschreckt zu haben, denn er beugte sich schnell zu ihr und küsste ihre tränensalzigen Wangen.

»Ich werde das wahrscheinlich nie wieder im Leben machen können ...« Sie schluchzte auf, diese Tatsache erschütterte sie zutiefst. Vor ein paar Tagen hatte sie noch so unbeschwert und so selbstverständlich mit den anderen am Strand Frisbee gespielt, und jetzt ... Sie konnte gar nicht aufhören zu weinen.

»Doch, Bella, das wirst du!«, sagte Tom verzweifelt. »Wir werden das zusammen machen, das musst du dir nur ganz fest vornehmen. Notfalls trag ich dich auch.«

Schniefend wischte sie sich die Tränen aus dem Gesicht und sah ihn dankbar an. »Du bist so lieb.«

Er legte sich zu ihr aufs Bett, peinlich darauf bedacht, ihr dabei nicht wehzutun. Annabell kuschelte sich eng an ihn. Es war so gut, dass er da war. Es dauerte nicht lange, und sie schlief in seinem heilen Arm ein.

Sie wachte auf, als es laut im Zimmer wurde. Ein Pärchen, das sich von der Lautstärke her wie eine ganze italienische Großfamilie anhörte, stand am Bett ihrer rechten Bettnachbarin. Mit Händen und Füßen wurde erzählt, und es wurde viel gelacht.

Ihre Zimmerkollegin hatte auch gut lachen, dachte Annabell bitter, sie hatte ihre beiden Beine noch.

Als wenig später das Abendessen gebracht wurde, überließ sie es großzügig Tom. Da er nur eine Hand zur Verfügung hatte, schmierte und belegte sie ihm die Brotscheiben mit Mortadella und Salami.

Schweigend sah sie ihm beim Essen zu. Sie waren wirklich ein tolles Pärchen, sie ein kaputtes Bein, er einen kaputten Arm. Nur, dass sein Arm wieder heil werden würde.

Nur mit Mühe konnte sie die erneut aufsteigenden Tränen zurückhalten. Mehr aus Pflichtbewusstsein als mit Appetit löffelte sie ihren Pudding vom Mittagessen. Sie schaffte ihn geradeso.

Den Rest des Abends lag Tom wieder neben ihr im Bett. Sie sprachen nicht viel, genossen einfach nur die Nähe des anderen. Kurz vor zweiundzwanzig Uhr wurde er dann von der Nachtschwester hinauskomplimentiert.

Tag 6 nach dem Unfall

Als Annabell am nächsten Morgen aufwachte, fühlte sie sich besser. Sie hatte die Nacht durchschlafen können, und auch die Schmerzen hielten sich in Grenzen.

Sie plauderte ein paar Worte mit Giovanna, ihrer Zimmergenossin rechts von ihr, die ein neues Kniegelenk bekommen hatte.

Von ihr erfuhr sie, dass die dritte im Bunde Serafina hieß, über siebzig war und gerade erst eine Hüftoperation hinter sich gebracht hatte.

Kurz nach acht, pünktlich zum Frühstück, war Tom wieder da.

Gegen neun schauten ihre Eltern noch einmal vorbei, um sich zu verabschieden.

Sie waren gerade aus dem Zimmer, da kam auch schon die Physiotherapeutin. Tom wollte in der Zwischenzeit zum Strand und eine Runde schwimmen gehen.

Die Therapeutin, auf deren Schild am Kittel nur Claudia stand, ließ Annabell ein paar Bewegungsübungen im Liegen machen und zeigte ihr, wie sie die Krücken, die an ihrem Bett befestigt waren, benutzen musste.

Völlig erschöpft und durchgeschwitzt lag Annabell danach auf dem Bett. Es war befremdlich, ihr rechtes halbes Bein zu bewegen. Und sie fragte sich, wann endlich die Schmerzen nachlassen würden. Die Krücken steckten wieder in der Halterung. Die beiden Dinger würden ab sofort ihre ständigen

Begleiter sein, quasi ihr zweiter Fuß. Sie kam überraschend gut damit zurecht, nur der Stumpf pochte noch sehr schmerzhaft, sobald sie stand.

»Na, wie geht es den Mädels heute?« Dr. Girasole kam gut gelaunt zu ihnen ins Zimmer und riss den zweiten Flügel des Fensters weit auf.

Zuerst sprach sie kurz mit Giovanna, dann noch kürzer mit Serafina, die recht wortkarg war. Für Annabell nahm sie sich mehr Zeit.

»Claudia war voll des Lobes für Sie, sie sagte, Sie hätten toll mitgemacht.«

»Deal ist Deal.«

Die Ärztin lächelte breit. »So ist es brav. Ihre Werte sehen gut aus, das Fieber ist weg. Jetzt hoffen wir, dass das auch so bleibt. Dann können Sie uns nächste Woche vielleicht schon verlassen und nach Deutschland zurückkehren. Dort erwartet sie eine mehrwöchige Reha und ganz viel Physiotherapie. Und vielleicht in einem halben, spätestens in einem Jahr können Sie dann mit Ihrem Studium anfangen. Nicht Tanz, das ist klar, aber etwas anderes. Gibt es etwas außer Ballett, für das Sie brennen?«

»Volleyball«, antwortete Annabell düster.

»Wie wäre es mit Sprachen?« Dr. Girasole ging gar nicht darauf ein. »Ihr Italienisch ist doch recht passabel. Sie werden etwas finden, da mache ich mir keine Sorgen. Annabell, Sie schaffen das, da bin ich mir ganz sicher.«

»Na, wenigstens einer von uns beiden.«

Eine Schwesternschülerin kam mit einem Wagen voller Verbandsmaterial herein und hielt an Annabells Fußende. Die Ärztin ließ sich von ihr Desinfektionsmittel auf die Hände sprühen, das sie gründlich einmassierte.

»Wir schauen uns gleich mal ihre Naht an und machen einen frischen Verband.«

Annabells Magen krampfte sich zusammen, ihre Hände wurden schweißig.

»Wie sieht es aus mit Schmerzen?«

»Geht so.«

»Es wird noch einige Zeit dauern, bis Sie schmerzfrei sein werden.«

Vorsichtig wickelte die Ärztin den Verband Lage um Lage ab.

Mit geschlossenen Augen lag Annabell auf dem Bett, sie wollte auf gar keinen Fall hinsehen.

»Auch wenn alles schon verheilt ist, werden Sie noch Beschwerden haben. Vor allem in der Anfangszeit, immer dann, wenn Sie aufstehen und das Blut in Ihr Bein läuft. Es wird auch immer wieder anschwellen, vor allem, wenn Sie sich überanstrengen. Trainieren Sie also vernünftig, übertreiben Sie es in den ersten Wochen nicht. Die Narbe könnte auch noch längere Zeit sehr empfindlich sein. Am besten massieren Sie sie jeden Tag mit einer speziellen Narbensalbe, das fördert die Durchblutung.«

Annabell spürte die kühlen Finger der Ärztin auf ihrer Haut und den leichten Druck, den sie an manchen Stellen damit ausübte. Automatisch presste sie die Lider fester zusammen.

»Ihr Bein sieht toll aus, keine Entzündung, der Heilungsprozess ist in vollem Gange. Wollen Sie es sich nicht mal ansehen?«

Heftig schüttelte Annabell den Kopf.

»Das sollten Sie aber. Sie sollten Ihr neues Bein so schnell wie möglich kennenlernen und sich damit anfreunden. Es wird Sie nämlich den Rest Ihres Lebens begleiten.«

»Also das nächste halbe Jahr – dafür muss ich es nicht kennenlernen«, sagte Annabell provokant.

»Okay, dann vielleicht das nächste Mal.«

Etwas strich über ihre Haut ... *da unten*. Es war ein Gefühl, das sie so noch nie zuvor gespürt hatte, und das vor allem unangenehm war. Sie nahm all ihren Mut zusammen, öffnete die Augen und setzte sich abrupt auf.

Was sie sah, ließ ihr den Atem stocken. Knapp unterhalb des Knies endete ihr Bein. Eine dicke rote, hässlich wulstige Naht hielt die Haut zusammen.

Zutiefst schockiert stöhnte Annabell auf. Es sah abstoßend aus, gruselig, eklig. Sie ließ sich aufs Bett sinken und legte die Arme über ihr Gesicht. Ihr ganzer Körper wurde von einem Weinkrampf geschüttelt.

Wie sollte sie mit diesem hässlichen Stummel weiterleben, dachte sie verzweifelt. Kein Mann, auch Tom nicht, würde *so etwas* immer wieder ansehen, geschweige denn mit *so etwas* ins Bett gehen wollen! Am liebsten hätte sie laut geschrien, aber sie brachte nur ein klägliches Wimmern zustande.

Schweigend legte Dr. Girasole einen neuen Verband an.

»Bella?« Tom war wieder da.

Annabell sah sein besorgtes Gesicht, als sie die Arme runter nahm und die Augen öffnete.

»Ist etwas passiert?«

»Es ist so hässlich«, sagte sie verheult.

»Nein, ist es nicht. Du wirst dich daran gewöhnen.«

»Werde ich nicht. Und du auch nicht. Kein Mensch kann sich an so etwas beschissen Gruseliges gewöhnen!«, blaffte sie.

Die Ärztin zog sich diskret zurück, um Giovannas Knie zu versorgen.

»Mich stört es aber nicht. Es ist jetzt ein Teil von dir, und ich werde es genauso mögen wie den ganzen Rest.«

»So ein Quatsch! Du bist doch nur noch hier, weil wir zusammen mit deinem Motorrad verunglückt sind. Du hast einfach ein schlechtes Gewissen. Dass du etwas für mich empfindest, bildest du dir bloß ein.« Mit einer fahrigen Bewegung wischte sie sich mit dem Handrücken die laufende Nase ab. »Du gaukelst mir hier doch bloß die große Liebe vor, weil du denkst, dass ich auf diesen romantischen Kram reinfalle und dir vielleicht verzeihe.«

Milde lächelnd nahm Tom ihre Hand und sagte seelenruhig: »Stimmt, genauso ist es. Du hast mich durchschaut.«

Dr. Girasole sah ihn mindestens so überrascht an wie Annabell.

»Den Unfall hab ich nur gebaut, weil ich meinen Urlaub verlängern wollte. Und wenn ich eh schon hierbleiben muss, kann ich dir ja ein bisschen Liebe vorspielen, weil ich das irgendwie witzig finde. Ich hab ja sonst den ganzen Tag über nichts zu tun. Außerdem bekomme ich in diesem wunderschönen und wahnsinnig gemütlichen Krankenhaus regelmäßig was zu essen – ja, das ist wirklich ein genialer Schachzug von mir – du doofe Nuss.«

Am Bett nebendran kicherte die Ärztin und auch Annabell musste letztendlich schmunzeln.

»Sorry«, sagte sie betreten.

Er kniete sich neben das Bett, streichelte ihren Unterarm und sah sie voller Zuneigung an.

Annabell mochte seinen Geruch nach Salz, Sonne und seinem Rasierwasser.

»Ich weiß, ich hab gut reden, weil ich nicht in deiner Haut stecke. Aber ich glaube, ich kann recht gut nachempfinden, wie schrecklich das alles für dich sein muss. Aber du packst das, Bella, du bist stark. Zusammen sind wir stark.«

Sie sah ihn zweifelnd an. »Ich weiß nicht …«

»Aber ich weiß es.«

»Das sagst du jetzt, aber wie sieht es in der Zukunft aus? Irgendwann hast du bestimmt genug von mir Pflegefall.«

»Vielleicht machst ja auch *du* eines Tages Schluss mit *mir*? Eine Garantie gibt es für nichts. Auf jeden Fall wirst du kein Pflegefall sein, du wirst ein ganz normales Leben führen.«

Nachdenklich nagte Annabell an ihrer Unterlippe und sah ihn dabei voller Zweifel an.

»Okay, du hast ein Stück deines Beines verloren, das ist echt Kacke, aber nicht zu ändern. Es wäre aber doch viel schlimmer gewesen, wenn du nicht mehr aus dem Koma aufgewacht und stattdessen gestorben wärst.«

»Die einen sagen so, die anderen so.«

»Du wärst lieber tot?«, fragte er ehrlich erschrocken.

Unsicher zuckte Annabell mit den Schultern.

»Dann könnten wir jetzt nicht hier zusammen sein, uns ansehen und spüren. Du …« Nach kurzem Überlegen fuhr er fort: »Du könntest die Möwen nicht hören, nie wieder die Sonne auf deiner Haut spüren, nie mehr deine Freundinnen, deine Eltern sehen. Nie wieder die Jahreszeiten erleben, keine Musik mehr hören, Bücher lesen, ins Kino gehen, lachen …«

Irgendwie hatte er recht, das musste Annabell zugeben. Und es gab noch so viele Dinge mehr, auf die sie eigentlich nicht verzichten wollte.

Forschend sah sie in seine dunklen Augen.

»Kann ich jetzt bitte wieder aufstehen, bevor eine meiner Kniescheiben den Geist aufgibt?«, fragte er mit schmerzverzerrtem Gesicht.

»Ja, steh auf«, sagte Annabell lächelnd. Dieser Typ war wirklich verrückt und süß und liebenswert. Sie liebte sein Gesicht, sein Lächeln, alles, was er sagte. Auf ihn hätte sie ganz besonders nicht verzichten wollen.

»Hach, vor mir hat noch nie ein Mann gekniet«, seufzte Dr. Girasole vom Nachbarbett her.

Zum Mittagessen gab es eine *Minestrone*, eine dicke Gemüsesuppe, und *Coniglio alla cacciatore*, Kaninchenschmortopf nach Jägerart. Sie teilten brüderlich, und Tom war begeistert, vor allem von dem Geschmack des Kaninchens.

»Das schmeckt wie im Feinschmecker-Restaurant«, sagte er ungläubig. »Und das aus einer Krankenhausküche, nicht zu fassen.«

Amüsiert beobachtete Annabell ihn dabei, wie er das Essen erschmeckte und nach seinen Geschmackskomponenten analysierte. Nie zuvor hatte sie jemanden erlebt, der Essen so wichtig nahm und so genoss. Sie, die kaum kochen konnte, versuchte, die Suppe und den Schmortopf genauso bewusst zu erleben wie er. Und es gelang. Tatsächlich glaubte sie, den Estragon und den Hauch Senf herauszuschmecken, von denen Tom ihr vorschwärmte.

Auch das war ein Erlebnis, eine Offenbarung, die sie nicht missen wollte.

Den Rest des Tages verbrachten sie auf dem Bett liegend. Gegenseitig lasen sie sich aus dem Roman *Die Frau des Zeitreisenden* vor, den Annabell extra für den Urlaub gekauft hatte.

Wenn Tom mit Vorlesen dran war, lauschte sie ihm mit geschlossenen Augen. Sie liebte seine Stimme, die tief und so wunderbar samtig klang. Diese Stimme hätte sie nie wieder gehört, wenn sie gestorben wäre …

»Wow.« Tom machte eine Pause. Er legte das Buch aufgeschlagen auf seinem Bauch ab und verschränkte die Arme hinter dem Kopf. »Was für eine Wahnsinnsliebe, die die beiden da erleben dürfen. Über Jahrzehnte hinweg.«

»Dabei können sie kaum Zeit miteinander verbringen, das ist schon sehr traurig.«

»Und doch lieben sie sich so tief, obwohl er immer wieder in andere Zeiten und Epochen geschleudert wird.« Er drehte den Kopf zu ihr. »Da haben wir es schon besser.«

»Stimmt.«

»Apropos weggeschleudert werden – nicht mehr lange, und wir sind wieder in Deutschland. Du bei deinen Eltern, ich in Hannover.«

Annabell nickte und wurde gleichzeitig traurig: Sie würden sich trennen müssen.

»Hannover ist Universitätsstadt.«

»Und was willst du mir damit sagen?«

»Du könntest in Hannover studieren. Wir könnten zusammenwohnen. Erst mal mit Steffen und Nick in der WG, und dann suchen wir uns was hübsches Eigenes.«

Ihr wurde warm ums Herz, er wollte tatsächlich mit ihr zusammenbleiben!

»Ich hab aber kein Geld.«

»Macht nichts, ich verdiene doch. Notfalls kann ich nebenbei bei einem Kumpel in seinem Catering-Service helfen.«

Er drehte sich mit seinem Gipsarm umständlich auf die Seite und sah ihr direkt in die Augen. »Was hältst du von der Idee?«

»Verlockend. Aber meine Eltern werden das sicherlich nicht zulassen – anfangs zumindest.«

Er küsste sie sanft. »Das stehen wir doch durch, oder?«

»Wer weiß? Wahrscheinlich überlegst du dir das bis dahin noch anders, und ich sehe dich nie wieder.«

»Ja, wahrscheinlich«, sagte er mit verschmitztem Lächeln.

Tag 10 nach dem Unfall

Annabell hatte es zum ersten Mal geschafft, mit den Krücken den Gang von ihrem Zimmer aus einmal komplett bis ganz nach vorn und wieder zurück zu gehen. Tom war neben ihr hergelaufen, um sie notfalls stützen zu können. Aber sie hatte ihn nicht gebraucht.

Erschöpft, aber sehr zufrieden mit sich, sank sie auf ihr Bett. Die Muskeln in ihrem gesunden Bein und in den Oberarmen zogen gewaltig, und in ihrem Stumpf pochte es dumpf, aber das ignorierte sie. Sie musste noch sehr viel üben, bis sie solche lächerlichen Strecken, geschweige denn größere Distanzen überwinden können würde, ohne danach völlig zusammenzubrechen wie jetzt.

»Hundert Meter am Stück, gratuliere!« Dr. Girasole schien sich darüber mindestens genauso zu freuen wie Annabell.

Wie jeden Tag sah sie nach der Wunde und nickte anerkennend, als sie den Verband entfernt hatte. »Annabell, das sieht wirklich sehr gut aus. Der Heilungsprozess schreitet besser voran als ich zu hoffen gewagt hatte. Übermorgen ziehen wir die Fäden, und dann können Sie zurück nach Deutschland.«

»Und wie? Sollen mich meine Eltern holen?«

»Nein, nein. Ich werde einen Krankentransport für Sie organisieren, das ist sicherer. Die Krankenkasse übernimmt das, ich habe das schon abgeklärt.«

»Und ich?«, fragte Tom. »Kann ich da mitfahren?«

»Sicher, zwei Fliegen mit einer Klappe. Wie Sie dann weiter nach Hannover kommen, darum müssen Sie sich allerdings selbst kümmern.«

»Vielleicht kannst du ja noch bei uns bleiben, bis du wieder arbeitstauglich bist?«

»Ja klar, wenn deine Eltern nichts dagegen haben.«

»Die haben bestimmt nichts dagegen.« Ganz im Gegenteil, sie fanden Tom toll, das beteuerte ihre Mutter jeden einzelnen Tag am Telefon.

»Wir sollten den Verband für ein paar Stunden weglassen, damit Luft an die Wunde kommt«, schlug die Ärztin vor.

»Muss das sein?« Annabell war nicht begeistert von der Idee. Der Anblick *mit* Verband war schon schlimm genug, aber so würde sie diesen abstoßenden Stummel mitsamt der rotwulstigen Narbe permanent vor Augen haben.

»Ja, das muss sein. Für die Nacht verbinden wir es dann wieder.«

Mit einem Seufzer kapitulierte Annabell.

»Darf ich Sie mal was fragen, Frau Doktor?«

»Klar, schießen Sie los.«

»Karin ist ja kein typisch italienischer Vorname …«

»Und Girasole kein typisch deutscher Nachname, richtig. Ich war vor ziemlich genau neunzehn Jahren für ein Auslandssemester in Rom. Tja, und da ist mir der blutjunge und äußerst schnuckelige Signore Girasole über den Weg gelaufen. Erinnern Sie sich an eines unserer ersten Gespräche, in dem ich von den Überraschungen gesprochen habe, die das Leben für uns bereithält? – Signore Girasole war meine Überraschung. Ich bin dann nur kurz zurück nach Deutschland gegangen, um dort meine Zelte abzubrechen. Habe dann hier in Italien fertig studiert und kurz danach meine Überraschung geheiratet. Ich hab es nie bereut, wir lieben uns immer noch.«

»Ganz schön romantisch«, sagte Annabell gerührt.

»Wie in einem kitschigen Liebesroman. Vielleicht ist Tom ja Ihr Signore Girasole?«

Tom, der bisher stumm dabeigesessen hatte, grinste vielsagend.

»Girasole – das klingt echt toll. Hat das Wort auch eine Bedeutung?«, fragte er.

»Sonnenstein – ein Mineral, das die Wikinger Überlieferungen zufolge zum Navigieren genutzt haben. Und mein Signore Girasole hilft mir beim Navigieren durch unser gemeinsames Leben. Ein schönes Bild, wie ich finde.«

Am Abend lag Annabell auf ihrem Bett und dachte nach. Tom war gerade gegangen, der Verband für die Nacht war angelegt, das Schmerzmittel längst geschluckt. Serafina neben ihr schnarchte mal wieder wie ein Wettkampfholzfäller – den Ausdruck hatte Tom geprägt. Giovanna telefonierte flüsternd mit ihrem Mann. Die Fenster waren weit geöffnet, kühle Nachtluft strömte ins Zimmer.

Annabell war müde, aber schlafen konnte sie nicht. Zu viel ging ihr durch den Kopf.

Entschlossen setzte sie sich auf und griff nach ihren Krücken. Sie stellte sich auf ihr gesundes Bein, suchte und fand ihre Balance, und dann ging sie zum ersten Mal seit ihrem Unfall ganz allein auf die Toilette.

Mit einem unbeschreiblichen Hochgefühl verließ sie das Bad und humpelte hinüber zum Fenster. An das Fensterbrett gelehnt, ließ sie die kühle Brise über ihren Körper streichen. Sie konnte das Meer wegen der Dunkelheit nicht sehen, aber sie hörte sein Rauschen. Und auf einmal fühlte sie sich ein klein wenig glücklich.

21

Fünfzehn Jahre später
Johanna

Ganze vier Wochen war Johanna jetzt schon in der »Klapsmühle«. Den Begriff verwendete sie gern, denn er hörte sich irgendwie fröhlicher an als Psychiatrie.

Andreas hatte sie jeden Tag besucht. Sie war erleichtert, dass er endlich Bescheid wusste, was ihr all die Jahre so zu schaffen gemacht hatte. Und auch noch zu schaffen machte. Denn damit, dass sie die Geschichte erzählt hatte, war ihr die Schuld noch lange nicht von den Schultern genommen. Ein hartes Stück Arbeit lag vor ihr, dessen war sie sich bewusst. Dennoch fühlte sie sich um einiges besser. Sie hatte zum ersten Mal sein fünfzehn Jahren die Hoffnung, erlöst zu werden.

Frau Dr. Stark war inzwischen beinahe so etwas wie eine Freundin geworden. Auf jeden Fall vertraute Johanna ihr blind. Ihr Gefühl, dass sie die Richtige sein könnte, die, die ihr aus dem Sumpf der Schuld heraushelfen könnte, hatte sie nicht getrogen.

Seit drei Tagen durfte sie sich jetzt frei im Haus bewegen. Tags zuvor war sie sogar mit Andi im Park gewesen. Das erste Mal seit Wochen wieder draußen an der frischen Luft. Noch nie hatte sich die Sonne auf ihrem Gesicht so unfassbar gut angefühlt.

Jetzt saß sie auf einem Stuhl vor Frau Dr. Starks Behandlungsraum und wartete. Wartete ungeduldig auf das nächste

Gespräch mit der Ärztin. Wer hätte gedacht, dass sie sich jemals auf eine Therapiesitzung freuen würde! Ja, sie freute sich. Freute sich auf jeden Schritt, den sie in ihre Zukunft ging, in eine unbeschwertere, glücklichere Zukunft. Sie war auf dem besten Wege, das spürte sie, zum ersten Mal seit fünfzehn Jahren spürte sie das. Sie konnte inzwischen durchschlafen, ohne von Albträumen geweckt zu werden, und hatte sogar drei Kilo zugenommen.

Zehn quälend lange Minuten musste sie auf ihrem Stuhl ausharren, bis sich endlich die Tür öffnete, eine etwa zehn Jahre ältere Mitpatientin auf den Gang heraustrat und sie ins Zimmer gerufen wurde.

»Setzten Sie sich, Johanna.« Frau Dr. Stark deutete auf den Stuhl vor ihrem Schreibtisch.

Johanna nahm auf der vordersten Kante der lederüberzogenen Sitzfläche Platz. »Sagen Sie doch Jo.«

»Okay, Jo.« Die Ärztin lehnte sich in ihrem Drehstuhl zurück, legte die Ellenbogen auf die Lehnen und formte mit den Händen ein Dreieck.

Die blankpolierte Schreibtischplatte aus Mahagoni zwischen ihnen war so gut wie leer. Nur ein schlichter weißer Umschlag lag mittig darauf.

»Sie sind jetzt knapp vier Wochen bei uns, Jo«, begann Frau Dr. Stark das Gespräch. »Sie haben in dieser Zeit große Fortschritte gemacht – oder was meinen Sie?«

»Ja, das denke ich auch.«

»Gut. Dann würde ich Ihnen vorschlagen, dass Sie morgen nach Hause gehen.«

Unsicher sah Johanna sie an.

»Ich denke, Sie sind gefestigt genug, um es wieder mit dem Leben da draußen aufzunehmen.«

»Okay...«, sagte Johanna unschlüssig.

»Ich habe allerdings eine Hausaufgabe, nein, zwei Hausaufgaben für Sie.«

»Und die wären?«

Frau Dr. Stark griff nach dem Umschlag und zog eine gefaltete Karte heraus. Mit der Vorderseite nach oben schob sie sie zu Johanna hinüber.

An den braunroten Flecken darauf, getrockneten Blutflecken – ihren Blutflecken –, erkannte sie sofort, worum es sich dabei handelte. Erschrocken zuckte sie zurück.

»Wo haben Sie die her?«

»Ihr Lebensgefährte hat sie mir freundlicherweise mitgebracht. Meine Aufgabe für Sie: Gehen Sie zu diesem Klassentreffen. Stellen Sie sich Ihrer Vergangenheit – vor allem, stellen Sie sich Ihrer Freundin Annabell. Reden Sie mit ihr. Entschuldigen Sie sich bei ihr.«

»Pah, entschuldigen – wie könnte sie das jemals entschuldigen?«

»Es gibt nur eine Möglichkeit: Finden Sie es heraus. Und auch wenn sie Ihnen nicht verzeihen sollte, Jo, für Sie wird es ein weiterer Schritt hin zur Genesung sein, glauben Sie mir.«

»Und wenn Bella gar nicht kommt?«

»Dann finden Sie ihre Adresse heraus und besuchen sie. Sie sind jetzt schon so weit gekommen, Sie müssen das unbedingt machen, sonst landen Sie in ein paar Jahren vielleicht wieder hier auf diesem Stuhl.«

Johanna überlegte.

»Werden Sie das nachprüfen?«

Frau Dr. Stark lachte. »Nein, werde ich nicht. Ich denke, Sie sind alt genug, um das auch ohne meine Kontrolle durchzuziehen. Aber Sie können gern danach bei mir vorbeikommen und mir davon erzählen.«

»Und was ist die andere Hausaufgabe?«, fragte Johanna.

»Scheiben Sie Ihren Roman über diesen Sommer fertig. Wenn Sie das geschafft haben, werden Sie mich nicht mehr brauchen.«

22

Iris

Schon den dritten Tag sprach Nicola jetzt nicht mit Iris. Sie ging ihr demonstrativ aus dem Weg. Und wenn sie sie ansprach, ignorierte sie das einfach.

Jeden Abend kochte Iris, und jeden Abend kam Nicki aus ihrem Zimmer unter dem Dach herunter, lud sich einen Teller mit Essen voll und verschwand damit wieder nach oben. Irgendwann am nächsten Tag fand der leere Teller dann seinen Weg wieder in die Küche und in die Spülmaschine.

Auch am Abend des dritten Tages saß Iris allein am Esstisch und stocherte lustlos in den Spaghetti Bolognese herum, die sie extra für ihre Tochter gekocht hatte. Es war das Rezept, das sie damals während des Italienurlaubs von Tom bekommen hatte. Noch immer kochte sie es genauso nach, mindestens zweimal im Monat, denn Nicki liebte dieses Essen.

Sie schob den beinahe noch vollen Teller in die Mitte des Tisches und holte dafür ihr Weinglas näher heran. Kein Lambrusco, sondern ein Pfälzer Schwarzriesling.

Ihre Tochter war sauer auf sie, und ja, sie hatte alles Recht dazu. Ihr ganzes Leben lang hatte sie Nicki belogen, hatte ihr erzählt, dass ihr Vater das Weite gesucht hatte, noch bevor sie von der Schwangerschaft gewusst hatte.

Irgendwann stand sie auf und holte das Baby-Fotoalbum aus dem alten Schrank. Der rosa Teddybär lachte sie vom Einband her fröhlich an. Auf Seite eins war die erste Aufnahme überhaupt von ihrer Tochter, gemacht kurz nach der Entbindung. Vor über vierzehn Jahren hatte sie sie eingeklebt. Ganz zerknautscht war Nicki da noch gewesen. Sie konnte sich noch genau an das Gefühl erinnern, als sie ihr Kind zum ersten Mal gesehen hatte. Es war eine Mischung aus Liebe, Neugier und Angst gewesen. Angst, dass sie mit einem Baby nicht zurechtkommen würde. Kein Wunder, dachte die jetzt erwachsene Iris, schließlich war sie damals gerade erst achtzehn geworden und selbst noch ein halbes Kind gewesen. Zärtlich strich sie mit ihrem Zeigefinger über das kleine, von der Geburt her noch sehr gerötete Gesichtchen.

Sie nahm einen Schluck vom Wein. Was Nick wohl zu seiner Tochter sagen würde, fragte sie sich. Wäre er genauso begeistert von diesem hübschen und für sein Alter schon so schlauen Wesen wie sie? Wäre er genauso genervt von ihrem Sturkopf, ihrem eisernen Willen?

Schon so lange hatte Iris nicht mehr an Nick gedacht. Sie hatte ihn aus ihrem Kopf und aus ihrem Herzen verbannt, weil jeder Gedanke an ihn damals so entsetzlich wehgetan hatte. Jetzt aber, nachdem sie gerade erst die Fotos mit ihm gesehen hatte, hatte sie sein Gesicht wieder vor Augen. Sie war so sehr verliebt in ihn gewesen. Auch jetzt tat ihr Herz noch weh, wenn sie an die viel zu wenigen Stunden dachte, die sie mit ihm hatte verbringen dürfen. Die fünf hellen Sterne der Kassiopeia, die ein W bildeten – seit damals kannte sie dieses Sternbild, und wahrscheinlich würde sie es nie mehr vergessen. Noch heute sah sie sich am nächtlichen Strand im flachen Wasser liegen, Nick hautnah neben ihr, und wie er ihr den Sternenhimmel erklärte. An diesem Abend hatte sie den ersten Kuss ihres Lebens von einem Jungen bekommen. Von Nick.

Bei der Erinnerung an ihren ersten unbeholfenen Sex und die Enttäuschung danach, dass er gar nicht so toll gewesen war, wie alle immer behauptet hatten, musste sie schmunzeln. Leider hatte sie es kein zweites Mal mit ihm ausprobieren können, denn schon am Nachmittag des nächsten Tages hatte Jos Vater unverhofft auf dem Platz gestanden und sie, Johanna und Sonja mitsamt ihrem Gepäck eingeladen. Er hatte es so eilig gehabt, von dort wegzukommen, dass sie keine Chance mehr hatte, sich von Nick zu verabschieden, geschweige denn die Adressen oder Telefonnummern auszutauschen. Sie erinnerte sich gut daran, dass Tom zu diesem Zeitpunkt im Krankenhaus bei Bella gewesen war und Nick und Steffen beim Einkaufen. Beim Wegfahren hatte sie sich schier die Augen verrenkt, in der Hoffnung, ihn doch noch irgendwo zu entdecken und ein letztes Mal sehen zu können. Und je mehr sie sich vom Campingplatz entfernten, desto kleiner war ihre Hoffnung geworden, ihn jemals wiederzusehen. Deswegen hatte sie die Fotos, die sie von ihm gemacht hatte, jahrelang wie einen Schatz gehütet. Die Fotos, die sie vor ein paar Tagen in die Mülltonne geworfen hatte.

Auch von Annabell hatten sie sich nicht verabschieden können, was eh nicht möglich gewesen wäre, da sie zu diesem Zeitpunkt im Koma gelegen hatte. Sie waren einfach davongefahren und hatten sie in einem fremden Land zurückgelassen. Noch heute hatte sie ein schlechtes Gewissen deswegen. Ein noch schlechteres Gewissen hatte sie jedoch, weil sie sich auch dann nicht bei ihr gemeldet hatte, als Annabell längst wieder aus Italien zurück gewesen war. Aber da hatte sie ihre eigenen Probleme gehabt …

Iris seufzte und blätterte eine Seite weiter. Da war sie mit der frisch geschlüpften Nicki auf dem Arm. Sie versuchte, aus ihrem damals festgehaltenen Gesichtsausdruck zu lesen, was sie gefühlt hatte. Sehr blass war sie gewesen, aber sie hatte in die Kamera gelächelt, wenn auch nur ein sehr kleines Lächeln. Die Zweifel und ihre Unsicherheit standen ihr deutlich ins Gesicht geschrieben, fand sie.

Dass etwas nicht mir ihr stimmte, hatte sie zwei Wochen, nachdem das erste Semester begonnen hatte, gemerkt. Ihr war häufig schlecht gewesen, gelegentlich hatte sie Kopfschmerzen gehabt. Zuerst hatte sie das auf die Aufregung zurückgeführt, die mit dem Auszug daheim, dem neuen Leben im Studentenheim und dem Zurechtfinden auf dem Campus einherging. Dass ihre Periode ausgeblieben war, registrierte sie erst, als auch die zweite nicht kam. Als dann auch noch ihre Brüste anfingen, unangenehm zu spannen und größer zu werden, ging sie mit der schlimmsten Befürchtung zum Frauenarzt. Die der dann tatsächlich bestätigte: Sie war in der achten Woche schwanger!

Zwischen diesem Schockmoment und dem Foto, auf dem sie die winzig kleine Nicola im Arm hielt, lagen Wochen und Monate der Verzweiflung und Unentschlossenheit. Das Schlimmste war jedoch für sie gewesen, es ihren Eltern beizubringen. Vor allem ihrem Vater. Woche für Woche hatte sie das Gespräch mit ihnen vor sich her geschoben, so lange, bis ein legaler Abbruch gar nicht mehr möglich gewesen wäre. Aber wahrscheinlich hatte sie sich da bereits für das kleine Leben in ihrem Bauch entschieden.

Doch die beiden hatten ganz anders reagiert, als sie es von ihnen erwartet hatte. Natürlich war ihr Vater nicht begeistert davon, dass ausgerechnet seine Tochter ein uneheliches Kind bekommen würde. Und natürlich ließ er vom Stapel, dass er das geahnt und ihr nur aus diesem Grund diesen Urlaub verboten hätte. Doch dem fügte er ganz ruhig hinzu: »Aber den kleinen Scheißer kriegen wir schon groß.«

Ihre Mutter schien sich sogar zu freuen. »Denk ja nicht daran, das Studium abzubrechen«, hatte sie gesagt. »Um das Kleine kümmere ich mich, wenn du an der Uni bist – als du ein Baby warst, ging es ja auch irgendwie.«

Sie musste ihre Studentenbude aufgeben und wieder zu Hause einziehen, aber ihre Mutter hatte recht behalten: Es ging irgendwie. Jeden Tag war sie hin und her gependelt, was aber für sie okay gewesen war. Wenn sie abends müde heimkam, aßen sie alle zusammen. Danach spielte sie noch ein wenig mit Nicki, machte sie bettfertig und las ihr eine Gute-Nacht-Geschichte vor. Und danach, oft bis weit in die Nacht hinein, hatte sie noch gelernt. Morgens war sie immer hundemüde aus den Federn gekrochen, hatte Nicki fertiggemacht und ihrer Mutter überlassen, war das erste halbe Jahr zur Bahn gehetzt, danach, als sie endlich den Führerschein hatte, war sie dann mit dem Auto ihrer Eltern nach Heidelberg zur Uni gefahren. Es war anstrengend gewesen, aber es funktionierte ganz gut. Und Nicki war ein süßes kleines Mädchen, sie machte so viel Freude.

Iris blätterte weiter bis zu der Aufnahme, auf der ihre Mutter Nicki auf dem Schoß hatte und glücklich in die Kamera strahlte. Ja, die kleine Maus war ihr ganzes Glück gewesen, ihr Herzenskind.

Doch dann hatte ihre Mutter gekränkelt. Magenprobleme, Darmprobleme, dann die schlimme Diagnose Darmkrebs. Mit dem künstlichen Ausgang war sie nie zurechtgekommen, und irgendwie hatte sie sich nie wieder von den Chemos und dem Eingriff erholt. Iris war zuerst tageweise daheimgeblieben, daraus waren zuletzt Wochen geworden, bis sie schließlich das Studium ganz abgebrochen hatte.

Ihr wurde warm ums Herz, als sie an ihre Mutter dachte. Ja, sie war eine stille, unauffällige Frau gewesen, bescheiden und ein bisschen spießig, aber auch ein herzensguter Mensch. Wie sie das geschafft hatte, die Büroarbeit, den Haushalt und das Baby – Iris konnte auch heute nur den Hut vor ihr ziehen. Und wie sie die Kleine vergöttert hatte! »Mit der kleinen Nicki hast du mir das große Glück geschenkt«, hatte sie zwei Jahre nach Nicolas Geburt auf dem Sterbebett zu ihr gesagt.

Ab da hatte Iris ihrem Vater immer öfter im Geschäft geholfen, hatte ganz automatisch mehr und mehr von den Arbeiten übernommen, die ihre Mutter gemacht hatte. Sie wuchs da rein. Und jetzt hatte sie, die so gern Medizin studiert hätte, zwar eine eigene Spedition, aber noch keine Berufsausbildung.

Iris betrachtete ein Bild nach dem anderen, bis sie auf der letzten Seite des Albums angelangt war. Das Foto auf dieser Seite war von Nicki, als sie ziemlich genau drei Jahre alt war. Die Haare waren genauso kleingelockt wie bei ihr, überhaupt sah sie ihr da wahnsinnig ähnlich. Bis auf die dunklen Augen, mit denen sie so ernst in die Kamera geschaut hatte, und die beiden Grübchen, die hatte sie von Nick.

Sie schloss das Album, ließ die Hände aber darauf liegen.

Was Nick jetzt wohl machte, fragte sie sich. Wie es ihm wohl ging? Hatte er wie geplant das Abi nachgeholt und danach studiert? War er verheiratet? Hatte er Kinder? War er glücklich? Sie hätte so gern gewusst, ob er die erste Zeit noch an sie gedacht hatte. So wie sie an ihn. Aber wahrscheinlich hatte er schnell eine neue Liebe gefunden und sie vergessen. Wie mochte er jetzt aussehen?

Entschlossen stand sie auf, ging zum Altpapierkorb neben dem Kühlschrank. Nach einigem Wühlen fand sie, wonach sie gesucht hatte: die zusammengeknüllte Einladung zum Klassentreffen.

Wieder am Tisch faltete sie den steifen Karton auseinander und strich ihn so gut es ging mit der Hand glatt. Er blieb sehr zerknittert, aber den Ort, wo das Treffen stattfinden sollte, kannte sie sowieso genau: die Aula ihres alten Gymnasiums.

Iris trank ihr Glas leer und kämpfte mit sich. Wenn sie überhaupt eine Chance hatte, etwas über Nick und seinen Verbleib herauszufinden, dann war es dieses Klassentreffen. Gesetzt den Fall natürlich, die Mädels erinnerten sich noch an irgendwelche Daten oder Namen der Jungs. Tom war doch recht eng mit Annabell gewesen, vielleicht wusste sie ja mehr? Aber dazu musste sie natürlich auch kommen.

Wie es wohl wäre, Annabell zu treffen, fragte sie sich. Nach dieser langen Zeit des Schweigens. Ob sie es ihr noch übel nahm, dass sie den Kontakt nach dem Unfall abgebrochen hatte? Hoffentlich glaubte sie nicht, dass es wegen ihrer plötzlichen körperlichen Einschränkung gewesen war. Deswegen war es doch sicherlich nicht, oder? Iris lauschte in sich hinein. Ja, die Vorstellung, ihre Freundin ohne ihr Bein sehen zu müssen, war sicherlich ganz schlimm gewesen, bestimmt hätte es sie Überwindung gekostet. Aber mit den anderen hatte sie ja auch keinen Kontakt mehr gehabt, versuchte sie sich selbst zu beschwichtigen. Und die hatten alle ihre Gliedmaßen noch.

Vielleicht wäre es anders gekommen, wenn Bella und ihre Eltern nicht weggezogen wären, wenn man sich immer mal wieder irgendwo getroffen hätte.

Käme sie selbst zu so einem Klassentreffen, wenn sie ein Bein verloren hätte? Würde sie wollen, dass die ehemaligen Klassenkameraden und Freunde sie so sahen? Als Krüppel? Diese Frage konnte Iris sich schnell beantworten: Wahrscheinlich nicht.

Trotzdem musste sie es versuchen. Wegen Nicki. Deshalb nahm sie ihren Terminkalender zur Hand, um nachzusehen, ob sie an dem Tag überhaupt Zeit hatte. Die Spalte war noch leer.

23

Sonja

Munteres Vogelgezwitscher weckte Sonja. Einige Minuten genoss sie das Konzert mit geschlossenen Augen. Suchend glitt ihre Hand hinüber auf Beas Seite des Bettes, griff aber ins Leere. Sie öffnete die Augen. Bea war schon aufgestanden, nur die sanften Kuhlen im Kopfkissen und in der Matratze zeugten davon, dass sie noch vor Kurzem hier gelegen hatte.

Hell fiel die Morgensonne durch das weit geöffnete Fenster auf die alten, honigbraun schimmernden Holzdielen. Der verlockende Duft von frisch gebrühtem Kaffee und aufgebackenen Croissants kitzelte ihre Nase. Der freie Samstag fing schon mal vielversprechend an.

Mit den Füßen schlug sie die Bettdecke zurück und setzte sich mit Schwung auf. Nach ein paar gezielten und vor allem guttuenden Dehnübungen zog sie den seidenen gelben Morgenmantel mit den schwarzen japanischen Schriftzeichen über den kurzen Satin-Pyjama und ging hinüber ins Bad. Es roch nach dem exklusiven Duschgel, das sie Bea kürzlich geschenkt hatte.

Nachdem sie sich die Zähne geputzt und die Haare flüchtig durchgebürstet hatte, lief sie barfuß die Treppe hinunter.

In der Küche fand sie Bea, die gerade verkleppertes Ei in eine Pfanne mit ausgelassenem Speck und angedünsteten Zwiebeln gab. Mit den locker hochgesteckten Locken, der kurzen ausgewaschenen Jeanslatzhose, deren Seitenknöpfe wie immer nicht geschlossen waren, und dem engen weißen Trägershirt sah sie verdammt sexy aus.

Zärtlich küsste Sonja sie auf den Nacken. »Guten Morgen, meine Schöne.«

Bea drehte sich zu ihr um und legte ihr die Arme um den Hals. Der intensive Blick aus ihren smaragdgrünen Augen und der Kuss mit ihren schön geschwungenen Lippen jagten Sonja wie immer angenehme Schauer durch den Körper.

»Hast du gut geschlafen, mein Liebes?«

»Wie ein Stein«, sagte Sonja. »Drei Gin-Tonic und hinterher noch zwei Gläser Wein sind ein wunderbares Schlafmittel.«

Bea löste ihre Umarmung, um in der Pfanne zu rühren. »Könntest du den Kaffee schon mal rausbringen? Die Eier sind nämlich gleich fertig.«

Die antike Keramikkaffeekanne mit den kleinen Blümchen stand schon auf der Anrichte bereit. »Sonst noch was?«

»Ist schon alles draußen.«

Mit der Kanne in der Hand und darauf bedacht, nichts zu verschütten, ging Sonja über die angenehm kühlen Terrakottafliesen des Wohnzimmers und trat auf die Terrasse hinaus.

Der Tisch, an dem sie tags zuvor ihre Gin-Tonics getrunken und von ihrer Vergangenheit erzählt hatte, war jetzt hübsch gedeckt. Noch war der Platz im kühlen Schatten, in etwa einer Stunde würde aber die Sonne um die Ecke gekrochen kommen.

Sonja goss Kaffee in die großen Porzellanhumpen und stellte die Kanne ab. Mit der Tasse in der Hand ging sie die drei Sandsteinstufen hinunter und lief über den Rasen, der noch feucht von der Nacht war. Beim kleinen Jugendstilpavillon blieb sie stehen, von hier aus hatte man den besten Rundblick auf den Garten. Kaffeetrinkend drehte sie sich um die eigene Achse und betrachtete voller Genuss dieses kleine Paradies.

»Kommst du?«, rief Bea ihr von der Terrasse aus zu.

Als Sonja am Rosenbeet vorbeiging, pflückte sie eine der halbaufgegangenen Englischen Rosen.

Entzückt roch Bea daran und steckte sie sich dann ins Haar.

Sonja setzte sich und nahm sich eines der noch warmen Croissants.

»Ich bin dir noch den Rest meiner Geschichte schuldig«, sagte sie, bevor sie hineinbiss.

»Genau.« Bea sah sie erwartungsvoll an.

»Ich war bei dem Unfall stehengeblieben, als das Telefon klingelte.« Sie legte ein Stück Butter auf ihr Hörnchen, platzierte einen dicken Klecks Heidelbeermarmelade obendrauf und biss erneut ab. Langsam kaute sie, womit sie die Spannung ungewollt erhöhte.

»Annabel und Tom hatten also diesen Unfall«, nahm sie den Faden vom Vortag wieder auf. »Ein Auto hatte ihnen die Vorfahrt genommen und war in sie hineingefahren. Was mit Tom war, habe ich gar nicht registriert, ich sah immer nur zu Bella hinüber, die reglos am Boden lag.« Sie hielt kurz inne und suchte nach den passenden Worten. »Irgendwie blieb in diesem Moment das ganze Leben stehen.« Prüfend sah sie Bea an.

Die legte ihr eine Hand auf den Arm. »Ich weiß genau, was du damit meinst.«

»Danach war ich wie betäubt, vielleicht habe ich deswegen nichts Genaueres mitbekommen. Und dann hat uns Jos Vater gleich am nächsten Tag abgeholt. Was wir zu diesem Zeitpunkt wussten, war, dass Bella im Koma lag. ... Ein paar Tage später machte dann das Gerücht die Runde, dass ihr ein Bein abgenommen werden musste.« Sonja legte das Croissant auf den Teller und streifte sich die fettigen Brösel von den Fingern.

»War das nur ein Gerücht, oder hat sie das Bein wirklich verloren?«, fragte Bea betroffen nach.

Sonja atmete tief ein. »Sie hat es verloren.«

»Oh Gott, das ist ja furchtbar. Wie schlimm muss das für eine Tänzerin sein! Wie ist die Ärmste denn damit umgegangen?«

»Ich weiß es nicht.« Sonja wich Beas fragendem Blick erfolgreich aus. »Sie kam nach drei oder vier Wochen nach Hause, da war ich aber schon in München an der Uni. Und als ich in den Semesterferien heimfuhr, waren sie und ihre Eltern weggezogen. Ich hab sie nie wiedergesehen und nie wieder gesprochen.«

»Das glaube ich jetzt nicht.«

»Ich schäme mich dafür, ehrlich. Aber die Vorstellung, dass Bella, meine geliebte, wunderschöne Bella nur noch ein Bein hatte, war so unfassbar für mich ... das konnte ich einfach nicht ertragen.«

»Du hast sie im Stich gelassen? Als sie dich, eine ihrer besten Freundinnen am nötigsten brauchte, hast du sie im Stich gelassen?«

Das war keine Frage, sondern definitiv eine Anklage.

»Wie konntest du nur so lieblos und grausam sein? So kenne ich dich gar nicht.« Bea sah sie an, als wäre sie eine Fremde.

»Ich weiß, und ich habe mich deswegen jahrelang schrecklich mies gefühlt. Und ich weiß auch, dass du mich dafür verurteilen wirst. Jedenfalls kennst du jetzt den Grund, weshalb ich nicht zu diesem Klassentreffen will.«

Bea sah sie aus ihren grünen Augen missbilligend an. Dann stand sie abrupt auf und ging nach drinnen.

Sonja überlegte, ob sie ihr hinterhergehen sollte.

Doch Bea kam gleich wieder heraus und hielt ihr ein Stück Papier hin.

Mit ungutem Gefühl nahm Sonja es ihr ab. Es war die Einladungskarte zum Klassentreffen, die sie erst kürzlich in lauter kleine Teile zerrissen und die Bea in mühevoller Kleinarbeit wieder zusammengefügt und auf das Papier geklebt hatte.

»Was soll ich damit?« Sonja sah sie ratlos an.

»Du wirst dort hingehen und dich bei Annabell entschuldigen.«

24

Annabell

Max stand in der Tür und beobachtete sie mit großen Augen. Er sah aus wie Tom, stellte Annabell zum wiederholten Male fest, nur in klein.

»Mama, tut das eigentlich weh, wenn du dein Bein abnimmst?«, fragte er mit der kindlichen Neugier eines Fünfjährigen.

»Nein, mein Schatz es tut nicht weh«, sagte Annabell, die ihre Prothese nicht abnahm, sondern gerade sorgfältig anlegte.

»Warum können ich und Papa und alle anderen Leute unsere Beine nicht abmachen?«

Sie fragte sich, wie man seinem Kind in angenehmen Worten erklären konnte, warum das so war, wenn man selber manchmal so schlecht mit dieser Tatsache zurechtkam und mit seinem beschissenen Schicksal haderte.

»Fragst du der armen Mama wieder Löcher in den Bauch?« Tom nahm den Kleinen hoch und gab ihm einen dicken Schmatzer auf die Wange.

»Du hast übrigens auch so ein Loch im Bauch, und das hast du nur, weil die Mama und ich dich so oft gefragt haben, warum um alles in der Welt wir dich so schrecklich lieb haben. Und jetzt müssen wir ganz dringend frühstücken, damit wir nicht verhungern.«

Tom zwinkerte Annabell verschwörerisch zu und trug Max nach vorn in die Küche.

Sie sah den beiden schmunzelnd nach.

»Nein, Papa, das ist doch der Nabel«, hörte sie den kleinen Mann quaken. Sie zog das Hosenbein runter und stand auf.

»Der Nabel, bist du dir da ganz sicher?«, fragte Tom gerade theaterreif ungläubig, als sie zu den beiden in die Küche kam.

»Jaha, das ist der Nabel«, sagt Max nachdrücklich.

Annabell fand es witzig, dass schon ein Fünfjähriger der Meinung war, mehr zu wissen als seine Eltern. Sie hatte immer geglaubt, dass das erst mit zwölf oder dreizehn anfangen würde.

»Bella, hast du gewusst, dass die Löcher in unseren Bäuchen Nabel heißen und gar nicht reingefragt worden sind?«

»Aber nein doch, das ist mir vollkommen neu«, sagte Annabell bemüht ernst. »Nur gut, dass wir so ein schlaues Kind haben.«

Sie strubbelte ihrem Sohn durch die Haare und setzte sich an den Tisch, den Tom schon fix und fertig gedeckt hatte. Dann schmierte sie für Max wie jeden Morgen eine Scheibe Toast mit Butter und Nutella.

Tom goss ihr Kaffee ein und küsste sie dabei auf die Stirn. Dann setzte er sich ihr gegenüber, nahm eine Scheibe Brot aus dem Korb und sah Max fragend an. »Lyoner oder Streichkäse, junger Herr?«

»Nutella«, sagte der junge Herr mit nugatverschmierter Schnute.

»Also Streichkäse, eine sehr gute Wahl.« Tom riss eins der kleinen Käsedreiecke auf und strich den Inhalt großzügig aufs Brot.

»Nutella, hab ich doch gesagt!« Max biss kichernd in seinen Toast.

»Aber natürlich bekommst du Streichkäse, mein Schatz, dein Wunsch ist mir Befehl.« Tom klappte die Scheibe zusammen und wickelte sie in Butterbrotpapier ein. »Apfel oder Karotte dazu?«

»Banane«, sagte Max vergnügt grinsend.

»Nein, das tut mir leid, Zitronen haben wir heute nicht im Angebot. Ich kann Ihnen aber sehr den Apfel empfehlen.« Tom schnitt einen rotbackigen Apfel in vier Teile, entfernte das Kernhaus und packte ihn zusammen mit dem Brot in eine Plastikbüchse mit Dinosaurier drauf.

»Ich will aber doch Elefantenpudding«, rief Max übermütig und verschluckte sich fast vor Lachen.

»Nein, Zebrakuchen ist aus, wir nehmen Apfel.«

In aller Ruhe trank Annabell ihren Kaffee und sah den beiden amüsiert bei ihrem täglichen Frühstücksspiel zu. Sie waren ein tolles Team, und Tom war ein wunderbarer Vater. Ihr Herz tat beinahe weh, so sehr liebte sie Mann und Sohn.

»Dann will ich Mückengrütze mit Vanillesoße«, spielte Max das Spiel weiter.

Sie stand auf, holte einen nassen Waschlappen aus dem Bad und unterzog Gesicht und Hände ihres Sohnes einer Generalreinigung. Mit einem leisen Aufstöhnen setzte sie sich wieder, heute war einer dieser Tage, an denen ihr Stumpf in der Prothese wehtat.

Mit besorgt hochgezogenen Augenbrauen sah Tom sie an, er wusste immer ganz genau, wenn es ihr nicht so gut ging.

»Schatz, willst du lieber daheimbleiben? Die Vorbereitungen schaffen Jochen und ich auch allein. Es genügt doch, wenn du gegen vier kommst.«

Annabell war kurz geneigt, diesen Vorschlag anzunehmen, dann entschied sie sich jedoch dagegen. Sie hatte diese Ausbildung doch nicht gemacht, um sich dann in Watte packen zu lassen. Außerdem wollte sie keine Sonderbehandlung. Irgendwie würde sie den Tag schon durchstehen. Manchmal ließ der Schmerz auch während des Tages nach.

»Nein, alles gut, das geht schon. Ich kann mich ja morgen ausruhen. Und jetzt sollten wir los, sonst kommen wir zu spät, und sie lassen Max nicht mehr in den Kindergarten rein.«

Sie stellte nur noch die Butter und die Wurst in den Kühlschrank, dann brachen sie hastig auf. Den Tisch würden sie abräumen, wenn sich nachts nach Hause kamen.

Nachdem sie Max im Kindergarten abgeliefert hatten, fuhren sie direkt ins Restaurant.

Gleichzeitig mit dem Gemüselieferanten kamen sie dort an. Während Tom die Waren kontrollierte, ging Annabell schon mal ins Büro, um den Anrufbeantworter abzuhören.

»Schau mal, Schatz, das war im Briefkasten. Ist für dich.« Tom brachte mit der Tageszeitung einen weißen Briefumschlag herein.

»Landgasthof zur roten Mühle, zu Händen Frau Annabell Gärtner«, las er laut vor.

»Das ist aber seltsam«, sagte sie, denn das war ihr Mädchenname.

Sie betrachtete den Brief. Der Name der Absenderin, einer Karin Becker, kam ihr nicht bekannt vor.

Mit einem Brieföffner schlitzte sie den Umschlag auf und entnahm ihm eine doppelseitige Karte.

Einladung zum Klassentreffen, stand in reliefartigen goldenen Lettern vorn drauf. *Anlässlich des fünfzehnten Jahrestages unseres Abiturs wollen wir uns endlich wiedertreffen*, las Annabell weiter.

Tom sah von der Zeitung auf. »Was ist das?«

»Eine Einladung zum Klassentreffen unseres Abiturjahrgangs.«

»Heißt das, du würdest Sonni, Blümchen und Jo wiedersehen?«

»Schon möglich. Jedenfalls, wenn ich hinfahre.«

»Willst du denn hinfahren? Oder anders gefragt: Willst du die drei überhaupt treffen?«

Annabell wiegte nachdenklich den Kopf. »Darüber muss ich erst noch nachdenken.«

»Vergiss nicht, die haben dich damals ganz schön hängenlassen.«

»Das mag sein, aber das ist so lange her. Irgendwann sollte man vielleicht mal einen Strich ziehen. Mich würde schon interessieren, was aus meinen Blutsfreundinnen und den anderen Klassenkameraden geworden ist.«

25

Das Klassentreffen
Iris

Mit gemischten Gefühlen betrat Iris das Gelände der Schule, in der sie sieben Jahre ihres Lebens verbracht hatte. Unter den Arm geklemmt trug sie den bunt beklebten Karton mit den Italienbildern, die sie dem Rest des vierblättrigen Kleeblatts zeigen wollte, falls überhaupt eine ihrer ehemaligen Freundinnen kommen sollte. Sie hatte die gut versteckte Schachtel ohne zu fragen aus Nicolas Zimmer geholt und wollte sie auf ihren Platz zurückstellen, sobald sie wieder daheim wäre.

Es fühlte sich komisch an, den jetzt autofreien Lehrerparkplatz zu überqueren und an der Turnhalle vorbeizugehen, mit der sie nicht so gute Erinnerungen verband. Sport war definitiv nicht ihr Lieblingsunterricht gewesen. Am meisten hatte sie Geräteturnen gehasst – vor allem Bockspringen, denn dieser blöde Bock war immer ein Stück zu hoch für sie gewesen.

»Blümchen?«

Iris drehte sich um. Eine extrem schlanke, sehr blonde Frau mit streichholzkurzen Haaren kam mit langen Schritten vom großen Tor her auf sie zu. Ihre viel zu dünnen Beine steckten in sehr hellen Jeans, darüber trug sie trotz der sommerlichen Temperaturen einen viel zu groß wirkenden hellgrauen Pullover. Eine übergroße hellbraune Umhängetasche baumelte bei jedem ihrer Schritte hin und her. Als sie näher kam, sah Iris mehrere Piercings in der Sonne aufblitzen.

Kannte sie diese Frau? Iris überlegt, welche ihrer früheren Klassenkameradinnen sich derart verändert haben könnte. Blümchen hatten sie aber nur drei von ihnen genannt ...

»Jo?«, fragte sie unsicher.

Da hatte die Frau schon die Arme um sie geworfen und drückte sie fest an sich.

»Blümchen, wie schön dich zu sehen!«, sagte sie, als sie Iris wieder freigab.

Es war Johanna. Allerdings sah sie nicht gut aus, ihr Gesicht war sehr schmal, dunkle Ringe lagen unter ihren Augen. Sie sah krank aus. Aber da war noch dieses Strahlen in ihren wunderbar blauen Augen, und auch das für sie so typische spöttische Zucken um ihren Mund hatte sie nicht verloren. Die Metallringe an Augenbraue, Nase und Lippe irritierten Iris ein wenig. Auch Johannas Ohren waren mit mehr als einem Ring oder Ohrstecker je Ohrläppchen geschmückt. Nicht zum ersten Mal fragte sie sich, wie sich ein vernünftiger Mensch so etwas antun konnte. Und sie hoffte, dass Nicola nie auf die Idee käme, sich mit derartigen Metallteilen verunstalten zu wollen.

»Lass dich ansehen!« Johanna begutachtete sie von oben bis unten. »Wahnsinn, du hast dich kaum verändert. – Erzähl, wie geht es dir?« Sie hakte sich bei Iris unter, wie sie es früher auch schon immer gemacht hatte, und so gingen sie gemeinsam das letzte Stück bis zum rechten der beiden Eingänge.

Als sie aber hinter den geöffneten Doppelflügeln schon jede Menge Leute versammelt sahen, blieben sie stehen, um noch ein paar Worte in Ruhe wechseln zu können.

»Mir geht's gut«, antwortete Iris. »Und dir?«

»Blümchen, Blümchen, wenn ich dich frage, wie es dir geht, will ich doch kein ödes *Gut* hören, da muss schon mehr kommen. Ich will alles wissen: Bist du verheiratet? Hast du

Kinder? Wie oft bist du schon geschieden? Wo lebst du jetzt? Ist das Leben als Ärztin so aufregend, wie du es dir immer vorgestellt hast? Und so weiter und so weiter.«

Iris musste unweigerlich lachen. So sehr sich Johanna auch äußerlich verändert hatte, von ihrer ungestümen Art her schien sie die Alte geblieben zu sein.

»Warte, bis die andern da sind, sonst muss ich alles doppelt und dreifach erzählen.«

»Heißt das, Bella und Sonni kommen auch?«

»Keine Ahnung. Sonja wollte es sich überlegen, sehr begeistert von einem Treffen mit der Vergangenheit war sie aber definitiv nicht.«

»Du hast also noch Kontakt mit den beiden?« Johanna zog sie zu einer der Metallbänke, die es zu ihrer Schulzeit auf dem Hof noch nicht gegeben hatte.

»Nein, leider nicht«, sagte Iris, als sie sich gesetzt hatten. »Mit Sonja hab ich aber vor ein paar Wochen telefoniert.«

»Da bist du mir weit voraus, ich hab nicht mal ihre Telefonnummer.«

Johanna nahm ein silbernes Etui und ein Feuerzeug aus ihrer Tasche und zündete sich eine Zigarette an.

»Auch eine?«, fragte sie, als sie den ersten Zug tief inhaliert und wieder ausgestoßen hatte.

»Nein, danke, ich rauche immer noch nicht.«

Anerkennend nickte Johanna ihr zu. »Ich wäre froh, ich könnte das auch von mir sagen.«

»So, wie es aussieht, hatte dann wohl keine von uns noch Kontakt zu einer der anderen.«

»Was für eine Schande. Dabei hatten wir uns mal ewige Treue geschworen.« Johanna streckte ihr ihren Zeigefinger mit der Blutsschwesternschaftsnarbe hin.

Zum Vergleich hielt Iris ihren Finger daneben. Jos Narbe sah beinahe genauso knubbelig aus wie ihre.

Mit dem Feuerzeug klopfte Johanna auf den Deckel des Kartons, der jetzt auf Iris' Schoß stand. »Was hast du denn da mitgebracht?«

»Die Fotos von unserem Italienurlaub.«

»Stimmt ja, du hast damals immerzu rumgeknipst. Komm, zeig mal.«

»Später. Das machen wir dann mit den anderen beiden zusammen.«

»Wenn die überhaupt kommen. So übertrieben akkurat und pünktlich, wie Sonja immer war, wäre sie doch schon längst hier. Und wenn sie hier wäre, dann wäre sie sicherlich schon zu uns rausgekommen.« Sie warf Etui und Feuerzeug wieder in die Tasche.

»Hach, wenn man vom Teufel spricht.« Mit der Zigarette deutete Johanna hinüber zum kleinen Eingangstor, das genau gegenüber der großen Einfahrt bei den Parkplätzen lag, durch die sie aufs Gelände gekommen waren.

Iris erkannte Sonja sofort am Gang. Mit selbstbewussten Schritten kam sie über den Pausenhof, das Klackern der Absätze ihrer Pumps hallte dabei von den Mauern des dreistöckigen Schulgebäudes wider. Als sie die beiden erkannte, korrigierte sie ihre Richtung und kam zu ihrer Bank.

In ihrem hellgrauen Kostüm mit dem knapp über dem Knie endenden engen Rock und dem schlichten weißen T-Shirt unter der taillierten Jacke sah sie einfach umwerfend aus.

Das quittierte Johanna mit einem anerkennenden »Alle Achtung, Frau Anwältin, du siehst spitzenmäßig aus.«

»Danke, Frau Starautorin.« Sonja küsste sowohl sie als auch Iris auf beide Wangen und strich sich dann ihre schulterlangen Haare nach hinten. Schlichte Perlenohrringe schmückten ihre Ohrläppchen.

»Ich sehe keinen Ehering, Sonni – hast du also auch noch nicht im Hafen der Ehe angelegt?«

»Nein, bis jetzt konnte ich diesen Hafen erfolgreich umschiffen.« Sonja setzte sich neben Iris und schlug die nackten, aber sonnengebräunten Beine elegant übereinander. »Aber demnächst wird es mich wohl erwischen«, fügte sie grinsend hinzu.

»Wow, herzlichen Glückwunsch«, freute sich Johanna ehrlich.

»Kommt Bella auch? Ist sie vielleicht schon da?«

»Wissen wir nicht, wir sind auch gerade erst gekommen.« Iris drehte den Kopf nach hinten und versuchte, die getönte Glasfront, hinter der sich die Aula befand, mit ihren Augen zu durchdringen. Sie gab aber schnell auf, denn durch die dunkle Scheibe war außer Schemen und Bewegungen nichts zu erkennen.

Johanna gab die Zigarette an Sonja weiter. »Wir wollten uns nur ein bisschen unterhalten, bevor wir uns ins Getümmel stürzen.«

Als es hinter ihnen klopfte, drehten sich alle drei synchron um.

Jemand, den Iris weder als Männlein noch als Weiblein identifizieren konnten, stand hinter der Scheibe und winkte.

»Ist sie das?«, fragte Sonja.

»Nein, glaube nicht.« Johanna winkte zurück.

Sie sahen die Person nach links weggehen. Gleich darauf erschien eine brünette schlanke Frau im Haupteingang.

»Worauf wartet ihr denn noch? Wir wollen anfangen«, rief sie ihnen zu.

»Wer ist denn das?«, flüsterte Sonja.

Auch wenn sie nicht mal mehr ansatzweise so aussah wie früher, wusste Iris sofort, wer das war. »Das ist Karin Becker, sie hat das Klassentreffen organisiert.«

»Die Lichtenberger?«, sagte Johanna erstaunt und recht laut. »Die hätte ich jetzt aber nicht erkannt«, fügte sie leiser hinzu. »Hatte die nicht riesige vorstehende Hasenzähne und diese fiese Akne?«

Karin kam nun doch zu ihnen herüber. »Hallo, ihr drei, schön, dass ihr gekommen seid. Ich heiße aber schon lang nicht mehr Lichtenberger, sondern Becker, liebe Johanna.«

26

Johanna

Karin Ex-Lichtenberger war weit davon entfernt, eine Schönheit zu sein, aber Johanna musste zugeben, dass sie um Welten besser aussah als damals bei der Abiturfeier. Ihre Zähne waren inzwischen gerichtet worden, auch ihr Hautbild hatte sich sehr gebessert. Ihr feines hellbraunes Haar, das sie früher immer zu einem kläglichen dünnen Zopf zusammengebunden hatte, trug sie jetzt als Pagenschnitt und sah dadurch aus wie Mireille Mathieu. Karin war so alt wie sie, in dem nicht sonderlich schicken wadenlangen braunen Rock und der Blümchenbluse sah sie allerdings um einiges älter aus.

Johanna lächelte sie so freundlich wie möglich an, in der Hoffnung, dass ihr früheres Mobbingopfer ihr inzwischen vergeben hatte.

»Es sind schon fast alle da, wollt ihr nicht reinkommen? Gleich hält Dr. Moster eine kleine Ansprache zur Begrüßung.«

»Ach herrje, der Moster. Der lebt auch noch?« Johanna hatte keine guten Erinnerungen an ihren früheren Lateinlehrer, der die letzten beiden Schuljahre dann auch noch ihr Klassenlehrer gewesen war. Er sicherlich auch nicht an sie.

»Natürlich, so alt ist der doch noch gar nicht. Seit zwei Jahren ist er hier sogar Schuldirektor.«

»Also dann.« Sonja stand als Erste auf und zupfte ihren Rock zurecht. »Rein in die gute Stube.«

Iris und Johanna folgten ihrem Beispiel.

»Wisst ihr, ob Annabell noch kommt?«, fragte Karin, die jetzt neben ihnen zum Eingang ging.

»Keine Ahnung, wir haben schon länger nichts mehr von ihr gehört«, sagte Sonja.

»Dass sie sich einen Stern erkocht hat, das habt ihr aber mitbekommen?«

Überrascht sah Johanna die beiden anderen an, doch die hoben nur ahnungslos die Schultern.

Natürlich hatte Karin diesen Blick mitbekommen. »Ach, das wisst ihr gar nicht? Ihr wart doch aber früher so richtig dick befreundet, das Vierblättrige Kleeblatt, wenn ich mich recht erinnere.«

Johanna schwieg genauso wie ihre ehemaligen Freundinnen. Sie sah keine Veranlassung, sich hier und jetzt ausgerechnet vor Karin zu rechtfertigen.

»Na, der Artikel über Annabells Stern hängt drinnen an einer der Stellwände, an denen wir alles gesammelt haben, was wir Wichtiges über unsere Mitschüler gefunden haben. Fotos von den Covern deiner Büchern hängen dort übrigens auch, Johanna. Ich hab ja keines davon gelesen und werde es sicherlich auch in Zukunft nicht tun, denn Thriller sind nicht so mein Ding. Du scheinst aber doch ganz gut Erfolg damit zu haben.«

Gelassen nahm Johanna diese Spitze ihres Ex-Mobbingopfers gelassen hin. Die Gute hatte ihrer Meinung nach alles Recht der Welt, sich nachträglich an ihr zu rächen.

»Geht so«, sagte sie versöhnlich.

Sie betraten die große Aula, die erfüllt war mit Stimmen und Gelächter.

»Links gibt es Getränke, und rechts um die Ecke, also im Gang, in dem die Biologie-, Physik- und Chemieräume sind, ist das Büffet aufgebaut.«

Vereinzeltes träges Klatschen erklang, als Dr. Moster eine kleine provisorische Bühne erklomm.

»Viele Fans hat der Moster ja nicht gerade«, bemerkte Sonja trocken.

»Wundert dich das? Er war ein gemeiner Sadist. Ich kann ein Lied davon singen, denn mich hatte er besonders auf dem Kieker. ›Winter, übersetzen Sie das doch mal!‹«, äffte Johanna seine leicht nasale Art zu sprechen perfekt nach.

»Den konntest du schon immer so gut nachmachen!« Lachend klopfte Sonja ihr auf die Schulter. »Dafür hat er Blümchen umso mehr verhätschelt.«

»Verhätschelt? So ein Quatsch, ich hab nur im Gegensatz zu Jo immer gelernt, mich am Unterricht beteiligt und meine Hausaufgaben *selbst* gemacht.«

»Ich hatte auch keine Probleme mit Herrn Dr. Moster«, bemerkte Karin spitz. »Aber ich muss dann mal, es gibt noch so viel zu tun. Euch noch viel Spaß, wir sehen uns später.« Sie überließ die drei ihrem Schicksal und gesellte sich zu Dr. Moster auf die Bühne.

»Ich hatte auch kein Probleme mit Herrn Dr. Moster«, ahmte Johanna sie gekonnt nach. »Kein Wunder, sie ist ihm ja immer regelrecht in den Arsch gekrochen. Und wie man sieht, macht sie es immer noch.«

»Lass der kleinen Karin doch ihren großen Auftritt«, lästerte Sonja.

Ein schmerzhafter Aufschrei ging durchs Publikum, als Moster ins Mikrofon hineinpustete, um zu überprüfen, ob es funktionierte, und daraufhin ein unangenehmes Krachen und Pfeifen aus den Lautsprechern kam.

»Test, Test, Test«, sagte er dann noch viel zu laut ins viel zu nahe Mikrofon, was ein weiteres Aufstöhnen nach sich zog.

Johanna fühlte sich in ihren Gefühlen für den Ex-Lehrer bestätigt. »Einmal Arschloch – immer Arschloch. Ich glaube, ich muss mich ordentlich betäuben, um das hier einigermaßen zu überstehen.« Sie deutete mit dem Kopf nach links. »Kommt, wir holen uns was zu trinken.«

Während sie dem Getränkestand zustrebten, begrüße Moster seine lieben Schülerinnen und Schüler von damals und beteuerte, wie hocherfreut er sei, dass sie so zahlreich erschienen seien. Überschwänglich dankte er der lieben Karin Becker und betonte, dass es ausschließlich ihrem unermüdlichen Engagement, ihrer akribischen Recherche und ihrer bewundernswerten Ausdauer zu verdanken sei, dass die Aufenthaltsorte von nahezu allen Ehemaligen nach so langer Zeit ausfindig gemacht werden konnten.

»Wahrscheinlich arbeitet sie für den Mossad oder die CIA, und ihr langweiliges Spießerhausfrauenoutfit ist nur eine perfekte Tarnung«, frotzelte Johanna.

Und dann konnte sie sich einfach nicht beherrschen. »Yeah! And the Oscar goes tooooo Karin!«, rief sie von hinten in die Menge und untermalte das mit einem schrillen Pfiff.

Was für allgemeines Gelächter sorgte, ihr aber vernichtende Blicke aus Richtung Bühne einbrachte.

»Ohoh, jetzt hat der Moster seine Aversion gegen mich gleich mal wieder aufgefrischt«, sagte sie vergnügt.

Sonja spendierte großzügig eine Runde Sekt.

Während sie sektschlürfend die Stellung in sicherer Nähe zu den alkoholischen Getränken hielten, schwärmte Karin in den höchsten Tönen von ihrer gemeinsamen wunderschönen Schulzeit.

»Die muss in eine andere Klasse gegangen sein als ich«, raunte Johanna den anderen nicht gerade leise zu. »Meine Schulzeit war definitiv anders. Und seht mal, wie sie da vorne steht und den alten Moster anhimmelt – man könnte meinen, sie spielt die Hauptrolle in Romeo und Julia.«

Nicht sonderlich zärtlich stieß Iris ihr den Ellenbogen in die Seite. »Jetzt hör doch endlich auf, auf der armen Karin rumzuhacken. Immerhin hätten wir uns nicht getroffen, wenn sie sich nicht so dahintergeklemmt hätte.«

»Stimmt auch wieder«, sagte Johanna und hob ihr Glas. »Auf Karin!«

Ungeachtet der Rede, die gerade gehalten wurde, stießen sie klirrend an und tranken.

Johanna ließ den Blick über die Anwesenden gleiten. »Schaut mal, dort drüben steht der schöne Erik.«

»Von der Schönheit ist aber nicht viel übrig geblieben«, stellte Iris kichernd fest. Genau in dem Moment drehte er sich um und gesellte sich zu ihnen.

»Na, Mädels, heute nur als dreiblättriges Kleeblatt unterwegs? Wo habt ihr denn Annabell gelassen?«, fragte er breit grinsend.

»Kommt später.« Mit dieser Antwort wollte Johanna weiteren unangenehmen Fragen nach Annabell entgehen.

»Schlimme Geschichte, das mit ihrem Bein«, sagte Erik, ohne zu ahnen, was das bei Johanna auslöste.

Unvermittelt wurde ihr Brustkorb eng, und sie begann zu zittern. Hastig drückte sie Iris ihr Glas in die Hand und lief mit schnellen Schritten davon.

»Hoppla, da hat es jemand aber eilig«, rief Erik ihr verdutzt hinterher.

Während er ihr nachsah, floh Johanna regelrecht in die Mädchentoilette, wo sie sich in einer der Kabinen einschloss und sich schweratmend mit geschlossenen Augen an die Trennwand lehnte.

Sie würde es nicht durchstehen, das war ihr mit einem Mal klar. Auch wenn sie fest vorgehabt hatte, Frau Dr. Starks Hausaufgabe zu erledigen, sie konnte das nicht. Sie konnte es ja nicht einmal aushalten, wenn andere von Annabell sprachen, wie sollte sie ihr dann persönlich gegenübertreten und ihr alles beichten? Niemals würde sie das können.

Als sie sich ein wenig beruhigt hatte, schloss sie auf und ging zum Waschbecken. Alles hier war so eng und bedrückend, genau wie früher. Sogar das Becken mit dem langen dünnen Sprung war noch da.

Sie schob ihre Ärmel nach oben und ließ einige Sekunden lang eiskaltes Wasser über ihre Unterarme laufen. Ihr Puls beruhigte sich. Ausdruckslos sah ihr ihr Spiegelbild entgegen. Und dann stand ihr Entschluss fest: Sie würde unbemerkt von hier verschwinden, sich irgendwo verkriechen, wo sie keiner finden konnte, und wo sie ...

27

Sonja

Sonja sah Johanna ebenfalls nach. Sie hatte sie vorhin auf der Bank neben Iris zuerst gar nicht erkannt, so schlecht sah sie aus. Abgemagert, krank. Sehr krank. Auch wenn sie vorgab, so fröhlich und verrückt wie früher zu sein, etwas stimmte nicht mit ihr.

Zutiefst besorgt stellte Sonja ihr Glas ab und eilte ihr hinterher.

Es war ein komisches Gefühl, als erwachsene Frau durch die Gänge zu gehen, durch die sie als Jugendliche so oft gegangen war.

Vor der Tür zu den Mädchentoiletten blieb sie kurz stehen. Auf alles gefasst, stieß sie sie auf.

Über eines der Waschbecken gebeugt stand Johanna da und ließ sich Wasser über die Arme laufen.

»Alles gut mit dir?«

»Ja, bestens.«

»Früher hast du besser gelogen. Was war denn los?«

»Nur der Kreislauf«, sagte Johanna mit einem matten Lächeln.

Der diabolisch grinsende untere Teil eines Clownsgesichts auf Johannas rechtem Unterarm erweckte Sonjas Aufmerksamkeit. Dabei entgingen ihr die unschönen roten Narben ein Stück tiefer nicht. Sie wollte Johanna in die Augen sehen, doch die wich ihrem Blick aus.

Johanna stellte das Wasser ab und trocknete ihre Hände mit einem Papierhandtuch ab. Hastig zerrte sie die Pulloverärmel wieder runter, so weit, dass nur noch ihre Fingerspitzen heraussahen.

»Es war ein Fehler von mir, herzukommen. Ich hau ab.«

»Besonders toll finde ich es hier auch nicht, lass uns doch zusammen abhauen«, schlug Sonja vor.

»Und Blümchen?«

»Die nehmen wir mit.«

Nach kurzem Überlegen nickte Johanna und öffnete die Tür.

Von den beiden Möglichkeiten, den asiatisch schlicht gestalteten Atriumhof, das quadratische Herzstück des Gebäudes, das noch nie von Schülern genutzt werden durfte und nur der Zierde dienen sollte, zu umrunden, wählten sie den Weg nach links.

Dabei quietschten Johannas Gummisohlen auf dem glatten Steinboden. Zusammen mit dem gleichmäßigen Tack-Tock-Tack-Tock, das Sonjas Absätze bei jedem Schritt dazu machten, hätten diese Geräusche auch für das Intro eines Rapsongs getaugt.

Dass sie sich falsch entschieden hatten, merkte Sonja, als sie um die Ecke bogen. Da stand nämlich das Kalte Büfett, das inzwischen eröffnet worden war.

Entschuldigungen murmelnd drängelte sie sich unter Einsatz ihrer Ellenbogen durch die Leute. Einige von ihnen kamen ihr bekannt vor, doch das Gros waren wildfremde Menschen für sie. Nur Iris war nicht dabei.

Dann waren sie endlich in der Aula, in der fast nichts mehr los war, da die meisten mit Essensbeschaffung beschäftigt waren.

»Da seid ihr ja endlich!« Der Ruf klang vorwurfsvoll und kam von Iris, die mit zwei vollbärtigen Männern vor der jetzt leeren Bühne stand. Mit einem flüchtigen »Tschüss« ließ sie die beiden einfach stehen und kam mit ihrer Fotobox und zwei Sektgläsern schnellen Schrittes zu Sonja und Johanna herüber.

»He, Jo, nimmst du mal dein Glas wieder, ich würde mir gern was vom Büfett holen.«

»Jo und ich wollen nicht länger bleiben«, sagte Sonja.

»Ah ja?« Verständnislos sah Iris sie an.

»Kommst du mit?«

»Wohin denn?«

»Irgendwohin, wo wir uns in Ruhe unterhalten und endlich deine Fotos ansehen können.«

»Wir könnten zu mir gehen«, bot Iris an.

»Gibt's das Venezia noch?«, fragte Johanna. »Eine Pizza wäre jetzt nämlich genau das Richtige. Was meinst du, Sonni?«

»Oh ja, Pizza klingt gut. Lasst uns Pizzaessen gehen.«

»Anderer Vorschlag: Wir gehen zu mir und bestellen Pizza.«

»Vorschlag angenommen«, sagte Johanna. »Sonni?«

»Angenommen.«

»Okay, und was ist mit Bella?«

Das war ja klar, dacht Sonja. Iris, die gute Seele. »Vergiss es, Blümchen, die kommt jetzt nicht mehr.«

Iris stellte die Gläser auf dem schmalen Sims vor dem Kioskfenster ab. »Also denn, lasst uns abhauen.«

Untergehakt und kichernd wie Teenager gingen sie über den Schulhof. Vom kleinen Tor her kam ihnen jemand entgegen, eine hochgewachsene Frau in Jeans und knallbunter Bluse und mit einem dicken dunklen, geflochtenen Zopf über der Schulter, der ihr bis zur Hüfte ging.

28

Annabell

Annabell erkannte die drei Frauen sofort, die da auf sie zukamen. Iris war ein bisschen pummeliger geworden, aber um ihr Gesicht kringelten sich die kleinen Löckchen wie früher. Johanna hatte sich am meisten verändert. All die Jahre hatte Annabell das Bild einer vor Leben strotzenden Jo in ihrem Herzen getragen, umso erschrockener war sie über deren kränkliches Erscheinungsbild. Wie ein Junkie sah sie aus. Dafür war Sonja umso attraktiver, in ihrem eleganten Kostüm hätte sie eine taffe Anwältin aus einer Fernsehserie sein können.

Mit gemischten Gefühlen ging sie auf ihre besten Freundinnen von damals zu. Mehr als sonst bemühte sie sich, nicht allzu sehr zu hinken.

Und dann standen sie sich gegenüber, das erste Mal seit fünfzehn Jahren waren sie wieder alle vier beieinander.

Die Erste, die ihr wortlos um den Hals fiel, war Iris.

Annabell war überwältigt von dieser Geste und von ihren Gefühlen, sie wollte Iris gar nicht mehr loslassen.

Aber Sonja klatschte wie beim Tanzen ab und nahm sie ebenfalls in die Arme.

Johanna wartete nicht, bis sie an der Reihe war und umarmte beide.

»He, ihr verrückten Weiber, ihr erdrückt mich ja!« Lachend löste Annabell sich aus der Umklammerung.

Wochenlang hatte sie sich vor dieser Begegnung gefürchtet, und jetzt war alles so einfach. Aber natürlich entgingen ihr die prüfenden Blicke nicht. Blicke die fragten, wie es wohl unter ihrem Hosenbein aussah. Es war ein langer und schwerer Weg gewesen, aber jetzt war sie so weit, sich den unangenehmen Fragen zu stellen, die die drei im Laufe des Abends sicher noch stellen würden.

»Wow, Bella, du siehst einfach fantastisch aus«, sagte Sonja bewundernd.

»Danke, du kannst dich aber auch sehen lassen. Und Jo mit kurzen Haaren, ein wirklich ungewohnter Anblick.«

Nervös fuhr sich Johanna mit den Fingern durch die blondierten Fransen. »Vielleicht lass ich sie mir ja wieder wachsen, mal sehen.«

»Aber *deine* Haare sind der Wahnsinn«, schwärmte Iris. »Und ich hab immer noch diese schreckliche Putzwolle auf dem Kopf. Ich sterbe vor Neid.«

»Ach, Blümchen, ich weiß gar nicht, was du gegen deine lustigen Locken hast. Ich mag sie.«

»Kein Mensch will lustige Haare haben, schon gar nicht ich.«

»Wo wollt ihr eigentlich hin? Ist die Party schon zu Ende? Oder ist nur der Alkohol alle?«

»Diese Party ist so prickelnd wie eingeschlafene Füße«, sagte Johanna und verdrehte die Augen.

»Und alles fing mit einer öden Rede von Jos speziellem Freund Moster an«, ergänzte Iris.

Oh ja, an Studienrat Moster konnte sich Annabell noch sehr gut erinnern. »Auf Lateinisch?«

Johanna hielt sich die Nase zu und sagte in Mosters weinerlichem Ton: »Das wäre wenigstens originell gewesen.«

»Wir sind also quasi auf der Flucht.« Sonja sah mit prüfendem Blick zurück zum Schulgebäude. »Die brave Karin wird uns allesamt und für alle Zeit hassen.«

»Genau, wir fliehen zu mir. Wir wollen Pizza bestellen«, sagte Iris vergnügt grinsend.

»Und Lambrusco, so wie früher«, fügte Johanna hinzu. »Und die ganze Nacht quatschen, auch wie früher. – Du kommst doch mit?«

»Und wir werden die Urlaubsfotos von unserem Italienurlaub ansehen, die Blümchen damals gemacht hat.«

Annabell entging nicht, wie Sonja stockte und Blicke mit Iris tauschte. Sie vermutete, dass sie wohl dachten, dass es ihr unangenehm sein könnte, wenn sie sich mit ihrem Bein sehen würde. Aber damit konnte sie inzwischen gut umgehen.

»Klar«, antwortete sie deshalb sofort. »Ich bin sowieso nur wegen euch hier. Die andern sind mir egal.«

»Na dann, auf zu Iris«, rief Johanna zum Aufbruch. »Wo immer das auch ist.«

Sie hakte sich bei Iris unter und verließ mit ihr das Schulgelände. Annabell und Sonja folgten ihnen

Iris schwenkte nach links. »Wiesenstraße elf.«

Die Adresse kannte Annabell. »Du wohnst noch bei deinen Eltern?«

»In meinem Elternhaus. Meine Eltern leben nicht mehr.«

»Oh, das tut mir leid.« Johanna gab ihr einen Kuss auf die Wange. »Heißt das, du arbeitest hier im Krankenhaus? Oder hast du etwa eine eigene Praxis, Frau Doktor Blümchen?«

»Weder noch, ich hab nicht fertig studiert, sondern die Spedition übernommen.«

»Du bist keine Ärztin geworden?« Johanna wirkte regelrecht schockiert.

Annabell war genauso erstaunt. »Kein Medizinstudium? Aber du wolltest doch nie etwas anderes machen?«

»Tja, das Leben ist kein Wunschkonzert – das hat schon mein Vater immer gesagt.«

Ja, davon konnte Annabell ein Lied singen.

»Aber du, Sonni, du bist doch Anwältin geworden, oder?«

»Genauso wie du Schriftstellerin geworden bist.«

»Das sind bei uns vieren immerhin fünfzig Prozent erfüllte Träume – ein gar nicht so schlechter Schnitt, oder?«

Damit löste Annabell erst einmal Sprachlosigkeit aus. Sie hätte ihre Prothese verwettet, dass gerade alle an sie und ihren zerplatzten Traum dachten.

Die nächsten paar hundert Meter gingen sie schweigend weiter.

»Wie lebt es sich denn als erfolgreiche Schriftstellerin?« Mit dieser Frage wollte Annabell ihnen wieder ins Gespräch helfen.

»Manchmal ist es ganz wunderbar, dann wieder ganz schrecklich«, antwortete Johanna offensichtlich dankbar für den Themawechsel. »Wunderbar, wenn man einen Vertrag unterschreiben darf oder das frisch gedruckte Buch zum ersten Mal in den Händen halten kann. Wunderbar, wenn man zu Veranstaltungen eingeladen wird und vor Menschen lesen darf. Wunderbar, wenn dich eine Idee anspringt und dich an den Schreibtisch treibt.«

»Und schrecklich?«, wollte Iris wissen.

»Schrecklich, wenn ein Abgabetermin näher rückt und deine Idee, die dich einmal so verheißungsvoll angesprungen hat, auf den letzten Metern immer träger und schwächer wird. Schrecklich, wenn du wochenlang Tag und Nacht an einem Buch arbeitest und du dadurch gar kein Leben mehr hast. Schrecklich, weil dein Kühlschrank leer bleibt, weil du in dieser Phase nicht mal Zeit zum Einkaufen hast. Schrecklich, weil dann deine Bude im Dreck versinkt, weil du keine Zeit zum Putzen hast. Weshalb ich mir zumindest eine Putzfrau leiste. Besonders schrecklich, wenn du die letzte Woche vor dem Abgabetermin ungewaschen und ungekämmt an deinem Schreibtisch sitzt, weil jede Sekunde, die du für deine Körperhygiene brauchen würdest, wertvolle Schreibzeit ist.«

»Schon mal an einen Jobwechsel gedacht?«

»Klar, Sonni, immer wieder. Bei jedem Buch aufs Neue, das kannst du mir glauben. Aber dann kommt auch immer wieder dieser wunderbar beglückende Moment, wenn du den letzten Punkt unter dein Manuskript gesetzt und es wirklich geschafft hast, eine Geschichte einzufangen und mehrere hundert Seiten vollzuschreiben. Da sind dann mit einem Schlag alle Unannehmlichkeiten vergessen. – Bis zum nächsten Buch.«

»Also für mich wäre das nichts«, sagte Iris.

»Ich kann aber nichts anderes so gut, dass ich davon leben könnte. Irgendwie müssen diese ganzen Geschichten auch raus, die mir im Kopf herumschwirren. Also werde ich wohl oder übel bis zur Rente damit weitermachen müssen.«

»Erinnerst du dich noch an den Beziehungsanbahnungsratgeber, den du damals unbedingt schreiben wolltest? Daraus ist wohl nichts geworden?«, warf Sonja ein.

»Um Himmels willen, nein.« Johanna winkte lachend ab. »Meine Theorien waren dann doch nicht so bahnbrechend, wie ich in jungen Jahren glaubte.«

»Dieses Nicht-Erscheinen war sicherlich ein Segen für die Menschheit«, bemerkte Sonja trocken.

Sie bogen in die Wiesenstraße ein.

Erstaunt sah sich Annabell um, als sie im Hof der Spedition standen. »Ich hatte das alles viel kleiner in Erinnerung.«

»Bis vor ein paar Jahren war es das auch noch. Die zweite Halle ist im letzten Jahr dazugekommen, und das Wohnhaus wurde vor ziemlich genau dreizehn Jahren aufgestockt, damit ich eine eigene Wohnung hatte.«

»Du hast echt was aus der kleinen Klitsche gemacht«, sagte Sonja anerkennend. »Du bist ja ’ne richtige Großunternehmerin geworden.«

»Mittelgroß«, schwächte Iris verlegen errötet ab.

Sie schloss auf und ging voran in die Diele.

Annabell bekam mit, wie sie mit dem Fuß ein paar herumliegende Schuhe unter den Schuhschrank schob. Sie hatte Iris für ordentlicher gehalten.

»Kommt rein in die gute Stube.«

Sie folgten ihr durch den Eingangsbereich in die Küche.

Interessiert musterte Annabell die moderne Einrichtung aus hellem Holz und mintfarbenen Fronten.

»Das ist ja jetzt alles anders«, sagte sie enttäuscht. »Ich hatte mich ehrlich gesagt auf die dunkle, aber tierisch gemütliche Küche deiner Mutter gefreut.«

Sie drehte sich zu Sonja und Johanna um. »Erinnert ihr euch? Iris' Mama hat uns im Winter manchmal heißen Kakao gemacht, wenn wir klitschnass und durchgefroren vom Rodeln kamen.«

Sonja nickte zustimmend. »Ihr Nusszopf war der Hammer. Woran ist sie denn gestorben?«

»Darmkrebs. Wollen wir uns raus auf die Terrasse setzen?«

Alle waren dafür.

Iris drückte Annabell den Flyer der Pizzeria in die Hand. »Geht schon mal vor und sucht euch aus, was ihr essen wollt. Einfach hier durchs Esszimmer durch und Terrassentür aufmachen. Ich kümmere mich um die Getränke. Möchte jemand Kaffee?«

Drei Hände gingen hoch.

Die drei machten es sich auf der Terrasse bequem.

»Wollen wir schon bestellen oder noch warten?«, fragte Sonja, als Iris mit Tassen, Gläsern und zwei Wasserflaschen nach draußen kam.

»Gleich bestellen, ich hab Hunger.« Annabell hatte kurz nach acht mit Tom und Max gefrühstückt und seitdem nichts mehr in den Magen bekommen.

Iris holte von drinnen das Telefon, wählte und gab nacheinander die Wünsche durch. »Und noch zwei Flaschen Lambrusco«, vervollständigte sie die Bestellung.

»Drei«, korrigierte Annabell.

»Vier«, erhöhte Johanna.

»Nein, lieber vier Flaschen«, gab Iris die Bestellung weiter.

29

Sonja

Als Iris in die Küche ging, um sich um den Kaffee zu kümmern, folgte ihr Sonja.

»Kann ich was helfen?«, fragte sie, aber eigentlich wollte sie reden.

»Ist was?«

Iris hatte sie durchschaut. Aber Sonja wunderte das nicht, Iris hatte schon immer Sensoren für die Bedürfnisse anderer Menschen gehabt. Ganz im Gegensatz zu Jo.

»Als ich Bella vorhin sah, hat es mich beinahe umgehauen«, sagte Sonja mit gedämpfter Stimme. Sie wollte nicht, dass die anderen etwas von diesem Gespräch mitbekamen.

»Ging mir genauso«, flüsterte Iris, während sie den fertigen Kaffee in eine Thermoskanne umfüllte. »Das mit dem Bein fällt gar nicht auf.«

Genau das hatte Sonja auch gedacht, als Annabell auf den Schulhof gekommen war. »Echt irre. Und sie hat sich überhaupt nicht verändert, von ihrer Art her, meine ich. Und sie ist so schön, noch schöner, als sie es damals schon war.«

»Finde ich auch. Trotzdem bin ich ein bisschen gehemmt, wie soll ich sagen ... ich weiß nicht so recht, was man ansprechen kann und was nicht.«

Sonja nahm die Kanne und eine Zuckerdose entgegen. Sie verstand genau, was Iris meinte.

»Vielleicht sollten wir das mit den Urlaubsbildern lieber lassen, denn wenn wir die anschauen, landen wir ganz automatisch beim Thema Unfall.«

»Du hast recht, am besten, wir sprechen die Bilder gar nicht mehr an.«

Iris füllte Milch in ein Porzellankännchen. »Dafür sieht Jo echt scheiße aus. Richtig krank, magersüchtig. Oder sie nimmt Drogen. Weißt du da was?«

Unweigerlich musste Sonja an die Episode auf der Schultoilette denken. »Vorhin beim Händewaschen hatte sie ihre Ärmel hochgeschoben.«

Mit großen Augen sah Iris sie an. »Einstiche?«

»Nein, frisch verheilte Schnitte an den Handgelenken. Ich denke, sie hat einen Selbstmordversuch hinter sich.«

»Unsere wilde, lebenslustige Jo? So ein verdammter Mist. Was da wohl passiert ist?«

»In fünfzehn Jahren kann viel geschehen.«

»Auf jeden Fall ist es schön, dass ihr drei gekommen seid.«

Sonja empfand das genauso. »Ich hatte ein bisschen Angst davor, aber jetzt bin ich froh, dass ich da bin. Aber sag mal, das Haus ist recht groß – wohnst du hier allein?«

»Nein, mit mein…«

»Holt ihr den Kaffee direkt in Brasilien, oder warum dauert das so lange?« Johanna stand auf einmal in der Küche. »Die Pizza können wir auch demnächst abholen.«

Sie stutzte und sah grinsend von einer zur anderen. »Kann ich mitlästern?«

»Wir lästern nicht.«

»Natürlich nicht«, sagte Johanna augenrollend.

Sie bekam von Iris die Milch in die Hand gedrückt.

Sonja entging der prüfende Blick nicht, den Iris dabei auf Johannas Unterarme warf, die aber bis zu den Handballen vom Pullover bedeckt waren.

»Kümmert ihr euch um den Kaffee, ich hol das Essen. Und deckt in der Zwischenzeit schon mal den Tisch: Weingläser sind in der Vitrine im Esszimmer, die Pizzateller im Schrank daneben.« Iris schnappte sich Handtasche und Autoschlüssel, und schon war sie draußen.

Was verdammt war Jo in diesen fünfzehn Jahren widerfahren, fragte Sonja sich, als sie mit Kaffeekanne und Zuckerdose hinter Johanna her zurück auf die Terrasse ging. Was hatte sie erleben müssen, dass sie sterben wollte? Warum, verdammt, war sie, Sonja, all die Jahre nicht für sie da gewesen, für keine von den dreien? Es war ja nicht so, dass sie nicht immer mal wieder an die Mädels gedacht hatte, warum also hatte sie nicht den Arsch in der Hose gehabt, sich wenigstens bei einer zu melden? Jetzt würde sie die Verbindung nicht mehr abbrechen lassen, das nahm sie sich ganz fest vor.

Sie tranken Kaffee, sprachen über dies und das, vornehmlich über die Schulzeit und die Lehrer. Das Thema Urlaub, geschweige denn Unfall, vermieden Johanna und Annabell genauso wie Sonja.

Die Stimmung war ausgelassen, als Iris mit vier Pizzakartons auf dem Arm und einer Jutetasche mit den vier Flaschen Wein, die bei jedem Schritt aneinander klirrten, wieder zu ihnen stieß.

»Das ist endlich die Pizza, die ihr mir damals im Urlaub versprochen habt, die ich aber nie bekommen habe«, sagte Johanna, als sie ihren Karton öffnete.

»Respekt, dafür ist sie aber noch ganz schön warm.« Sonja schnitt sich ein viel zu großes Stück von ihrer Calzone ab und schob es sich in den Mund.

Johanna streckte ihr die Zunge raus. »Du hast vorhin übrigens sehr geschickt das Thema gewechselt, liebste Sonni.«

Dank des vollen Mundes fiel Sonjas Antwort extrem undeutlich aus. Nachdem sie den Bissen fertig gekaut und endlich runtergeschluckt hatte, wiederholte sie: »Welches Thema denn?«

»Heiraten. Du hast uns nämlich noch nicht verraten, wer der Glückliche ist.« Mit dem gut gefüllten Weinglas in der Hand sah Johanna sie abwartend an.

Zum ersten Mal würde sie sich jetzt also outen. Sonja war überrascht, dass sie sich nicht davor scheute.

»Sie heiß Bea König, und sie ist eine erfolgreiche Malerin.«

Kurz hielten alle in ihren Tätigkeiten inne und sahen sie fragend an.

»Ja, eine Frau. Ich bin lesbisch.«

Johanna war die Erste, die sich von dieser unerwarteten Information erholte. »Schon immer?«

»Jedenfalls war ich damals in Italien in Bella verliebt.« Eigentlich hatte Sonja das niemals erzählen wollen, aber jetzt war es draußen.

Annabell, die sich wieder ihrem Essen gewidmet hatte, sah sie mit großen Augen über den Tisch hinweg an.

»Echt jetzt?«, fragte Johanna ungläubig.

»Ja, aber dann kam dieser Idiot von Tom und hat sie mir weggeschnappt.« Sonja versuchte in Annabells Blick zu lesen, was sie darüber dachte.

Die grinste schief. »Sorry, Sonni, du hättest aber auch ohne Tom keine Chancen bei mir gehabt. Ich war und bin nun mal hetero.«

»Ewig schade, aber ich hab es zum Glück inzwischen überwunden.«

»Das verspricht ja ein wirklich interessanter Abend zu werden, ihr Lieben. Erheben wir unser Glas auf Sonni und ihre zukünftige Frau.« Johanna streckte ihr Glas über die Mitte des Tisches.

»Auf Sonni und ihre zukünftige Frau«, wiederholten die anderen feierlich und stießen mit ihr an.

»Jetzt, wo wir so schön wiedervereint sind, lädst du uns ja hoffentlich zur Hochzeit ein?«

»Ja, Jo, warum eigentlich nicht?« Sonja war sich sicher, dass Bea nichts dagegen haben würde. Im Gegenteil, sie würde sich sehr freuen, ihre drei sagenumwobenen früheren Freundinnen kennenlernen zu dürfen, da war sie sich sicher.

»Und nun zu dir, Bella«, sagte Sonja zwischen zwei Bissen. Sie war der Meinung, dass genug über sie geredet worden war. »Karin Hasenzahn-Lichtenberger-Becker hat uns vorhin erzählt, dass du eine frisch gekürte Sterneköchin bist? Stimmt das?«

30

Annabell

»Ja, das stimmt«, sagte Annabell.

Johanna lachte trocken. »Du glaubst doch nicht im Ernst, dass uns das als Antwort genügt? Wir erwarten natürlich einen vollständigen Bericht.«

»Gut.« Annabell legte ihr Besteck auf den Teller zu dem Viertel Pizza, das sie nicht mehr schaffte. Sie bemühte sich um einen neutralen Tonfall. »Wie viel wisst ihr?«

Es folgte eine Schrecksekunde, in der es totenstill war.

»Dass dir nach dem Unfall ein Bein abgenommen worden ist«, sagte Iris.

Unser tapferes Blümchen, dachte Annabell und lächelte sie an. Dann holte sie Luft. »Ja, der rechte Unterschenkel. Als ich die Reha hinter mir hatte und es mir langsam wieder besser ging, musste ich mir überlegen, was ich aus meinem Leben machen wollte, ob ich studieren oder lieber einen Beruf erlernen sollte. Schuld daran, dass ich letztendlich eine Kochlehre gemacht habe, ist übrigens dieser Idiot Tom, liebe Sonni. Er hat mich mit seiner Art zu kochen so begeistert und neugierig gemacht, dass ich es auch lernen wollte.«

»Stopp mal. Verstehe ich das richtig: Du warst ... danach noch mit Tom zusammen?«, fragte Sonja nach.

»Ganz genau, und ich bin noch immer mit ihm zusammen. Wir sind verheiratet, haben einen fünfjährigen Sohn und führen gemeinsam ein Restaurant.«

»Das wollen wir jetzt aber ganz genau wissen, stimmt's Mädels?« Sonja sah in die Runde.

Keine widersprach.

Annabell nahm noch einen Schluck Wein. Jetzt war es also so weit, gleich würde sie ihren Freundinnen erzählen, wie sie sich damals gefühlt hatte. Nach fünfzehn Jahren. Sie hörte in sich hinein und musste feststellen, dass sie keinerlei Verbitterung verspürte, dass keine von den dreien Kontakt zu ihr gehalten hatte. Irgendwie verstand sie es ja, hatte es immer verstanden. Schließlich hatte sie selbst jahrelang nicht mit ihrer Situation umgehen können, wie hätte sie es von ihnen erwarten sollen? Sie hatte sich schließlich auch nie bei ihnen gemeldet.

»Während ihr alle abgeholt wurdet und Nick und Steffen auch nach Hause fuhren, blieb Tom. Er war wegen des gebrochenen Armes eh krankgeschrieben, aber er wollte mich auch nicht alleinlassen. Es war wirklich gut, dass er geblieben ist. Er hat mich immer wieder aufgebaut, wenn es mir beschissen ging, und es ging mir sehr oft beschissen. Anfangs wollte ich einfach nur sterben. In den ersten Jahren gab es immer wieder Phasen, in denen ich am liebsten tot gewesen wäre.« Sie trank erneut und ließ den Wein auf der Zunge zergehen. Sie sah Karin Girasole vor sich, die kleine resolute Ärztin, ohne die sie wohl nicht hier säße. Es dauerte ein wenig, bis sie weitererzählen konnte.

»Tom hatte es wirklich nicht leicht mit mir«, fuhr sie schließlich fort. »Aber er hielt eisern durch. Nach ein paar Wochen konnte ich nach Deutschland transportiert werden. Sechs Wochen Reha folgten, und danach zog ich gleich zu Tom und den Jungs in die WG. Da hatte ich dann Rundumbetreuung. Die Jungs waren echt klasse, sie schleppten mich überall mit hin, mit Krücken und ob ich wollte oder nicht. Und manchmal trugen sie mich auch. Sie ließen mir gar keine Chance, depressiv zu werden. Es war eine wirklich gute Zeit, durch die Jungs habe ich gelernt, wieder fröhlich zu sein. Zwei Jahre nach dem Unfall zogen Tom und ich in eine eigene Wohnung, und kurz darauf fing ich meine Kochlehre in dem Betrieb an, in dem Tom arbeitete.«

»Wie ging das mit ... dem Bein?«

Annabell konnte Iris ansehen, wie schwer es ihr gefallen war, diese Frage zu stellen.

»Das war anfangs der Horror. Das viele Stehen, das Hin- und Herlaufen mit einer Prothese, mit der sich mein Stumpf nicht so recht anfreunden wollte. Schon nach der ersten Woche war alles entzündet, ich hatte durchgehend Schmerzen. Glaubt mir, es gab keinen einzigen Tag, an dem ich nicht alles hinwerfen wollte. Aber Aufgeben kam nicht infrage, das wäre einer Kapitulation gleichgekommen. Außerdem wollte ich es so sehr. Also biss ich jeden verdammten Tag die Zähne zusammen und kämpfte mich durch acht, manchmal sogar mehr Arbeitsstunden. Zweieinhalb Jahre später machte ich dann meine Abschlussprüfung.«

»Und jetzt ... ich meine: Tut es immer noch so weh?« Iris sah sie mitfühlend an.

»Es gibt gute und schlechte Tage, aber zum Glück überwiegen inzwischen die guten. Vor acht Jahren haben wir dann den Betrieb von Toms Eltern übernommen, seit drei Monaten haben wir den Stern. Aber das Beste von allem ist unser wunderbarer kleiner Max, nächsten Monat wird er fünf.« Lächelnd drehte sie ihr Glas in der Hand.

»Das hört sich alles richtig perfekt an«, sagte Iris, und für Annabell klang es erleichtert.

»Hast du manchmal darüber nachgedacht, was gewesen wäre, wenn wir damals nicht nach Italien gefahren wären?«, fragte Sonja mit trockener Stimme.

»Klar. Und was gewesen wäre, wenn Tom und die Jungs eine oder zwei Wochen später oder auch gar nicht auf den Campingplatz gekommen wären. Und was, wenn ich an diesem Abend nicht auf dieses Motorrad gestiegen wäre? – Glaubt mir, ich habe in der ersten Zeit alle Wenn-nicht-Varianten durchgedacht.« Annabell sah sie der Reihe nach an. »Aber dieses Denken habe ich schon vor Jahren aufgegeben, weil es nichts bringt. Ja, der Unfall war scheiße, aber er ist nun mal passiert. Es war nicht immer einfach, aber ich habe es geschafft. Und heute kann ich von mir behaupten, dass ich glücklich bin. Alles in allem war alles gut so, wie es war. Tanzen war wunderbar, aber kochen ist mindestens genauso wunderbar. Und wer weiß, vielleicht wären Tom und ich gar nicht zusammengeblieben, wenn es nicht passiert wäre?«

Einige Zeit sagte keiner etwas.

»Wollten wir nicht die Urlaubsfotos von damals anschauen?«, fragte Annabell in dieses Schweigen hinein.

Iris zögerte und sah Sonja fragend an, doch dann stand sie auf. »Ich räume erst mal den Tisch ab.«

Sie nahm ihnen die Teller ab, die sie ihr nacheinander reichten. Keine hatte ihre Pizza ganz geschafft. Am wenigsten hatte Johanna gegessen, mehr als die Hälfte, beinahe drei Viertel hatte sie übrig gelassen.

Sie brachte das Geschirr nach drinnen und kam mit einer neuen Flasche und der Fotokiste zurück.

Nachdem alle Gläser frisch gefüllt waren, nahm Annabell die Kiste auf den Schoß und hob den Deckel.

»Helga und ihr Ewald«, rief sie aus, als sie das erste Bild herausholte und betrachtete. »Feinripp-Unterhemd und Strickzeug. Egal was du von den beiden gehalten hast, Jo, irgendwie waren sie doch niedlich. Sie haben mich ein paarmal im Krankenhaus besucht und noch Jahre später immer wieder mal geschrieben.« Sie reichte es weiter an Sonja, die schon ungeduldig wartete.

»Ach, und hier, die vier Grazien auf der Luftmatratze.« Lächelnd betrachtete sie die Aufnahme. »Scheiße, waren wir da noch jung!«

Ein Foto nach dem anderen nahm sie aus dem Karton, kommentierte jedes einzelne und gab es weiter. Von Sonja gingen die Fotos weiter an Johanna, und Iris legte sie dann auf den Tisch, wo der Haufen immer größer wurde.

»Ha, das war bei dem Gewitter, erinnert ihr euch?« Annabell hielt das Bild hoch. »Die Küchenbarackenparty. War ganz schön eng in der Hütte.« Sie betrachtete es genauer. Das war der Abend gewesen, an dem Tom ihre Hand genommen, sie später auch geküsst hatte und sie beinahe gestorben wäre vor Aufregung und Glück.

Sie reichte das Foto an Sonja weiter und die an Johanna.

»Tatsächlich, da sieht man's!«

Sonja nahm es Johanna wieder ab und musterte es erneut. »Was sieht man?«

»Na, der Blick, den du Bella zuwirfst – eindeutig schwerstverliebt. Ist mir damals gar nicht aufgefallen.«

»Du hattest ja auch nur Augen für Tom.« Sonja gab das Foto weiter.

Johanna schwieg dazu. Sie nahm einfach die nächste Aufnahme entgegen und gab sie weiter, ohne sie anzusehen.

»Oh je, Blümchen mit ihrem Sonnenbrand.« Annabell hielt das Foto so, dass Iris ihr jüngeres Ich mit der dicken weißen Cremeschicht im Gesicht sehen konnte. »Erst die Stechmücken und dann der Sonnenbrand – du hast mir damals echt leidgetan.«

Die nächste Aufnahme zeigte Teile des Strandes, die Mole und weit im Hintergrund den Leuchtturm von Jesolo.

»Die Mole!« Annabell sah in die Runde. »Wisst ihr noch? Die Flaschenpost? Wir waren ganz schön bescheuert.«

»So bescheuert war das gar nicht, ich habe Antwort bekommen«, sagte Johanna.

»Nicht dein Ernst.« Kritisch hob Sonja eine Augenbraue.

»Doch, etwa zwei Jahre später. Aus Kroatien. Ein achtjähriges Mädchen hat sie gefunden. Ich habe einige Zeit mit ihr geschrieben, aber irgendwann ist es eingeschlafen. Sie fand es jedenfalls total aufregend.«

31

Iris

Geräusche kamen aus dem Inneren des Hauses, und alle sahen Iris an. »Einbrecher oder dein Mann?«

»Weder noch.«

»Hi.« Nicki kam kauend und mit einem Stück kalter Pizza in der Hand auf die Terrasse heraus.

»Hallo«, antworteten die Gäste verwundert.

Bevor Iris sie den Freundinnen vorstellen konnte, fiel Nickis Blick auf die Fotografien auf dem Tisch.

»Verdammter Mist, was machen denn schon wieder die Fotos hier? Hast du etwa mein Zimmer durchwühlt?«, sagte sie aufgebracht und bedachte ihre Mutter mit einem hasserfüllten Blick. »Manchmal bist du echt scheiße!«

Mit diesen Worten wollte sie wieder nach drinnen verschwinden, aber Iris hielt sie an der Hand fest.

Nicki wollte sich losreißen, doch Iris ließ nicht locker.

»Dafür entschuldige ich mich, aber ich ... das sind Johanna, Sonja und Annabell – du wolltest doch unbedingt meine Vergangenheit kennenlernen.«

»Jo, Sonni und Bella? Die drei auf den Fotos?« Nicki blieb nun doch.

»Höchstselbst«, sagte Sonja. »Und du bist?«

»Nicola.«

»Meine Tochter Nicki.«

Erstaunt sah Sonja Iris an. »Du hast eine Tochter? Wie lange wolltest du damit noch hinter dem Berg halten, du alte Geheimniskrämerin?«

»Wie alt bist du denn?«, fragte Johanna.

»Demnächst fünfzehn.«

»Wow, aufregendes Alter, da werden gerade die Jungs interessant«, sagte Annabell.

»... und die Eltern so ätzend und doof«, ergänzte Johanna.

Nickis schlechte Laune war wie weggeblasen. »Ihr habt also meinen Vater gekannt.«

Stille herrschte am Tisch, alle Blicke ruhten auf Iris.

»Eine sehr gute Frage, liebes Blümchen. Haben wir ihren Vater gekannt?« Sonja sah sie interessiert an.

»Ja, wer war denn der Glückliche?«, wollte Annabell wissen.

Bevor Iris antworten konnte, lachte Johanna lauthals heraus und klatschte mit der flachen Hand auf den Tisch, dass die Gläser hüpften.

»Seid ihr wirklich so blind? Schaut euch die Kleine doch mal genauer an.« Sie tippte mit dem Zeigefinger auf ein Porträtfoto von Nick. »Iris hat ein kleines Souvenir aus Italien mitgebracht!«

»Ach, du Scheiße«, kommentierte Sonja diese Offenbarung. »*Deswegen* hast du nicht weiterstudiert!«

»Nein, nicht deswegen, da gab es noch mehrere andere Gründe: die Krankheit meiner Mutter und ihr Tod, und mein Vater brauchte dann jede Hilfe im Geschäft.«

»Ach, du Scheiße«, sagte auch Annabell.

Iris legte den Arm um ihre Tochter. »Bella, das war doch alles nicht so schlimm. Wir sind gut zurechtgekommen, nicht wahr, meine Süße?«

»Wenn Nick das gewusst hätte ...« Annabell sah Iris und Nicki ernst an. »Du hast ja keine Ahnung, wie sehr er nach dieser abrupten Trennung gelitten hat. Wochenlang war er regelrecht krank vor Liebeskummer.«

»Du meinst, er hätte mich gewollt?«, fragte Nicki mit leuchtenden Augen.

»Deine Mutter, dich und wahrscheinlich noch einen ganzen Stall voll von deiner Sorte!«

Jetzt glänzten Nickis Augen verdächtig. »Ist er ... hat er Kinder?«

Bei dieser Frage schlug Iris' Herz um einiges schneller. Schon als Annabell erzählt hatte, dass sie noch jahrelang Kontakt zu Nick gehabt hatte, war sie hellhörig geworden.

»Er ist verheiratet und hat zwei Mädchen, acht und sechs Jahre alt.«

»Oh.« Nicki klang zutiefst enttäuscht.

»Ich könnte mir aber vorstellen, dass er dich gern kennenlernen würde.«

Nicki sah erst Annabell, dann ihre Mutter an.

»Dann ist mein Vater also gar kein Arschloch, wie ich mein ganzes Leben gedacht habe und wie du es mir eingeredet hast!« Sie spuckte die Worte regelrecht aus. »Du bist schuld, dass ich keinen Vater habe! Du bist echt das Allerletzte, ich hasse dich!«

Mit einem Klatsch landete das Pizzastück auf dem Terrassenboden, und Nicki stürmte wutschnaubend nach drinnen.

Die vier Frauen sahen ihr betroffen nach.

Johanna war die Erste, die etwas sagte: »Teenager hassen recht viel, aber das legt sich meist schnell wieder.«

»Nicki hat aber recht. Ich habe ihr die Chance genommen, ihren Vater kennenzulernen. Und Nick hab ich nicht einmal die Möglichkeit gegeben, sich mit dem Thema Kind auseinanderzusetzen.«

Betretenes Schweigen herrschte am Tisch. Johanna schenkte nach, aber keiner trank.

Schließlich sah Iris Annabell traurig an. »Es tut mir so leid, dass ich auch dich im Stich gelassen habe, dass ich mich nie bei dir gemeldet und mich nach deinem Befinden erkundigt habe. Ich bin eine beschissene Mutter und eine noch beschissenere Freundin. Wenn ich das doch irgendwie wiedergutmachen könnte.«

Annabell sagte nichts darauf, sondern nahm ihre Handtasche von der Stuhllehne. Sie öffnete sie, suchte darin nach etwas.

Mit den Worten »Ich hab dir hiermit offiziell verziehen, aber die andere Sache musst du selbst in Ordnung bringen« hielt sie Iris eine Visitenkarte hin.

Wir lieben Holz – Niklas Homanns – Innenarchitektur und Schreinerei, las Iris. Das Kärtchen wog schwer in ihrer Hand.

»Du sagtest, dass er verheiratet ist – wie wird seine Frau reagieren?«

»Abgesehen davon, dass das nicht dein Problem sein sollte, leben sie seit Kurzem getrennt.«

»Ich kann doch nicht … einfach so nach fünfzehn Jahren …«

»Gut, dann gebe ich die Karte deiner Tochter.« Annabell wollte danach greifen, doch Iris zog sie schnell weg.

»Wow, das ist ja ein Tag der Enthüllungen.« Sonja hob ihr Glas. »Darauf sollten wir trinken.«

32

Johanna

Der Tag der Enthüllungen ... dieser Satz schwirrte Johanna durch den Kopf. Auch, dass sie eine Hausaufgabe zu erledigen hatte.

Wortlos nahm sie das Foto von der Küchenparty vom Haufen.

Ja, Sonja hatte recht, sie hatte an diesem Abend tatsächlich nur Augen für Tom gehabt. Und für Annabell, die immerzu in seiner Nähe gewesen war, Hand in Hand, Arm an Arm. Auch, wenn sie auf dem Küchenbarackenbild gerade lachte, war da diese Eifersucht gewesen, die in ihr gewachsen war wie ein Krebsgeschwür. Eine Eifersucht, die sie derart vergiftet hatte, dass sie sich am nächsten Abend an Toms Motorrad zu schaffen gemacht hatte. Mit einem Zug trank sie ihren Wein aus.

»Ich war schuld an dem Unfall«, platzte sie heraus.

»Welcher Unfall?« Überrascht sah Annabell sie an.

»Damals in Cavallino. Es war allein meine Schuld.«

Sie hatte es tatsächlich laut ausgesprochen, vor Annabell und den anderen. Es war, als fiele eine große Last von Johanna ab, ganz egal, wie die Freundinnen, wie Annabell darauf reagieren würden.

»Wie kommst du denn darauf?«, fragte Sonja. »Du warst doch mit uns zusammen auf dem Campingplatz, als der Unfall passierte.«

»Ich hab die Luft aus Toms Reifen gelassen. Weil ich so eifersüchtig war, habe ich die Ventile aufgedreht«, sagte Johanna mit tränenerstickter Stimme. »Ich habe mir nichts dabei gedacht, ich wollte Tom einfach nur eins auswischen. Dass Bella kurz darauf auf dieses verfluchte Motorrad steigt, konnte ich doch nicht ahnen.« Dann brach es vollends aus ihr heraus: »Ich bin schuld, dass du dein Bein verloren hast, dass du nicht mehr tanzen kannst. Ich bin der scheußlichste, gemeinste Mensch auf dieser Welt und der feigste, weil ich es dir erst jetzt sage. Aber ich kann nicht mehr damit leben. Egal, was ihr jetzt alle von mir denkt, ich halte diese Schuld nicht länger aus.« Sie verbarg ihr Gesicht in den Händen, ihr magerer Körper wurde von heftigem Weinen geschüttelt.

»Das ist doch Unsinn«, rief Annabell und stand abrupt auf. Mit zwei Schritten war sie bei Johanna. Sie umschlang sie von hinten und wiegte sie sanft hin und her.

»Jo, beruhige dich! Wir wurden von einem Auto erwischt, unsere Reifen hatten gar nichts mit dem Unfall zu tun. Der Idiot hat uns einfach übersehen. Wir hatten null Chance.«

Johanna löste sich aus der Umarmung. »Aber ...«

»Jo, dich trifft dabei wirklich keine Schuld. Es wurde alles genau untersucht. Es gab zwei Gutachten, und in keinem wurde ein platter Reifen erwähnt. Wirklich, du hattest nichts damit zu tun. Tom und ich waren einfach zur falschen Zeit am falschen Ort.«

Voller Zweifel starrte Johanna sie an. Sie konnte gar nicht glauben, was sie da hörte. Wenn das stimmte, dann hatte sie Jahre ihres Lebens unter einer Schuld gelitten, die gar nicht ihre war. Neue Tränen flossen über ihre Wangen, diesmal jedoch Tränen der Erleichterung. Langsam schob sie die Ärmel ein Stück Richtung Ellenbogen.

Iris, Sonja und Annabell starrten stumm auf die noch jungen Narben.

»War das wegen ...«, setzte Annabell an.

»Ja, das war wegen deines Unfalls«, unterbrach Johanna sie mit brüchiger Stimme. »Ich dachte all die Jahre, ich hätte dir mit meiner blöden Aktion dein Leben und deine Zukunft versaut.«

»Steh auf, du verrücktes Wesen, ich kann nämlich verdammt schlecht knien«, sagte Annabell und legte ihr eine Hand auf die Schulter.

Langsam schob Johanna ihren Stuhl zurück und erhob sich.

Annabell nahm sie fest in den Arm.

Iris und Sonja sahen sich über den Tisch und die Fotos hinweg an. Schließlich standen sie ebenfalls auf und legten die Arme um die beiden.

Zu viert standen sie minutenlang so da.

»Lasst uns schwören, dass wir Blutsschwestern uns nie wieder so lange aus den Augen verlieren«, sagte Sonja.

»Ja, lasst uns das schwören. Und dass ab sofort nichts mehr zwischen uns unausgesprochen bleibt«, ergänzte Annabell.

»Ich schwöre«, sagte Iris feierlich.

»Eine für alle – alle für eine«, flüsterte Johanna den von ihr vor so vielen Jahren geprägten Satz.

»Eine für alle – alle für eine«, wiederholten Annabell, Iris und Sonja laut.

ENDE

Nachwort

Liebe Leserinnen, liebe Leser,

eine kleine Anmerkung zu diesem Buch:

Den Campingplatz, auf dem Annabell, Iris, Sonja und Johanna Urlaub machen, gibt es leider nicht mehr. Er hieß »Camping Pony«, und ich habe in meiner Jugend mehrere Jahre lang dort meine Camping-Urlaube verbracht – erst im Zweimannzelt, irgendwann mal im dort angemieteten Campingwagen und zuletzt in einer der Holzhütten, die eigentlich eher Holzbaracken waren. In heißen Sommern gab es oft kein Wasser – Pech, wenn man nach einem langen Tag am Strand eingeseift und mit Shampoo in den langen Haaren unter der Dusche stand. Auch alles andere stimmt eins zu eins mit den Gegebenheiten dort (und meinen Erinnerungen daran) überein. Der Platz war eher unterste Kategorie, aber für uns junge Leute erschwinglich. Und wir verbrachten dort wunderbare Wochen. Ohne Eltern und mit schmalem Geldbeutel. Mit Verliebtsein, Entliebtsein, mit und ohne Liebesdrama. Mit Sonnenbrand, Gelato und viel Lambrusco. Auch wenn diese Urlaube inzwischen mehr als dreißig Jahre zurückliegen (ach, was sag ich – vierzig Jahre), war ich doch traurig, als ich irgendwann mitbekommen habe, dass »Camping Pony« geschlossen wurde. Vor allem, weil er den hygienischen Standards nicht mehr genügte – aber das hatte er schon vor über dreißig, ähm, vierzig Jahren nicht. Irgendwie hat uns das damals aber überhaupt nicht gestört.

Somit war der Italienurlaub von Jo, Blümchen, Sonni und Bella für mich auch ein Ausflug in meine Kindheit und Jugend, den ich sehr genossen habe!

Mein allergrößter Dank gilt der VG Wort, die mich und die Arbeit an diesem Roman im Rahmen des Bundesprogramms NEUSTART KULTUR der Beauftragten der Bundesregierung für Kultur und Medien mit einem Stipendium unterstützt hat. Trotz der erheblichen finanziellen Ausfälle durch Corona und dem damit einhergehenden Veranstaltungsverbot, konnte ich dank dieser monetären Stütze entspannt an diesem Roman arbeiten.

NEU START KULTUR

Die Beauftragte der Bundesregierung für Kultur und Medien

VG WORT